凯特世纪
CAT CENTURY MEDIA

破局

The Breaker

林易　宁三意○著

浙江文艺出版社
Zhejiang Literature & Art Publishing House

图书在版编目 (CIP) 数据

破局 / 林易，宁三意著. -- 杭州：浙江文艺出版社，2019.9

ISBN 978-7-5339-5688-2

Ⅰ. ①破… Ⅱ. ①林… ②宁… Ⅲ. ①长篇小说—中国—当代 Ⅳ. ① I247.5

中国版本图书馆 CIP 数据核字 (2019) 第 088723 号

破　局
林　易　宁三意　著

出版发行　浙江文艺出版社
地　　址　杭州市体育场路 347 号（邮编 310006）
网　　址　www.zjwycbs.cn

责任编辑　瞿昌林
责任印制　张丽敏
装帧设计　苏　涛

印　　刷　三河市嘉科万达彩色印刷有限公司
经　　销　浙江省新华书店集团有限公司
开　　本　710 毫米 × 1000 毫米　1/16
字　　数　308 千字
印　　张　21
版　　次　2019 年 9 月第 1 版
印　　次　2019 年 9 月第 1 次印刷
书　　号　ISBN 978-7-5339-5688-2
定　　价　39.80 元

破局

目录
Contents

引子
Introduction

一九四六年，杭城市。

进了阳历五月，已经有了夏天的感觉。清晨六点，天色已经大亮，讨生活的人们趁着早晨的清凉走出家门，大街小巷上的人渐渐多了起来。

但淮海路上依然一片静寂。

淮海路素以安静闻名。这条临近西湖的长街，既没有菜市场，也没有早点摊，甚至连一个卖烟卷的小贩都找不到，整条街全是独栋的小洋房。能住在这里的，除了外国人就是有钱有权的大人物。

这些人身份背景各不相同，但有一点相同，那就是不用为了生计迎着朝阳早起。

张伯谦一直睡到八点多才起床。

一翻身，看到身边的半张床仍平整如新，张伯谦就知道妻子又和女伴出去玩到彻夜不归了。作为接受了美式教育的新青年，张伯谦对于妻子的行为倒没有什么不满，只是再次觉得两口子坚持从父亲家里搬出来单过是个英明的决定，否则要是让老爷子知道儿媳妇如今都敢在外面过夜了，那就不是跪个一宿两宿能解决的事了。

赖了一会儿床后，张伯谦打着哈欠走进餐厅，早餐已经准备好了。和桌上的雪白餐巾与精致银质餐具相比，他的早餐显得有些潦草：一杯果汁、两颗白水煮鸡蛋和一份从西点店订的三明治。

除此之外，餐桌上还放着一份今天的《杭城民报》。这是张伯谦在美国留学时养成的习惯：早餐可以简单，但一定要读报。

虽然和南京近在咫尺，但是杭城报界对于政府向来不给面子。最近这段时间，中央政府最关注的大事莫过于几天后的“还都大典”。《中央日报》天天报道各地庆祝活动的筹备情况。而在《杭城民报》的头版里，关于“大典”的报道一个字都没有，反倒是用了很大的篇幅评论日益紧张的国内局势。中央那类老调常谈的社论被挤到了一版的角落里。剩下的几条本地新闻中，最显眼的一条是《昨日凌晨清河旁发现一具无名男尸》，好笑的是后一条紧跟着的标题却是《警察局汤局长重申本市治安良好》，怎么看怎么像是报社编辑故意安排的。

整整一张报纸，没有一点好消息。半个月来，东北越打越厉害，一点没有收手的样子。从新闻的字里行间，张伯谦闻到了战争的味道。他心不在焉地吃着早餐，心里一直在盘算：万一真打起来该怎么办？有没有必要搬到广州去，甚至去香港？去香港老爷子肯定是不同意的，如果真到了香港又该投奔谁，又能靠什么生活？这些乱七八糟的事要等妻子回来了好好商量一下。

报纸的最后一页是广告版，平时都是火柴盒大小的几十则广告密密麻麻地挤在一起。即便偶尔有些面积较大的广告，也是些“海龙阁开业免费大招待”“美国新发明维他命香皂好闻又健康”之类的无聊玩意儿。张伯谦通常都不会详看，但今天他的目光却被一则广告吸引住了。

今天的广告页和往常不同，在最醒目的位置，整整半个版面都被同一则广告占去了。上面写着几行大字：“淮海路张家今日上午十点整有要事宣布，敬请各大报社记者届时光临。”旁边还有一行小字，写着具体地址：“淮海路十七号，张宅恭候大驾。”

这个地址越看越眼熟，张伯谦愣了半晌，终于反应过来——

这不就是自己家吗？！

第一章
Chapter 1

张伯谦的第一个念头是：这是谁搞的恶作剧？

他扬了扬报纸，冲旁边的男用人老万喊道："这是怎么回事？这是谁登的？"

老万茫然地摇了摇头。

也是气糊涂了，老万连字都不识，怎么可能知道这事。张伯谦拿起报纸自己琢磨起来：《杭城民报》是本地最大的报纸，一口气登半个版的广告花费不是个小数目，谁会花这么一笔钱，就为了开一个玩笑？

想到钱，一个念头闯入脑海：不会是老头子干的吧？

这个念头一起，就越想越觉得有可能。张伯谦出身豪门，他的父亲是江浙数得上号的豪绅，家大业大宅子多，登个广告的那点钱不是问题。

而且老头子完全有这么干的理由：自从张伯谦从美国留学回来，老头对他的种种做派就看不上眼。等张伯谦自由恋爱找了今天这个媳妇，老爷子就更不乐意了：什么玩意儿啊！女人家不守妇道成天跟男人一起上街，今天歌舞厅明天电影院的，结了婚还抛头露面，成天在外面跟别的男人有说有笑——那旗袍衩恨不得直接开到胳肢窝！

最惹恼老头子的，是结婚后张伯谦坚持要分家单过，这行为在老一辈看来简直丧尽天良——"子妇无私货"，父母还在，小辈分家，太丢人啦！

张伯谦越想越觉得可怕：说起来这栋宅子还是在老爷子名下的，难道老头子今天真要来个突然袭击，一会儿出现在家门口宣布把我们两口子轰出家门？

想到这里，他看了看墙上的钟，已经是九点半了，报纸上说的是上午十点整，这分明就是突然袭击。

外面的街上隐约传来一阵骚乱声，张伯谦忽然意识到一件事：广告上说的是邀请全城的记者，那也就是说……

“老万！”张伯谦赶紧指使用人，“快去外面看看，是怎么一回事！”没等老万迈步，他又加了一句：“先别说我在家。”

张伯谦被这突如其来的事件搞得心情极差，有心想给老爷子拨个电话问问，却不知道话该怎么说。万一不是老爷子弄的，免不了又得挨一顿臭骂。

很快老万回来了：“少爷，外面来了一群记者要见您。”说着递过来一摞名片。

张伯谦接过名片一看，最上面的一张上写着“尘世间”三个字，顿时气笑了。《尘世间》是杭城有名的下流小报，专登各种姨太太私奔、公子哥打架之类的花边消息。张伯谦心说我张某是什么人，怎么能跟这种报纸扯上关系！可转念一想他就笑不出来了——手里捏着的这厚厚一摞名片，说明恐怕半个杭城的记者都到家门口了。这种场面让他有些发慌，给记者们解释原委倒是其次，关键是他不知道接下来会发生什么，那个人登了那么一大张广告，总不能把记者都招来就没有后续了吧？

张伯谦赶紧让老万到外面先应付一下，那么一大群记者在门口等着也不是事儿，先把他们请到客厅里，把茶沏了，把烟点了，拖他们一会儿。趁着这工夫他赶紧拨通了登广告的《杭城民报》报社的电话，质问登这个广告是什么意思。

对方的回答很简单，也理直气壮：人家给了广告费。

“那你们也应该核实一下！这不是我登的！”

“张少爷，看您说的，府上要登广告也不用您亲自来报社吧？人家递了您的名片，广告内容也没问题，我们还能说什么？别人家的广告也是这么登的啊。”

这番话软中带硬，顶得张伯谦说不出话来。人家说的也没错，这广告本身措辞客气文明，从字面上看的确没有什么负面影响。挂了电话后，张伯谦这口闷气积得更深了，正在想应该给谁打电话问清楚这事儿，忽然听见外面人们说话的声音大了许多。

就在此时，房间里的挂钟也鸣响起来。

上午十点钟到了。

张伯谦知道，这些记者并不是冲着自己来的，这都是因为他父亲张老爷子的身份。就凭张老爷子在杭城官商两界举足轻重的地位，这回用这么大的广告版面通知有要事宣布，那势必是影响全市甚至整个江浙的大新闻。

靠老万一个人，怕是顶不住这些记者。张伯谦赶紧去卧房把睡衣换了，等再走进自家客厅的时候，屋子里已经挤满了人，屋里椅子太少，有一大半人是站着的。

一见张伯谦出来，记者们全都围了过来。最前面的是两家大报的记者，问的问题也比较矜持："张先生，您刚刚说这是别人的恶作剧。那么您觉得，他是在和您开玩笑呢，还是在和您父亲开玩笑呢？如果是后者，那么他的目的是什么呢？"

张伯谦瞠目结舌，一个字也回答不上来。他知道不能乱说，如果回答不好，记者再一添油加醋，在这敏感的节点造成点什么政治影响，那就可能真的闯大祸了。

在张伯谦愣神的当儿，其他记者也七嘴八舌地问起来。

有人可没有大报记者问的那么含蓄："登那么大广告，谁花那么多钱搞恶作剧啊，您骗谁呢。兄弟也不求独家新闻，您赶紧宣布了，我们的报纸可是专门为了等您这事，今天的还没开印呢。"

还有直接要车马费的："来都来了，总得有俩辛苦钱吧？这不是把我们当猴逗着玩吗？"

也有一些插不上话的，遇见了熟人干脆就抽烟喝茶站一边聊天去了。

张伯谦疲于应付，连累带急出了一身汗。他暗下决心，要让自己知道是谁搞这么一出，肯定要让他不死也脱层皮。

半个小时后，他意识到这群记者不等到大新闻是不会走了，于是喊来老万，当着记者们的面大声吩咐道："去春和楼订三桌，要最好的包间。"

说完对着大家一拱手："今天这事也不知是哪个家伙搞的恶作剧，让各位辛苦跑这么一趟。不过既然来了就是客，中午我做东，大家聚一聚。"

记者们也没人客气，都说好。时间已经快到十一点了，记者们也都明白过来，看样子是真被耍了。不过也没什么损失，这位张家少爷毕竟是张老爷子的小儿子，很可能是以后张家的继承人，回头酒桌上关系处好了，日后也有说不尽的方便。

就在这时，门口又乱起来，本来已经人满为患的屋里，又挤进来几个人。

本来准备出门订酒桌的老万也跟着进来，走到张伯谦跟前回话："少爷，进来几个小伙计，说是来送点心的。"

张伯谦眉头一皱："我什么时候订点心了？他们是哪家点心铺的，告诉他们都退了。"

老万回答："少爷，他们说钱已经付了，而且东西不是送给您的。"

张伯谦还没听明白是怎么回事，那几个小伙计自顾自地吆喝开了：

"《民报》的王先生是哪位？王先生？您的油酥鸭！"

"《日报》的李先生在吗？王记包子一笼，您收好。"

"《每日报》的于先生，您的凤梨酥。于先生？于先生哪？嘿，钱都付了您东西还要不要？"

客厅里一片混乱，记者们既莫名其妙，又觉得有趣。奇怪的是这些小伙计送的吃食都是每个人最喜欢的那一种，似乎有人特意想把众人留下来。

张伯谦和老万面面相觑，张伯谦隐隐觉得事情不像是恶作剧那么简单，可又不知道该怎么办。

"咳咳……"张伯谦咳嗽两声，他觉得自己总得说点什么，正在想着词，门口挤进来一个人。

这次是个十来岁的小孩，穿着个脏兮兮的小褂子，在人群里探头探脑地冒出来，伸手在茶几上抓了一大把瓜子塞到自己兜里。

老万手疾眼快，抓住小孩胳膊喝问道："你干吗的？"

那小孩在人群中也不显得怕，脖子一仰，从怀里掏出一个不大的油布包晃了晃，"我是来送东西的。"

老万看了张伯谦一眼，拿不定主意。

张伯谦问他："你也是来送零食的？"

小孩摇了摇头。

"那你是谁家的伙计？"

"城北陈记药铺。"

药铺？这就奇怪了。不过张伯谦今天遇到的怪事也不止这一件，他没好气地说道："呸，晦气。这儿没人生病，快滚。"

小孩也不生气，老气横秋地反问："谁说药铺伙计就得送药的？"

这一句话顶回来，惹得记者们哄堂大笑。《尘世间》的那个记者凑过来问那小孩："那你是送的什么东西？"

小孩摇摇头："我不知道。"

记者又问："那你的东西是送给谁的？"

小孩的回答却出人意料："我也不知道。"

所有人都好奇起来，全屋的记者都在看这孩子。"尘世间"干脆蹲了下来，笑眯眯地问："你是说，这东西是给我们大家的吗？"

那小孩有些不耐烦了："老板让送我就送，我哪知道给谁啊？那个老板说了，到这里，东西给戴眼镜的就行。你们这么多人都戴眼镜，到底谁要啊？我还没拿着钱呢！"

众人面面相觑，"尘世间"反应最快，掏出一张钞票塞到小孩手里，一把将油布包拿了过来。翻过来发现上面贴着一张便笺，上面写着六个字：

"别客气，打开吧！"

"尘世间"喃喃自语："这东西有意思啊。"说着就拿着油布包往外走。其他记者反应过来，好几个人同时伸手拽住他："老黄，你别走！怎么回事？这包又不是给你一个人的！""对啊对啊，这里戴眼镜的又不止你一个，就在这儿打开！"

"尘世间"眼看独吞新闻的计划泡汤了，只好不情愿地扯开绑着包的麻绳，嘟囔着："刚才我给钱的时候你们怎么没人说话啊？"

张伯谦也凑上前，好奇里面到底有什么幺蛾子。

油布很快就被打开，里面是一张叠好的纸，纸下面还有一个小包。“尘世间”先掂了掂下面的小包，只有手掌大小，不沉，软趴趴的。小包上面写着一行小字：“读完字条再打开。”

这次没人笑了，大家的目光都集中到“尘世间”手上。

“尘世间”郑重其事地打开那张写满字的纸，看了两行脸色就变了，神情复杂地扭头看了看张伯谦。

大家都催他：“别光顾着自己看啊，快念！快念！”

“尘世间”又看了张伯谦一眼，然后像是下了决心，一字一字地大声念了出来：

“张伯谦先生，今天早餐的三明治好吃吗？你的三明治是从云桂街的西点店里买的吧？你有多久没吃到你媳妇做的早饭了？你媳妇是不是从来不给你做早饭啊？你的媳妇呢，昨天晚上没有回家吧？”

张伯谦顿时气得满脸通红，这都写的是什么啊！如果这个恶作剧是想让他丢个大人，那么目的真是达到了。

张伯谦愤怒地喊着：“不要念了！这是恶作剧！不准念！”伸手要去抢“尘世间”手里的字条，却被其他人有意无意地挡住了。这些记者平常肯定是不敢这样得罪张家公子，但这时候法不责众，现场那么多只手，张伯谦能知道谁是谁的？就算张伯谦要找人泄愤，也肯定是找“尘世间”，当众念出来的可是他，冤有头债有主嘛。

但大家马上就知道了，为什么“尘世间”明知会往死里得罪张伯谦，也要硬着头皮往下念完全文。

“……你如果还想见到你媳妇，明天中午十二点之前准备好一万美元旧钞，外加中央银行十盎司一块的金条二十条，放在一个灰色的布包里……”

屋子里再次鸦雀无声。“尘世间”念完这句话，已经出了一头的汗。他深吸一口气，胡乱用袖子擦了擦额头的汗，把纸上的最后一句话也念了出来：

“现在，可以打开那个小包了。”

张伯谦脑中一片混乱，耳朵里尽是嗡嗡的轰鸣声。他心中涌起一阵不祥的预感，一把从“尘世间”手里抢过小包，手忙脚乱地撕开，包里的东西掉在了地上。

所有人都看得清清楚楚，这是一团女士内衣。

张伯谦两眼一黑，他一眼就认出来，这就是妻子昨天穿的那件。

片刻的寂静后，场面再度混乱起来。记者们从张伯谦错愕的表情中，很容易就猜到了那件内衣的主人。有些记者七嘴八舌地向张伯谦提问，想要问出更详细的消息，有些记者立马飞奔出张家，赶回报社。还有几个聪明一点的，直接冲到客厅用电话向报社汇报，三四只手抓住了同一台电话机，老万拦都拦不住。

总之，所有人的目的，就是尽快把这个爆炸性的消息传出去。

两小时后，杭城二十一家报社中的十七家都出了《号外》，整个杭城市的大街小巷，都在谈论张家媳妇被绑架的事。

只有杭城市警察局，对这件事还一无所知。

第二章
Chapter 2

当张伯谦在餐桌上吃惊地看到报纸上的广告的时候，在杭城的另一端，杭城市警察局侦缉处处长江洋正在严肃地思考一件大事：

他该怎么制止办公室外的敲门声。

这几天，江洋一直没有睡好。自从年初重庆宣布要“还都”，江洋他们的日子就没有好过过。就在几天前，上头给杭城市警察局下了通知：

国民政府行政院宋副院长即将来杭城进行为期三天的视察。

宋副院长是情报口的顶级大佬。军统的戴局长刚死不久，高层斗法斗得正厉害。在这么个关头，情报口的大佬要莅临小小的杭城，指不定是要拿谁开刀。全城上下瞬间被折腾得鸡飞狗跳。

不过，这“鸡飞狗跳”主要指的是江洋他们这些人。上面的那些省主席、各种委员之类的高官人家只要把衣服熨平了，把讲稿背熟了就行；下面那些平头百姓到时候只管看热闹起哄就行。活都是夹在中间的江洋他们干的。

通宵制定巡视路线、备用路线，选定院长和大小随行人员的各处居所、备用居所，制定沿途的保卫方案、各种应急方案，搜索沿途民宅、商铺，驱散各处小偷、乞丐，清理赌场、妓院……没完没了的工作让江洋连着三天没离开过办公室。

没法回家倒无所谓，反正家里就江洋一个人，回不回都一样。关键是这三天里江洋没找到一次喝酒的机会。

足足三天！连着三天滴酒不沾，这简直要了江洋的命。

昨天又忙了一天，一大堆破事能糊弄的糊弄，能拖延的拖延，好不容易在傍晚找了个机会溜出去，痛痛快快地喝了一顿。喝完酒回到办公室，感觉还不过瘾，又从文件柜里翻出珍藏的半瓶白兰地，一仰脖全喝了，这才觉得回过点气来，身体终于像是自己的了。

眼看天空发白，舒舒服服地窝在沙发里睡了，谁知道刚眯了一会儿，却被敲门声吵醒。

轻而坚决的敲门声持续响了两分钟后，江洋愤怒地从沙发上爬起来。他有些好奇是谁这么不懂事——全警察局都知道江洋有个不成文的规定：只要他不开办公室的门，要么是人不在，要么就是在醒酒。至少应该等一个小时后再来敲门，省得找江处长的不痛快。

可门口那个人还在坚持不懈地敲。

江洋的太阳穴一阵阵地剧痛，他从沙发里爬起来，怒气冲冲地打开房门，却愣了一下。

站在门口的是前天刚调来的军统特派员张若离。

“什么事？”到了嘴边的脏话被江洋生生咽了回去。这位从南京空降来的张大小姐可惹不起。虽然张若离才来两天，但警察局里已经传遍了，都知道来了个冰山美人。江洋之前在局长办公室见过她一面，不得不承认“冰山美人”这个评价实在是恰当——的确是人漂亮脾气臭。但也仅此而已，江洋对她没有半点别的想法，他可不想和军统的人扯上任何关系。

“进去说。”张若离板着脸说完，就径直朝里走。要不是江洋闪得快，差点就被撞了个满怀。

张若离进来之后第一件事就是把办公室的门关上，这让江洋有些意外，正想嘴欠一下，张若离开口了，依然是那种冷冰冰的语气：“江处长，有个非常重要的案子，你要尽快侦破。”顿了顿，又补充道，“不是尽快，是今天一定要侦破。”

“哦。”江洋放松了下来，重新坐回沙发上，从兜里摸出一包皱巴巴的哈德门，抽出一根叼在嘴上，不置可否地点了下头，示意张若离继续说。他忌惮的只是张若离的军统身份，既然对方不是来找自己茬，而是来求自己办事，还这样一副上级命令下级的态度，就别怪江洋不客气了：“那什么，你先坐。”

张若离没有坐下，依旧笔直站着，面无表情地说道：“有一份重要机密文件失窃。”

江洋刚擦着一根火柴，正准备点烟，听到这句话手一抖，火柴掉在了地上：“什么？！怎么回事？”

江洋的失态是有原因的，虽然不知军统派张若离来杭城到底是干什么的，但这两天张若离都待在警察局的档案室里，谁都能猜到她的具体任务肯定和档案室里的文件有关。去年日本投降，国民政府接收了杭城日伪的旧机构，得到了不少日伪政府时期的档案。抗战结束后，百废待兴，军警系统今天要防这个，明天要反那个，每天要忙的事情太多，这些档案还没来得及整理，一直在警察局的档案室里原样存放着。虽然没什么人重视，但说起来保密级别很高。如果张若离真发现档案室里丢失了机密文件，那么这口黑锅肯定会扣在负责看管的侦缉处身上，也就是扣在他侦缉处处长江洋的身上！

“丢了什么文件？什么时候发现的？”江洋有些着急。

张若离的反应却很奇怪，本来冷漠的脸上忽然流露出一丝不好意思的神色，脸颊有些发红。她沉默了片刻，才低声说道：“今天早上丢的，文件在我皮包里，在福建路的路口。”

一听并不是在警察局丢的，江洋松了一口气，又擦着一根火柴，这次稳稳地把烟点燃了。

烟抽了一半，他也听张若离把事情讲清楚了。

这件事并不复杂：早上来警察局的路上，张若离在福建路口的馄饨摊吃早饭。这时旁边的巷子里冲出来一个人，后面远远的还有个女人边追边骂：“抓小偷啊！抓小偷！”

张若离放下碗就冲了出去，追了半条街把那小偷一脚踹翻在地上，没想到后面追来的那女人对着张若离张口就骂。骂了半天才听明白原来这是两口子，那女人的老公把家里的钱拿出去输光了，她追出屋来眼看追不上，一生气就喊抓小偷。等看到张若离把她男人打翻在地，又开始心疼老公，反倒骂起张若离来。

张若离本想做好事，却窝了一肚子火，等回到馄饨摊上，满肚子火气又瞬间化为凉气。

她放在桌上的皮包不在了。

“所以，江处长，务必今天把文件给追回来。”张若离讲完之后，再度恢复到冷冰冰的脸色。

江洋明白了事情的原委，清楚丢失文件的责任不在自己这儿，顿时放松下来。随即幸灾乐祸起来：什么两口子打架啊，这是江湖上最低级的骗术。没想到堂堂的军统特派员竟然一点社会常识都没有，上了这种当。又回想张若离刚才的描述，不由得抬头打量起张若离苗条纤细的身段，想象着一个看起来娇弱的美女当街狂奔然后一脚踹倒一个壮年男子的场景，心想军统的人怎么都是些神经病。

他吐出一口烟雾，跟张若离打起了官腔：“特派员，你也太不小心了。你的工作我们不干预，但档案室里的文件，按照规定是不能私自带出的吧？”

张若离脸色有些发白，嘴上却很强硬：“我并没有从档案室带出文件。只是皮包里有一本笔记本，上面记录的信息很重要……”

江洋漫不经心地问道：“张特派员，能问一下这些信息的具体内容吗？”

“党国机密。”张若离干脆地拒绝。

这个回答在江洋预料之中，军统的人都这个样儿，成天神秘兮兮地拿根鸡毛当令箭，开口闭口都是党国机密。

“那你总得把皮包什么样告诉我吧。”

“棕色公文包，就是最常用的那种制式皮包，上面有党徽，其中有一根带子是新换的。”

“行，我知道了。”江洋站起身，又打了个哈欠，宿醉后的头疼渐渐开始发作起来，他揉了揉太阳穴，“等找到了我给你送去。”

江洋是说的实在话，他并没想在这件事上为难张若离。这种小事对他来说是举手之劳，给街面上那些兔崽子打个电话让他们送来就行了，顺水的人情不送白不送。唯一让他有些烦恼的是，明明跟他们打过招呼这几天要消停点，结果还明目张胆地出来干活。应该好好敲打敲打他们了。

张若离却像没看到江洋准备送客的态度，站着没动，反而有些吃惊地看着他。

“怎么了？特派员还有什么事吗？”江洋有些莫名其妙，低头看了看自己，除了衣服皱巴巴的没什么特别的啊。

“你不去审问现场的目击者吗？那怎么找回东西？”

“什么目击者？”江洋有些蒙。

“馄饨店老板和小工，当时也在摊上吃东西的三个人，还有那对夫妻，我都带回警察局了。但你的那些手下推三阻四，说要等你下命令才能审。”张若离越说越气，胸口不停起伏，“杭城的治安这么差，我认为和你们侦缉处的工作作风有很大的关系……”

“等会儿等会儿！”江洋打断了张若离，他觉得头有些大，“先不说这些人你有没有资格抓，你是怎么把他们带回来的？”

张若离似乎不屑解释这个问题，抬手把自己的风衣左襟掀起来了一点，露出腰间那支精致的勃朗宁手枪。“现场人是有点多，不过朝天开了两枪就好了。”

“什么，你还在大街开枪了？”江洋捂着脸跌坐到椅子里，“最重要的事你应该先说啊，我得去收拾现场啊。”

“不用，两枚弹壳已经捡回来了，我的那份报告也写完了。你还有什么要问的吗？”

江洋好半天才回过神来，他发现自己之前的判断还是有些偏差：

第一，这份丢失的文件对张若离的重要性比自己想的要严重。第二，这个娘们儿太虎了！

“特派员，你……”江洋想了半天，最终还是忍住了想要骂她乱来的冲动，深吸了一口气，尽量做出郑重的表情，安慰道，“请放心，今天一定能把皮包给你找回来。”

张若离依旧站着，不为所动，“谢谢，那请江处长立刻行动吧。”

江洋哭笑不得，耐心地解释：“办案子不是你想的那样……总之姑奶奶你先回去吧。下午六点之前如果皮包没有找回来，我提头来见，行了吧？”

张若离点点头，接受了江洋的承诺：“六点前。”

说完再次撩起风衣，故意让江洋看到腰畔别的枪，然后重重合拢衣襟，干脆利落地转身走出了办公室。

张若离走后，江洋好整以暇地把这根烟抽完，打开了办公桌的抽屉。在帮张若离解决这个麻烦之前，先得把自己的麻烦解决掉。他记得办公室里还剩下几片阿司匹林，这镇痛的玩意儿对于此刻的江洋来说是救命仙丹。

江洋撅起屁股一个个地打开办公桌的抽屉，一顿乱翻，终于在抽屉最深处找到了那个小药瓶，又从桌下翻出一瓶不知道什么时候剩下的酒，就着瓶底的最后一口酒把两片药送进了嘴里，这才长出了一口气。

等到大脑再次运转起来，他这才从衣架上拿过大衣，刚走到门口，办公室的门毫无征兆地被重重推开了。

在整个警察局里，敢不敲门就硬闯江洋办公室的只有汤局长了。

江洋摸摸头，看着一脸怒容的局长，抢先开口："报告局长，张特派员在大街上开枪这事儿我知道了，正准备去处理。"

"处理个屁！"汤局长怒气冲冲，把手里一沓纸使劲拍在了江洋的办公桌上，"奇耻大辱！简直是奇耻大辱！"

江洋有些莫名其妙。当街鸣枪这种事影响是挺坏的，警察局不好拿张若离怎么样也的确是事实，可怎么也谈不上是奇耻大辱吧。老汤能力平平，能坐上局长的位置主要靠的是圆滑的性格和一手和稀泥的好本事，江洋还从来没见他这么暴跳如雷过。

"你们侦缉处的人都是吃屎的吗？这么大的事，警察局居然是最后一个知道的！"汤局长暴跳如雷，一巴掌拍在桌上，几张纸从桌上被拍得飞起，落在江洋脚下。

江洋的目光扫到纸上的内容，立刻傻眼了。

这些都是用大号字体油印的《号外》，江洋匆匆扫了一遍，全市各大报社的都有，内容大同小异，都是关于今天早晨淮海路张家那场离奇的"新闻发布会"。

江洋匆匆翻着，越看脸色越难看。这个绑匪太过嚣张，这种行为简直就是公开挑衅警察局！这两天全侦缉处正使出浑身解数整顿街面，局长昨天还在报纸上信誓旦旦地说过"本市治安良好"，今天这件事无异于让局长被人打了一耳光。

更糟糕的是绑架的细节。《民报》和《日报》这样的大报还有些节制，除了客观记录了绑架案爆出的全过程外，报社的点评都是从罪犯是否有政治目的之类的角度来分析的。《尘世间》这种黄色小报就比较肆无忌惮了，直接用“据闻张家儿媳贴身衣服皆被剥光”之类的下流标题，内容更是添了很多不堪入目的描写。

但最糟糕的还不是这个，而是被绑架者的身份。平心而论，汤局长只是拍了两下桌子已经是很克制了。

“淮海路张家，张伯谦，你知道是谁吗？”

江洋站得笔直，点头。

“那你知道张伯谦他爸爸是谁吗？”

“知道，就是上次面见蒋委员长的时候，代表杭城工商界上台讲话的那位。”

江洋明白汤局长为什么会暴跳如雷。再有几天就是宋副院长来杭城的日子，这个节骨眼偏偏出了这么一档子事，这不是要命吗！宋副院长为什么兴师动众地来杭城？不就是因为他的情报口工作不利，正到处巡查找漏，想找点东西跟上面交代吗？结果人家一来，就让人家看这个？简直就是人家拉好枪栓，你去堵枪口。

想到这里，江洋也有点慌了：“大后天就是……”

汤局长黑着脸冷笑一声，“你知道就好，这案子赶紧给我解决干净。后天之前办不好，我先掐死你，然后自个儿上吊去！”

“还有，”走到门口的汤局长想起了什么，转头说道，“那个张若离惹下的事，你赶紧解决。这个节骨眼，什么纰漏都不准出！”

江洋一推开审讯室的门，就看到对面墙角灰头土脸地蹲着几个人。听见江洋的脚步声，几个人抬头看了他一眼，又低下头，满脸的无可奈何。

守在审讯室的警察见江洋进来，立刻凑到跟前邀功：“老大，这几个家伙才进来的时候吵得不行，收拾了一下就都老实了。”

江洋斜了他一眼，“里面有没有给日本人干过活的？”

“没有，没有，知道您老的习惯，都查过了，没有二鬼子。”

“那就都放了。”

“都放了？”那警察有点意外，轻声提醒道，“张特派员的包还没问出下落呢……”

“他妈的，侦缉处是我说了算还是她张若离说了算？”江洋忽然发起飙，小警察吓了一跳，闭上嘴不敢再说话。

“滚，都给我滚蛋！”江洋重重拍了下桌子，气势比刚才汤局长在他办公室里还要足。那几个被莫名其妙抓到警察局的路人本来都是一肚子怨气，见江洋先发起飙来，反而什么也不敢说，赶紧溜出拘留室。

“张若离胡闹，你们也跟着胡闹？看见美女骨头就软了，就想献殷勤了是吧？”江洋气还没撒完，等人都走了，对着那警察继续骂。

“特派员毕竟是军统……”

“闭嘴。”江洋无力地挥了挥手，他其实明白手下也没什么大错，只是借机发泄一下，“好好看看这几张报纸，他妈的，警察局的脸都丢光了，给老子干活去。”

把那几张《号外》扔给目瞪口呆的手下，江洋转身走出了审讯室。

江洋回到自己的办公室，关上房门，把自己扔进椅子里，随手抄起刚才喝完的酒瓶，晃了晃瓶子，仔细地观察了一下瓶底。然后叹了口气，把空瓶子扔到一边，从怀中掏出一个电话号码本，拿起了办公桌上的电话。

第一个电话，是用来找皮包的。

其实要不是张若离这个疯婆娘乱来，这事本来很简单。杭城地面上的所有小混混都有自己的领地，在微妙的平衡中他们划分好了势力。所以当张若离报上皮包丢失的街道名字时，江洋已经知道该找谁了。

电话接通后，江洋不等对方开口，直接报上名字：“我是江洋。”

对面一听到江洋的声音，情绪有些激动，马上滔滔不绝地说起来：“您昨天一跟我打招呼，我立刻就吩咐下去了。我跟他们说啦，江长官比你们的爹妈都亲，江长官说话，就跟你亲爹亲妈教育你一样。谁知道我们不招惹别人吧，人家反倒惹我，竟然还在我地盘上动枪了！您不用说，我知道是谁干的，是不是老汪他们？我就知道这帮王八蛋早就想抢我的地盘。江长官，我没别的意思，就是给您先打个招呼，我他妈非干死那个王八蛋……”

“你闭嘴。”

“……是是，您说。”

“我告诉你，今天开枪的那娘们儿不是老汪的人，她是我亲奶奶。”

“您说什么？”电话那头愣住了，“没听说您老在杭城还有亲戚……”

“别废话，别的事你用不着知道，她今天丢的那包，棕色的公文包，上面有党徽的那个，赶紧给我原封不动地送来。还有，你的人我刚才已经放了。正经告诉你手下那帮兔崽子，别拿我的话当耳旁风，这几天谁敢再上街，我见一个毙一个。你别给我哭穷——毙了以后我天天给你们烧金元宝。”

“啊，啊……好好好……您放心……”

虽然相信对方肯定会守规矩，江洋还是再叮嘱了一句：“公文包里的东西不许看也不许动！”说完没等对方回答，就把电话挂了。

打完这个电话后，江洋再次翻出记电话的小本子，这次犹豫了一会儿，才选中了几个号码。

下一个电话是打给华兴路上的一个酒吧。

接电话的人口气很冲，“谁啊？没开门呢。”

“侦缉处江洋。”

那头的语气立刻变得热络：“江长官啊！哎呀您都好几天没光临了。今晚过来喝几杯？我这儿刚来了一个俄罗斯妞，保证……”

“滚蛋，找你有正事。”江洋打断他继续胡说八道，说道，“我就问你一句话，今天满大街的《号外》，上面那事是不是你的人干的？”

“绝对不是！”对方赶紧否认，“这事我也是看报纸才刚刚知道。”

“你打听一下，有消息告诉我。就这样。”既然对方一口否认，江洋也不再继续追问。

又拨通了一个电话。

江洋没等电话那头开口，直截了当地问：“想清楚再回答。张家的绑票，跟你们有没有关系？”

“没有没有，真没有！我早改做小本生意了，这种大买卖哪儿做得起啊！”

“真没有？别让我给你揪出来。”

“江爷，真没有！这种事我不敢跟您说瞎话，这么大的买卖真要是我干的，我肯定早就跑了！要不……我给您打听打听？一百块活动经费，三天内我保证……”

江洋懒得跟这种人废话，直接把电话挂了。

他相信对方说的是实话，但他不相信对方能调查出什么结果来。

现在不是旧时候了——在日本人来之前，像杭城这样的沿海大中城市都有帮会把持，遇到绑票这样的恶性案件直接找他们就行。如果是帮会自己做的，那就按警局和帮会之间默认的规矩来：苦主家掏钱，那边放人，警局结案，皆大欢喜。如果不是帮会而是外来的流窜犯做的，也好办，放出风声后自有帮派去抓人，没过几天准能把人质放回来，而那些犯事的家伙，在送到警察局之前早就受到了该有的惩罚。

可是现在不同了，市面上什么样的人都有：三五个小混混就敢出来立堂口，再加上残留的日伪特工、土匪、白俄人、美国人……现在的杭城就是一锅大杂烩。想到这里，江洋不由冷笑一声，这种事没准还是国军兄弟们自己做的呢。上个月山西就出了这么一档子事，甚至惊动了南京，最后掉了好几颗人头。

接下来，江洋又打了四个电话，得到的全不是他想要的答案。

最后一通电话，他打给了驻扎在杭城北边的国军师部，这是他最后的希望。

接电话的人十分紧张，声音很小但是语气严厉：“不是给你说了，最近风声紧，没事别往我这儿打电话了吗？”

“真的有要命的事求你。”江洋语气有些急了。

“妈的，我再帮你最后一次啊！挂上电话，你等着。”

五分钟后，电话铃响起，江洋迅速抓起听筒，发现手心里已经沁了一层汗。

那边只说了一句：“不是我们的人。”不等江洋回答，就匆匆挂上了电话。

看着眼前的电话机，江洋有些愣神。他忽然意识到，自己擅长的招数已经用光了，但是案子依然没有一点线索。

想到这一点，他反而冷静下来。

他靠在椅背上，闭上眼睛，把事情前后仔细地想了一遍，才惊觉这个案子和以往所有的案子都大不一样。

首先是作案对象。张伯谦家族在杭城的影响太大了，只要是心智正常的人，都不会找张家这样的对象下手，肉没啃下来倒容易把自己的牙给崩了。绑匪不忌惮张伯谦，总要忌惮张家老爷子吧？想到这里，江洋忍不住倒吸了一口凉气。他想到了最关键的一点。

目的。

绑架无非是求财，但这次绑匪的行为却匪夷所思。绑匪先在报上登了广告，把记者都招到张伯谦的家里，然后在所有记者的见证下，公布了张家媳妇被绑票的消息，同时向张家开出赎金，好像生怕全世界不知道人质被绑票了一样。

可要是为了求财，绑匪应该希望知道的人越少越好。最好的结果是只有事主一家知道内情，没人报警，这样才能顺利拿到赎金。可这个案子算什么？绑匪敲锣打鼓地张扬，这不是替事主家报警吗？这对绑匪有什么好处？

难道是……江洋脑中闪过一个念头：这事会不会和宋副院长巡视有关？

他使劲晃了晃脑袋，实在看不出这两件事之间有什么联系，就算有，也是他解决不了的问题。

他能做的，只有让手头的工作不出错，其余的事情就等别人去解决了。不过唯一可以确定的是，这案子看来没那么容易解决。从一开始江洋就知道，这案子如果不尽快解决会有大麻烦，但没有想过这案子有可能破不了。此时他才意识到，他之前过于乐观了，这口黑锅在压到局长头上之前，或许会先压死自己。

他瞄了一眼地下的空酒瓶子，叹了一口气，然后掏出腰间的钥匙，打开了靠墙的铁皮柜门，从柜子里拿出了手枪、弹夹和手铐。检查了手枪和弹夹后，他把手枪仔细地插在腰间的皮带上。江洋习惯性地拿起椅子背上黑色的警察制服，想了想，又放下制服，从身后的衣柜里翻出一件藏青色的薄大褂，套在外面。宽松的大褂完全掩盖了手枪的外形，这样即便在衣服里握住枪把，在别人看起来也只是缩着手。

虽然江洋表面上看起来不着四六，遇见大事却从不慌张。面对行为怪异的绑匪，他已经收起了所有的轻视，做好了最坏的打算。打电话是他处理案子最常用的办法，但并不是他唯一会的手段。在此之前，所有人，几乎连江洋自己都忘记了，毫无背景的他当年是如何靠着一把枪爬到了今天这个位置的。捷径走不通，江洋反而迅速找回了状态，他感觉到，过去那个连破大案的自己又回来了——至少回来了一部分。

穿戴整齐后，江洋走出了警察局大楼，绕到后门。有个家伙鬼头鬼脑地蹲在后门的边上，看见江洋来了，满脸堆笑地走过来，把怀里的一个大牛皮袋子不露痕迹地递给江洋，嘴上赔着不是："江长官，实在是不好意思。下面的人净乱来，兄弟已经教训过他们了。"

江洋朝四周瞄了一下，见没人注意，拨开袋口扫了一眼，里面是一个棕色的公文包，应该就是张若离丢的那个了。江洋把袋子往腋下一夹，掏出钱包抽出几张钱。想了想，又多拿了几张，塞到那人手里，"拿着吧。这几天不让你们上街，肯定都憋坏了吧。告诉你那帮兄弟，都给我拘着点，这是非常时期，出了事一律从严，我也保不住你们。"

那人作势往外推："哪能！哪能收您钱啊！"绑架案没有进展，江洋本来有些沮丧，但这么快就把皮包找回来了，让他的心情好了一些，至少说明他江某人在杭城还是有一定分量的。他笑着骂了一句："少给老子装了！"轻轻踢了那人一脚，那人接过钱嬉皮笑脸地走了。

夹着纸袋，江洋来到大楼背后的操场边，推开了一栋小平房的门。

这是侦缉处的值班室。按照规定，无论白天还是黑夜，每天这里随时都应该有至少四名侦缉处队员值班。

屋子里烟雾缭绕，四个部下惊恐地看着江洋，一句话都说不出来。

江洋看了一看桌子上的麻将和钞票："给你们两分钟换好便装待命。王超，你先给我出来。"

第三章
Chapter 3

全局的人，背地里都管王超叫“江处长的狗”。

这个外号有两个意思，一是因为他办案时总能发现别人注意不到的细节，江洋有次夸他对线索的直觉“跟狗鼻子一样灵”。可另一方面，总有人嫉妒王超在江洋手下最为得宠，叫起这个外号时的味道就有些复杂，暗讽他对江洋忠心耿耿，像条听话的恶犬。

但王超挺喜欢这个外号，他比别人对江洋的了解更深，也是真的从心底里服江处长。王超二十岁出头就能混成侦缉队一组组长，实际上的副处长，都是因为江洋的着力提拔。能成为江处长的得力干将，他觉得是件很自豪的事。

“什么事？”王超不以为意，笑嘻嘻地打着招呼，“手气正好着呢，您再晚来一会儿我非得把他们裤子都给赢过来。”

“对不起啊超哥，就耽误您两分钟。劳烦您先看看这个。”江洋皮笑肉不笑。

听到江洋口气不对，王超再也不敢多话，乖乖接过江洋手里的《号外》看起来。

他的反应和之前江洋差不多，先是目瞪口呆，然后勃然大怒：“这不是和我们叫板吗？是不是老徐那帮人搞的？我这就去找他们，这帮狗日的吃了豹子胆吗？”

“别找了，电话我都打过了，不是我们认识的人干的。这案子不一般，别掉以轻心——先走常规程序吧。我等下去一趟张家，回来之前你把这案子里所有有关的人都查一遍，把该做的都做好，别让我失望。从现在开始，张家绑票案就是侦缉处的头号任务。”

说着，江洋忍不住骂了一句：“他妈的，警察办案得先从报纸新闻上找线索，这事真新鲜了。”

王超狠狠地说：“您放心，咱们处的兄弟从来都不信邪。”

打发走王超，江洋拿着皮包转身进了警察局的办公大楼。在专心办这个绑架案前，他要先把今天早晨那件忽然冒出来的破事解决掉。

档案室位于警察局地下室，是个里外两间的套间。里间是存放档案的大房间，四面封闭，没有窗户，只有一扇大门，是那种漆着黑漆的实心大铁门，防火防盗，看上去十分像银行金库。

外间是一个小办公室，里面有张办公桌和一些简单的办公设备。原本是供档案室的人员值班用的。日伪投降后没人顾得上管档案，这间屋子就一直闲着，张若离来了以后，这里就成了她的临时办公室。

江洋走进屋子的时候，张若离正在打电话，见到江洋进来，她对话筒说了两声就挂断了电话。

江洋把皮包随意地扔在桌子上：“特派员，您点点吧，里面的党国机密可别少了几个字。”

皮包如此快速就找回来了，张若离却没有表达任何谢意。她没去碰桌子上的皮包，只是冷冷地说道：“江处长，请你出去等一下，包里的东西不能给外人看到。”

张若离这番话说得理直气壮，江洋差点被气死，想到今天的破事已经够多了，于是硬生生忍住没有发火。但出门前还是忍不住冷笑一声：“您叫我小江就行。处长只会在办公室里作威作福，谁会大早晨的出去找皮包。”

张若离没接话。江洋冷笑着走出办公室，脚刚离开门槛，“咣”的一声，办公室的门就从里面关上了。

走廊里冷冷清清的，江洋一时间觉得自己好像是个从教室里被赶出去的小孩。他有心不理这事直接去办案，又怕张若离再闹着少了什么东西。他只觉得一口恶气堵在胸口，下意识地掏出烟卷叼在嘴上，却发现找不到火柴。上衣摸完了摸裤子，裤子摸完了摸衬衣，越摸不着心里越烦躁，一把将嘴上的烟扯下，扔到地上狠狠碾了几下。按说自己现在应该赶紧到张家了解情况，却被这种狗皮倒灶的小事给绊住了。

过了好半天，办公室的门再次打开，露出张若离的冷脸："江处长，请进。"

江洋气哼哼地走进去，强调道："是小江。"

张若离没搭理他，她面前摆着一份牛皮纸袋。张若离指了指纸袋的封口处："这个纸袋被人打开过。请你把所有接触过这个皮包的人都交给我。"

江洋想拿过纸袋细看，刚伸出手却被张若离一把挡开。

江洋知道这个女人不可理喻，也不跟她计较，问她："这包里的东西有没有少什么？"

"没有。东西都在。但是——"张若离提高声音说道，"但我要明确查清楚纸袋里的东西是否被其他人看过。保密条例第十七条……"

"把绝密文件丢在大街上，是违反了保密条例第几条啊？"江洋忍不住反击了一句。但他不想在这时候和张若离闹僵，见张若离脸色涨得通红，语气缓和下来："您看，这也不是正规的档案袋，上面也没有蜡封。也不能就肯定说被人看过了吧？"

"我们有专门保存文件的手法，我说动过就是动过。"

江洋倒没有怀疑张若离的话，但他一点都不担心张若离的文件会泄露出去。他了解街面上的那些小混混，都是些大字不识的家伙，这些文件对他们来说和废纸没什么区别。更重要的是，这帮人懂得做事情不能过线，江洋既然已经打过招呼，盗窃军统文件这种够枪毙一百回的事他们肯定没胆子做。退一万步说，就算知道这东西值钱，他们也不知道该卖给谁去。

"您要这么说那这事可就没边儿了，您说有人看过就看过？我还觉得每天出门的时候总有小姑娘偷着看我呢。特派员您要是闲着没事也帮我查查？"

"江处长，请您严肃点！事关党国机密，这是正常的保密制度流程。"

江洋发现问题出在哪里了：张若离和自己是完全相反的两类人。

或者更准确地说，他们是两个世界的人。他相信张若离并不是有意刁难自己，只是她这种在军统机关工作的人，性格严谨，凡事都得严格按照条例来做。她对街面那一套完全不懂，根本不明白按照道上的规矩，东西拿回来，事情就解决了，江洋绝不可能再把人交出来。他江洋能混到今天这个地步，能在杭城所有街面横着走，靠的就是混出来的义气和信用。一旦他破坏了规矩，将来一定会有无穷无尽的难事等着他。

但这些话也没办法摆在明面上讲，总不能告诉张若离说“特派员你放心，那些小偷我都特别熟，我江洋担保他们不会泄露这些文件”吧？

江洋看了看手表，不能再这样耽误下去，他准备用绝招了。

“张特派员，你说的对，我还是原则性不够强。”江洋突然诚恳地说道。

张若离有些狐疑地看着他，对于江洋态度的忽然转变，本能地保持警惕。

“我这就找人去。一定不能让机密外泄！就算把杭城翻个底朝天也保证把捡到包的人找出来！”

“捡到？什么意思？”张若离愣了，“包是被偷的啊！”

江洋一拍大腿，“怪我没给您说清楚。是这样的，刚才有人把您的皮包给送回到警察局门口。您看，我们杭城市的治安还是不错的嘛，还是有很多拾金不昧的人。我这就去把这做好事的市民给找出来，这种事得好好表扬一下……”

他一边满口胡扯，一边向门外走去：“我还有事，等找到人了我再给你送来啊。”

张若离知道自己被耍了，但江洋已经迅速溜出了她的视野。她原本冷冰冰的脸上露出恼怒的神情，对着门口的空气喊道：“江洋，你浑蛋！”

江洋开着车刚拐到张家所在的淮海路上，就感觉不对。

平时清静的街上现在全是人，有踮脚看热闹的，有聚一堆聊天的，本来就不宽的马路被堵得严严实实。江洋一面按着喇叭缓缓朝前开，一面把车窗摇下来一点，街边看热闹人们的议论声立刻传进车子里。

“我早就知道他们家要出事，那女人本来就不正经。”

“……听说全都叫人扒光了，把照片都寄回来了。可是都叫警察局收走了，不许报纸登！”

“嘿，那帮警察不等于白占便宜了吗？”

等开到张家公寓的院外，更是人挤人，最外面是看热闹的，里面是记者，再里面是几个巡警，拼命地把记者往外面拦。江洋下了车，费了好大劲才挤进去。

张家的大门口有两个下人在把门，江洋把自己的名片递进去，等了好一会儿，下人才出来说："老爷说了，今天这事跟警察局无关，我们家自己解决。请江处长先回去，改天老爷请江处长和汤局长吃饭。"

江洋听明白了，这正是他之前一直担心的情况：张家准备自己交钱赎人，不想让警察插手。

可这是江洋绝对无法接受的。真要让张家老老实实交钱，事情的性质就完全变了。如果绑匪拿了钱撕票，那么警察局肯定倒霉，这不用说了。最好的情况呢，是绑匪拿了钱后把人放回来。那人质倒是安全了，可绑匪就难抓了——钱到手后傻子才会露头！这样一来，事情的结果是绑匪拿了钱又成功逃跑，这将成为杭城警察局的奇耻大辱。恐怕到时候全国的报纸都会当成大新闻，自己这辈子就别想再抬起头来。

想到这儿江洋也不再客套，推开下人直接往里走，"这是刑事案件，不是你说自己解决就行的，让我进去。"

那下人还想阻拦，"要不您再等等，我再给您进去通报一下？"

江洋一把推开对方，"走开，侦缉处办案，用不着你通报！"直接闯进了张伯谦的洋房。

洋房里人头攒动，客厅中央的椅子上，坐着个双手拄着拐杖的老头。他就是张伯谦的父亲、杭城市候补委员、杭城市商贸协会会长、杭城爱国自救委员会会长、杭城市五家工厂的董事长、数十家店铺的所有人——张益之张老爷子。

老爷子周围，站着七八个男女，毕恭毕敬地听着老爷子说话。江洋进来的时候，正听见后半句："……最不好办的是金条，得从上海调……"

这些人江洋大多认识，张老爷子不但自己来了，还把所有的儿子儿媳女儿女婿都叫来，在这儿开家庭会议呢。江洋弯着腰蹿到张老太爷面前："老太爷，晚辈江洋给您请安了。"说着身子一低，两腿一弯，这就要往下跪——当然他不是真的要跪。两腿虚着弯了弯，旁边自然有人把他给搀起来。

张益之从鼻子里哼了一声："小江，别来这套，咱不兴这个好几十年啦。"

“那可不成，规矩还是要兴的。”江洋嘴上依然恭恭敬敬的。

“规矩？哼，张家的规矩都被败光了！”张老爷子怒气冲冲，后半句却不是冲着江洋说的。

脸色苍白的张伯谦站在一边，听到这句话身子一抖，轻车熟路地跪在地上：“爸……”

江洋同情地看着他。张家公子的事他过去听说过一些，都是当成笑谈——之前在美国留学好些年，回来后也没学到什么好，反而冲着老爹高谈什么“新时代新生活，男人和女人要平等，儿子和爹也要平等”，气得老爷子摔断了一根拐杖。但今天这种人命关天的事情落到身上，还是立刻就了。

这边张老爷子已经开始絮絮叨叨地教训起儿子了。江洋有心要说正事，一时间又不好打断，心里正焦躁，忽然感觉胳膊被人轻轻捅了一下，转头一看，是张伯谦的三哥。

张家三少爷的年纪和江洋差不多，却是张家几个兄弟中最撑得起门面的。二十七八岁就接手了张家最重要的外贸生意，在杭城也是呼风唤雨的那类人。老爷子训张伯谦的时候，其他几兄弟都低头垂手老老实实地听着，只有老三神色自若。

张家老三拉着江洋的袖子轻声说道：“我们去抽根烟。老爷子训人说话不留情面，你在旁边看着，伯谦没面子。”

江洋心里明白得很，这肯定是张老爷子的意思，人家明摆着懒得理自己。不过这也没办法，侦缉处长的身份也就在普通人面前好使，面对这倔老头，估计汤局长来了也是一样没辙。

跟着走到一间客房里，江洋立刻关上门，直截了当地问：“绑匪有联系过你们吗？”

这是他最关心的问题，按新闻上说的，绑匪虽然列出了赎金的要求，却没有提出赎回人质的具体时间和方式。江洋最担心的就是张家已经和绑匪谈好，准备私下交易。这个过程充满风险，如果出现意外，绑匪拿了钱却撕票，绑架案变成凶杀案，性质就完全不一样了，整个杭城必将掀起狂风暴雨。还好，张家老三摇了摇头：“绑匪没打过电话，也没再有别的信息送来。”

江洋只是稍稍松了口气，依然十分焦虑。绑匪人质在手，随时会再联系张家。虽然他已经让王超去调查其他线索，但经验让他明白，和绑匪直接接触才有可能获得最直接最有用的线索。

“老三，你给我透个底，张家现在是怎么个意思？”和张家老爷子在杭城市的超然地位不同，张家三少爷和江洋都算是场面上的人物，也打过交道，所以江洋干脆直接问道。

张家老三没立刻回答，从怀里掏出一盒雪茄，递给江洋一支。江洋摆摆手，拿出自己的哈德门叼上一根。

两个人默不作声地抽了整整一根烟，张家老三才重重地叹了一口气，吐出两个字：“丢人。”

江洋没有说话，等他的下文。

“老爷子从来没丢过这么大的人。本来老爷子就不同意伯谦这桩婚事，这事一出，他都吵着要把伯谦从族谱除名了。可是，你也了解我们老爷子那人，”老三咧开嘴笑了，“儿子毕竟是儿子嘛。”

江洋露出个理解的表情，张老爷子虽然动不动就打骂，但其实也是一种疼爱的表现。

“不过老爷子气归气，也应该先找人啊。这毕竟是件意外，老爷子对着张伯谦发火有什么用啊？”江洋问道。

“你不明白，老头子气的不止这一件事。”

听了张家老三的讲述，江洋倒也有些理解张家老爷子这样的态度了。

老爷子这些年开始修身养性，除了蒋委员长视察杭城这样的大事之外，一般的活动一概不参加，在险恶江湖混了大半辈子，如今喜欢待在家里读孔孟之书。张伯谦娶新式女人、闹着分家这几件事，被老爷子当成奇耻大辱。尤其是老爷子听说儿媳妇婚后还经常一礼拜有好几天不回家，勃然大怒，甚至把挂在客厅正中自己写得最满意的一幅字都给撕了，指着上面写的“修身、齐家、治国、平天下”几个字说：我连儿子都管不好，没脸再看这个。

张伯谦是张家最小的儿子，早年深受疼爱，还是张家唯一出国留过洋的，本来承载了老爷子最大的希望。所以后来分家的时候，老爷子的气有一多半是生在这个儿媳身上，觉得儿子是被她带歪了。其实等过了气头，老头子慢慢习惯了，说不定也就捏着鼻子接受儿子儿媳的新作风了——老头子虽然嘴上“孽子孽子”地叫，但还不是给了这套淮海路的宅子给小两口住吗。

张家老三朝客厅那屋努了努嘴：“这不，杭城十几家铺子里的现金都取出来了。金条还差一些，得从上海调。”

“不能和绑匪私下交易！”江洋急了，“这帮人肯定是图谋已久，一旦他们轻易拿到钱，八成会撕票。这是人命关天的事，老爷子一时情急，你还不明白这个道理吗？”

张家老三叹了口气：“如果是想抓绑匪，老爷子早就给你们汤局长和警备司令部打电话了。但是老爷子就是想把人救回来，不想横生枝节。对张家来说，这些钱虽然不少，毕竟没到伤筋动骨的地步。”

“更何况……”张家老三顿了顿，干脆说出心里话，“我不是说江队你啊——但警察办事还真没法让人放心。”

这话说得不留情面，江洋却没法反驳，警察局这些家伙平时都是什么干活的他最清楚。不怪张家这么想，要想平安救人，找警察还真不是最好的选择。

“江处长，我知道你是好心。老爷子是讲道理的人，事后不会为难你们。总之这事你就别操心了。”

江洋知道说再多也没用，平心而论，自己若和张家换个位置，多半也会做出这种选择。他又问了一些例行公事的问题，比如张家儿媳的交往圈、昨天什么时候出门等等，张家老三也没隐瞒，都告诉了江洋。

“既然老爷子拿了主意，那我就告辞了。”江洋顿了顿，知道没用，还是说了一句，“万一老爷子改变主意了，给我说一声。”

走出张家，江洋有些沮丧，没有了人质家属的配合，破案的难度陡然大了几倍。他发动了汽车，心想王超你小子争点气，一定要发现些线索才行啊。

王超没有让江洋失望。

去张家一来一回，也就两个小时的工夫。等江洋回到办公室的时候，桌子上已经放着几份笔录，还有几个和案子有直接关系的人也被王超带了回来。这小子知道事情重大，认真起来一点都不含糊。

江洋问了问王超都带来了哪些人，决定先见见《杭城民报》的编辑。整个绑架案都是从《杭城民报》的那则广告开始的，江洋要见的，就是负责接洽广告业务的编辑，因为他当时接待的那个人，很有可能就是绑匪之一。

陈编辑是个四十出头的中年人，戴着一副玳瑁眼镜，一看就是那种见过世面的文化人，到了警察局里也没有什么拘谨的感觉。他没有喝江洋递给他的茶，主动开口问道："你们不会怀疑我是绑匪吧？"

"怎么会呢？就是了解下情况。"

"那就好，我就说嘛，江处长肯定不会那么糊涂，像你手下那样，觉得是个人就是嫌犯。说起来我进局子还是第一次，不过感觉还挺新鲜，回头可以考虑在报纸上多登登这方面的事，读者肯定也都好奇嘛。"

这番话夹枪带棒，多半是王超把人带来的过程中发生了不愉快。江洋只能当没听见，"请你再描述一下那个人的长相，和当时的具体情况。"

说到案子，陈编辑很配合，回答得很快："大概三十出头。戴个棕色帽子，穿着蓝布长袍，围着深蓝色的围巾，戴眼镜，黑边的，手里拿着个皮包，嗯……就是教书先生最常用的那种。因为有帽子和眼镜，所以长相没有什么印象。说话很有礼貌，话不多，没有口音。"

江洋翻了翻笔录，基本一致，说的也很清楚，但没有什么有用的。于是又问："你觉得他是个什么样的人？"

"感觉是个教书先生或者坐办公室的。办事利落，多一句话都没有，干脆得很。"

"你们登广告，内容都不审查核对的吗？"

"审，怎么不审？"提到这个话题陈编辑激动起来，"今早上张家小少爷就为这事儿打电话来骂过，但我们也委屈啊。这广告本身的内容一点问题都没有。你不信可以查查，我们一个月光结婚、办酒、乔迁的广告就少说有几十个吧。当时我也没想那么多。"

"我说，这么反常的广告，你就一点儿也不觉得奇怪吗？"

"奇怪当然是有一点。别人登广告都是登一小条，意思到了就行了。这个人要登半个版，而且没说是发布什么新闻，这种情况的确是第一次。”

“那你为什么没有多问几句？”

“因为是张家登的啊。”陈编辑理直气壮地回答，“一想到是张家登的，这么大手笔也就觉得正常了。”

“别人让登你就登？”江洋对他的态度有些不满，“报纸想登什么就登什么，简直无法无天！”

“呵呵，江处长，这是新闻自由。”陈编辑昂起脖子，“报纸是对社会进行监督，我们……”

“行了行了。”江洋不想和他扯这个，继续问正事，“你说审查核对过广告的内容，那个人是怎么回答的？”

“他说他是张家下面哪个公司的账房，东家把广告内容拟好了让他来报社办，他就来了。我当时也有点好奇，就多问了几句到底是什么事搞得这么神秘，他说不知道。我还以为他是嘴严，就给同事说了这事，让他们明天早点去等着，哪知道……哪知道事情变成这样！”

江洋又问了几句，发现问不出更多的线索，就送走了陈编辑，让王超带下一批人进来。

这次进来的是往张家送点心的几个伙计，年纪都不大。表情也都差不多，畏畏缩缩，有些害怕，态度也很老实，问什么答什么。但问来问去也没什么收获，这几个人的回答基本一样：有人来订东西，给了钱，留下地址，吩咐什么时候送到。这过程再平常不过，伙计们对订东西的人也没有什么特别深的印象。回忆了半天，拼凑出一个大概的形象。最后江洋只得出一个结论：这个人，和之前去报社的那人应该是同一个。

不管是登报，还是到店里订点心，都是昨天白天的事，张伯谦的媳妇却是昨天傍晚才出门的。这让江洋肯定了之前的猜测：整件事情是绑匪提前计划好的。

唯一例外的是送最后那个小包的药铺小伙计，他是今天早晨才见到那个人的。这也不意外，张家媳妇是昨天夜里失踪的，那么装着她贴身衣物的小包自然也只能在昨天夜里之后被绑匪拿到，找到药铺也就只能是第二天早晨的事了。因为他的情况最特殊，江洋把他单独留下，多问了几句。

“你是上午什么时候见到那男人的？”

“八九点钟吧——我真记不清了。”

“你在药店当了多久的伙计了？平常都干些什么？”

“才两个月。就给东家打打杂，跑跑腿什么的。”

“见到那人时，你在干吗？”

“早上店里没什么生意，我扫完地就在门口蹲着休息。那人走过，又转过头来，问我有没有空。如果有空的话，就帮他送个东西。我答应下来后，他给了我两块钱，还说送到了后别人还会再给我钱。”

看来绑匪选中这个小伙计并不是事先计划好的，而是在大街上随意选择的。除了再次确认这个人和昨天出现的是同一个人之外，并没有其他有用的线索。

打发走小伙计，江洋发现该问的人已经问完了。

剩下要解决的，是一份王超刚刚交上来的笔录。笔录里被问话的两个人，是警察局请不动的大人物，一个赵小姐是某某委员的女儿，一个宋小姐是某某少将的侄女。

她们两个人，再加上被绑架的张家儿媳黄萍萍，三个人都是留过学的年轻人，思想新潮，也都是让各自的老子们头疼的主儿，所以三个女孩关系很好。黄萍萍结婚后，三个人还是一天到晚腻在一起。出事那天，黄萍萍出门就是去找她们的。等到约好的时间，黄萍萍却没有露面，她们以为黄萍萍临时有事，也没多想，玩了一晚上就散了。

这种级别的姑娘，王超是请不动的。是王超带着汤局长的名片，恭恭敬敬地敲开宋小姐的门，说了前因后果。好在宋小姐既没架子又关心女伴的下落，一个电话把赵小姐叫进家来，让王超少跑了两趟。

江洋迅速浏览那份笔录，好几大张纸，幸好王超把重点内容都标了出来：

王超：请问昨天晚上你们三个人约会的事，还有谁知道？

赵小姐：是我下午打电话临时约萍萍晚上八点在酒吧见。至于她告诉过谁，我们就不知道了。

王超：电话是几点打的？

赵小姐：应该是四点左右。

王超：她一直没赴约，你们有没有再打电话问过？

宋小姐：没有。我们玩到十点，喝得有点多了，就各自回家了。

隔了一段，王超又标上一段重点：

王超：冒昧问一句，据说之前你们和黄萍萍在一起经常夜不归宿？

赵小姐：哪有经常？一个月也就那么三四次吧。

王超：一般你们都是去什么地方呢？

赵小姐：国际饭店。

王超：那都干些什么呢？

赵小姐：打牌、跳舞、聊天……可以干的事儿多了。

宋小姐：对对对，这叫闺蜜之夜，在外国都这样。

王超：这事儿有多少人知道？

宋小姐（有点迟疑）：知道的人应该，不多吧。

标出的内容出奇地少，江洋把那几张纸翻来翻去，看不出多少有价值的内容，放下笔录认真思考起案情来。

既然黄萍萍昨晚的约会是临时决定的，也就是说绑匪提前知道的概率很小，说明绑匪早就盯上黄萍萍了，有极大的可能是在张家附近蹲守埋伏，等待人质单独出门的机会。那么，侦查的重点应该是查问最近几天淮海路上有没有什么可疑的人出现。

另外，虽然约会是晚上八点，但从张家得到的信息，黄萍萍晚饭前就出门了，具体干什么谁也不知道。而且黄萍萍出门的时候没有提前叫车，说明她想去的地方不会太远。绑匪也有可能是见她离开家后，跟踪到僻静的地方才动的手。那么还应该搜查淮海路附近的两三条街上，绑匪动手的时候，有可能有人碰巧路过。

想到这里，江洋拿出纸笔，总结起今天得到的所有信息，大概能确定这么几条：

首先，到目前为止，出来露面的只有这一个中年男人。这个人（或者这伙人）受过教育，能识文断字，不是那种动不动就开枪放炮的土匪。

关键是，这帮人行事周密、事先有计划、办事果敢、敢下本钱——那男人找报社、订点心的时候，张家媳妇可还没被绑架呢，说明他们一早就策划好了整件事，而且舍得先花大价钱。不过按他们提出的赎金金额来看，这点投资倒也不算什么。

最后一点，绑匪至今没有再联系过张家。按照他们之前的行为，这恐怕也是事先计划的一部分。

江洋越想越嘀咕：这是一场完全不合常规的绑票案，比普通的绑架要大费周章得多。大费周章，就意味着罪犯的花费更多、被抓获的可能性更大。这背后有两种可能，一种可能是犯案者没经验、愚蠢、弄巧成拙；另一种可能是，犯案者认为大费周章是必要的，能给他们带来更大的回报。

刚接到这个案子时，江洋以为它属于第一种情况，是最好破的那种。可现在看来，罪犯事先精心策划，执行精确冷静，做了那么多事却没有留下任何有价值的线索。这意味着第二种的可能性更大，罪犯大费周章是有目的的。

那是什么目的呢？

如果是为了钱，最好的选择是静悄悄的，尽量谁都不告诉，让苦主家悄悄给钱——张家老爷子现在不都还想悄悄地给钱吗？这种事先张扬的绑架法是反着来的，说明罪犯并不只想拿钱。可不为了钱又是为了什么？有什么比钱还重要？是和张家有仇，让张家丢人，故意搞得满城皆知？

无论目的是什么，罪犯一定还会有进一步的动作。

这个动作，可能才是最要命的。

从绑架案曝光出来到现在已经过了几个小时了。对江洋来说，案子还没有任何突破性的进展。但他逐渐适应了这种压力，似乎又回到了当年以小巡警的身份，一己之力连破几起大案时的状态。

江洋在办公室的脸盆里抹了一把脸，感到精神抖擞。他把王超喊进来："我再去趟张家，你在值班室守着，随时等我电话。"

第四章 Chapter 4

绑匪到目前为止虽然做事滴水不漏。不过既然是犯罪，就不可能不留下痕迹。在江洋看来，这个案子最有可能的突破口会在两个地方。

一个是绑匪取赎金的时候。取赎金必然有人露面，露面就有机会抓人。但是江洋对此把握不大，不敢把全部希望都赌在上面。因为如果张家不配合，悄悄地把钱交了，这个环节很容易落空。再者，通过前面种种迹象表明，绑匪的目的有可能不是为了钱，那么勒索赎金就是障眼法。等到交赎金的时候，绑匪的目的恐怕已经实现了。

另一个突破口，是绑匪绑架人质的时候。虽然绑匪在登广告、订点心的时候都没有留下线索，但这些行为绑匪是完全主动的。而在绑架人质的时候，绑匪要面临着极多的变数，有可能因为意外留下破绽。

而这两个地方的关键，都和张伯谦有关系。

等江洋再次赶到淮海路的时候，张老爷子已经带着一干儿女回去了。客厅里，管家老万看见江洋进来了，小跑过来："江处长您还忙呢？"

江洋点点头："你们少爷呢？不用你通报，告诉我他在哪儿就行。"

老万迟疑了一下，指了指花厅的门："少爷在那边一个人喝酒呢——要不我还是先给他……"

江洋拦住他，自己一个人走进花厅。空荡荡的花厅里，张伯谦正坐在八仙桌边喝闷酒。江洋走进来，他只是看了一眼，没有什么反应。

江洋也不客气，拿过一个空杯子，给自己倒了一大杯酒，一口喝下去一半。他满意地呻吟了一声，这才扯开衣领坐了下来，单刀直入地问："你爱你夫人吗？"

这话太不客气，张伯谦却没有发作："废话。"

"那你想不想夫人安全回来？"

张伯谦忽然颓了，瘫在椅子上："我爸说了，等萍萍回来，要么她滚蛋，要么我们两个一起滚蛋。"

江洋半天才反应过来他话里的意思，不禁气得笑了起来。

这个小少爷还真像传闻里那样是个废物，到现在都还没意识到问题的严重性，担心的只是黄萍萍回来后如何选择。他根本没想过，即使张家交了钱，黄萍萍也不一定能够安全回来。

"我问你个问题。"江洋重新倒了一杯酒，这次不再大口喝，而是小小地抿了一口，"张夫人是不是每天夜里都要去找她那几个女伴玩？"

"你们警察连这个都要管？"张伯谦对这个话题很不爽。

"你这酒真不错。"江洋拿过桌上的酒瓶看了看商标，不紧不慢地说，"我们今天见了夫人的两个女友，她们说呢，每个月大家总会约个三四次，通宵跳舞、打牌什么的。"

"你什么意思？"张伯谦抬起醉眼，瞪着江洋。

江洋假装没看见，继续说道："可我怎么听说，张夫人每周都有两三天不在家过夜呢？看来张公子对你夫人的行踪，并不是很了解啊。"

"放屁！"张伯谦把杯子砸在地上，精致的方杯瞬间变成一地的玻璃碴。可他的愤怒犹如一团无害的火苗，看起来气势汹汹，却被约束在灶台里，吓不到江洋。

江洋严肃了起来："张公子，这件事没有那么简单。我怀疑凶手并不只是为了钱。如果真是这样，那你们交赎金可能救不了夫人，反倒会害了她。我希望你能配合我，这样才能尽可能保证她的安全。"

其实所有人都能感觉到，凶手可能不光是为了钱。

但后半句猜测江洋没有说出来，那就是真正的动机可能是男女关系。

在这些年的警察生涯里，江洋见过各种各样的破事。凡是涉及家庭内部的矛盾，十件里有七件是关系到钱的：继承财产、儿女分家、离婚分钱之类的。而另外三成，就都是男女关系了。

“萍萍不是这样的人！她是爱我的！”

张伯谦的反应让江洋更加肯定自己的猜测没错。他的反应越是激烈，越说明黄萍萍和张伯谦之间可能真的有什么问题。

“我可以马上证明给你看。”江洋伸出手，指着花厅门口的楼梯，“你们的卧室是不是在楼上？”

“江处长你什么意思？我可没请你查案，你怎么搜起我们家来了？”

张伯谦越是反应激烈，越激起了江洋的好奇心。他把杯中的酒一饮而尽，“好酒，真是好酒，要是能天天喝到这样的好酒就好了。”说着站起来朝张伯谦伸出手，“谢谢张公子的酒，有机会一定得跟您好好喝一次。不打扰了，这就告辞，公事在身啊！”

张伯谦迟疑地握了握江洋的手，不相信这事就这么结束了。

江洋有点不胜酒力，举起只剩下一口的酒瓶子，眯着眼看了看：“您不介意我把这瓶子带回去吧？您这酒真好，我回去叫他们查查这是什么洋文……”

张伯谦做了个“请便”的手势，他现在只想快点送走这位爷。江洋一手拿着酒瓶子，摇摇晃晃地往外面走：“您坐着……您别送……”快到花厅门口的时候，他停下了脚步，看了看摆在门口的一盆月季，“哎哟，这花叫……叫什么来着？月季！您别说，开得还真好，我借着瞧两天啊。您放心，我不占您的，瞧腻了就给您还回来。”也没等张伯谦答应，搬起那盆花走出了花厅。

张伯谦没有阻拦江洋，只是小声骂了一句，站起来去开了一瓶新酒。

走出花厅的江洋并没有回到客厅，而是一拐上了二楼。因为之前张老爷子一大家人的到来，走廊里多了很多低头轻声疾走的仆人。江洋叫住离他最近的一个小姑娘：“伯谦住哪屋？”

那小姑娘打量了他几眼，小心翼翼地回答：“少爷……少爷正在花厅喝酒呢……”

江洋心里笑了一下，不愧是大家族出来的，口风还挺紧。他把怀里那盆花塞到小姑娘的怀里：“去，把这个搬到你们少爷屋里。”

小姑娘说了声“是”，双手接过花盆，转身往走廊里面走，一边走一边偷偷回头瞄江洋。江洋可没管这些，死皮赖脸地跟在小姑娘旁边，有一搭没一搭地聊天。小姑娘只能一句接一句地回答——问话不答那叫没规矩，她从小可没少为这个挨打。

等到小姑娘站在一扇门前准备开门的时候，江洋知道到了地方，举起酒瓶看了一眼：“嗨，我怎么把这事儿给忘了，你们少爷还要一瓶酒，你赶紧送花厅去！”

小姑娘有些左右为难，惯于服从命令的她最后终于屈服，迅速打开房门，把花盆放到了门口的桌子上。出来关上门，拿着江洋的那个酒瓶匆匆忙忙地走了。

等着走廊里不见了人，江洋打开房门闪进屋里，反锁了门。

屋子里很大，摆设着时髦的美式家具：双人床、大衣柜、五斗橱、梳妆台。收拾得很整齐，显然每天都有人打扫。

时间紧迫，江洋第一个检查的是床，从枕头到被子都摸了一遍，甚至绸面被套都给拆开了，却一无所获。

他迅速转向五斗橱和梳妆台。

接下来是衣柜，里面都是女士衣物，江洋一股脑把所有衣物都扔在地上，然后蹲在地上翻找起来。

走廊里传来脚步声，不一会儿有人试图开门，推了几下没有打开。门外传出张伯谦的怒吼：“江洋，你是不是在里面？你他妈……”叫声越来越大，夹杂着激烈的拍门声。

江洋仍一无所获，张伯谦的吼声让他心烦意乱，他想看看梳妆台抽屉的底部，拉开抽屉的时候力量太大，把抽屉摔到了地上，黄萍萍的化妆品撒了一地。

卧室大门锁头转动，想必是张伯谦叫人取来了门钥匙。几秒钟后，卧室门被撞开，张伯谦冲了进来。他看见屋里所有柜子大门洞开，枕头、被子、外套、内衣和化妆品散落一地，脸色由青变黑，冲江洋大吼：“就算你是警察你也死定了！”

江洋从地上爬了起来，手上捏着一张小纸片，面无表情地递给张伯谦。

张伯谦戒备地接过纸片，这是一家裁缝店的取衣条。

他满脸疑惑：“你什么意思？这种家务事从来都是萍萍操持，这有什么不对吗？”

江洋平静地说：“你身上穿的这套西装，应该是童记做的吧？”

张伯谦抬起袖子，袖口内侧果然绣着一个小小的“童记”标记。

“童记是杭城最好的裁缝店，就在淮海路上，离你家不超过一百米。你再好好看看手里这张纸条。龙平路‘汪记’，离你们家有七八里吧？你从来没在那里做过衣服吧？”

“而且，”看着张伯谦迟疑的表情，江洋又补上一句，“定制的还是男款的帽子。”

张伯谦虽然还是紧绷着脸一言不发，但江洋感觉到他对自己的敌意消失了，取而代之的是焦虑。显然，张伯谦已经被自己手中的纸条说服。绑架案发生以来，江洋第一次感到事情正在回到自己的掌握中来。

“你怎么知道这顶帽子不是我的？”张伯谦还在挣扎。

“这上面写着，定制的是一款宽檐礼帽。”这是老派绅士才会戴的帽子。江洋看着张伯谦时髦的美式西装，“你平时戴过这样的帽子吗？”

张伯谦夫妇旅美归来不久，一直以最时髦的美式做派自居：穿西装、吃西餐、起洋名，甚至因为这些做派不惜和老爷子翻脸。自从江洋走进这幢屋子以来，他满眼看见的都是西式的家居、衣服和生活方式，所以这张旧式礼帽的取衣条，让江洋一眼看出了格格不入。

张伯谦望着纸条久久沉默不语。江洋暗自松了一口气：冒着和张家翻脸的风险，总算有了收获。

“刚才冒昧了，我先告辞。”江洋见好就收，他打算给张伯谦一点缓和的时间。他还要抓紧时间赶去那个裁缝店。

“我跟你一起去。”张伯谦在身后叫住江洋。不用问，他也知道江洋接下来要去哪里。

张家门口不像上午围得水泄不通那么夸张，但还是有十几个记者在烈日中苦等。见到张伯谦出来了，顿时全都精神一振，围过来采访：

“张先生，请问绑匪是不是联系您了？”

“江处长，案情现在有什么进展了吗？”

“您对张夫人的安全有没有信心？”

江洋一言不发，走在前面拨开人群。拉开自己的车门请张伯谦上了车。发动汽车时，他看到有几个记者也上了停在路边的车，似乎是想跟着他们。江洋本来想加速甩掉他们，但一转念，反而把车速降下来，任由记者的车子跟在后面。

任何让人讶异的伎俩，只要看穿了就不值一提。这是江洋入这行时一个前辈告诉他的一句话。此刻的江洋有一种轻松的感觉，觉得自己已经看穿了迷雾之下的真相。

离奇的绑架案之下，是一场因为情爱纠缠引发的闹剧。过程大概是这样的：黄萍萍经常夜不归宿，在外面有了私情。情夫由妒生恨策划了这件事，黄萍萍也许是受害者，也许是跟情夫合谋。

这么一理，那些反常的事就说得通了：

为什么绑架案要事先张扬？因为那个男人不是为了求财，而是要平时风光显赫的张伯谦狠狠丢脸。以黄萍萍的身份，能看得上的情夫势必也有钱有势，“登报纸羞辱情敌”的玩法，正是这帮二世祖能干出来的事。而当着众多记者的面送来内衣，自然是出于情敌之间的嫉妒——有什么比爱人的贴身衣物更能宣示一个男人的占有权呢？

江洋故意让记者的汽车跟着，是因为他想得更远。江洋已经开始猜测“绑匪”的真实身份了。能做出这种事情的家伙，应该也不是个泛泛之辈，恐怕是杭城哪家的公子哥，自己可惹不起。那么在参与之前，应该想好退路。

这件事最好是在记者的众目睽睽之下被曝光，到时候神仙打架，自己也不至于处于旋涡中间，好脱身嘛。

汪记裁缝铺是家规格很高的老式成衣铺。店中的一切都还保持着前清时的样子。甭管什么身份的人，进店来先看座、喝茶、上烟。稍微有点身份的，掌柜都出来陪着聊天，住哪的人，干什么的，家里行几，有几个孩子，等下次再进店的时候，人家在您开口前先抢着叫出您的姓来。也是凭着这份老式做派，“汪记”才能平平安安地熬过日本人在的时候。这些年来，生意反倒越做越大了。

“汪记”的伙计脑子都极好使，多大的尺寸、什么样式的衣服，客人只说一遍就能倒背如流。看着江洋递来的纸条，小伙计很快就回忆起了当时的事：“对，这是我们这儿的，订货的是位年轻漂亮的女士。”

张伯谦嘴唇紧紧抿着，因为小伙计描述的那位女士，身高、长相、样貌都和黄萍萍一模一样，可他从来没有听黄萍萍提起过这事。

“这是那位女士定制的东西，”伙计小心翼翼地捧出一个盒子，“昨天才刚做好。”

江洋打开盒子，看着里面那顶老式宽边灰色礼帽，拿出来摸了摸，啧啧道：“这是澳洲羊毛吧，摸着真舒服。不过老板，别家这样的帽子最多也就四十块，你这儿贵了可近一倍啊。”

伙计连忙解释：“我们店里价是贵，可是手艺好，针脚细，老主顾们都愿意照顾。”说着接过帽子，翻过来，指着里侧绣着的一行小字道，“您看，光是绣这几个字，就花了两天工夫。”

帽子是灰色的，那行字也是灰色，只是颜色更深一些，江洋迎着屋里的亮光，才看清楚了那四个小字：“天长地久”。

江洋把帽子随手扣在张伯谦头上，意味深长地说：“张公子，这顶帽子你戴着合适吗？”

张伯谦一身新派的美式西装，头上戴着老派绅士才戴的宽边帽，浑身上下是说不出的别扭。随便是谁都能看出这帽子和张伯谦完全不搭。张伯谦涨红了脸，一把将帽子拽下来扔到江洋的怀里，转身就走。

可是，门口已经被尾随而来的记者和看热闹的路人围了个水泄不通。

那些人从江洋同张伯谦的对话中猜出了大概，记者们交头接耳，店里还有不少其他顾客，有人认出了张伯谦：“哎，这不就是张家的……”

话一出口，吸引了所有人的注意力。人群中议论不停：

“他不找媳妇，怎么跑这儿来了？”

“听刚才他们说了吗，他媳妇就是在这里面丢的！”

“好嘛，我昨天晚上还来过这店里呢，没准我跟绑匪打过照面？”

张伯谦没法再控制自己的情绪，忽然大喊：“滚！滚！都给我滚！”他粗暴地推开人群想要立刻离开这里，可一时间找不到出口。到处都是嬉笑的人脸，他似乎掉进了一个没有出口的陷阱。

江洋和伙计飘来的几句对话，让他恢复了冷静。

“……既然帽子昨天就做好了，怎么没送去？”

“是这样的。那位女士说，要送之前会打电话给我们，免得家里没人。”

“她让你们把东西送到哪里？”

伙计从柜台下拿出一本册子，很快翻到一页，指着一行地址。

果然不出所料。江洋看了一眼张伯谦。

张伯谦面如死灰。

这不是张伯谦家。他从来没有听说过这个地址。

黄萍萍背着他还有另一处居所。

第五章
Chapter 5

裁缝店的电话就摆在柜台上，江洋抄起电话，拨通了侦缉处值班室。电话几乎是在一瞬间就接通了，那头传来王超的声音。江洋迅速说了一遍地址，要王超马上带人过去。

放下电话，江洋在张伯谦耳边说了句：“是不是特别恨那个家伙？等会儿抓住他，我给你十分钟时间，随便揍。”说完拉着浑身僵硬的张伯谦挤出人群，钻进了自己的汽车。

在一旁听了个满耳的记者们先是愣住，然后纷纷扑向柜台上的电话机，想要把刚刚看见的爆炸性新闻告诉报社。转眼之间又都回过神来，顾不上打电话，而是奔向自己的汽车，他们要跟上江洋，接下来才真正是好戏登场。看样子一天之内连发两次《号外》这样的奇观也不是不可能出现。

已经过了中午，晒人的日头把人们困在了家里，一路很好开。江洋看了眼坐在副驾驶上的张伯谦，有些同情，今天过后，他在杭城是彻底抬不起头来了。不过这不关他江洋什么事。以后的事，就由张伯谦跟那位公子哥自己解决吧。

黄萍萍的秘密居所在瑞阳路，是一栋高档公寓，在这里租住的大多是外国人。江洋倒也不太意外，这里倒是挺适合阔太太和情人约会的，既舒适又安全。

王超的动作很快，已经先于江洋等在楼下。见江洋从车上下来，他上前敬了个礼，低声汇报道："三队人都带来了。一队在楼里，等您命令。二队在楼外，封住全部出口。三队分散在附近的街口。"

江洋问："情况调查了吗？"

"公寓管理员说，只知道那间公寓是个阔太太在两个月前租的，应该没有人常住。别的事情他不知道，不清楚是不是还有其他人来过。"

江洋点点头，这些都在他的预料之中，他带头走进了公寓。

二楼的走廊里，已经站着三四个拿着枪的侦缉队员，看见江洋上来，纷纷点头示意，继续盯着房门。江洋有意让手下把记者放进来，跟在后面的记者们看见侦缉处这副严阵以待的阵势，猜测案子马上就会有结果，大家既紧张又兴奋，都下意识地屏住了呼吸。

就在这时，一直沉默的张伯谦忽然爆发了。

张伯谦觉得这一整天就像一场噩梦。

先是莫名其妙地成了全城记者关注的中心，然后爱人遭遇横祸，生死未知，接下来又得知深爱的妻子背着自己有着不可告人的秘密——而且全程都是在众目睽睽之下。

一开始他还觉得尴尬丢脸，现在的他已经被愤怒和绝望吞没。他的脑子里反复重复着一句话：这是为什么？

寂静的走廊里，响起张伯谦的怒吼声。他冲到最前面，愤怒地用拳头砸着房门。

"出来！萍萍！为什么！为什么！"

"为什么？为什么这么对我？"

侦缉处的人看向江洋。江洋微不可见地摇了摇头，于是所有人保持原状，任凭张伯谦崩溃发泄。

张伯谦在门口语无伦次地喊叫了足足一分钟，江洋觉得差不多了，做了个手势，上来两个人把张伯谦架到后面。江洋这么做，为的是先把自己择干净——不管黄萍萍背后的男人是谁，你看好了，找上门来的是张伯谦，不是我江洋。张伯谦是苦主，找上门来是正大光明。后面不管结果怎么样，毛病都找不到我江洋的身上来。

王超掏出了从公寓管理员那儿取来的备用钥匙，打开了公寓大门。江洋紧挨在王超身后，看到屋里的情形，他愣了一下，示意手下把门口守住，自己一个人进了公寓。

公寓不大，一间客厅一间卧室，还有一个卫生间，江洋花了几秒钟确定屋子里没有人。他回到客厅，皱着眉头打量起屋子里的摆设，心中有种不祥的预感。

屋子是经过精心布置的，到处都挂着彩带和气球，地上还散落着一些彩色的纸鹤，桌上摆着两瓶没有开封的威士忌，墙角放着一台留声机。衣柜里并没有江洋猜测中的男式衣物。这间公寓看上去不像是男女私情约会的地方，搞得这么气氛热烈，倒像是要办什么大派对。

正对着客厅的墙上并排挂着两幅不大的西洋画，分别画着一男一女，画中的女人穿着旗袍身材婀娜，江洋一扫而过，目光停在那个年轻男人的身上，不知为什么，他觉得这个人看起来有点熟悉。

和整间公寓的西式氛围格格不入的，是客厅正中摆放的一扇中式屏风。

江洋不知道这是什么材质，但看得出应该是不便宜的物件，底座和屏身的雕工很细腻，屏风正中是一个绣了一半的“寿”字。

江洋有点发蒙，眼前的场景完全出乎他的预料。他顺手拿起桌上的威士忌，发现正是之前跟张伯谦一起喝过的牌子。来不及细想两者之间的联系，桌子上的一张纸条吸引了他的注意。

这是一张留言的便条，从上面的字迹可以看出来，是分多次留下的：

伯谦，这个“寿”字看起来简单，可是绣起来好难啊！我的指头被针扎得好疼啊。

不过想到爸爸看到这个肯定会很高兴，就不觉得疼了。

亲爱的，谢谢你。为了和我在一起，你和家里闹翻，我其实很难过。

我知道我很自私，总是让你为我牺牲和付出。你虽然从来没说，但被从家里赶出来这件事肯定让你很丢脸，很不开心吧。*I'm so sad.* 你说，等到爸爸看到这个礼物，会不会接受我呢？我保证以后不再惹爸爸生气，乖乖做张家的儿媳妇。*I swear !*

不过想过二人世界了，我们还是可以来这里的。

对了，伯谦，墙上的两幅画你喜欢吗？虽然好久没画了，但你可不准说我画得不好！

嘻嘻，想到你推开门时的表情，我好期待啊。瞒着你这么久，真是太辛苦啦……

便条上的内容戛然而止，但已经足够看出前因后果了。

江洋面无表情，点燃了一根烟，走到墙角的留声机前，随手把探针放下。

轻柔的歌声立刻飘荡在屋里。

浮云散明月照人来
团圆美满今朝最
清浅池塘鸳鸯戏水
红裳翠盖并蒂莲开

此时的江洋只有一种荒谬的感觉，就好像明明就要抵达终点了，却毫无征兆地掉入一个巨大的深坑。他快速思索着该怎么应对现在的局面，却第一次感到一筹莫展。

房门被推开，张伯谦冲进了公寓。张家公子毕竟不是罪犯，侦缉处的人不敢太强硬，拦了半天还是被他闯了进来。

张伯谦第一眼就认出了墙上的油画："这是萍萍画的！"

江洋有气无力地说："老爷子的寿辰是不是快要到了？"

张伯谦环顾着屋子里的摆设："下个月七号，不到半个月，怎么了？"

事已至此，江洋只好硬着头皮把那张便条递给了张伯谦。

在外等待的记者已经举着相机挤到了门口，把张伯谦颤抖着双手阅读纸条的表情拍了下来。虽然不知上面写的是什么，但看来往日高高在上的张家小少爷，马上又要失态了。

只见张伯谦先是张大了嘴，然后喉咙颤抖了几下，这是无声的哭泣。他缓缓跪了下来，头埋在膝盖上，这时哭声才传了出来。

记者们一阵骚动，他这样的反应，让人不由以为黄萍萍出了什么意外。

但下一刻，让所有人都吃惊的是，张伯谦猛然爬了起来，一拳狠狠地打在江洋的脸上。

“你是浑蛋！江洋！要是萍萍有半点意外我就杀了你！”张伯谦恶狠狠地喊叫着，声音嘶哑。

侦缉处的人想要上来，却被江洋挥手阻止。

大家惊讶地发现，江洋脸色难看之极，却没有任何反抗。记者们的目光再次聚焦到张伯谦手里的那张便条上。

张伯谦冷冷地把便条扔给门外的记者，就像扔了一块骨头给狗群。他狠狠地看着江洋，声音满是悲愤：“警察局抓不到匪徒，倒是有本事纠缠受害者。这事麻烦各位好好写写吧。”

张伯谦走了，不知是不是打算回家向老爷子告状去。他出门的时候脸上还挂着泪痕，但这次是挺着胸膛的。这场戏剧性的反转让旁人看他的目光也有所变化，他从被嘲笑的丢人二世祖重新变成了天真痴情的受害者。

记者们也都走了。江洋心里明白，等新的报纸出版后，整个杭城肯定会到处都是“张公子夫妻恩爱惨遭横祸”“杭城侦缉处再遭挫折”之类的标题。张家绑架案的再一次升温已经无法阻止。但这一次成为舆论焦点的，将会是杭城警察局，将会是侦缉处，江洋即将成为全城的笑柄。

所有人都离开后，江洋没有走。他继续翻看着公寓里所有的东西，甚至每根彩带每只纸鹤都拆开检查，却一无所获。

没有任何可疑的地方。

十分钟后，疲惫至极的江洋闭着眼睛坐在地板上，像是睡着了。但他并没有放弃，在挨了张伯谦一拳以后，他现在十分冷静。

江洋决定重新从头思索这件怪异的绑架案。

既然两夫妻的感情没有任何问题，并不是之前猜测的因情生恨，那么思路只能回到原点：绑架是真的。

那么，绑匪到底想要干什么？

按照过去的经验，事情想不通的时候最好换一个角度。比如想不出罪犯目的时，不如反过来想，想象在这案子里谁能得到最大的利益，那么谁的嫌疑就最大。

可是这个案子奇怪之处在于，已经大半天过去了，被卷入这件事中的人，全都被搞得灰头土脸，没有一个人谈得上有什么好处。

首先是张家，无论从哪个角度来说，都是受害者。

其次是黄萍萍。之前江洋甚至以为有一种可能，是她因为张老爷子对她的排斥，策划好对张家报复。现在看来这种猜测只是笑话。

毫无疑问，这里面还有隐情，只是江洋还没有想到。

而且眼下最麻烦的是，因为之前的判断失误，自己的失败全被记者看在了眼里。现在侦缉处丢人现眼的消息恐怕已经传遍了整个城市。江洋担心自己未必还有机会弥补这个错误。如果张家把怒气发泄在他身上，也许在下一刻，他这个小小的侦缉处长就要被革职查办了。

这时，一个侦缉队员匆匆上楼，对守在房间门口的王超说了几句话。王超走到江洋身边低声说道："有找您的电话。"

"局座？这么快？"江洋从地上起来，自嘲地笑笑，嘴角一动脸上就觉得一阵疼痛。没想到汤局长还等不到自己回局里，就打电话过来骂了。

"不是局长。"王超摇摇头，"电话打到楼下的首饰店，没留下名字，他说五分钟后再打来。"

江洋也没有太意外，现在恐怕满城都知道他这档子事。如果有人找他，电话自然会打到临近的地方。

首饰店就在公寓的一楼，老板白白胖胖的，很客气，又是倒茶又是点烟。往日江洋到哪里都这样，今天却觉得特别讽刺，自己这个处长的帽子已经被撸了一半，不知日后这些人再看到自己，会是一副什么样子。

电话很快响起，江洋抓起电话："我是江洋，什么事？"

那边是个陌生男人的声音："江处长，请问张家绑架案有进展吗？绑匪是不是还没有提出要求？"

“对不起，现在不接受采访。”江洋简单答完就准备挂掉，他现在没有心情搭理记者。

“等一下。江处长，我是来给您提供新线索的。”

“什么？”江洋准备挂下电话的手悬在半空，“什么线索？”

“绑匪的具体条件。”

“绑匪？”江洋顿时精神了起来，“你是谁？你是怎么知道绑匪的条件的？他是怎么通知你的？”

一瞬间，江洋心中的警戒达到了高峰，他一直担心的事情终于发生了。按照江洋的判断，绑匪处处都是谋定后动，眼前这情况显然也是这样——对方绕了个圈子，通过其他无关的人来传话。

“不要激动，江处长。他正在给你打电话呢。”

江洋沉默了几秒钟，才明白对方的意思：“你是说，你就是绑票的？”

“呵呵，不好意思，给处长添麻烦了。”对方坦然承认。

“怎么证明是你？”江洋的大脑在飞速运转，但语气上还很镇定。

“黄萍萍每隔两天就说要和女伴去舞厅，其实都是来另一个住处给张老爷子准备惊喜。她基本下午五点过出门，六点半到这里。我为什么会知道得这么清楚？因为我跟踪了她一个月。”

江洋感到自己的后背紧绷了起来，这几句话虽然不能证明那人就是绑匪，但是他显然知道许多内情，绝不是骗情报的记者或者搞恶作剧的无聊人士。

“你到底想要什么？为什么不打给张家，而是先打给我？”江洋一边不停发问，一边抓过桌上的纸笔，迅速写下几个字递给王超：查这个电话是从哪里打来的，这人是绑匪！

王超接过纸条一看，立刻冲出门去。

“我想要什么，这个不太方便电话里说。江处长在杭城大名鼎鼎，据说凡是杭城的事找您都能搞定，所以就想着给您打个电话了。”

江洋顺着对方的话茬，故意拖延时间，“张家已经把美金和钞票准备好了，只要你把交易方式告诉我，你就可以拿到钱。但在你拿到钱之前，我必须得确认人质的安全。还有……”

“不用那么麻烦。”对方似乎对这些并不是特别感兴趣，“你是在故意拖延时间吧？现在你的人已经在查这个电话是哪里打来的，对吗？”

江洋忽然觉得很无力，他有一种每一步都被对方算得死死的感觉。

王超再度出现在门口，他冲进来手舞足蹈地冲江洋比画着，一脸的不可思议。

江洋心情极为烦躁，伸出一只手让王超安静下来，对着电话故作镇静，“我怎么能查到你的电话呢？这里只有一台电话。”

“处长，不用再兜圈子了，地址你们已经知道了，我……”对方话没说完，只听到背景里一片混乱，另一个声音大喊：“别动！……说你呢！”然后电话突然挂断了。

地址？什么地址？江洋回想着他刚刚说的话，莫名其妙。王超见江洋挂了电话，立刻走过来，“处长，那个电话的地址查出来了……”

他犹豫了一下，显然这个答案让他非常困惑，“地址……地址就是咱们警察局！”

随即补充道：“我马上给值班室打了电话，叫他们抓人了。”

江洋终于明白对方在电话里为什么会那么说，也明白为什么电话最后的声音是一片混乱。不一会儿，电话铃再次响起，江洋抓起电话，传来的是局里同事的声音，“江处长？打电话的人已经被我们抓起来了，您看怎么处置？”

“仔细搜身，关单间，上手铐脚镣，叫四个人眼珠不转地盯着。”

挂了电话，江洋马上对王超下令：“开车，回去。”

在来这里之前，江洋觉得事情回到自己的掌控中，结果证明那只是他的一厢情愿。但在彻底失去头绪的绝望中，案情却再一次出现了转机，这次江洋没有一点兴奋，反而疑虑重重。

绑匪到底想干什么，为什么要自投罗网？是走投无路还是终于图穷匕见？

江洋自嘲地想，总不可能是前者。

第六章 Chapter 6

赶回警察局，江洋只花了一分钟就了解了事情的原委。

出乎他意料的是，整个过程十分简单。

因为出了张家的绑架案，警察局里今天乱作一团，记者、好事的人进进出出接连不断，打电话的这个人走进警察局的时候，并没有引起别人的注意。他主动拦了个警员，说自己的钱包丢了，想要报案。那个警员没有心思管这种小事，随便搪塞了几句。那个人也不坚持，只是为难地说自己是从外地来的，现在身无分文，想借电话打给杭城的熟人。警员见他打扮斯文，说得挺合情理，又没有缠着要求做笔录，心想赶紧把人打发走算了，就把他带到了联络处让他用了电话。当时没人注意到他在电话里说了什么，只知道王超随后马上打电话过来，让他们把这个人扣下。虽然不知出了什么事，大家还是赶紧照办，这人没做什么反抗，现在被关在审讯室里。

江洋稍稍松了口气，刚才在回来的路上一直担心再出什么意外。不管对方是不是真的绑匪，现在既然有个大活人还在警察局里关着，总归是一件好事。

“搜身了没有？”江洋问道。事情到了这个地步，他已经打起了十二分的小心，不敢有半点马虎。

“搜出来的东西都在这儿，没什么特别的。”抓人的警察指了指桌上的东西:

手绢、眼镜、钢笔、钱包，钱包里的钱都散落在桌上。江洋仔细地检查了每一件东西——把手绢和钱包里的纸币一张一张地对光仔细看，检查有没有隐形的文字；把钢笔全都拆散了，看看有没有隐藏毒针之类的东西，又把钢笔重新装好，在纸上写了几行字，检验是不是正常的墨水；又把眼镜和钱包翻来覆去看了几遍，用手把钱包的每一个针脚都捏了一下。

那个警察张大嘴巴，震惊得像看陌生人一样看着江洋：这还是那个平时每天早上醉醺醺地来上班，直到中午说话都带着酒味儿的江处长吗？

江洋没理他，叫他打开了审讯室的门，把王超留在审讯室的门口，自己一个人走进去。

"绑匪"安静地坐在审讯桌后面，见江洋进来，朝他点了点头，还露出了笑容。

按照江洋之前吩咐的，审讯室的角落里站着四个警察，目不转睛地盯着那家伙。江洋叫他们把"绑匪"从椅子上架起来，江洋把"绑匪"的浑身上下又仔仔细细地搜了一遍，每一处都仔细捏过，甚至连隐私部位都没放过。

那"绑匪"也逆来顺受，仿佛已经习惯了这一套。江洋仔细搜完，确定这人在自己的眼皮底下不可能再玩出任何花样后，才把他按回到椅子上，叫那四个警察离开审讯室，自己把审讯室的门关上。

直到这时，江洋才有心情仔细端详那人的面貌。这个穿着长袍，围着围巾的家伙，和报社编辑、点心店伙计描述的完全吻合，基本确定就是同一个人。这人个子不高，看起来挺瘦弱。他神色轻松自在，看那表情，你还以为他是在茶馆里聊天。

江洋原本还真想叫人上点好茶，但是看到了这人镇定自若的神情后，他改了主意。普通的那套攻心的办法恐怕不管用，对于这种人，或许单刀直入才是最管用的。"为什么给我打电话？"

"汤局长办公室没人。不过找江处长也是一样的。"对方口气倒是挺诚恳。

江洋证实了心中的猜测：对方的自投罗网看起来十分张狂，但比起绑架案的事先宣扬，已经低调了不少。因为要引起轰动，最简单的方式是联系报社，或者在警察局大厅大喊一句"我是绑匪！"都行。既然对方先给汤局长打电话，再找自己，说明他并不想让太多人知道。虽然不知对方这么做的具体目的，但把握住这个大概方向，至少接下来的谈话不会完全被动。

“叫什么名字？”江洋往他面前扔了根烟，自己也点上一根。

“冯诚。”他摇了摇头，“我不抽烟。”

“真名假名？”江洋并不指望能问出他的真实身份，这种闲谈似的盘问有时能在不经意间问出线索来。

“真名，冯诚，民国三年人，家在无锡。您可以叫人查，没说瞎话。”

江洋一愣，想不到这人说了这么一大堆。他下意识地朝着审讯室的门口看了一眼。按照惯例，这时候王超正在门口听着他们的对话。用不着江洋嘱咐，以他俩的默契，王超应该已经派人去查了。

江洋把目光收回到犯人的身上。

“怎么证明人是你绑的？”江洋必须先确定这一点，他不想再犯刚才的错。

“刚才在电话里说了这么多，江处长还是不相信我？好，我再说一点你不知道的。

“我是六点左右在离张家不远的胡同里把黄萍萍绑走的。我装成一个人力车夫等在她家门口，等她上车以后，我故意绕了一点路，走观井巷，因为那条小巷平常很僻静。走到一棵树下我停了车，假装说车轱辘有点毛病，趁着检查车轮的机会把她按在车里。事先准备好了三尺长的棉布，叠成小方块交到左手里，左手拿着棉布捂嘴，右手钳住她手腕往我怀里一带，用胳肢窝夹住她的手腕，腾出手拿棉布在她嘴上绕了三圈，勒好，在脖子后面系个十字花的扣，把鼻子露出来。再从兜里拿出皮绳用反八字的手法把她的手捆住，把她塞回到车座里，拉下人力车的雨盖，然后一路小跑把她拉到事先准备好的一处地方。

“当然，这地方江处长肯定是找不到的。我保证，这个地方除了我，谁都不知道。”

在他说话的过程中，江洋的大脑也在飞速旋转。等到他说了一多半的时候，江洋已经确信，眼前这个人就算不是绑匪本人，也一定是绑匪的同伙。

这些年在警察局，江洋见过不少外行人编造犯罪过程的事。

曾经有个不识字的农村妇女想替丈夫扛下杀人罪。问她怎么杀的人，她就两只手比画，“我就那么，那么，一使劲就把他掐死了！”江洋问她，你俩当时是什么姿势？是站着还是坐着？那妇女毫不犹豫地说："站着！"——她大概觉得，两个人站着打架才像那么个意思。可江洋其实是诈她，经过现场勘查，真正的姿势是死者躺着，杀人者跪着，把死者压在身下。那个农村妇女没想过，让一个人窒息致死需要很长时间，要四到五分钟，而且在头半分钟里，被掐者的行动能力毫不受阻。死者是一个一米八的大汉，两个人如果都是站着，他反手一巴掌就能把妇女推开，她是怎么做到让死者乖乖地被掐上四五分钟不反抗的？事后证明，那妇女不过是在乡间听过"谁把谁掐死了"的传闻，添上自己的想象编出来的——大部分普通人对于犯罪的想象，都停留在这个级别。

比起掐死人，绑架是一件更复杂的事。因为一件绑架案要做到无声无息，中间有太多不可控的因素。比如，目标要是没有按照预定时间出现该怎么办？出现的时候她身边有同伴怎么办？假如动手的时候她反抗、大声喊叫怎么办？当时要是有人正好路过呢？

整个过程里，变数太多，只有真正做过一次的人，才知道其中种种细节该如何应对。

从这个人平静的叙述中，江洋找不到任何毛病。更不用说，他描述的所有细节和江洋之前掌握的情报完全吻合。

江洋狠狠吸了两口烟，歪着头打量着这个冯诚，思考着对策。对方毫不畏惧江洋的审视，坦然地和他的目光对视，表情淡定。

这时传来了轻轻的敲门声，江洋回身打开门，是王超。在楼道里，他小声跟江洋汇报：

"这小子竟然没说瞎话。冯诚，三十一岁，无锡人，民国二十三年在上海一个药铺当记账伙计，二十五年……"说到这里，王超忍不住看了一眼江洋，他太清楚江洋对于汉奸是什么态度，"……二十五年在'华北维持会'当干事，二十八年，在汪逆的财政部……"

"妈的……是汉奸？"

"对，"王超硬着头皮说，"通缉在逃。"

江洋没说话，拉开门冲进屋。王超知道要坏，一把没拦住，江洋冲进屋掀开冯诚面前的桌子，一个窝心脚踹到冯诚的肚子上。冯诚横着飞出去撞到墙上。

“操，汉奸是吧？”

江洋还要补脚，被王超紧紧抱住，门口两个负责把守的警察也冲进来帮王超。三个人使尽全身力气才勉强按住江洋，生怕让他再来一脚闹出人命。

冯诚捂着肚子躺在地上，虽然疼得额头直冒冷汗，表情却挺平静，也没有叫嚷。

江洋朝王超他们挥挥手，示意自己已经冷静下来。王超和两个警察这才松开了手。

江洋刚才的爆发，其实半真半假。在审讯前，他已经下定决心严刑拷打。刚才王超告诉他对方是汉奸的一瞬间，江洋发现这是个绝好的由头，与其郑重其事不如即兴发挥。但是看到冯诚痛苦而冷静的表情，一瞬间，江洋放弃了这个计划。

这种表情江洋见过，不是在审讯室里，而是在战场上。

江洋让王超把冯诚从地上拉起来，按到椅子里坐好。江洋整理了一下自己的衣服，重新坐到冯诚对面。这次他打算心平气和地谈谈，“在日本人手下干过？”

“我不想谈这个。”冯诚没有看他，专心地摸着嘴角流出的口水。这是他第一次回避江洋的眼神。

“都给日本人干了什么？”

“我说过，我不想谈这个。”

“不怕我一枪把你毙了？”

“怕，”冯诚再次看着江洋的眼睛，“所以黄萍萍现在的地方我不能告诉你。如果二十四小时内我不回去，她会死。”

“你还有几个同伙？”

冯诚摇了摇头，“你问的够多了。”

江洋又点了一根烟，深深地吐出一口气，借这个动作来努力控制自己的情绪。他很不喜欢现在的处境，罪犯就在眼前，却只能心平气和地和他谈条件、做交易。而且现在根本谈不上是交易，因为他所有能打的牌都已经打完了。

现在，他只剩下一个问题可问：“你到底想要什么？”

“很简单。”冯诚语气还是很平静，好像在说什么无关紧要的小事，“我要单独进入警察局的地下档案室一个小时。出来之后我就放人。”

之前江洋曾设想过绑匪各种各样的犯罪动机。从男女偷情到骗取遗产，从挟私报复到政治目的，几乎想遍了所有的可能。

可冯诚提出的这个稀奇古怪的要求，超出了他的预料。

地下档案室里的那些档案，全都是日据杭城时留下的日伪旧档案，其中涉及物资储备、水文地理等重要的情报，早就被军统搜刮走了。剩下的都是各种日常工作的记录和往来文件之类的东西——简而言之，根本不重要，所以才一封数月，鲜有人问津。

大费周章做这一切，就是为了进入档案室?

按理说这个要求并不难办，比之前江洋设想的所有要求都更简单。可此时他没有一点轻松感，反而陷入了更大的疑惑。

“为什么？”江洋百思不得其解。

“日本人占领杭城的时候，我家的家谱被鬼子给搜走了。俗话说百善孝为先嘛，找不到这份家谱，我对不起列祖列宗啊。”冯诚的语气平淡，但说的内容却油腔滑调。

江洋忍住怒意，“我以为我们之间已经开诚布公了。”

“只开诚布公了一部分。我想起来了，我之前的话大部分是真的，但有一点说错了。没有二十四小时的时间给你了。”冯诚装模作样地掐指算算，“还有三个小时，如果我没有出去，就再也见不到活的黄萍萍小姐了。”

江洋刚要张口，冯诚伸出一根手指制止了他，“不对，还得除去我需要独自在档案室里的一个小时，那就只剩下两个小时了。”说完这句话，他身子往后靠着椅背，闭上了眼睛。

江洋没有和他再废话，黑着脸走出了审讯室。冯诚的态度很清楚了：条件开出来了，要么照办，要么打死我，人质你们也别想救了。

江洋亲自把审讯室的门从外面锁好，叮嘱守在门口的警察牢牢盯着监视窗，不能让冯诚离开自己的视线，上厕所必须有人陪同，不许摘手铐脚镣。

然后江洋把王超拉到一旁，叫他从器材室借来相机，带几个人给冯诚拍个正面照，跟几张同龄人的照片混在一起，去拿给张伯谦、张家仆人还有赵小姐、宋小姐她们看。别说照片上的人是谁，就说跟案子有关就行了。

江洋心里清楚，自己现在每一步都被冯诚拿在手里，但他自以为还是抓住了对方的一点漏洞：这个案子在开始的时候，冯诚处心积虑，唯恐天下不知。为什么到了自首的时候，反而这么低调？

最合理的解释是，有了张家和社会舆论的压力，警察局就很难再答应冯诚提出的要求。但是，也许有那么很小的一点可能，是因为冯诚有所忌惮。事到如今，江洋不愿意放过一点点机会。

当然，他也不愿意在现在这个时候把张家拉进来，那样只会给自己平添麻烦，于是叫王超带人去拍照片。

做完这一切，江洋稍微松了一口气，有一种“主动权并没有完全掌握在对方手里”的感觉，尽管知道这是自欺欺人。他不得不承认，冯诚用人质黄萍萍的生死作为威胁，的确正中他的软肋。虽然绑匪被关在了审讯室里，但是他的选择并不多。

唯一的好消息是，对方提出进档案室的要求，是江洋可以接受的。江洋已经打定主意，无论冯诚在档案室中查到了什么，他一定不会再让冯诚逃出自己的手心，也不会让他向外发出一条消息。只要守住这条底线，管他要看什么档案江洋都不在乎。

正打算要答应冯诚的条件，江洋却忽然意识到一件事。

这件事他答应不了！

要是放在平时，以汤局长对江洋的信任，江洋自己就可以做主。

问题是，现在档案馆里多了一个军统特派员张若离。档案馆的钥匙在她那儿，她的办公室也在那儿，要答应冯诚的条件，就必须先经过张若离同意。

江洋的心跳猛然快了起来，一个前所未有的想法涌进他的脑海：几天前，军统在毫无理由的情况下，忽然派了张若离接手原本无人问津的档案室。几天后，杭城出现了有史以来最为诡异的绑架案，绑匪费尽心机，不过就是要入档案室。

这两件事就发生在短短的几天里，不能是巧合吧？

而且还不止这两件事，想到今天张若离丢包之后神经兮兮的表现，江洋有种很不好的预感。无论如何，他得先跑一趟档案室。

江洋急躁地看了看表，小跑着来到地下室，敲开了张若离那间在档案室外间的小办公室。张若离像往常一样在如山的档案后翻查，桌上摆着吃了一半的面包。见到江洋进来，她诧异地抬起头。

江洋没有客套，劈头盖脸地问："你的任务到底是什么？这些档案中有什么重要资料吗？"

"你问这些干什么？是谁要你问的？"

看见她的反应充满戒备，江洋心里一沉。

张若离放下了手里的笔，"江处长，我郑重地警告你，我的行动属于党国机密。你再继续打探，是很危险的！"

江洋有点气急败坏，"我还奇怪了，什么危险啊？我就问了两句，你能拿我怎么着？"

张若离态度缓和了下来，"不应该打听的事不要乱打听，我是为你好。"

江洋发现自己进入了进退两难的境地，要想和冯诚合作，就必须过张若离这一关；但是看张若离极为戒备的样子，告诉她实情恐怕会适得其反。

一时间，江洋不知道下一步该怎么办。张若离原本已经重新埋头看文件，看见江洋迟疑的样子，她警觉地抬起头，观察了江洋一会儿，突然问："是不是张家的绑架案和档案室有关系？"

江洋不得不佩服，这个女人对于情报方面足够敏感。话说到这份上，否认也不是，承认也不是。他只好答非所问："也没什么关系，就是局座让我进去查点资料……"

"是谁提出来要进入档案室的？是汤局长本人？还是你自己？江洋，我警告你，你要好好想想再回答，别给自己惹麻烦。"

事到如今，江洋不敢乱扯，他小心地措辞："不是我，也不是局座。是有人说，只要能进入档案馆查一份资料，他就告诉我人质的下落。"

"是谁？叫什么名字？他在哪儿？"

江洋有些烦躁，"你到底答应不答应？你要是不答应你问这些干什么？"

张若离想了想，"你先出去。我要打个电话请示一下。"

江洋没想到竟然是这么一个回答。他看了看表，时间还够。对于这位姑奶奶的性格他实在无奈，只能点点头走出去，在门外等着。

这个电话打得格外久，江洋足足等了十几分钟，门才打开，张若离走了出来。

江洋小心地观察着张若离的表情，看上去神色凝重。

“那个绑匪在哪儿？我要去见他。”张若离说。

江洋犹豫了一下，让她见一面倒不是不可以，但他还是想问问：“你到底答应还是没答应，这个人和你们又有什么关系？”

张若离冷冷地回答：“不关你的事。我必须先问他几个问题。”

“好吧，”江洋投降了，“只是几个问题。”

打开审讯室的门，张若离没有进去，只是站在门口仔细端详了一会儿冯诚，然后就转头对江洋说：“江处长，这个人我现在要带走。我的上级会给你打电话，或者你自己也可以打电话给南京或者重庆。”

江洋不知今天是什么日子，短短一天内，他已经记不清这种荒谬感出现过多少次了。

先是一大早被丢皮包事件给搞了一肚子火，紧接着出现一场离奇的绑架案，然后在记者面前判断失误，让自己替代张伯谦成了全城的笑柄。再然后绑匪主动出现，虽然束手就擒，却让江洋有一种自己才是猎物的感觉。

现在，这个张若离忽然说，她要把眼前的嫌疑犯、他唯一的线索给带走？

对，军统一向嚣张跋扈，他明白。但这个时候他没法再退了。

江洋关上了审讯室的门，低声朝张若离咆哮：“你什么意思？不是说好了就问几个问题吗？我怎么可能让你带走人？我的案子怎么办？人质在他手里！就剩下不到两个小时了！”

张若离一句话就顶了回来，“那是你的事。”

“能不能等案子结了再带他走？”

“不可以。”

“给我两个小时，只要两个小时，可以不可以？”

“不可以。”

“好，你狠。”江洋使劲咬着嘴唇，“你拿出正式的文件，我就把人给你。”

刚才张若离只打了一个电话，她手里不可能有什么文件。

但是她毫不退让，“我警告你，审讯这个人对你没有好处。”

江洋摊手，表达自己的无奈，“我知道你们军统有一万种办法搞死我。但救不回人质我一样死定了。他现在是我破案唯一的希望，除非你告诉我到底发生了什么，否则我不可能让你带走他。”

两人都不再说话，各自在沉默中判断对方的底线。很快，两个人发现，双方的立场完全没有通融的余地。明白了这一点后，两人同时抬起头，目光对视后又各自挪开，因为他们都看到了对方目光中的焦虑和决心。

一阵沉默后，先做出让步的是张若离，“这样，先让我单独和这个人谈一会儿，总可以吧？”

江洋想了想，也没有更好的办法，“无论谈话结果如何，你都要保证先答应他的要求。等人质救回来之后，嫌犯随你处置。”

张若离不置可否，重新打开审讯室的门，进去后立刻反手关上门。

江洋多了个心眼，在她转身的瞬间，江洋快速地从兜里掏出手帕丢在地上，脚尖轻轻一捅，手帕悄无声息地顶在门缝处，审讯室的门虽然关上，但没有锁死。

江洋冲守在门两边的警察做了一个“嘘”的手势，两个人心领神会地点点头。江洋把耳朵贴在门缝上，想听一听张若离到底要问些什么，这个嫌犯和她的任务又有什么联系。但屋子里很安静，张若离并没有说话。江洋正在疑惑之中，突然传来一声清脆的“咔嗒”声。

江洋猛然脸色大变。他当了六年的兵，上过战场也杀过人，他听得清清楚楚，那是拉枪栓的声音。他立刻毫不犹豫地整个人扑过去，撞开审讯室的大门。

在他冲入审讯室的一瞬间，时间似乎静止了，江洋魂飞魄散地看着眼前的画面：张若离双唇紧闭，右手拿着那把勃朗宁手枪，在相隔一米远的距离指着冯诚的脑门。冯诚双目圆睁，一脸难以置信的表情。

在下一个半秒里，江洋把张若离拿枪的手拍向一旁。与此同时，枪响了。

勃朗宁看似小巧，却是杀伤力很强的大口径手枪，因为江洋的干扰，这一枪的后坐力让张若离往后跌去。江洋一把抓过她，在摔倒时把枪顺势抢到了自己的手里，关上了保险，这才爬起来去看冯诚。

还好子弹没有打中冯诚，人还好好地活着，只是还保持着刚才错愕的表情。

江洋感到后怕，这么狭小的房间里，打偏的子弹只要变成跳弹，在场的三个人都有毙命的可能，只能说运气实在不错。

张若离还在地上躺着，吓得好像不比冯诚轻。江洋一手把她拎起来，另一只手捂住她的嘴。门口的警察已经闻声冲了进来，江洋示意他们让开路，他两只手抱着拼命挣扎的张若离，把她拖出审讯室，扔到隔壁无人的房间里。

等关上了房门，江洋才松开捂住张若离嘴的手，随后一耳光扇了过去，面目狰狞地朝她怒吼："你这是要杀人灭口？必须得给我个解释！"

第七章
Chapter 7

张若离被这突如其来的一耳光打得有点蒙，半张脸有些红肿，眼睛直直地看着江洋。

江洋很快冷静下来。他仔细留意张若离的表情，她虽然有些失神，却并没有那种“阴谋失败”的慌乱，而是充满了迷茫。这样的眼神，江洋在战场上也曾经见过，那是新兵第一次见到死亡时的表情。

“没杀过人吧？”

张若离木然地点点头。

江洋感觉到她的手在抖，这才发现自己还抓着她的手腕，两个人的身体几乎是紧挨着。江洋轻轻推开她，松开了自己的手，“你知道这样做的后果吗？真是蠢货！”

这句话让张若离有了反应，她倔强地抬起头，但刚想说什么，就被江洋粗暴地打断了：“不要反驳！你就是蠢！”江洋的愤怒来自差点被猪一般的队友坑害，“你刚才那个电话是不是打给你的上级的？你不说也没有用，我可以马上问总机。但我也不想管，我就想问问你，人家叫你杀人你就杀吗？”

张若离嘴唇刚动，江洋像是知道她要说什么，再度对她狂吼：“不要给我说什么上级命令！你有手令吗？有签字文件吗？有见证人吗？这是杀人！现在是中华民国，这里是有法律的！就算是罪犯，也要先审讯，这个道理都不懂吗？还有，这不是战时，不要再拿你们军统那套狗屁党国机密的说辞出来！”

“我问你，你想过没有，如果你真把他杀了，这件事该怎么收场？”江洋逐渐冷静下来，语气越发冰冷，“绑匪死了，人质肯定也活不了。到时候谁来负这个责？是你，还是我？呵呵，我江某人有自知之明，自己的一条命是担不起这个责任的。你以为你的上司会护着你？”

江洋越说越觉得后怕，气不打一处来，“别给我甩脸色！你知不知道，刚才我要是没拦着你，那一枪真打中了，你现在铁板钉钉就是绑匪的同伙，别以为穿着军统的制服就能无法无天。”

张若离此时半边脸惨白半边脸红肿，样子狼狈之极。被江洋劈头盖脸一阵训斥，她背过头去，眼角隐约有泪光闪现，低着头不知在想什么。

江洋气消得差不多了，语气柔和了一些，“我也不逼你。你来杭城完成什么鬼任务我一点兴趣也没有。你老实在这里待着，我现在带他去档案室。”

“不行。”张若离没有看江洋，语气也没有之前那么坚定。

忽然间，江洋不生气了，只觉得她又倔又傻，倒显得有些可怜。

“小姐，我只是通知你一下而已，不是向你请示。”江洋忍住再骂她的冲动，走出去关上了房门。江洋冲外面的警察说：“再叫两个兄弟，把审讯室和这间屋子都守住。”等于把张若离暂时软禁了。

他只能软禁张若离，没有别的选择，现在他有更重要的事情要做。

在刚刚的大麻烦中，江洋发现了有利的一面。在张若离开枪的一瞬间，江洋第一次在冯诚的脸上看到了惊慌。江洋准备好好利用这个机会，趁着冯诚惊魂未定，从他那里诈出更多的信息。

江洋来到审讯室门口，并不着急开门。他先把自己的衬衣领子解开，把头发抓得更加凌乱，快速深呼吸几下，让自己的呼吸变得急促起来，这才开门进屋。

冯诚的神色不像之前那么冷静，眼神飘忽，额头上还有没干的冷汗痕迹。

一定是有什么击中他了，恐怕不是死那么简单。

江洋故意脸色凝重地坐在他对面，给自己点了一根烟，一言不发地闷头抽了一会儿。

这个办法起了效，冯诚忽然主动开口：“给我一根。”

江洋点燃后把烟塞到他嘴里，冯诚只吸了一口，就呛得咳嗽连连。不过没有扔掉，依然努力吸着烟雾，似乎这样才能让他冷静下来。

“你到底是谁？”江洋努力扮演着一个困惑、委屈、暴躁的警察——其实有一大部分是本色演出，“要杀你的是军统。你到底做了什么？”

冯诚看着烟雾发呆，没有回答。

“实话实说吧，你现在麻烦大了。刚刚想杀你的是军统的人，而且军统上海站长刚才也给我打了电话，要我把你交给他们。”江洋信口瞎编，“我只能拖延一小会儿。你是死是活我也不关心，但如果你现在告诉我人质的下落，我可以暂时不把你交给军统，带你进档案室。”

江洋把烟盒撕开，发现里面只剩下几根，于是分成两堆，一半放在自己面前，另一半放在冯诚面前，“给你时间考虑。这几根烟抽完之前，你给我答案。”

冯诚盯着桌上的香烟，嘴唇紧闭，但快速蠕动的喉结把他焦虑的心情表露无遗。

“你得抽快点，等他们人来了这事可就不归我管了。”说完，江洋从自己面前那堆烟中拿起一根，对着手里快要熄掉的烟头接燃。

他以为对方还要考虑一会儿，冯诚却忽然开口了：“我以前也是军统的。”

江洋虽然之前有所猜测，听到这句话还是忍不住呻吟了一声。他早就猜到事情没这么简单。此时他的心情有些复杂，一方面对方终于愿意开口，讲的越多，破案的可能性越大；另一方面他并不想参与这些要命的秘密，却不得不听下去。

“三年来，我一直在汪精卫的财政部做事，实际是军统三处的卧底。抗战胜利前夕我却接连遭到暗杀，好不容易摆脱了。我以为身份暴露，加上受了重伤，就断了所有联系，躲了几个月。等我恢复好了，却发现单线联系的上级消失了，再也联系不上。后来就在报纸上发现了我的通缉令。”冯诚狠狠抽了一口烟，现在已经不再呛了，他的脸色复杂，眼中带着嘲弄的神色，“抗日期间，我是功臣。抗战胜利后，我却变成了汉奸。这时我才明白，有人不想给我恢复身份。”

江洋看了冯诚一眼，没有接话，等他继续说下去。

“军统里，有人把我的所有身份信息都删了。而且这还没完，他还想杀我。”

“所以你才绑架了黄萍萍？用这种大肆张扬的方式让所有人关注，让军统的人不好下手？”江洋忍住没去问那个删掉他身份的人是谁，本能告诉他，这种事知道的越少越好。

“嘿嘿。”冯诚自嘲的意味更浓了，“但真没想到，这种情况下他们都敢动手。”

“那现在你准备怎么办？”

“我要进入你们那个档案室，那里应该有能证明我身份的文件。我需要用它们来恢复身份。只要身份恢复，我暂时就是安全的。”

江洋听他信心十足，倒真有些好奇冯诚准备怎么做。

冯诚解释道：“确定有人想要整死我之后，我一直在想其中的原因，却始终不得要领。花掉了全部的人脉和积蓄后，我只得到一个确定的消息：我所有的身份资料都被删了，在军统内部没有我这个人存在。而且对我的通缉，军统内部居然是一级，和王克敏、胡兰成一样。我意识到，能够把我放在这么高级别的通缉里，这个人的级别肯定比我原来的直接上级还要高。

“这个人特别想我死，肯定不是因为我得罪了什么人。我想了很久，能够想到的唯一的可能，就是我在被刺杀之前，曾经上报了一份有些问题的文件。”

“什么文件？”江洋问了一句。

“一份很普通的往来物资数据，但其中有几个数字有些反常。”

“所以它现在就在我们档案室里？具体是什么？”因为冯诚说得很含糊，江洋忍不住追问。

冯诚摇头，“我现在是不会告诉你的。它对我太重要了。不过能告诉你的是，这份文件本身并不重要，所以当时在汇报里我也只是随口一提，并没有按正式要求标明来源。谁知道现在反而是一件好事。你让我进档案室，我就告诉你是哪一份。”

江洋想了想，说道：“档案室里的文件密级并不高，说实话我不太相信只凭这样一份文件，就能证明你的身份。”

“这只是为了找到那个人陷害我的原因。”冯诚笑了笑，“我做情报工作久了，比较谨慎，所以之前所有的日常汇报都留了底。就像你说的，档案室里的大多是当时政府的日常文件，所以许多信息都能在里面找到原件。虽然我个人的身份信息在军统里已经不存在了，但我提供过的那些情报不可能没有痕迹，三方一对比，很容易就能证明我的清白。”

江洋张了张嘴，却无话可说，他发现冯诚的话没问题。这个家伙从策划绑架案的那一刻，就把一切都想清楚了。于是他换了个话题：“黄萍萍现在真的是安全的？”

“废话，我想恢复身份，又不想当杀人犯。”

“好，成交。”江洋相信了对方的话，因为冯诚短短几句话就已经解释了所有疑点，“我让你单独进入档案室一个小时。然后告诉我人质的下落。”

顿了顿江洋又说了一句：“如果你真的能证明身份，我可以让记者放出这个消息。但只能帮你到这里，之后你和军统怎么样，我是不会掺和的。”

冯诚感激地点了点头。

“对了。”打开房门之前，江洋又问了一个问题，“如果刚刚你被一枪打死了，人质会怎么样？”

冯诚愣了一下，“黄萍萍真的会死。”

江洋若有所思，心中想着冯诚的同伙到底是谁，嘴里说道：“你们还真是浑蛋，人家小姑娘是无辜的。”

本来有些萎靡的冯诚听到这句话，忽然笑了起来，“这话你跟害我的人说去啊，他干的浑蛋事儿可比我多多了。”

江洋有些诧异地看了冯诚一眼。他忽然觉得自己的判断可能有些偏差：大部分人在生死威胁关头都会大失方寸，他趁机敲打冯诚也是利用了这一点。但问题是，冯诚属于这大部分人吗？

让江洋产生这个念头的，并不是冯诚说的内容，而是他说话时的神态。那种极不服气的玩世不恭，那种豁出去的冷语讽刺，这些都在提醒江洋，如果眼前这个人说的都是真的，那么就意味着他是个经验丰富的军统卧底，心思缜密地策划了这起绑架案，并且胆大包天独自主动进入警局自首。

这样的一个人，哪怕面对枪指着头的危险，真的会立刻了下来，把一切都交代出来吗？

江洋忽然没那么自信了，他看着正努力学着抽烟的冯诚，却再看不出什么异常。

事已至此，只能硬着头皮往下走了。江洋深深地吸了一口气，“我去请示一下，你等我一会儿。”

这件事现在已经超出了江洋能做主的范围。他不能把所有的事都揽在自己身上，他得找个能替他拍板的。

关上审讯室的门，江洋直接上了楼，敲开了局长办公室。

汤局长还不知道楼下发生了什么，还在等着冯诚的审讯结果。江洋把刚才的事原原本本讲了一遍。

老汤在警政界这二十多年可不是白混的，等江洋把所有的事都说完了，他仍旧一副“我等你说下文”的表情，就是不表态。这是他遇到棘手事情的一贯做法。

江洋早熟悉了这老油条的习惯，知道得先往绝路里挤对他：“局长，要我说这样也好，反正绑架案也是个烫手山芋，正好军统插手，不如连案子一块让他们接过去得了，咱还落个轻松。

“还有啊，我觉得这事得立刻向警务处报告，军统警务处本来就直接管着咱们，这责任不能让咱们自己担着。要不您还是给警务处打个电话吧。”

江洋这些话半是抱怨，半是心里话，事情到了这一步，汤局长也压不下来，最好的办法就是把压力甩到上面去。其实按说这些话都不用讲这么清楚，汤局长在警察局混了几十年，这些道理会不懂？可是汤局长听了后频频点头，脸色却越来越难看，“这事情有点麻烦……”

“那也是军统处的麻烦，他们派的人搞出来的事，当然要他们收拾。”江洋不明白老汤在犹豫什么，管着杭城警察局的警务处属于军统，张若离又是军统派来的，这皮球踢得不是合情合理吗？

“张若离不是军统正式派来的人。”汤局长深深吸了一口气，满脸的懊恼之色，“问题就在这儿，没有正式调令，没有手续。从手续上说，军统和这件事没有一点关系。她是以私人身份调来的。”

“什么？！”江洋也不管汤局长是自己的顶头上司，发起火来，“合着她根本不是公务派来的？那我还小心伺候着姑奶奶，包丢了我给她满世界找，还要让我交人……这都不说了，她还当着我的面，差点把犯人给打死了！现在告诉我她根本不能代表军统？”

“现在你明白了吧，为什么我没办法打电话找警务处要进入档案室的许可。”汤局长叹了口气，“正因为不是走正规手续下来的，她才更不好得罪。她调来是靠私人关系，这关系比警务处的来头还大。”

江洋不吭声，心里盘算起老汤这句话背后的含义。什么叫“她的来头比警务处还大”？军统从戴老板往下，警务处往上，并没有多余的机构。如果老汤说的是真的，那么无非就是军统里叫得上名字的那几个人。在戴局长生前，他们都深受戴老板的信赖，是最有实力的大特务，很多重庆要员都要忌惮他们。

江洋心里一动，想起一个人名，“金天木？”这人是军统行动处处长，兼上海办事处处长。手里的实权比一般的处长大得多。自从戴局长去世这一个多月来，金天木一直都在江浙一带活动，要说染指杭城警察局，他的可能性最大。

汤局长苦笑，“你别猜了。总之，我只能告诉你，张若离是那位爷亲自给我打电话安排的。你刚才不是说她打了个电话，然后就立刻开枪吗。你觉得这个人是谁，她才敢这么做？”

江洋没吭声。他之前猜测有两种情况，一是张若离对局势判断错误，导致事情险些升级至不可收拾的地步，毕竟这个女人早上丢包就敢当街开枪，做出这种事还是有可能的。还有一种可能，就是档案室的机密的确非常重要。重要到张若离明知后果严重，仍要当场枪杀冯诚。

江洋由此想到了冯诚说的那番“军统有人要害他”的话。也许他说的那些话是真的，“那冯诚怎么办？他还等着我回复呢，人质可还在他手上！”

“怎么办？我怎么知道怎么办？”汤局长站起来，焦躁地踱来踱去，“现在这个人，你说要不要交给张若离？不交给她，肯定得罪她背后的人。可真交给她了，这案子怎么办？我们怎么跟张家交代？以后追究下来……总之别人一甩手说什么都不知道，我们怎么办？”

汤局长一边念叨着，一边绕着江洋的沙发转圈。

江洋明白，汤局长这些话是念叨给自己听的。解决方案其实早就摆在桌面上，这老东西却不愿意自己说出口。

江洋知道是该自己主动站出来的时候了，“那就这样，张若离现在不是给关在办公室里了吗？咱们瞒着她，先安排冯诚进档案室，反正也就一个小时。这边把人质先救出来再说。等人质安全了，我想个办法把冯诚做了，双手交给张若离，进档案室这事张若离根本就不会知道。咱这里的报告也好写，就说罪犯负隅顽抗当场击毙。只要人质安然无恙，张家那边也不会有什么问题。这样两边都不得罪。

“而且您放心，万一真有什么事，从头到尾也都是我做的，保证和局长一点关系没有！”

汤局长终于停下脚步，猛一瞪眼，“哪能让你一个人承担？这什么话！放心，天塌下来我给你扛住！”

然后他露出了笑容，满意地拍了拍江洋，“行，就按你说的这么办。”

第八章
Chapter 8

江洋下楼的时候，遇到赶回来的王超。之前江洋要他把冯诚的照片交给张伯谦等人辨认，这事干净利落地办完了，所有人的回答都是不认识。

对于这个结果江洋并不感到意外，但这也意味着他只剩下最后一条路可以走：带冯诚去档案室。

到了审讯室，江洋没有立刻进去，而是在软禁张若离的那间屋子门前停下来，仔细听着里面的动静。

江洋有点担心，刚才张若离被自己打了一耳光，现在又被关起来，以她的性格，这会儿也许正在砸桌子拍板凳，至少也应该是焦躁不安地走来走去。

但在门外听了两分钟，屋里依然一片安静。

江洋问守在门口的两个人："她在里面一直这么安静？"

两个人点点头。

这个女人居然没有撒泼哭闹，让江洋有一点意外。他打开房门，看到张若离坐在远离门口的椅子上，虽然屋子里开着灯，但还是看不清她脸上的神情。听见声响，她抬起头，看见是江洋后，又低下了头。

江洋本来想最后再试一次，从张若离这里拿到进入档案室的许可。但张若离的沉默明显在表示抗拒。于是江洋不再废话，直接冲她张开了手。张若离明白他在要什么，她怒目圆睁，没有动作。于是江洋把手伸向她的腰间，做出要搜身的样子。张若离立刻屈服了，往后闪了闪身，从口袋里取出一串钥匙，交给了他。

就在江洋转身准备出门的时候，张若离忽然开口：“你不要和冯诚接触太多。没有好处的。”

江洋的手已经握上了门把手，在这句话后稍微迟疑了一下。张若离的声音有些沙哑，不知是不是哭过。江洋听不出她这句话到底是在威胁，还是在讽刺自己，甚至有可能是好心给自己建议？

他没有回应张若离，打开门离开了这间屋子。只是，这句话不知为什么一直回响在耳边。

江洋关上了屋门，王超还等在门口。江洋小声对他吩咐：“把咱们处行动队的人都叫来，带枪，从二楼到楼下档案室这段路，全给我封锁，一个小时内谁也不准进出，就算是警务处来人了，你也得给我装不认识！”

江洋发了狠。老汤把责任推了个干干净净，他自己就必须小心再小心。私自带冯诚进入档案室这件事风险极大，绝对不能出任何意外，也绝不能走漏风声。

很快，走廊上陆续出现了熟悉的身影。江洋的心渐渐踏实了一些。他挑了四个身手最好的，叫他们等在审讯室门口，然后再次走了进去。

虽然时间很紧，但江洋看上去并不着急，他不慌不忙地坐到冯诚面前，点上了一根烟：“我刚才想起这么一件事来，你想没想过，也许有这么一种可能，就是那个想害你的人，已经预料到你回来寻找这份档案，所以他提前派人来把档案找到，然后给毁掉了？”

冯诚摇头：“这不可能。能证明我身份的这份文件是用军统的联络密码写的，伪装成普通的公文档案。这份档案的存放代码只有我知道，其他人根本不可能知道是哪一份。除非他们把档案全都烧了，否则没人动得了我那份文件。”

“既然是军统自己的密码，害你的人就不能被破译吗？”

“能啊，但要想知道是哪份文件，就得把所有的档案都破译一遍，起码得十几个人一起干一个月。但是我觉得害我的人不可能同时找到这么多有资格掌握密码的人，他得小心谨慎，他干的事见不得光。”冯诚耸了耸肩。

江洋想，他说的没错。江洋想起了张若离。

“我姑且相信你。”江洋从椅子上站起来，凑近冯诚，“我答应你的条件，允许你进入档案室。但你要答应我，无论你有没有找到这份文件，一个小时后，都必须立刻告诉我人质的下落。”

“好。”

“进入档案室后，你只许翻阅，不许带走文件，不能搞乱文件的顺序，不能在文件上留下任何记号，我会全程跟着你。如果发现你有其他的企图，约定立刻终止，我把你交给军统。”

这和冯诚开始提出的条件有些差别，当时他提出的是一个人进去查看。但冯诚没争辩，“好。”

江洋满意地点点头，“这一个小时我是冒着天大的麻烦争取出来的。你不要让我失望。”

说完，江洋把冯诚的手铐解开，把手铐的一端铐在自己的手上。江洋专心致志地拽了拽手铐，试了试硬度，突然冷不丁地说：“金天木为什么要杀你？”

江洋抬起头，他察觉到冯诚脸上闪过一丝诧异和惊慌。

这已经够了。江洋不再追问，把冯诚从椅子上拽了起来。

江洋要手下给冯诚上的，是最新式的美式手铐，上个月刚刚装备。美国专家得意扬扬地说，全世界不用钥匙能打开这个手铐的人不超过一百个。可即便如此，江洋还是紧紧握着冯诚的胳膊，半是搀扶半是拖拽地拉着他。出门的时候，等在门口的四个手下立刻紧紧地跟上他们。

江洋的命令被严格执行，从审讯室到地下室的入口处，一路上一个闲杂人都没有，所有的楼梯口和走廊都站满了侦缉处的人。

地下室有一条不长的走廊，尽头就是紧闭着门的档案室。档案室里外两间，里间是存放档案的库房，外间是个面积不大的办公室，之前张若离就是在这里办公。

要进入档案室，必须先穿过办公室，这是进入档案室唯一的通道。因为是在地下，档案室没有窗户，因此江洋让几个人守住办公室的门口，足以保证冯诚不会跑出去。

江洋一手拉着冯诚，一手推开了办公室的门，桌上还堆着张若离处理了一半的文件。现在江洋可以猜出张若离这些天在这里干什么了：如果冯诚没有撒谎，那么她就是奉了金天木的命令来这里找关于冯诚的那份档案。但是她不知道档案的编号是哪个，只能一张一张地用密码试译。

他也能猜到张若离为什么今天早晨对丢失的那个皮包那么紧张：那个包里多半有军统的密码本。按照保密条例，密码本必须随身携带，她不能留在办公室，只能带在身上。结果就出了这么个意外。密码本丢失，意味着整个军统的密码系统都要更换。可是张若离又是金处长私下里派来的，这让她怎么交代？之前张若离的行为在江洋看来如同神经病，现在看来一切顺理成章。

等江洋回过神的时候，注意到冯诚也在对那堆文件出神。江洋拍了拍他的肩膀，"放心，她应该还没有找到你要的东西，否则她早就收拾东西走人了。"

冯诚点了点头。大家都是聪明人，江洋能想到的事，他也立刻想到了。

在办公室和档案室之间，是一道沉重的黑色铁门。日本人之所以把档案室建到地下，是因为杭城湿气太大，不利于文件的保存。日本人用地下室和这道厚重的铁门隔绝空气，让档案室常年保持低温干燥。

江洋在铁门上插入钥匙，打开了门锁。铁门虽然厚重，但是门轴很灵活，轻轻一推，就无声无息地向里打开了。因为档案室没有窗户，也没有开灯，所以里面漆黑一片，什么都看不见。

江洋打开了连接两人的手铐。这个档案室就跟监狱一样，没有必要再这样束手束脚。江洋拍拍冯诚的肩膀，说话的口气就像两个人是多年的老朋友，"我能保证一个小时之内任何人都不会进入这个房间。就算金天木本人来，我都会给你争取到这一个小时。"

冯诚小声说了句："谢谢。"

"别急着谢，我可要计时了。"江洋看了下表，"你抓紧时间吧。"

冯诚走进漆黑一团的档案室，右手在墙壁上摸索着电灯开关。因为不熟悉环境，他窸窸窣窣了好久，才按下开关。

电灯泡发出"滋滋"的声音，档案室的灯一个接着一个地亮了。

在亮起的灯光下，冯诚和江洋看清了屋里的景象，两个人同时呆住了。

杭城市警察局的档案室是一间数百平的大屋子，所有的资料都是放在一人多高，三米多长的开放式资料架上。这样规格的资料柜，一共有四五十个。

现在，所有的资料柜上，全部空无一物。

半秒钟后，他们意识到那些资料档案全都到哪里去了：在档案室的地面上，杂乱地堆满了各种各样的纸质资料，整间屋子像是被洗劫过一样，连插脚的空当都没有。

是张若离干的！

江洋率先反应过来。他想起之前张若离反常的表现：自己到这里找她的时候，她以打电话的名义独自关上了门十几分钟。当时江洋以为她在给上级打电话请示。但是，跟上级请示真的需要这么久吗？

江洋头皮有点发麻，他发现自己还是低估了张若离。

江洋甚至能在脑海中想象出她刚才给上级打电话时的场景：

在听说江洋坚持要带冯诚进入档案室后，张若离知道事关重大，她把江洋轰出办公室，立刻给上级打了个电话汇报。在电话里，上级指示要杀了冯诚灭口，绝对不许他找到自己的档案。

张若离没多想，打算就这么直接去把冯诚杀了。于是，她从提包里拿出手枪，检查好弹药，放到自己的腰间，准备打开办公室的门。

在她握住门把的一瞬间，她突然犹豫了：万一自己没能成功得手，怎么办？

于是她没有打开门，思考了一会儿，转身走入档案室，把所有的档案翻倒在地上。

然后她关上档案室的门，若无其事地走出办公室，跟蒙在鼓里的江洋一起去了审讯室。

也就是说，在走出办公室之前，她已经完成了上级的任务。

“你还能找到你要的东西吗？”江洋努力按捺下愤怒、惊讶等等负面情绪，这些情绪对于解决没有任何帮助。冯诚如果对他要找的东西位置熟悉的话，那么还有一线希望。

冯诚没有回答他。

显然，冯诚也和江洋一样猝不及防，他深一脚浅一脚地跨过地上的无数文件袋，不时蹲下来翻找，拿起一份看看又懊恼地扔开。这样重复几次后，他沮丧地摇了摇头。突然，他走向最近的资料架，去看架子上的卡片栏。江洋也反应过来，升起了一线希望：资料架上会有卡片标注。张若离一个人毕竟时间有限，即使把资料架上的东西全都倾倒在地，那文件也是散落在原本的位置附近，这样查找起来的范围就能缩小很多。

但让人失望的是，所有资料架上的卡片也都被撕掉了。

这个女人！江洋心中又涌起一阵愤怒。

“你告诉我文件的具体内容，我叫人帮你一起找！”江洋急了，他这辈子还没有哪天像今天这样挫败过。

冯诚摇摇头。他脸色惨白地瘫坐在一堆文件上，目光黯淡，“没用的，我只知道文件的存放编码，不知道文件的具体内容是什么。现在有人把所有的标签都撕掉了，这样我也只能一张一张文件去用密码翻译……”

江洋反复深呼吸了几口，强迫自己保持镇定，“你相信我，这不是我布置的，是军统的人做的。”

冯诚低着头，不置可否。

“但是，现在人命关天，你已经不可能在一个小时里找到档案了，但是过了两个小时黄萍萍就会死。我们先把黄萍萍救出来，我保证我会尽一切力量帮你恢复身份，行吗？”

冯诚惨然一笑，“你保证？我凭什么相信你？”

江洋抓住他的手腕，使劲看着他的眼睛，“你没得选择，你只能相信我。我们不能让黄萍萍死，这是我们现在唯一能做的。”

冯诚只是苦笑。

江洋想了想，忽然伸出手把衬衣敞开，露出锁骨下面一个掌心大的恐怖伤痕，“看见这个了吗？”

“打仗留下的？”

江洋坐在冯诚的身边，从怀里摸出香烟。他知道档案室里不能抽烟，但他不在乎，“是民国三十一年吧，小日本打常德。我们连在阵地上守了三天三夜，换防的就是不来。最后整个连都差不多死光啦，能动的就剩下我一个了。连长就对我说，江疯子，你快走吧，阵地守不住了，你现在走，还能活着见到你老娘。

“我说，连长啊，我老娘早就没了，我家里没别人了，我就只有你们几个兄弟了！

“连长指着边上那几个兄弟就哭了，说你看看，咱的兄弟们还有谁？都已经是死人啦。我受了这么重的伤，我一会儿也会去见他们了。我会替你给他们带好的。

“我说，连长你他娘的真会占便宜。死是天下最容易的事，这么好的事，我怎么能让你干。

“然后我就把连长背在背上，我一只手护着连长，一只手拿着枪，我就一边走，一边开枪，一边哭。那时候我一点儿也不怕死，只想着连长如果死了，我就一个亲人都没有了。

“我就这么走了三百米，走过了最危险的一段路，当时都不知道身上其实已经中了三枪。等我走不动了，喊了几声连长，身后却没有回应。

“等我回头一看，连长只剩下半个身子了。”

江洋说到这里，沉默地抽起烟来，直到剩下的烟抽完，也没有再说一句话。

“然后呢？”冯诚忍不住问。

“然后我又往回走了这三百米。”

“……”冯诚有些意外地看了江洋一眼。

江洋把烟头在一份档案上按熄，平静地说道：“我把连长放在了兄弟们尸首的旁边。对他磕了三个头。我虽然救不了他，但答应过，要让他和其他的兄弟们死在一起。”

沉默了半天，冯诚轻轻地说：“你讲这个故事，是想告诉我你很讲义气，说帮我就一定会帮我吗？”

江洋摇摇头，“不。”

他盯着冯诚，“我的意思是，黄小姐如果有半点意外，我就像对待那些小日本一样，把你打到亲爹都不认识。”

冯诚脸上的神情变来变去，几番踌躇后，终于还是摇了摇头，“对不起，江处长。我很想相信你，但是黄萍萍的下落是我唯一的筹码，也是我最后的机会。”

江洋默然无语，心中情绪复杂。冯诚一番精心设计却功亏一篑，若是易地而处，恐怕自己也不会轻易交出最后的底牌。江洋有些同情冯诚，但瞧不起他拿无辜旁人作为人质的手段，一时间心中念头闪动：要不要刑讯逼供？转念一想，对方既然是军统出身，对刑讯逼供肯定受过训练，而且把冯诚给激怒，反而可能会失去破案的希望。

冯诚突然说道："江处长，如果我说黄萍萍两个小时内不会死，你相信不相信？"

"我要是说不信呢？"

"你要我相信你，我要请你相信我：我保证黄萍萍安全回来，请你再给我一点时间，我找到那份档案后一定把黄萍萍平安送回来。"

"你要多长时间？"

"一天。"

"扯淡，哪有那么多时间给你？"且不说张家那边的压力，光是办公室里关着的张若离就能要了江洋的命，"你应该知道后天宋副院长要来杭城视察，这可比张家要命多了。实话告诉你，如果到天亮还没有进展，上面为了在宋副院长来之前把这件事彻底解决，什么事都做得出来。相比之下，你的命不重要，甚至黄萍萍的命也不重要。"这话是江洋信口编的，不过上面真做起来，其实也八九不离十。

能看得出这番话让冯诚紧张了。他思考了十几秒，"我不需要一天，我只需要半天！"

看到江洋不相信，他解释说："这么多档案，在短时间里不可能彻底打乱，只能就近扔到地下。虽然弄乱档案的人把档案架的标签撕掉了，但档案一定是按照某种顺序排列的，也许是时间顺序，也许是档案类别，也许是平假名……总之我只要翻看头几个柜子下的档案，就能判断出顺序。然后我就能把要找的档案限制在一个很小的范围里，只要半天时间……"

江洋虽然听不懂他到底说了什么，但是看他说得头头是道，或许还有那么一点道理。他看着冯诚，一字一句地说道："我只能保证两个小时，剩下的时间只能尽量拖延。而且，你听清楚了，我的底线是人质安全，如果黄萍萍出了任何差错，就算档案真的找到了，我也当着你的面给撕掉！”

冯诚坦然地与江洋对视，“相信我，黄萍萍一定会安全回来的。”

江洋现在已经不在乎他的语气到底是真是假，他站起身把守在外面的下属叫进来：“好好看着他，不准他做查找档案之外的任何事，如果想要逃跑，就当场击毙。”

说完，他转身离开档案室。在这段时间里他不能坐以待毙，他还要想办法寻找其他线索。

但是江洋马上意识到自己没有这个机会了。

刚从地下室走上来，他就迎面遇上匆匆赶来的汤局长，正要开口汇报，汤局长摆摆手示意他稍等，拉着他走到走廊拐角，左右看看附近没人，才说道：“立刻把张若离给放了。金处长五分钟前刚刚下火车，正在来咱们这儿的路上。”

“金处长？金天木？”江洋明白说的是谁后，立刻觉得头大如斗，“他这种身份的人来之前怎么不先通知一下？”话一出口，马上就明白过来肯定是因为冯诚的事。想必张若离打完电话后，金天木就马不停蹄地赶过来。而他来了以后，第一时间肯定会把冯诚带走。这样，不仅私自带冯诚进档案室的事情要露馅，绑架案的线索也没了着落。江洋心里明白，从汤局长到军统，没人会替他背这口锅。一旦黄萍萍有个意外，张家他就得罪定了。

这是江洋能想到的最坏的结果，可一时间却想不到有什么解决办法，脸色难看至极。

“你这娄子捅得有点大了！”汤局长强调了一下“你”，然后说道，“你赶紧把张若离放了，好好给她解释一下，她有什么要求你先答应下来再说。这尊大佛忽然来杭城，请佛容易送佛难啊……”

江洋太了解这老狐狸了，知道他在担心什么，“您放心，这件事您一点儿都不知道，您先忙，我会妥善处理好的。”

汤局长欲言又止，拍了下江洋的肩膀走了。

江洋明白老汤的意思，他做事的原则就是多一事不如少一事，金处长明显是冲着冯诚来的，人家要人咱就交人，别得罪这位大爷。反正张家的案子有江洋去扛，实在不行黄萍萍死就死了吧。

但是江洋得为自己想。

江洋点了一根烟，一边猛吸一边焦躁地在原地转来转去。把冯诚交出去，良心上过不过得去就不说了，关键是黄萍萍凶多吉少，自己一定会得罪张家。

可真要保住冯诚，又怎么保呢？毕竟冯诚现在的身份就是嫌犯绑匪，另外还是在逃的汉奸，自己连一个拖延的理由都拿不出来。且不说汤局长这老狐狸肯定不会答应。

江洋一根接一根地抽烟，烟雾之中他的表情越来越狰狞。抽完最后一根时，他把烟头扔在地上，恶狠狠地冒出一句："操，反正你们不仁义，那也别怪我。"

他看了一眼四下无人，急匆匆地向警察局后门走去。出了后门，穿过两条街，走进一家不起眼的小舞厅。舞厅的门口用厚厚的布帘挡着，里面灯光昏暗，江洋没有丝毫停顿，熟门熟路地走向放着电话的柜台。

舞厅的招待见他进来，殷勤地上前打招呼，江洋冷着脸挥挥手，搬开柜台后面的一摞箱子，露出墙上的一道小门。江洋推开小门，这是一个非常隐蔽的小隔间，里面放着几十箱走私的洋酒。

江洋拿起柜台上的电话，抻着电话线走进小隔间，把门关上。

这个小小的房间四周贴满了隔音用的软垫，用来打私密电话再合适不过。

几分钟后，江洋从隔间里出来。神色比之前平静了不少，但眼中多了几分决绝狠厉。

等江洋回到警察局的时候，局里已经乱作一团。全局上下都得到通知，待会儿有大人物到访，汤局长在每个办公室挨个发了一通脾气，现在全局都在手忙脚乱地打扫卫生。已经是傍晚，早就过了下班时间，有好多人是刚刚接到电话才赶来的，匆匆地换着警服，几个处长在各个屋来回呼喝着："这谁的麻将牌还放在外面，快收起来！""谁的桌子，赶紧整理好了，乱得和狗窝一样！"

江洋分开人群，径直来到档案室。冯诚正在一堆档案中埋头苦思，江洋俯下身在他耳边轻声说了几句话，不等冯诚有什么反应，就让手下按住冯诚，把他带到审讯室关起来。

控制好冯诚，江洋稍微松了一口气，然后来到关押张若离的房间外，把耳朵贴在房门上，听听没有动静，便重重地咳嗽了一声，打开了门。

张若离低着头坐在角落的椅子上，即便知道有人进来也一动不动。这种反应在江洋预料之中，只是之前他在气急败坏之下狠狠打了她一耳光，现在两人再度见面，气氛比预计的还要尴尬，江洋准备好的话一时间说不出口，只好又使劲咳嗽几声。

这次张若离抬起了头，两眼周围一圈通红，显然是哭过的。看见来人是江洋后，神情复杂，和江洋对视片刻又低下了头。

江洋看见她有些红肿的脸颊，心中不免微微有些歉意。不过这念头只是一闪而过，对于江洋来说，她仍旧是必须小心应对的敌人，“张特派员，从现在开始冯诚就交给你了。”

张若离再度抬起头来，眼神中多了些疑惑和戒备。她既不明白江洋为什么忽然转变态度，又要提防江洋耍花样。

江洋叹了口气，苦笑着解释：“金处长已经到杭城了。”

“这怎么可能？”张若离猛地抬头。

从进房间以来，这是张若离第一次开口说话。江洋有些意外她的反应为什么会这么大。金天木不是张若离的上司吗，为什么张若离想不到他会来？

“我骗你干什么，大概还有十分钟，金处长就会到这里，等会儿你就能看见他了。我已经接到通知，从现在开始冯诚就交给你了。你对他做什么都行。”江洋做出一副无可奈何的表情，故意强调了最后一句，心中却暗暗打鼓，心想姑奶奶你可别真的一根筋到底啊。如果张若离真的马上提着枪去杀冯诚，他还是得想办法阻止，接下来的计划就不会那么顺利了。

还好，张若离的注意力不在这上面，她好像根本就没听见江洋说的话，眉头微皱，像是在思索一件很难想通的事情。直到江洋又说了一遍，张若离才回过神来，“你把他关起来就好了，让我一个人在这里待一会儿。”

江洋求之不得，就在他准备转身出门的时候，张若离忽然又说了那句没头没尾的话：“你不要和冯诚接触太多。没有好处的。”

听到这句话，江洋迟疑了一下。这是张若离第二次对他说这句话了。江洋轻轻地点了点头表示知道了，开门走了出去。

回到一楼大厅，所有中高层干部站得整整齐齐，正在听汤局长训话。

“……都给我眼睛放亮点，回答问题的时候别都耷拉着脑袋！说你呢！胸挺直了！”

有人从外面匆匆忙忙跑进来，喊着：“来了来了！”

汤局长大手一挥，“赶紧列队，去门口迎接长官！”

一群人急急忙忙地来到警察局门口，却马上发现有些不对。

警察局门口一片混乱，十几辆汽车歪七扭八地停在路边，后面还有进不来的车子在狂按喇叭。从门口到街边围了许多人，有人一眼认出，大部分是杭城电台和报社的记者。

江洋刚才打的那通电话起效果了。

汤局长一脸错愕。江洋做戏做足，挤到了汤局长面前，“我说局长，这金大佛的阵仗够大的啊，搞得跟使节出访一样。”

老汤不傻，马上明白过来不对劲了。虽然不知道金处长来杭城是做什么，但肯定不会这么高调，金天木从来没这么办过事。

那这帮记者又是来干什么的呢？从记者兴奋的表情可以看出来，能让他们这么晚跑到警察局门口的，肯定是一件大新闻。

答案马上就揭晓了。

一辆高档奔驰轿车不停响着喇叭，艰难地从人群中开进来，不等停稳车门就打开了，跳下一个怒气满面的年轻人。

张家少爷、绑架案人质黄萍萍的丈夫张伯谦气势汹汹地拨开人群，冲进警察局的大门。一进门就大喊：“江洋呢？江洋那个王八蛋在哪儿？”

江洋赶紧走上两步，“王八蛋江洋在这儿呢。我的张大公子啊，我又哪儿得罪您了啊？您这回又是哪一出啊？”

张伯谦一把抓住江洋的衣领，另一只手挥起拳头。江洋也不反抗，只是无辜地看着他。周围的记者兴奋起来，举起手里的相机，一时之间闪光灯噼里啪啦闪个不停，就凭这张照片，再加上“张家少爷深夜在警察局门口痛殴侦缉处处长”的标题，明天的报纸肯定卖得比今天还好。

不知道是否因为围观的人太多了，最终张伯谦的拳头没有落下来。他放开江洋，但怒气更盛，转向汤局长，一字一句地大声质问道：“为什么抓住了犯人，却不通知我？”

汤局长嘴巴张了张，想要说什么，却发现无从辩解。他本来以为随着金处长的到来，马上就能把这烫手山芋甩给军统了。他压根就没想到，在这个节骨眼上张伯谦会忽然冒出来。汤局长下意识地看向江洋，怀疑是他把消息泄露出去的，可江洋也是一脸错愕，于是汤局长又拿不准，心想回头一定要把这事给查清楚。

张伯谦情绪十分激动，拉住江洋继续大声嚷嚷：“绑匪提了那么多要求为什么我都不知道？你们到底能不能保证萍萍的安全？我告诉你们……”

眼看老汤要下不来台，江洋一把搂过张伯谦的肩膀，“您误会了，没说不通知您啊，好多事还得跟您请教呢，咱们进屋里慢慢说……”说着就把他半搂半抱地往警察局里推。

周围的记者们眼看新闻要走了，纷纷挤上来发问。

“张公子留步，您说警察局已经抓到了绑匪，为什么您这么肯定？”

“江处长，张公子说的是真的吗？绑匪有多少人？是否已经一网打尽了？”

“请问人质的安危现在如何？”

“除了金条和现钞，绑匪还提了什么要求？您二位能回答一下吗？”

……

赶在记者包围之前，江洋搂着张伯谦进了警察局大楼。汤局长也反应过来，让其他人把记者拦在楼外。汤局长心想还好江洋这小子反应快，要是等会儿金处长来了看见这么乱糟糟的场面，真不知该怎么收场。

汤局长叫一个处长去外面街口等着，看到金处长的车子马上通知他。然后对记者们高喊：“大家不要堵着路，报社的记者凭证件进来，闲杂人等都先离开。”

汤局长其实最想的是让所有人都滚蛋，可显然不能这样做，事情已经曝光出来了，完全封锁消息只会引起更多更夸张的猜测。先把记者们召集起来，再给他们一份统一的答复，这样才能尽量控制住事态。

旁边两位处长悄悄冲老汤竖起了拇指：随机应变，临危不乱，还是咱局长高明啊！

第九章
Chapter 9

大楼外面的混乱江洋并不知道。进了大楼后，张伯谦一直追问黄萍萍的下落——刚才的那通电话，江洋是直接说给仆人老万听的，而且没有自报姓名，所以张伯谦只知道是一个“有正义感的警察”给他通风报信而已。

江洋一路敷衍，带着张伯谦直接去见张若离。

刚从被软禁状态放出来的张若离面对乱糟糟的警察局还没有回过神来，迎面就看见了一脸坏笑的江洋领着一个气势汹汹的陌生男人。

江洋二话不说拦在张若离的面前，做了个简单介绍：“张伯谦张少爷，人质黄萍萍的丈夫。”

还没等她反应过来，江洋又转头对张伯谦说：“这位是南京军事委员会调查统计局的张若离张特派员，一级刑侦专家——跟我们比，人家那才叫专业的！恰逢特派员莅临杭城指导工作，接手后很快案子就有了重大进展。案情相关的详情，您问张特派员就行了。”

这番话说得又急又快，张若离根本来不及插嘴，还在目瞪口呆之际，张伯谦已经自以为明白怎么回事了，打量了一下张若离，递上了自己的名片，“张伯谦，杭城商贸委员会会员。人质是我的妻子。绑匪现在已经抓住了是吧？我妻子现在在哪儿？是不是安全？我能不能见一下绑匪？我想跟他说几句话。”

一连串问题问过来，张若离答也不是，不答也不是。她愤怒地看向江洋，她从来没有和这种人打交道的经验，根本不知道该怎么应对。

江洋拍了拍张伯谦的肩膀，“张特派员人特别和善，你有什么就问她。我先去处理一下外面，你们先聊。”说完不顾张若离杀人的眼神，一溜烟跑了。

江洋倒是没撒谎，他真是来对付记者的。警察局的一楼大厅里，记者正整围着汤局长不停发问。

“听说绑匪是在逃的汉奸，却自称是军统的卧底？”

“他说有人陷害，这事是真是假？”

“人质是不是已经遇害？”

“听说案件毫无进展，您下令一天内破案，冒昧问一下，这个冯诚是不是替罪羊？”

问题一个比一个犀利，汤局长不停打着太极也难以招架。焦头烂额之时，江洋一副替长官分忧的姿态迎向记者们，“各位，我是侦缉处江洋，案件的具体情况我来给大家通报。”

这句话效果立竿见影，人群哗啦啦地从汤局长身边都转移到江洋这里来了。

江洋在汤局长耳边悄悄地说：“这里我先顶着，您带人去迎接金处长。这事要紧。”

汤局长暗自点点头，心说这小子我平时没白疼。他给了江洋一个赞许的眼神，转身溜了。

江洋在大厅里大呼小叫着维持秩序，其实心里很享受这无事一身轻的时刻，“大家不要急，一个一个问。《杭城民报》，你先问。”

“绑匪的名字是叫冯诚吗？他到底是汉奸，还是被陷害的卧底？”

江洋皱起眉头，一副不理解的表情，“我不太明白你在说什么。请问你是从哪里知道的这个消息？谁告诉你的？”

“是一个正义人士打电话透露的……”

“等一下。”江洋打断了记者的话，“您是《民报》的记者，还是《每日谈》，或者《尘世间》的记者？”

那个记者不知江洋是什么意思，举起自己的证件递过去，朗声说道：“这是我的证件，有问题吗？”

“哦……”江洋装模作样地看了看证件，露出笑容，“不好意思啊，我听您说的跟小说似的，还好奇《民报》怎么也会问这种捕风捉影的问题。”

《民报》记者大声抗议，江洋提高声音盖过了他：“下一个问题，《晨报》记者。”

“江处长，请问为什么警察局抓到绑匪，却没有公开，连人质家属也不告知，是否人质已经遇害？”

“谁告诉你已经抓到绑匪了？你的消息是哪里来的？”江洋又用同样的话反问回去。没等他回答，江洋又随便指了个记者，“下一个。”

这个记者学精了，直接针对刚才江洋的那句话发问：“您的意思是，现在警察局依然没能抓到绑匪？”

“现在案子还在侦破阶段，所有细节都要保密。我理解各位对这起事件的关心，但既然大家也明白人质的安危是最重要的，所以现在案件的进展没有办法详细告诉大家。当然，具体情况等案件结束后会有详细的解答。”

记者们不满地发出了嘘声，敢情问了一圈，江洋还是在打太极，一丁点有用的信息都没有。不少人也不管江洋刚才定下的规矩，都挤了上来，七嘴八舌地发问。

江洋被记者们吵得头昏，心里却很得意。心说你们闹得越乱越好，你们越不信我说的我就越安全。正在那儿胡乱应付着，忽然听到一个声音在耳边说道：“金处长请您现在过去。”

江洋心头一凛，转头看去，是个戴着眼镜的中年男子，自己并不认识。他警惕地四周打量了一下，看不出什么异常，低声问道：“处长在哪儿？”

那个人小声说：“不在这里。我在后门等你。”说完很快就挤出人群消失不见。

江洋心里一阵狂跳——刚刚还因为耍了个小聪明暗自得意，现在正主来了，他突然感到莫名其妙的心虚。记者们还是如潮水一般簇拥着江洋，江洋却发了慌，他喊着：“我还有事！我还有事！”拼命往走廊里挤去。记者们见他要跑更加不依不饶，要不是几个同事帮忙把他从人群里拽出来，他差点没能脱身。

江洋挤出人群，匆匆赶到警察局的后门，那人果然等在旁边的角落里。见江洋来了，也不打招呼，直接走在前面。

他似乎对警察局周围很熟悉，一路带着江洋穿街走巷，七拐八拐地来到了一条僻静的小巷。

小巷口站着的两三个无所事事的男人，见到那人和江洋一起走来，三个人不约而同地扫了他们一眼。带路的男人和他们迅速交换了一下眼神，那三个人便回到了若无其事的样子，让带路人和江洋从他们中间穿过，毫无阻碍地进了小巷。

进了小巷后走了一截，又往另外一条更僻静的巷子里走了一段路，拐了一个弯。这里没有路灯，不过今晚没有乌云遮蔽，惨淡的月光下，江洋看到巷子深处停着一辆黑色的凯迪拉克轿车。车旁边一排全都是熟人，局里所有的处长都在这儿，贴着墙根毕恭毕敬地站着。江洋立刻看明白了，没废话，老老实实地走到队尾站着。

没有人说话，但大家的注意力都在这辆黑色的轿车上。

过了十来分钟，小车的后座车门打开，汤局长半个身子钻了出来，撅着屁股朝车里哈腰，“是是……您放心，您放心！一定……保证保证……”

等汤局长身子完全从车里出来，一眼就看见江洋，连忙朝他招手，“江洋你怎么才来？赶紧过来，金先生正在等你。”

车门开着，看不清里面坐着什么人。江洋站在敞开的车门边，立正敬礼，“杭城市警察局侦缉处处长江洋。”

车里探出半个脑袋来。一个四十多岁的中年人，脸庞方正，眼神明亮，没有上位者通常所有的威视，反倒显得有些慈眉善目。

金处长和善地笑了笑，往里面挪了一下，用手拍了拍身边的座位，“小江，上来说。”

江洋小心翼翼地上了车，车子的驾驶位是空着的，车里只有他们两人。江洋努力想坐得端端正正，但车里空间不大，背还没伸直头就顶着车棚，让他觉得十分别扭。

车外的汤局长轻轻把门关上，走回墙根，和其他处长们默默地站在一起。这些人平常在杭城也都是有头有脸的人物，现在像小学生罚站一样乖乖地等着，江洋不但不觉得好笑，反而更觉得紧张，注意力高度集中，准备应对接下来的问话。

“不要那么拘束。”金处长拍了拍江洋的大腿，“来，抽根烟。”

江洋连忙双手接过烟，先给金处长点上火。月光勉强能照进车内。江洋心不在焉地抽着烟，偷偷打量着金处长的表情，但却发现从他脸上什么都看不出来。

“江洋……这个名字好哇。”金处长笑呵呵地问道，“你在海边长大？”

“您猜得没错。我爹是打渔出身的，每天都和大海打交道。所以就给我起了这么个名字。”

金处长缓缓点头，拿出一份文件，对着月光读了起来：“民国十九年的珠宝盗窃案，二十一年的碎尸杀人案，二十四年的特大拐卖案……行啊，你真算得上是年轻有为啊！要我看啊，老汤这个位置迟早是你的咯！”

江洋面色平静，“长官过奖了。”

金处长接着读手里的文件：“……二十八年，获授宝鼎勋章。二十九年，因战功卓著被特批为代理营长……没看出来，你还是个战斗英雄。”

江洋没说话，有些走神，似乎又想起了当年的一些事。

“三十二年，因擅离职守被撤销奖章，降为排长。咦？”金处长读到这里语气有些意外。

他放下手中的文件，想了想，“擅离职守……呵呵，这算个什么屁罪名？在军队里得罪人了吧？”

说着，露出温和的笑容，看向江洋。

江洋晃了晃脑袋，也说不清是点头还是摇头，没有说话。

金处长拍了拍江洋的大腿，一副“我很理解”的神色，“没事。军队里那些人干的事我不是不知道。这说明你宁愿得罪人也不愿意同流合污，这性格我喜欢！”

既然金处长都这样说了，江洋只好诚惶诚恐地连说不敢当，可心里想的是另外一回事。

金处长这一番表现，看似重视自己，连连夸奖，但也可以理解为一种暗示，自己底细人家已经知道得一清二楚。可又不算是真正的威胁，不会引起别人的敌意和防备。

总之一句话，这个金处长不是个简单人物。

金处长话锋一转，“若离这次来杭城，给江处长添了不少麻烦啊。”

话题终于转到这上面来了，江洋精神高度集中起来。从这句话的两个称呼中，能听出来两个重要信息。第一，金处长说到张若离用的是昵称，可见张若离是他身边的红人。第二，对自己的称呼，小江变成了江处长，这就是说，接下来说的都是公事了。

江洋马上说道：“报告长官，不麻烦，支持张特派员是卑职的本职工作。”

“听说——若离和江处长闹了一些不愉快？”

江洋心里“咯噔”了一下，随即在心里把汤局长的祖宗八代骂了一遍——肯定是那个老狐狸告诉金处长的啊。妈的，亏得咱俩之前还通过气，结果你先把我给卖了。

“是我不会办事！给张特派员添麻烦了，请处长处罚。”江洋也不提具体的事，只是端正了坐姿，低头认错。

金处长挥了挥手，“我不是要你道歉，若离她爸爸跟我是至交，我算是看着她长大的。若离这孩子从小就很要强，从来也没有吃过亏，脾气太臭！总觉得别人都得让着她。”

江洋不知道怎么接话，只能不停嗯嗯。

“这次让她来杭城，也是想让她历练一下。她那个臭脾气，迟早得吃个大亏。江处长也深有体会吧？”

这话问的，江洋连继续敷衍都不行，只好硬着头皮说：“哪里哪里，张特派员做事雷厉风行，是我等的楷模。”

金处长一挥手，“你不用替她说话，那丫头平时怎么做事我心里很清楚。所以我才先来找你，我不先问她，我就是想听一下真实的情况。江处长，你有一说一，给我好好讲讲到底是怎么回事。你不用替她遮掩，我自有判断。”

江洋暗暗皱了下眉头。难道真如金处长所说，他的确不知道发生了什么事？可张若离明明是接了他的电话才开枪杀人的啊！不过金处长又何必要骗自己呢？

关键是，说多少好呢？说少了让上级觉得你遮遮掩掩，说话不痛快，肯定留不下好印象。可要是说多了，自己就成了跟特派员斤斤计较、睚眦必报的小人，也让人讨厌。

金处长不紧不慢地抽着烟，江洋看着烟头在车里忽明忽暗，知道多沉默一秒，金处长对自己的观感就会差上一分，只好装傻说："误会谈不上，就是在一些事情的处理上和张特派员有点分歧。早上张特派员在大街上鸣枪示警，虽然违背条例，但实在是事出有因……"

金处长找到的话头是江洋和张若离之间的矛盾，江洋故意先讲这件事，既是想拖延点时间来理清思路，又是试探金处长到底知道了多少。

"这件事我已经知道了。"金处长打断江洋，问了另一个问题，"现在已经半夜，警察局外面还围了那么多人，是怎么回事？"

江洋语塞了一下，知道再要心眼也没有用了，只能先把所有事情都老老实实说一遍了。

"这事得从今天早上说起。杭城商会会长张益之的儿媳被绑架了。"江洋拿定主意后，讲述的节奏也快了起来，"绑匪的做法很反常，绑了人后主动公开登报宣告。我们是……是从报纸上才知道这事的。

"侦破一直没有什么线索，结果绑票的倒是主动到警察局投案。绑票的自称冯诚，他提出了一个条件，说只要满足这个条件，就会尽快释放人质。"

江洋边讲边留意金处长的表情。金处长微闭双目，不置可否，一副高深莫测的样子。江洋知道接下来说的内容非常关键，事关冯诚的生死，但是他揣测不出金处长到底知道多少东西，只能老实地转述冯诚当时说的内容："冯诚自称是军统在汪伪政府的单线卧底。抗战胜利后，他在军统内的所有资料都被上级删除，明明是抗日英雄却变成了被通缉的战犯。所以他策划了这起绑架案，故意把事情搞大，然后以此为要挟，想要进入我们警察局的档案室，找到能够证明他身份的资料。"

一口气说完，江洋屏住呼吸，低着头用眼角余光观察金处长的反应。说出这些话，江洋就等于承认了他知道冯诚身上的秘密，也意味着他是另一个知情者。但面对似乎无所不知的金处长，想要遮掩内情不太可能，还不如主动交代，把棘手的选择交给对方。

金处长仍旧闭着眼睛，“警察局外面那些记者，也和这个事情有关吧？”

江洋赶紧说道：“是啊，记者不知怎么得到了冯诚自首的消息。您叫我的时候我正在应付他们呢。”

说到这里，江洋突然想起来走漏消息也是他的责任，“报告长官，都是属下工作不力，保密工作出现重大疏漏，请……”下意识想站起来立正，结果忘记正在车内，刚站起来脑袋一下撞到了车顶，哎哟了一声。

金处长摆摆手，“坐下坐下。你不要紧张。警察局不比我们军统，人多眼杂，每天进进出出那么多人，漏个消息不算什么。你继续说。”

江洋只好硬着头皮往下说：“至于和张特派员的误会呢，是这样的。冯诚自首以后，提出的要求不是要进档案室吗，正巧张特派员前天来杭城，接手了档案室查阅的权限。所以我就跟特派员商量，人质生命危在旦夕，能不能在我们监督的情况下，让罪犯进去查阅。”

说到这里江洋赶紧补充了一句：“我当然知道特派员有职责在身，只是想着就算罪犯看到了不该看的东西，也没办法逃出警察局。况且这也不是唯一的解决办法，如果特派员不同意也是情理之中，那我再想其他办法就好。可是……”

讲到关键的地方，江洋不由得开始吞吞吐吐起来，“特派员听了后未置可否，然后提出要单独见一下嫌犯。这也是情理之中，我就把特派员带到关押罪犯的房间……”

话说到这里，江洋觉得万分尴尬，实在不知道该怎么说下去了。张若离是给她的上级，也就是金处长打了一个电话，才决定要杀冯诚的，说明这个命令十分机密。现在金处长就坐在旁边，自己难道告诉他“然后张若离就按您的命令准备开枪杀人，结果被我给搅黄了”？

即便江洋见惯风浪，一时间还是汗流浃背，嘴巴反复张了几次，就是说不下去。

“继续说。”金处长看出江洋的神情异常，简单地命令道。

江洋心想这是什么路数，后面的事情你我心知肚明啊，但又不敢违抗，只能含糊地说：“后来特派员执行任务的时候，被我给拦住了……也因为这个事儿，我和特派员闹得有些不愉快。我……担心特派员情绪太激动，就暂时请她在隔壁的办公室里休息了。”

“执行什么任务？”金处长好像没听明白。

“就是……就是那个……”江洋也不知道军统管灭口的黑话叫什么，情急之下伸出右手的拇指和食指，比画了一下，“就是……这个……砰砰！”

“什么是‘砰砰’？”金处长皱紧眉头。

江洋扭捏着就是不愿意说出“开枪”两个字，小声说道：“就是把冯诚给‘砰砰’了。”金处长沉默了几秒钟，忽然倒吸一口气，“你的意思是说，张若离要开枪打死冯诚？谁下的命令！”前面还是疑问，说到最后一个字，语气已是勃然大怒。

江洋再次语塞。如果仅凭金处长的反应和表情，他几乎相信金处长到现在才知道这件事。可问题是能下命令让张若离开枪的，除了金处长还有谁呢？不过毕竟江洋没有亲眼所见，只好继续装糊涂，“这个我也不知道。”

“好，好，很好。”金处长连说几个“好”，胸口起伏，似在思索着什么。片刻之后，他摇下身侧的车窗。远处立刻小跑过来一个男人，敬了个礼后弯腰恭候在车窗旁。

“去把张若离给我叫来！让她跑步前来，能多快有多快！”

那个男人立刻转身去了。金处长闭上眼睛，用手指轻轻敲着大腿，一句话都不说。

江洋两只手扶着膝盖坐得笔直，虽然难受也只有忍着。金处长明显是发火了，江洋一动也不敢动，只能忐忑地偷瞄金处长微皱的眉头，不知等他再睁开眼时，自己是凶是吉。

张若离果然是跑步前来的，气喘吁吁地赶到车前。

和汤局长他们的拘谨不同，张若离走到车旁，直接就把车门拉开，脆生生地叫了一声：“金叔叔……”

张若离看见车里除了金处长，还有江洋，整个人愣了一下。江洋和她目光对视，不知该说些什么，只能略显尴尬地点了点头。

小车的后座就只能坐两个人，现在坐着金处长和江洋，没有了张若离的地儿，她一时间踌躇不前，不知道该怎么办。

江洋最先反应过来，识趣地给金处长敬了个礼，“卑职先告退？”屁股刚动，就听金处长冷着脸说：“不用，就让她站在那儿说！”

江洋心里要多别扭有多别扭，金处长训张若离干吗非要自己在旁边看着？可他也不敢反驳，只能重新端正坐好，眼观鼻鼻观口口观心，唯一稍有宽慰的是，看样子金处长的怒火暂时落不到自己的头上来。

张若离脸色也变了，金处长的态度让她有些意外。刚才挂在嘴边的笑容已经消失，咬着嘴唇弯着腰，有点委屈地站着。这个姿势本来是向车里的领导表示恭敬，但坐在车里的江洋看着张若离像给自己鞠躬一样，越发觉得不自在。

“这个冯诚，现在在哪里？现在安全吗？”金处长声音严厉。

江洋不知他这句话是问的谁，正在犹豫，听到张若离回答：“他现在被控制在警察局里，安全没有问题。随时等候您的指令。”

金处长轻轻出了一口气，似乎这个回答总算让他稍微满意。他动了动身子，往后靠了靠，拿出一支烟，江洋连忙给他点上。

一根烟抽了一半，金处长才再次开口：“有人让你杀冯诚了？这个事情是怎么回事，你仔仔细细给我说清楚。”

张若离犹豫了一下才回答：“我来了杭城后，按照之前您的命令在档案室里找……”她看了一眼江洋，改口道，“……在档案室里执行任务。然后这个江洋对我说有个绑匪挟持人质，想要进档案室。我记起您的吩咐，对于任何对档案有企图的人都要调查，于是立刻给您打电话请示。”

张若离说到这里，江洋的心跳猛然加速起来，直觉告诉他，张若离接下来说的话是他不应该听的。

“接电话的是于秘书。听了我的汇报后，于秘书说要请示您，等会儿再打过来。

“过了两分钟，电话铃响起来，电话里只说了四个字，是咱们内部的暗语。”张若离又看了江洋一眼，“是就地格杀的意思。”

金处长问道：“你听清是我的声音了吗？”

张若离使劲咬着嘴唇想了半天，摇摇头，“我不知道。”

忽然张若离神色剧变，脸色变得苍白，“是于秘书！”她呼吸不由粗重起来，想到了一个关键的问题，“因为那个时候您应该在来杭城的路上！”

金处长沉默不语。江洋瞟到张若离整个人都在微微发抖，似乎下一秒就会摔倒在地，显然她极为震惊。可江洋自己的感受也不比张若离好到哪里去，他一直以为张若离是接到金处长的命令才要杀人灭口，可没想到她居然是被人利用的。难怪金处长把自己留下，或许他早就看出来江洋心存怀疑，所以用这种方式来不动声色地证明自己。

江洋感到一阵轻松，看来自己当时阻止张若离动手，不但无过而且有功了。但心里同时又涌起一阵不祥的感觉，后面的话，他实在不应该再听下去了。

“那个……长官，要不我还是先出去？”江洋小心翼翼地说道。

金处长挥挥手，“你别动。这件事你有权利知道真相。若离，你也上车。”

张若离关上后车门，坐上副驾驶的位置，侧过身子等着金处长发话。江洋依然一动不敢动，大概是因为紧张，他感觉背后的衣服已经被汗湿了一片。

“若离的话我是相信的。”金处长先表明态度，然后严肃起来，“下面我说的事情是绝对的机密。你们记住这一点就好。”

江洋头大如斗，现在他就怕听到“机密”“秘密”之类的字眼。之前张若离的一个秘密任务就搞得他焦头烂额，金处长这种大人物口中的机密，估计听了不死也得脱一层皮。可是事到如今，也只能硬着头皮听下去。

“军统内部的确有叛徒。”金处长这句话轻描淡写，江洋听着却觉得肝儿颤。真希望今天早晨起来肚子疼，没来上班就好了。

只听金处长继续说：“派若离来杭城，是要找到一些文件。具体情况江处长你不需要知道，可以告诉你的是，通过一些款项账目的数字，应该可以找出那个叛徒。

“所有对档案感兴趣的人都要立刻列入重点警戒名单，这个命令的确是我下的，只是若离也不知真正的原因。这是因为我要把知情者限制在最小的范围内，避免任何走漏消息的可能。

“但现在看来，问题比我想的还要严重。居然有人敢假冒我的名义给若离下命令，耍到老子头上。”

“于秘书她不像那种人……”张若离欲言又止。

“小于当然要调查。”金处长目光闪现出一丝狠厉，“还有一种可能，就是我办公室的电话被监听了。”

江洋听得胆战心惊，军统高层办公室的电话被监听，这件事的严重程度让他难以想象。江洋突然想起自从前不久戴局长去世，围绕着局长的位置各方神仙都快从暗抢变成了明争。冯诚这件事的背后，还不定藏着什么神仙鬼怪。一念至此，江洋更是噤若寒蝉，一声也不敢吭。

金处长转头问江洋：“档案室的情况现在怎么样？”

江洋这次半句假话也不敢说了：“我把特派员请到办公室‘休息’之后……答应了冯诚的要求，去档案室查找……”

见金处长脸色一寒，江洋连忙解释：“您放心，他只待了五分钟，全程都有人监视，我保证他没有查到任何有用的资料！”

“你凭什么保证？这个责任你负得起吗？”金处长的声音满是恼怒。

“我可以保证他说的是真的。”出乎江洋的意料，张若离居然主动帮他说话。

“嗯？”金处长不解。

“我离开之前，把档案室所有的资料推翻在地，没有足够的时间，任何人都没办法从海量的信息里找到有用的资料。这是您曾教我的，做任何事都要先做好预案。您还有一句话我也印象深刻：给你带来最大麻烦的，往往不是对手，而是队友。”张若离边说边看了江洋一眼。

“你们都做了自己应该做的，说不上谁对谁错。”金处长摇摇头，语气不再像刚才那么严厉，“总之，在找到背后搞鬼的人之前，情况十分危险。不仅冯诚有危险，甚至你俩和我也有危险。”

江洋马上表态，“请长官放心，杭城警察局一定保证您的安全！”心里却想的是，这种事我可插不上手，您赶紧回去自己解决那是最好。

金处长不屑一顾地挥挥手，“干我们这一行的，早就把生死置之度外了。我不用你们保护，但给你一个任务，那就是保护好冯诚，一定要保证他的人身安全。”

江洋这次是真心的，“请您放心，我一定把冯诚保护好。”在车上待的时间不多，他的心情却几次起伏。现在这个结果比预料中最好的局面还要好，保护好冯诚也就意味着绑架案很快能够告破。折腾了一天下来，江洋第一次有松了一口气的感觉。

金处长转而对张若离说：“这次我来得匆忙，带的人不多。你现在开始就跟在我身边吧，我们先去见见那个冯诚。”

江洋见金处长心情大好，壮着胆子问：“金处长，冯诚身上还有一个绑架案……”

张若离哼了一声，“金叔叔，人质的下落那是江处长的事，跟咱们没关系。”

江洋心里暗骂，这个女人倒是心思细腻，看金处长情绪好转又开始撒起娇来，称呼又变成金叔叔了。

金处长又一次拍了拍江洋的大腿，“宋院长不是过两天就要来杭城吗？这案子影响太坏，是得尽快解决。你放心吧，这事包在我身上。”

第十章
Chapter 10

金处长再次摇下车窗，做了个手势，马上一个男人跑过来，打开车门坐上了驾驶位。

金处长轻轻地说："开车。去警察局。"车子立刻发动了起来。

这条巷子离警察局不远，也就几分钟的距离，但江洋却坐得跟受刑一般。因为在汽车的后面，汤局长正带着那些处长一路小跑地跟着。

警察局里的记者们依旧没有散去。汽车停在警察局后门，江洋带着金处长直奔审讯室。

审讯室门口依旧站着那两个侦缉处的队员，江洋一挥手，让他们把门打开。冯诚一脸紧张地看向门口，见到跟在江洋身后的张若离，脸色一变，然后又看到金处长，目光里充满疑惑。

金处长在冯诚面前坐下，"你是三处的？"

冯诚下意识地点了点头，神情充满戒备。

"坐下说，坐下说，"金处长用手虚按，"你的上线是不是刘家胡同的王掌柜？"

江洋见金处长上来就直入正题，连忙打开门朝两个手下努了努嘴，"站远点。"回身把门关上。

冯诚已经感觉到了金天木的来历不一般，他小心翼翼地回答：“没错，我的上线是王掌柜。”

“你的代号是不是‘紫荆花’？”

冯诚摇了摇头，“不是。我没有代号。我就是我。”

金处长的微笑变成了开怀大笑，这几声大笑很有感染力，看得出他是由衷地高兴，“好小子，我可算找到你了！”笑容忽然一收，厉声说道，“你很危险！你差点就没命了，知道不知道？”

冯诚没说话，倒是抬头看了张若离一眼。江洋在旁边看着这一幕都觉得有些尴尬，金处长却好似完全没意识到冯诚差点就被自己的手下给杀了，他走到冯诚跟前，感慨地拍了拍他的肩头，“不过你现在已经安全了。江处长已经把你的事情给我详细讲了。只要你没有撒谎，恢复身份的事就包在我身上了。现在最重要的是你的安全，既然有人想要杀你，当务之急是把你安排到一个安全的地方。”

冯诚无声地笑了笑，目光再次看向张若离。江洋及时地打圆场：“之前是一场误会，有人在中间搞鬼，欺骗了张特派员。幸好现在已经都查清楚了。”

金处长点点头，对冯诚说：“我叫金天木，你应该听说过。”

冯诚身子猛然一震，“您就是警务处金处长？”

金处长点点头，“你应该知道我说话的分量。如果你没有撒谎，那我可以正式对你做两个保证：第一，保证你的安全；第二，保证尽快恢复你的身份。”

冯诚激动地点点头，随后又想到什么，神情黯淡下来，“可是现在证明我身份的资料暂时无法找到……”

金处长打断他，“你和张家没有仇吧？也不想伤害人质吧？”

冯诚连连点头，“当然，当然。我只是迫于无奈，才想了这个办法。”

“我能理解你做这一切的迫不得已。关于你的身份的问题，如果你没有撒谎，那么就不怕之后慢慢核实吧？如果你相信我，我要求你立刻说出黄萍萍的下落。”

说到这里，金处长神色一缓，柔声说：“你捅出这么大个乱子，知道后果是什么吗？张家的背景你肯定也清楚，如果张夫人出了什么事，不光江处长没法交代，如果张家闹到上面去，恐怕我也没法交代。听我劝一句，只要人质能平安回来，后面的一切事情都交给我来处理。”

江洋也附和说："冯兄，这件事可大可小，现在还有收拾的余地。万一出了意外，即便你恢复了身份，绑架罪也够你受的。金处长金口玉言，这是最好的结果了。"

金处长说："对嘛。听说是江处长救了你一命，你也要让江处长有个交代嘛。"

冯诚皱着眉头思考了片刻，说道："谢谢两位的关心。但很抱歉，请先恢复我的身份，我才能把黄萍萍的下落说出来。"

江洋脱口而出："我操，你这个人怎么这么不讲理……"

金处长拍了拍江洋的胳膊，"小江啊，你也不用着急。冯诚这样的同志，工作内容决定了他们每天都在死亡线上行走，谨慎是他们必备的优点。是我考虑得不周全。"

说着，他转向冯诚，"我理解你的顾虑。那么你看这样是否可以？正好现在警察局楼下围了很多记者，杭城各大报社的记者都在。他们都在打听你的消息，对你很感兴趣。我现在就和你一起出去，我以军事统计调查局行动处处长的名义，当着所有记者的面，宣布你是我们军统潜伏在日伪机关的特务，撤销你的通缉，恢复你的身份。这样你总可以放心了吧？"

这次冯诚终于点了点头。

江洋松了一口气，不由得赞叹大人物办事就是不一样。想起自己办案总是瞻前顾后，生怕得罪了这个得罪了那个，办事前先想着把自己的责任择干净。看人家金处长！毫不犹豫地把所有风险先揽到自己的身上——万一冯诚说谎了，一切麻烦可都是他金天木的。

江洋看了一眼张若离，心想有个敢扛事的老大，难怪这女人行事如此骄横。比起自己的那位老汤，真是天壤之别。

"事不宜迟，这件事咱现在就办。"金处长站了起来，快速吩咐，"江处长，你去跟你们局长打个招呼，把这些事跟他说一下，要他一起出席发布会。然后你带几个人把外面的记者都喊到会议室里，做好身份核实，生人一律不许靠近。若离，你去配合江处长，记得给记者搜身，别忘了培训时学过的：钢笔、照相机都要检查。记者和冯同志至少要留出五米的安全距离，不要让他们离冯同志太近。

"会议室外再安排一个安全通道，我们从这条通道出入。进入会议室后，只有我一个人对记者发言，讲话时间不超过五分钟，再给他们五分钟时间提问。江处长请控制一下时间，时间一到我们立刻撤走。

“把记者送走之后，我们还回到这里来，研究如何把人质给接回来的事。

“都有问题吗？”

这套流程不算特别出奇，但是严谨周密，而且金处长还是刚到杭城，在人生地不熟的情况下，就瞬间做出了这个方案，让江洋不住钦佩，心想军统一向眼高于顶，看来总归是有原因的。

“对了，江处长。”金处长想起什么，对江洋说，“人质的那个家属，张家少爷是不是还在会客室里等着呢？”

江洋愣了一下，他把张伯谦给忘了，没想到金处长只是听自己讲了一遍，却记得这个细节。

金处长说：“先不忙见他。等事情都办完后，小江你再去安抚一下他，先别告诉他具体的情况，就说已经有重大线索了，人质很快就能安全回来，让他再等等。”

江洋微微叹了口气，恭敬地朝金处长敬了个礼，才转身出门。他自以为也是办事的老油条了，但今天在金处长面前，仿佛自己又回到了十年前刚进入警局时的菜鸟状态。

接下来的半个小时，是江洋今天心情最好的半个小时。

他先让王超带着侦缉处的人把会议室布置好。然后亲自跑到警察局楼下，把所有记者召集起来，宣布有重要的新闻公布。

记者们的兴致没有想象中高，他们不久之前才被江洋摆了一道，对江洋口中说的重大新闻，将信将疑。不过他们还是服从了江洋的安排，毕竟新闻又不会咬人。

只是在接受搜身的时候，记者开始有些抗议，连钢笔都要拧开看一看的搜查方式让他们满腹狐疑。直到金处长、冯诚和汤局长一起进入会议室后，他们才安静下来。

“各位记者朋友，辛苦了。”金处长微笑着开口。即便没有话筒，中气十足的声音让坐在角落里的记者也能听得清清楚楚。

“我是军事统计调查局行动处处长金天木。”金处长稍作停顿，会议室里不出意外地出现了各种惊叹的声音。在场的不少记者平时都跑法制案件新闻，很清楚“军统行动处处长”有多大的分量。这样的大人物亲自出面宣布，让记者们对接下来将要宣布的消息充满期待。

“首先，张家人质劫持事件，已经有了重大的进展。具体情况现在不能多说，但可以保证二十四小时之内，人质可以安全回来。”

金处长的语气随即沉重起来，“发生这样的绑架案，我很痛心。在这个案件中，军统有不可推卸的责任。我在这里对受害者及家属表示深深的歉意。”

金处长说完，低头深深鞠了一躬。

下面立刻议论纷纷。之前金处长说案情指日可破，记者们倒并不是太意外，可后面一句就让人浮想联翩了。

杭城一个富商的儿媳妇被绑架，怎么就“军统有不可推卸的责任”了？敏感的人立刻想到，这个绑架案里大有文章。联想到戴笠去世以后军统内部剑拔弩张的紧张局面，这是否意味着军统内部又要开始一番洗牌了？这可是比绑架案轰动百倍的大新闻啊！

金处长伸手示意安静。喧闹声立刻消失，大家都很好奇他接下来会做什么。

“还要给大家公布另外一件事。”金处长拉过了站在一旁的冯诚，“站在我旁边的这位，叫作冯诚，不知大家有没有认识他的。”

之前冯诚进来后一直低着头，所有人关注的焦点都在金处长身上，以为冯诚只是跟班而已。此刻大家的目光都集中在他身上，有些人已经开始窃窃私语起来。日本投降前，冯诚在南京任职，他潜逃后，江浙一带的报纸上都登过他的通缉令。

“冯诚现在的身份，是通缉犯。看样子许多人也知道其中的原因，因为他曾为日伪政府工作过。汉奸嘛，当然应该被通缉。”金处长说到最后一句，语气嘲讽，大家顿时有些疑惑，不知他说这些话是什么用意。果然，金处长马上话锋一转，“但是，冯诚同志并不是汉奸，他是军统在日伪政府的卧底，抗战期间为国家和人民做出了巨大的贡献。可是抗战胜利后，他被人陷害，身份尽失，无奈之下只得逃亡。

“首先，我代表军统行动处，对这位抗日英雄致以崇高的敬意。接下来，我们会彻查此事，找出陷害冯诚同志的人，给全国人民一个交代。

“我要说的就是这些。谢谢各位。”

金处长说完，朝江洋看了一眼。江洋马上反应过来，上前两步对下面的记者说道：“接下来大家可以提问，但因为时间紧张，金处长只能回答两个问题。”

所有记者齐刷刷地举起了手。他们是冲着绑架案来的，谁想到居然碰上“军统内部有内鬼”“抗日英雄被陷害”这样的大新闻来，就算是重庆和南京的记者也追不到这么猛的新闻啊，这可是千载难逢的好机会！

“金处长，请问您接下来是不是会对内部做全面整顿？军统内部是否会借此机会全面改革？”第一个提问的记者政治嗅觉还是很灵敏。

金处长没正面回答，只是面色凝重地点了点头。江洋见他不准备在这个问题上继续回答下去，连忙喊道：“下一个问题。”

“我是《杭城民报》的，请问现在可以对冯诚先生做一个专访吗？”

江洋摆摆手，替金处长回答：“这件事随后再说。因为事情还没有完全解决，我们还需要冯诚先生配合。好了，就到这里，各位请回吧。”

下面的记者们都急了，也不管那么多，七嘴八舌地问起各种尖锐的问题：

“请问冯诚先生和绑架案到底是什么关系？”

“军统内部出现这么大的问题，金处长觉得谁应该负责？”

江洋做了个手势，手下们立刻冲过来把激动的记者拦在外圈，江洋带着金处长和冯诚从事前准备好的通道迅速撤离，心中不由再次佩服金处长周到的安排。

大厅的门在背后关上，江洋护着众人快步前进，这时才有机会把注意力放到前面的冯诚身上。金处长所承诺的都已经做到了，江洋希望冯诚也能信守承诺。

从背后看不到冯诚的表情，但江洋能感觉到他的身体在微微发抖。这不是紧张，而是激动，江洋非常理解他的心情。背负骂名去伪政府做卧底间谍，一个人愿意做这样的事，一定是有些理想的。可是差一点，他所付出的一切都变得毫无价值。一个立志于抗日的爱国者，如果作为汉奸被逮捕枪毙，他的家人朋友会怎么想？他自己又该怎么想？

江洋吸了口气，这种绝望离他太远，无法想象身处其中会受到怎样的压力。那是整个人生和理想被完全摧毁的巨大打击，江洋实在无法感同身受。这么一想，他更加同情冯诚，对于他做出绑架案试图挽回清白的做法，多了一些之前没有的宽容。

突然间，他有一股强烈的冲动，很想拍拍冯诚的肩膀，跟他说一句："兄弟，你受苦了。"

但就在江洋要抬手的时候，一直默默跟在一旁的张若离突然加快了两步，越到他们的前面。

她转身站住，直勾勾地看着冯诚。突如其来的动作吓了江洋一跳，江洋下意识地伸出一只手拦在冯诚的前面，这虎娘们让他措手不及不是一回两回了。

张若离朝冯诚深深鞠了一躬，"冯同志，对不起，张若离差点铸成千古大错！"

冯诚看着张若离，嘴唇动了动，什么也没有说。这女人果然脾气有点轴，就这样九十度保持着弯腰的姿势，气氛顿时变得很尴尬。

江洋心里叹了口气，他早看出来张若离其实人并不坏，就是太单纯了，不太通人情世故——说得难听点就是蠢。差点误杀了冯诚，张若离心里觉得内疚，这是人之常情。想要当面道歉，这也很正常。但是道歉也要看时机分场合，这哪里是道歉的地方？

了解张若离性格的人，知道她是没心眼，想什么就做什么。可不熟悉的人难免会觉得她太强势了，硬逼着冯诚接受这个道歉。

但是，就算江洋知道问题出在哪儿也没法解释，这场合轮不到他说话。

眼看要变成僵局，金处长伸手拍拍冯诚的胳膊，"冯同志，再次向你表示歉意。不过我们还是先把黄萍萍的事办了。"说着一指江洋，笑着说，"你看，江处长都急出一脑袋汗了。"

说着，他顺势把冯诚往前带走，路过张若离的身边时冷冷地对她说道："处罚随后再说。你先去给我写份深刻检查。"

一场小风波化为无形，江洋同情地看了眼一脸委屈的张若离。心想如果不是有金处长这样的靠山，这姑娘在军统这种地方估计早被人给玩死了。

第十一章
Chapter 11

杭城市警察局的审讯室不大，审讯通常都是一对一，而且狭小的空间能给犯人带来心理压力，所以这间没有窗户的小屋里通常只放了一张桌子和两张椅子，人一多就显得格外拥挤。看着金处长带着张若离和冯诚进了屋子，汤局长没有跟进去，在门口饶有深意地朝江洋点点头。江洋明白老汤的想法，既然金处长来了，老汤乐得放手，可惜江洋自己没有办法躲，作为案子的直接负责人，必须一管到底。

把谈话安排在审讯室里，是金处长主动提出来的。这个安排解决了让江洋最头疼的问题：一则不用担心接下来的会谈内容泄密，二则最大限度保证了冯诚的安全——在这么小的房间里，可以杜绝各种形式的暗杀。

冯诚主动坐在了桌子后面，就像之前江洋审讯他时那样。金处长把桌对面的那张椅子往旁边拖开一些距离才坐下，这样两个人虽然隔着桌子，却冲淡了审讯时的那种紧张气氛。江洋看了一眼站在身旁的张若离，她嘴唇紧抿，表情漠然，看不出在想什么。江洋把目光转到冯诚身上，脑中生起一个无关的念头：原来张若离也很紧张啊。

“现在可以说了吧。黄萍萍在哪儿？”金处长靠在椅背上，手指轻轻点着椅子扶手。屋里的四个人只有他的神态最轻松，仿佛是在聊家常。

冯诚已经从洗清身份的激动中平复下来，平静地说道：“我没有绑架黄萍萍。”

江洋脸色一变，差点以为自己听错了，这又是什么幺蛾子？

“黄萍萍现在没有生命危险。”冯诚先解释了江洋最关心的问题，“我骗了她，我约好和她在嘉兴……见面。但是我没有赴约，而是在见面的地方提前留了一张字条，说我有急事，要她在那里等我一天，其间不要联系任何人。现在她应该还不知道杭城发生的事。”

江洋眉头皱了起来，这个解释不尽不实的地方太多，“你约她？她凭什么相信你？”

“我和萍萍很早就认识。”冯诚叹了口气，“其实这算是一次……约会。总之这件事我对不起萍萍，是我利用了她。她完全不知情，所以希望不要对她造成什么不好的影响。算是我拜托几位了。”

“那她人呢？”

“我在留言中写的是，如果她等到第二天中午，还是见不到我，就自己回来。

“我的原计划是，如果我不能顺利脱身，到了第二天她自己就能回杭城。等到她回来后，杭城已经满城风雨，自然会明白发生了什么。如果我没有联系她，那她有很多选择，我想她为了自己考虑，多半会编造一个借口解释这两天的失踪，比如私自去外地玩。那样一来，我不过是个利用她出门的机会敲诈勒索的骗子。就算她对我有怨恨，说出实情，我顶多也只是诱拐加欺诈。如果我已经洗脱了汉奸的身份，这两个罪名判不了几年。如果没有，那么相比我的汉奸身份，这两个罪也就不重要了。”

江洋有一点点明白冯诚的思路了：冯诚似乎暗示，他和黄萍萍早有私情，他利用这段私情伪造了一场绑架案，看上去罪行严重，其实并无太大罪责。江洋开始有点佩服这个家伙了。

“那么，她现在到底在哪里？”金处长忽然开口。

“嘉兴，”冯诚干脆地回答，“历山街，1127 号。三楼 312 房间。”

江洋刚要说话，张若离抢先说：“我现在就去打电话给嘉兴的刘科长。”她和江洋想的一样，江洋第一反应，也是打电话给嘉兴警察局，让他们赶紧先把人找到。

金处长却反问她："你准备怎么给刘科长说？"

张若离愣了一下，有些不解，"实话实说啊。"

金处长耐心地解释："你看，冯诚是以约会的名义约的黄萍萍对不对？这件事现在全杭城的记者都在盯着。一旦传出去满城皆知。你说张家会怎么想？黄萍萍会是什么处境？"

江洋马上明白过来，还是金处长想得周全：他已经猜到了冯诚和黄萍萍之间有不太正常的关系，并想到了这件事曝光后可能出现的各种影响。

这时冯诚表态道："金处长，事情是我做的，不要牵连萍萍。到时候说我诈骗也好，诱拐也好，或者干脆绑架也好，总之不影响萍萍的声誉。"

金处长呵呵笑了起来，"不要激动。小冯啊，现在这不是你一个人的事了，你得要顾全大局。现在军统里还有叛徒正隐姓埋名地盯着我们，尤其是盯着你！"

说到这里金处长脸上的笑容敛去，重重拍了下椅子扶手，"如芒在背啊！这种时候尤其要小心行事。你现在是全国的英雄了，如果身上有污点，马上就会被人利用。别的不说，如果要对你调查，我不能不回避，那就太被动了。"

江洋心里再次佩服，金处长想的，又比自己远多了。

金处长转过头，"江处长，得辛苦你跑一趟嘉兴了。"

江洋回答了一声"是！"却没有马上动身，知道金处长应该还有话要说。

果然，金处长沉吟片刻，看向张若离，"你跟江处长一起去。"

这样的安排在江洋意料之中。金处长这样性格的大人物，既然插手这件事，一定会把一切都掌控在手里，救出人质这么关键的一环里，怎么可能不派自己的人。

不过张若离却没理解领导的苦衷，瞪了江洋一眼，不加掩饰地流露出抗拒厌恶的神色。

江洋心里苦笑，心想老子也不愿意和你这个疯女人一起行动好吗。

"金叔叔，我……"

张若离刚想撒娇，就被金处长沉着脸打断，"人家黄萍萍一个女子，大半夜的，让江处长一个人去合适吗？这件事涉及大户人家的隐情，知道的人越少越好。

现在知情的就咱们四个，只有你是女的，你不去谁去？”

话说到这份上，张若离只能收起不满，嘟起嘴不情愿地接受了任务。

金处长又问：“小江，你们准备怎么去？”

“开车。”杭城距离嘉兴不算远，不到一百公里。两地之间往返，最方便的是火车，一个多小时就能到。如果开车的话时间就要多上一倍。现在是深夜，火车早已停了，江洋只能开车前去。

金处长盯着墙壁思考了几秒后，把张若离叫过来，在耳边轻声说了几句什么。张若离有点吃惊，想了想后却没有反驳，从包里拿出了纸和笔。

金处长看了看手表，挥笔写了个便条，张若离接过之后直接走出房间，看也没看江洋一眼。

“还是坐火车去。”金处长用手按了按太阳穴，露出了一丝疲态，“这样快一点。一个小时后发车，应该来得及。”

从警察局到火车站，一个小时的时间足够了。江洋迟疑片刻，才赶紧点点头。金处长说起来轻描淡写，江洋却知道，在半夜临时安排一辆专列有多困难。而且金处长事先没有和火车站那边沟通，只凭随手写的条子就笃定没问题，这种自信是只有长期掌握巨大权力的人才有的。

“若离脾气臭，你多担待了。”金处长忽然对江洋说了这么句话，一时间，江洋不知道该怎么回答。金处长笑着朝江洋挥挥手，转过来对冯诚说：“接下来还要辛苦你，暂时先不要休息，我调几个人帮你，先把档案室里的文件给恢复了，把那些资料尽快找到。”

江洋一看没自己什么事了，准备往外走，却被冯诚叫住：“去嘉兴之前，先去一下这个地方。”接着说了一个地址。

冯诚解释道：“这是我现在杭城的住处，书桌的下面贴着一个纸袋子，里面有嘉兴那个房间的钥匙。另外桌子第一个抽屉里还有一条手绢，是她送给我的。你们也带上，这是我们说好的暗号。你先给她看这个她就不害怕了。”

江洋没想到冯诚居然留了这么多后手，不由得露出苦笑。他们这些常年刀口舔血的人，心思一般人还真猜不到。

王超一直在门外等着，江洋出门后对他交代了两句，回了趟办公室。他换了件大衣，把腰间的枪套解下来，放在桌上。想了想，又重新把枪佩在身上。这一趟去嘉兴接黄萍萍按理说没有什么危险，但江洋还是觉得有些不放心。今天发生的意外太多，不到把人接回杭城，他不能放松一丝警惕。

走出警察局大门，王超已经发动好汽车等着了。江洋一上车就闭上眼睛瘫在后座。休息了十来分钟，车子停了下来。江洋心中默念了一遍冯诚告知的地址，径直走进路边的普通民居，直接上了三楼，从门口的垫子下摸出一把钥匙，小心地打开门。

这是一间普普通通的二居室。江洋很轻松地在客厅角落的书桌下摸到了冯诚所说的信封，倒出一把钥匙。他把钥匙放到贴身的口袋里，然后打开抽屉，抽屉正中摆着一条蓝色的丝绸手绢。

东西拿到手后，江洋没有马上离开，而是四周打量了一下。屋子里的摆设很简单，没有什么特别的地方，不知道冯诚在这里住了多久，房间倒是很整洁，窗台上还摆着一盆花。

从楼上下来回到车上，江洋让王超直奔火车站。一路上江洋依旧闭目养神，王超也意外地一直保持沉默。江洋下车的时候，想起来什么，“有上面的长官在，行动举止都小心点。顺利的话，我中午就能回来。警察局里的人……你要看好。”

王超知道他指的是冯诚。虽然金处长已经给他恢复了身份，但是正式文件没下来，从道理上讲，他现在还是罪犯。

王超点点头，“您放心，一路顺风。”

江洋愣了一下，笑起来，“出去办个小事，半天就回来了。”

火车站的人已经得到了通知，江洋一亮出证件，就有人直接带他到站台上去。一列火车已经在站台边停好，火车头后面只挂着一节车厢。

张若离已经在火车上等着了。她换了身便服，黑色的长裙，白色的外套。她单手托着下巴，脑袋微微靠在车窗玻璃上，看着站台，不知道在想什么。

到现在为止的印象里，江洋觉得张若离是个靠山很硬、情商很低的笨蛋。但是她在坑自己的时候却不时有超出她智商的精彩发挥，所以对她既不屑又提防。

但此刻的江洋有了点不一样的感觉。张若离没有穿制服，长发披散下来，曾经盛气凌人的样子荡然无存，现在看上去就像个普通女学生。再加上她此刻看着远处发呆，反而有一种柔弱的感觉。江洋这才想起来，她终究是个二十岁出头的小姑娘。

江洋讪讪地在她对面坐下，犹豫着是否要主动开口和她说话。毕竟这次任务是两人合作，一路冷战也太别扭了。张若离像是没有看见江洋，目光依然落在窗外。

江洋重重地咳嗽了两声，见张若离还是没有反应，自嘲地笑笑，摸出烟想抽一根缓解尴尬。刚刚打燃火机，张若离缓缓转过头，直直地看着江洋。

江洋以为她又要发脾气，无奈地一摊手，站了起来，“我到车厢那头去抽好了。”

“给我一根。”张若离忽然开口。

江洋把烟和打火机放在桌上，推到她的面前。

张若离点燃了那根香烟，却没有放在嘴上，而是举在面前，看着烟卷慢慢燃烧。江洋就当没看到她反常的举动，自顾自点了一根烟默默地抽着。

烟卷烧到一半，张若离才再度开口：“我是不是做错了？”

张若离眼中流露出压抑许久的迷茫神色。她看着手中的香烟，这句疑问更像是在问她自己。

她是在说差点误杀冯诚这件事。江洋觉得自己能够理解张若离的痛苦，想了想说：“杀人不是件简单的事。”

张若离没有说话，江洋自顾自地说了下去：“我第一次杀人是在战场上。

“那是个清晨。连夜行军，我走着走着就睡着了，正在半睡半醒的时候，忽然听到有枪声。我一下子惊醒过来，发现周围都是浓雾，二十米外的东西都看不清楚，只听到隐隐传来日本人叽里呱啦的喊声。我有些慌，本能地趴在地上，跟着旁边的人一起朝雾里开枪。

“那是一场遭遇战，没有多久就停了火。对面的日本人应该不多，很快就撤退了。后来打扫战场的时候，我看到地上躺着一个日本兵的尸体，走到旁边的时候，他忽然动了一下。

“我吓了一跳，脑子还没反应过来，我就连朝他身上开了好几枪。都打在胸口，他当场就死了。不知为什么，我蹲在旁边哭了。

“那种感觉很奇怪，不全是害怕，反而觉得有点委屈。总之就是心里特别憋闷，堵得慌。”

张若离忽然开口：“你后悔当兵了吗？”

江洋摇摇头，“当然不。”

“所以呢？你给我讲这个是什么意思？”张若离抬起头，她眼底有一抹奇怪的色彩，江洋看不清。

“你不适合干这行。”江洋直接说出自己的结论。

张若离眼中闪过一丝不服气的神色。江洋对她这种倔狠的表情倒是很熟悉，懒得和她争辩，自嘲地笑笑，“我也不适合。因为总是需要面对一些特别讨人厌的选择。”

江洋脑中闪过自己撞开审讯室的门时，张若离举枪对准冯诚的画面。她虽然当时果断做出了选择，可事后一直对自己的做法有所怀疑。张若离想让自己变成金天木那样的人，却没有成功。

“所以我很佩服冯诚。”江洋感叹道，“他和金处长那样的人，才是最适合做这种工作的。果决，冷酷……最重要的，是为了目标不择手段。”

说完这句话，江洋顿了一下。他忽然有些明白，为什么冯诚和金处长都值得敬佩，但他心底还是对他们有所提防。

“你说得对，有时候为了理想，必须得不择手段。”张若离缓缓地说，“所以，我没有做错。”

江洋明白她是想努力说服自己，摆脱挫折带来的沮丧感。他刻意换了个话题，“你为什么要进军统？”很少有女孩愿意做特工，他真的有些好奇。

“因为我父亲不让。”张若离的回答很简单。

江洋微微一笑，不再追问。从之前金处长和她的对话，能看出张若离的父亲应该也来头不小，看来这又是一个叛逆女儿和无奈父亲的故事。这种事情他见得多了，之前的赵小姐和宋小姐恐怕也是那样的人，只是看来张若离性格更倔强一些。

张若离显然也不想继续谈这个话题，她忽然说道：“偷我皮包的人，你应该认识吧。”

江洋点点头。这件事已经过去了，没有必要再继续抵赖了。

“你是警察，可是却和小偷相互勾结。”张若离语气充满疑惑，“这是为什么？”

江洋苦笑。张若离在这方面无比单纯，一时间还真不知道该如何解释。

“因为这样更好。我不是和他们勾结，而是和他们之间有不成文的默契。正是有了这些默契，我才可以让所有事情处在掌控之中。很多事情并不是非黑即白，现实中更多的是灰色。在做选择的时候，也并不只有‘正确’和‘错误’的选项，更多的时候，只能在‘很糟糕’和‘不那么糟糕’之间选择。”

张若离偏偏头，若有所思。过了好一会儿，她忽然低声道：“我没有做错。”

这是她第二次说这句话。声音很轻，像是在对江洋解释，又像是在说服自己。

江洋忽然觉得她有些可怜。正是因为她心底对自己之前的举动有所质疑，所以才会一遍遍地试图说服自己。

“谢谢你。”张若离缓缓低下头，把脸埋在手掌里，轻柔的声音从指缝间传出，“谢谢你当时阻止了我。”

作为一个军统特工，张若离显然太不合格。可眼见她流露出脆弱的一面，江洋却对她好感增加了不少。他叹了一口气，转头看向窗外。

夜色中，列车向着嘉兴疾驰。两个人都失去了交谈的兴致，各自发起了呆，也不知都在想些什么。

第十二章
Chapter 12

火车没有停在客运站，而是停在了一处偏僻的货运站，空荡荡的站台上站着两个穿制服的人。张若离下车后，主动走上前和他们交谈。江洋知道那是军统前来接应的人，于是知趣地远远走到一边，饶有兴趣地打量起身后这列只挂了一节车厢的火车。如果没有意外的话，以他的身份，以后很难再享受到“专列”的待遇了。

很快张若离和那两个人交接完，走到江洋面前，抬手扔过来一样东西。

江洋一把接住，是车钥匙。

“车停在外面。两个小时后我们还坐这列车回杭城。”张若离抬手看看表，“现在五点，快的话一个小时足够了。”

张若离一下了火车，就恢复了原先那种冷漠的表情，说完话后也不管江洋怎么回答，转身就往站外走。直到两个人上了停在路边的福特小车，她依然一言不发。

按理说两个人一起执行任务，事先多少应该沟通一下，但江洋对她的古怪脾气也算有些了解，心想反正就是接个人而已，也不太在意，直接点火发动车子。

这车比警察局的破车子好开多了。江洋来过嘉兴许多次，冯诚说的地址他有印象。开了半个小时，车子在距离地址一个街口的位置，远远地停了下来。

江洋反复确认周围环境没有异常，这才朝张若离点点头，下了车。

两人上了三楼，很快找到了冯诚所说的门牌号。张若离上前一步，敲了敲门。

轻轻的敲门声在黎明时分显得格外响亮。江洋听到屋里马上有了动静，但里面的人没有说话。

张若离又敲了敲门，过了十几秒，门里传来一个女孩有些胆怯的声音，“谁？”

“你是黄萍萍吗？”

女孩犹豫了一下，反问道：“你是谁？”

张若离轻声说：“我是冯诚的朋友。是他让我来找你，还给了我这里的钥匙。但我怕吓着你，所以等你同意了我再进来。”

江洋站在旁边，这是他第一次听到张若离这么温柔地讲话。张若离的话起了作用，片刻，响起了门锁转动的声音，房门缓缓打开了一条缝。

门缝后露出一张清秀的脸庞。那女孩面露紧张之色，看见张若离身后的江洋，更是下意识地把门又掩紧了两分。

江洋连忙从怀里掏出从冯诚居所里找到的那条手绢，从门缝里塞了过去，“这个东西也是冯诚让我带给你的。另外……”他又掏出一样东西从门缝里递过去，“我是杭城警察局侦缉处的江洋。这是我的证件。”

黄萍萍仔细看了看证件，眼中的防备却更重了，“你们到底是要干吗？”

张若离轻声解释：“我是军事调查局上海站后勤处的。你别怕，我们不是来抓你的。事情和冯同志有些关系，他把一切都告诉我们了，要我们给你带几句话。如果方便的话，我们能不能进去说话？”

见黄萍萍还有些犹豫，江洋补充道：“你要实在不放心，我们不进去也行。我们就在这里说话，你随时可以喊人。”

黄萍萍把门缝拉大了一点，仔细打量了一下江洋，又看了一下张若离，终于点点头，把他们让进屋，在走廊里张望了一下，这才关上了门。

江洋环顾四周，屋子虽然不大，但布置得很舒适。桌上摆着两套餐具、两个高脚杯、一瓶酒和几个扣着罩子的碟子，想来是黄萍萍准备好和情郎一起享用的美餐。她大概现在还闹不清楚，为什么苦等了一天，情郎还不露面？

果然，还没等坐下，黄萍萍就焦急地问：“冯大哥怎么了，他出什么事了吗？”

黄萍萍对冯诚的担忧溢于言表，江洋一眼看得出来两人关系非同一般，看来两人私下约会出轨是实打实的了。可知道是一回事，当面说破就有些尴尬了。

江洋和张若离对视了一眼，都看出对方眼中的推托之意。江洋咳嗽了一声："还是我说吧。"在列车上他就想过会遇见这样的场面，整理了一下思路，他开口对黄萍萍说道："杭城现在已经乱成一锅粥了，想必你还不知道吧？"

张若离配合地从随身的包里拿出两张报纸，递给黄萍萍。

黄萍萍接过迅速翻看，脸色马上变得惨白。报纸是特意选的《杭城民报》，这种大报还算比较客观，没有像小报那样起惊悚刺激的标题。

但即便这样，黄萍萍还是能从两份报纸上方的"号外"两个大字里，感受到这件事带来的巨大影响。她慌乱地捋了捋本就很整齐的头发，求助似的看向两人，"这……到底发生了什么？"

"你的冯大哥并不是真的想和你约会。他叫你到这里来，是他整个计划的第一步。"江洋暗暗叹了口气，把整个事情快速简要地讲了一遍。

"冯诚其实是军统的特务，约会你只是为了伪造一起不存在的绑架案，目的是进入警察局找到档案来恢复身份……"江洋一边讲一边打量着黄萍萍，生怕她一时间接受不了这个巨大的打击。没想到除了开始的片刻惊慌，黄萍萍一直咬着嘴唇没有说话，只是双手下意识地不停把玩着江洋给她的那条手绢。

都讲完了，江洋最后又补上一句："总之，现在这个案子虽然传得乱七八糟，但都只是猜测，谁也不知道实情。我们这次来，一是保护你平平安安地回去，二是想听听你的意思。这件事回去怎么解释，全凭你的意思，我们绝对配合。"

江洋只能做到这样点到即止的暗示了。只要黄萍萍能想好解释的理由，他们愿意回去帮她把整件事掩盖下来。

等江洋说完，黄萍萍沉默了片刻，忽然问道："我怎么知道你们不是在骗人？"

人在面对突如其来的坏消息时，本能的第一反应是否定。江洋也不在意，指了指她手中的手绢，"这不是冯同志的信物吗？他已经把一切都告诉我们了。"

黄萍萍还是将信将疑，"这手绢是怎么来的？"

江洋没想到她和冯诚一样多疑，只好把冯诚如何交代，自己如何去取的过程详细讲了一遍，最后还描述了一下冯诚房间的布置，证明自己不是瞎编。

直到这时，黄萍萍才露出如释重负的神色，“我知道了。抱歉问得有点多，但现在我相信你们了。那么，我们什么时候回杭城？”

江洋站起身，“现在。”

黄萍萍却没有马上答应，而是面露难色，扭捏地看向一旁的张若离，“我愿意马上跟你们回去，但我……我有点事得跟这位张小姐说。”

说完她把张若离拉到一边，两个人神神秘秘地嘀咕了几句。张若离看了一眼摸不着头脑的江洋，露出一丝为难的神色，小声地对黄萍萍说：“这个时候你叫我上哪儿弄去？”

黄萍萍涨红了脸，低声说道：“我也不知道，平时都是家里人给准备的。我平时很准的，谁知道今天……”

张若离摆摆手，“行了行了，我知道了，你等会儿我。”转身对江洋交代，“我有点事得下去一趟，很快就回来，你别多问。你保护好人家，我不在的时候不许欺负人家。”

江洋刚反应过来是怎么回事，张若离已经出门了。一时间，江洋感到有些尴尬。人家大家少妇遇到这种情况，他也不知道该说什么。

反倒是黄萍萍显得挺大方，主动拍拍身边的椅子，说：“江大哥……我能叫你江大哥吧？你过来坐吧。”

江洋犹豫了一下，坐下来。

黄萍萍还在玩着手里的手绢，忽然对江洋说：“你知道吗，冯大哥的屋子里一共有三条手绢。”

“啊？”

黄萍萍的语速很快，“冯大哥的屋子里一共有三条手绢。我和冯大哥约好了，每条手绢代表不同的意思。一条代表的是‘来人很危险’，一条代表的是‘来人绝对可靠’。你这条手绢代表的是……”

黄萍萍此时没有一点之前慌张失措的表情，声音变得很严肃，“……拿着这条手绢的人绝对可靠，但其他人不能信任。所以我刚才仔细问你是怎么拿到这条手绢的，就想知道冯大哥信任的那个人究竟是谁。既然冯大哥把这条手绢交给你了，说明他身处险境，我只能信任你了！”

江洋腾地站了起来。不知是这个动作太急，还是黄萍萍前后的反差太让人惊诧，江洋有些眩晕的感觉。

我早就知道！今天就没有一帆风顺的事！经过短暂的错愕后，江洋脑中首先冒出的竟然是这么个念头。

“什么叫身处险境？”江洋语气很不客气。他并不是针对黄萍萍，而是因为预感到事情即将再次脱离掌控，有些忍不住心里的火气。

“我只能对你说实话了。事情并不是你以为的那样。你之前告诉我的这一切，其实我都知道。

“我不是被冯大哥骗来约会的。”黄萍萍平静地指了指桌上的那些餐具，“那些都是障眼法。我跟冯大哥的情分的确很深，但不是你想的那样。这些情分都是小时候留下的，大了以后我们很多年都不联系了。前不久他突然找到我，说他是被诬陷的军统卧底，让我配合他定下了这个假绑架的计划。他跟你说什么假约会，那是为了保护我——他对我说了这些真相，那个删了他身份的人就可能会对我不利。所以我宁可冒着被误会偷情的风险，也总比被军统盯上要好。”

江洋目瞪口呆。

黄萍萍继续说：“这块手绢说明冯大哥认为你是可以信任的人。他要隐瞒的，是除了你之外的其他人。你最后离开他的时候，他的身边是不是一直有别人？”

江洋飞快地回忆了一遍，艰难地点点头。他没有说出是谁，但答案已经很明显了：之前冯诚和他单独在一起的时候，并没有告诉他这些信息，也就是说，冯诚是在后来才发现金处长或张若离有问题，但那时候已经没有机会和他单独相处了，所以只能通过这个方法，通过他的手，让黄萍萍来转告他。

黄萍萍摇摇头，“我不知道到底他认为谁有问题。但冯大哥的意思已经很清楚了，他肯定已经身处险境。”

“你想怎么办？”江洋问道，就算黄萍萍说的是真的，她也没有能力改变冯诚的处境。

“抱歉，我不能跟你们回去。”

江洋眯起眼睛，没有说话。

“现在所有人都在关注绑架案，在风口浪尖的时候，冯大哥暂时还是安全的。但等我回去，这件事很快就会淡下去，那时候他就没有任何反抗的机会了。”

江洋摇摇头，“你的担心有些过虑了吧？现在新闻发布会已经开过了，冯诚的身份被公开证明了。我不认为还有你说的这么严重。”

黄萍萍淡淡一笑，同样摇了摇头，“如果真的没有危险，冯大哥就不会让你送手帕了。”

江洋心里一阵烦躁，决定不在这个话题上继续和她争论。他叹了口气，委婉地说道：“黄小姐，我只是个跑腿的。我有命令在身，你不同意的话，我也可以强行把你带回杭城。”

“你不会这样做的。”黄萍萍笑眯眯地看着江洋，对他的威胁毫不在乎，“虽然这件事伯谦暂时还不知道真相，但只要他知道，一定会支持我的选择。相信我，到时候你会后悔的。”

江洋努力驱散心中的烦躁，逼自己冷静下来，“好，就算按你的说法，冯诚处于险境中。那么即便你不回去，拖上一两天，还是没有办法改变他的状态。”

黄萍萍深吸一口气，看向江洋，“所以我想请江大哥帮一个忙——”

江洋眉头皱起，心里顿生警惕。

“——把冯大哥带到嘉兴来。”

“这不可能！”江洋没有丝毫犹豫，立刻拒绝。开什么玩笑，这不是他愿不愿意帮忙的问题，而是根本不可能做到的事情。

黄萍萍目光黯淡了一些，但还在努力说服他，“如果江大哥帮了我们这个大忙，想必伯谦一定不会辜负江大哥的大恩大德。而且现在冯诚也不是犯人，他是自由之身，你带他出来严格意义上也不是犯法……”

“我说了，这不可能！”江洋使劲一挥手打断她。单单黄萍萍不愿意回杭城就办不到，张若离那关就过不去。更别提把冯诚从金处长眼皮底下带到嘉兴，根本没有任何办法。

“为什么你一定要见冯诚？”江洋耐心解释道，“还有很多其他的方法。冯诚现在是世人皆知的英雄，说实话，我对他也很敬佩。他现在还在警察局里，只是因为他是绑架案的嫌犯。只要你回去，他就能安全离开。我觉得你有些紧张过度了。”

“因为我冒不起这个险。既然冯大哥给了我这个消息，说明他身边最近的人，就是对他最危险的人。这个道理想必江大哥比我更明白吧。”

江洋倒吸一口冷气。这分明在暗示，现在正在“保护”冯诚的金处长，正是要置他于死地的人。他不免又想起张若离险些枪杀冯诚的那一幕。

“冯诚到底知道些什么？”江洋早就发现了这才是问题的关键，不愿意问出口是因为不想陷入太深。既然黄萍萍如此坚持，他现在必须要了解这一点。

“冯大哥没有告诉我。”黄萍萍摇头道，“我问过他，但他说我没必要知道，这样会害了我。”

“抱歉。”江洋叹了口气，“其实我很不理解，为什么冯诚会选择相信我，让我给你传递消息。但这件事是不可能办到的。”

短暂的沉默后，黄萍萍做出了妥协，“江大哥，我可以和你们回杭城。”

“谢谢你的配合。”

“我有一个要求。”

“你说。我能办到的，就尽量做到。”

“我回杭城后先不要让任何人知道。然后你想办法让我和冯大哥单独见一面。”

黄萍萍说完，转身从身边的一个小柜子里拿出一个小纸包，“我已经把所有内情都写好了，等你把冯大哥带到我身边，我就把所有情况在报纸上公布。这样最起码可以保护冯大哥不会马上被暗杀。”

江洋看着她手中的那个小纸包，面露难色，没有马上答应，而是试探地说：“你如果相信我，可以把这个东西交给我，我替你转交给报社，这样更容易保护你们俩的安全。”

“不行，我必须亲自见到冯大哥。后面怎么做，我要听他亲口吩咐。”

江洋沉默下来，内心却激烈地波动起来。一方面他不愿意继续卷入其中，另一方面他从心底不太相信金处长是那样的人。但黄萍萍的这些话的确让他很震惊，如果她说的都是真的，那么他的选择很有可能会决定冯诚的生死。

许久，江洋终于下定了决心，“直接带你到警察局和冯诚见面肯定是不可能的，你只要一在警察局露面，这件事就再也遮掩不住了。这样吧，回到杭城之后，我想办法把张若离支开，然后带冯诚来见你。但你们见面后，我必须把他带回去。还有，之后的事我就不管了。”

江洋并没有无条件地相信黄萍萍，他决定答应这个棘手的请求，主要是因为这样做虽然有些违规，但只要谨慎一些，风险就不算太大。而另一个原因，就是他不想因为自己的过错，让一个好人被陷害致死。

“谢谢你。”黄萍萍低声说了一句。

江洋苦笑着摇摇头，心想也不知道自己这样做是不是对的。

第十三章
Chapter 13

张若离不久就回来了，直接拉着黄萍萍进了内屋。过了一会儿，两个人收拾完毕走了出来，张若离不知道自己走后发生了什么，表情十分轻松，“我们出发吧。”

江洋面无表情地点点头，起身先走出了屋子。冯诚选择相信自己，也就是说他对其他所有人都怀疑戒备，其中当然也包括张若离。得到别人的绝对信任通常让人很有成就感，但此时的江洋只感受到巨大的压力。想到这里，他回头看了一眼张若离，感觉又有些不一样。来时的火车上两人之间的敌意消失了很多，但现在，那种隔膜似乎再次出现了。

到了火车站后，发生了一点意外。

张若离和等候在那里的军统人员交谈了一会儿，皱着眉头回转过来，把江洋拉到一边，低声解释道：“实在太不巧了，有个更重要的任务要执行，那趟回杭城的专列提前开走了。我们只能去客运站坐下一班普通班次的火车回去了。一小时后发车。”

江洋倒无所谓，晚一个小时也没什么影响。他只是有些感慨，金处长凭一张纸条就能安排一趟专列，无疑是个大人物了，只是不知道附近哪位爷临时出行，能强行把军统执行人物的专列给征用了。

“既然还要等一个小时，那正好，我出去转一圈。”江洋说道。

张若离看了他一眼，有些不满，低声说道：“干什么去？我们是在执行任务。”

江洋嘲弄地笑笑，“就许你们老娘们有私事，不许我们爷们有私事？”

张若离被噎得满脸通红，狠狠瞪了江洋一眼。

半小时后，江洋抱着一大包热腾腾的吃食嬉皮笑脸地回来了，“这个时候，全嘉兴还能卖热食的，也就我知道。吃不吃？热粽子，一天没吃了吧？”说着双手捧着给张若离和黄萍萍递过去。

黄萍萍客气地说了声谢谢后就接过，张若离瞪了江洋一眼，没好气地说：“我不饿！”

江洋也不以为意，自顾自地剥开粽子，边吃边和黄萍萍有一搭没一搭地聊天。张若离在一旁听着两人有说有笑，不知为什么觉得很生气。

不比来的时候坐的是专列，回杭城时改坐的普通列车，车厢里不止他们这一拨人。好在江洋利用特权强占了一个包厢，把包厢门仔细锁好，一路上还算清静。

一路上，三个人各怀心事，几乎没有交谈。等火车慢吞吞地进入杭城站时，天已大亮，站台上站满了不少候车的乘客。火车前后晃荡了几下，终于停下来。黄萍萍忽然如梦初醒一般，问道：“江大哥，我们现在去哪里？”

江洋故作惊讶，按照之前商量好的回答：“当然是立刻回你家，张伯谦那小子都快急疯了。”

黄萍萍有些扭捏地说：“能不能……等一下？因为我的事闹成这样，我心里很乱。我想先去瑞阳路，在屋子里准备点东西，再回去见伯谦，您看可以吗？”

江洋用询问的眼神看了一眼张若离，嘴上故意回答：“这可不行，时间不等人。送你回了张家，还得赶紧安排开记者发布会呢。”

“可是我有点害怕……”黄萍萍语带哭腔，“我好紧张，还没想好怎么说。我，我……”

说着，她几乎要哭出声来。江洋不由得暗自佩服，这女人似乎天生就是演戏的高手。

“算了，还是先送她去吧，准备一下也好。”张若离拉过黄萍萍的手腕，“别着急，就是简单说一下整个事情的过程，有个交代就行。”

“嗯。”黄萍萍乖巧地点了点头。

就在这时，包厢外突然传来了急促的敲门声，“警察！”

三个人都吓了一跳，张若离和江洋下意识地摸向腰间的手枪。张若离疑惑地问江洋：“你叫人来了？”

江洋摇摇头。他把张若离和黄萍萍护在身后，一只手拿着枪，一只手小心翼翼地打开锁。如他所料，门口站着王超。

江洋看了看车厢里再没可疑的人，一把把王超拽了进来，关上包厢门，“怎么回事！”

王超瞄了一眼张若离，附在江洋耳边嘀咕了几句。

江洋听完，也回头看了一看张若离，看得张若离直发毛，“什么事，快说！”

江洋尴尬地指了指外面，“咱换个地方说。”

他拉开了包厢门，车厢里人已经很少了，张若离跟在后面，两个人找了个没人的包厢钻进去。

张若离已经有点不耐烦了，“到底什么事？”

“这个……”江洋摸了摸鼻子，干笑了两声，才吞吞吐吐地说道，“不是什么大事，但我觉得还是有必要告诉你一下。刚才王超告诉我，一早收到举报，有两个人疑似通匪，试图打探机密。”

“说重点！”

江洋有些心虚，垂下头看着地面，脚尖在地上画来画去，声音也越来越小，“重点就是……呃，其中有一个人，就是早上偷你皮包的家伙……”

“这不是什么大事？！”张若离声音陡然大了起来，激动地说，“密码如果泄露，你知道问题有多严重吗？”

“我知道，我知道！”江洋赶紧辩解道，“那个臭小子已经被王超抓到了，就在警察局，具体审问还没来得及，应该问题不大……”

“什么叫问题不大！出了事你负得起责吗？”张若离目光炯炯，恨不能在江洋身上盯出两个洞来。

江洋搓着手，一脸无可奈何，“那等把黄萍萍送到瑞阳路后，我让王超立刻送你回警察局？”

“我现在就回去。”张若离语气冰冷，“江处长，我丑话说在前头，如果密码真的泄露，整个军统三处的密码需要全部更换备份，我会把整个事件的经过原原本本地写在报告里的。你把黄萍萍看好了，可别再给我出娄子了！”

说完她猛地打开包厢门。王超已经在外面等着了。张若离也不看王超，气冲冲地和他擦身而过。江洋走到王超身边，王超悄悄往江洋手里塞了一小包东西，冲江洋点了点头，便朝张若离离开的方向追了过去。

要想满足黄萍萍的请求，江洋只能想出这个办法，先把张若离骗走。在嘉兴火车站的时候，他借着买熟食的机会给王超打了个电话，安排了这一出“意外”。不过第一步顺利完成，不代表后面还会如此顺利。张若离回到警察局不久应该就会发现不对，必须要在她反应过来之前把冯诚给接出来。

王超塞给江洋的一小包东西里，有一把车钥匙。为了避开军统的人，王超的车停在了火车站后门。江洋护送着黄萍萍，穿过火车站，顺利地上了车。

江洋没有送黄萍萍回瑞阳路的公寓，因为一旦张若离意识到情况不对，肯定会去瑞阳路。按照江洋的吩咐，王超已经提前在酒店里租下了一个房间。江洋开车来到酒店，找到房间，他仔细检查了一遍房间，确定安全后，才让黄萍萍进了屋。

房间档次不高，但胜在僻静安全。看得出，黄萍萍有些惴惴不安，她和冯诚的命运，已经在很大程度上交到了别人手里。

江洋安慰她：“一切放心，我现在去警察局想办法把冯诚弄出来。这酒店的对面就是《杭城民报》社，如果顺利，一个小时后我们在楼下见面。”

江洋关上房间的门，听到里面“咔嗒”上锁的声音，这才往外走去。走到楼道拐角的时候，一个戴着礼帽的青年斜靠在窗户边，冲江洋微微点了点头，然后继续看着外面的风景。

这是他安排的保护黄萍萍的侦缉队员。江洋没有把这事告诉黄萍萍，他虽然选择相信黄萍萍，但还是留了一手。这人既是暗中保护，也是监视，江洋再也不允许出什么意外了。

接下来，只剩下一个问题：

怎么才能把被严密看管的冯诚从警察局里弄出来？

远远地站在街角，像做贼一样看着警察局大门人进人出，江洋忽然觉得有些好笑。

所有认识江洋的人，对他的印象基本是：不拘小节，手段圆滑，绝对不是一个鲁莽的人。连江洋自己都没有想过，他会主动做这样危险又吃力不讨好的事情。

说吃力不讨好都是轻的，现在的状况简直可以说是对他有百害而无一利。如果是误会了金处长，就算得罪了对方，最多也就是影响仕途。但如果真如冯诚和黄萍萍预计的那样，无疑是主动跳进了深不可测的旋涡。

这些念头之前他在答应黄萍萍时已经衡量过了，此时又冒出来，只能说明此时他的心里再次有些动摇。江洋对这样的状态有些不满意，他并不是个优柔寡断的人。他深吸了一口气，对自己说，这是原则问题，所以这样做事是没错的。冯诚是抗日英雄，江洋不愿意看到他被人陷害，更何况，只是带他出来和黄萍萍见一面，细想起来，风险也不算很大。

在接近警察局前，江洋远远地观察过警察局的大门和后门。他惊讶地发现，前后门都有一些穿着便衣的陌生男人晃来晃去，明显是在监视进出的人。

江洋心中一冷。内心深处，他一直盼着冯诚是反应过度，一切不过是一场误会。看见这些凭空冒出的陌生人，他只能暗自祈祷这些不过是军统保护冯诚的正常措施。

虽然这么想，江洋犹豫了一会儿，还是转身离开，绕到警察局的另一侧。这是一道临着一条小巷的围墙。左右没人，江洋两步冲刺后攀上墙壁，翻过围墙，溜进了警察局。

他贴着墙根，小心地避开陌生人，来到侦缉处的值班室。按说这间屋子里，任何时候都应该有至少四个人值班，可是推开门，屋里孤零零地坐着一个下属。见江洋进来，噌地站起来打招呼。

“人呢？”江洋问。

“按照您的吩咐，搬档案去了。”

“扯淡，什么我的吩咐！”

“不是您下令把档案都搬走的吗？”

江洋的脸色越来越难看，“王超呢？”

下属见到江洋的脸色，知道肯定是哪里出了问题，连忙说道：“您等等。我马上就去找他。”

不到五分钟，王超一路小跑着回来了。王超的脸色和江洋一样难看，他关上门，递给江洋一份文件。

江洋接过一看，不由皱起了眉头。文件是正规的公文格式，内容很简单，要求把警察局地下档案室里所有的文件立刻运送到上海的一个地址。文件的末尾，除了侦缉处的公章，还有江洋的签名。

江洋当然知道自己没有签过这东西，这玩意儿是假冒的。而且按照保密条例，档案室所有资料转移这种事，应该是警察局长签字盖章，现在却只有侦缉处公章。

江洋感到浑身冰冷，这不是可能有问题，而是绝对有问题，“这是什么时候的事，文件是谁拿来的？”

王超说：“我问了，就是我离开不久，大概半个小时前，局长办公室的秘书送来的文件。侦缉处的人都被叫去干活了，要不要叫他们停下？”

江洋想了想，摇摇头。运送文件的现场一定有军统的人，自己不能露面，光靠王超说话管不了什么用。

这时，江洋又想起一件事来：文件是运到上海的，军统上海站，那是金处长的老巢。

江洋感到浑身发冷，事情在朝着最恐怖的方向发生。

冯诚确实有危险，也许，连他自己都有危险。

他强迫自己冷静下来，“冯诚现在在哪儿？”

“自从你走后就没见到过。应该没有出警察局，前后出口我都喊人盯着的。但是三、四楼已经被金处长的人接管了，现在谁都上不去。”

“嗯……”江洋想了想，又问道，“张若离那边现在什么情况？”

“她的事办好了，您放心。我直接把她带到旁边那栋楼的审讯室里，军统的人现在应该还不知道她回来了。我告诉她，那个疑似通匪的家伙跑了，抓到的两个人是他的朋友，总之情况不清不楚，总要审讯了才知道。交给她的两个人都是滚刀肉，胆大皮厚嘴皮子溜。我交代他们，不管怎么胡搅蛮缠，也要把这女人拖上几个小时。挨的打受的苦事后会补偿他们。”

说到这里，王超似乎想到了什么好笑的事情，呵呵乐了起来：“她板着脸让我出去，不让我待在审讯室里。我正愁找什么借口离开呢，正中下怀，还得装作不情愿的样子。”

“干得好。”按照预计，张若离没有把黄萍萍接回张家或者警察局，就不能算完成任务，以她的性格，应该不会直接找金处长复命。此刻听到确实的消息，江洋稍微心安了一些。

“现在你去楼里各楼层遛遛，机灵点，看看哪层有不认识的人守着，把冯诚在哪个房间给确定了。我在这里等你。”

“好。下面的人我吩咐过，天黑之前都不会有人来值班室。”王超说着想起什么，把桌子上盖着的一块布给掀了起来，“你一天都没吃东西了吧，趁现在先垫点肚子。”

看着桌上的食物，江洋才意识到自己这一整天，真是忙得没怎么认真吃过东西了。他拿起一张卷饼，又放下，拍了拍王超的肩膀，“我现在做的这些事自然有理由，回头再详细解释给你听。”

王超嗯了一声，没有多问，只是有些担忧地说了一句：“你自己多小心。那我先去了。”

食物应该是王超顺手在街边买的，几张卷饼，几根大葱，还有些酱肉。江洋拿饼胡乱卷了两块酱肉。东西已经凉了，饼有些发硬，肉冷了后更是油腻。还好翻出了半瓶不知道哪个家伙偷藏在值班室的白酒，江洋早就饿过劲儿了，但还是就着劣质的老白干皱着眉头吃掉一大半。

不知是不是心理作用，东西一入口，饥饿的感觉反而很快涌了上来。填饱肚子后，江洋觉得一股困意袭来，整整一天一夜绷紧精神，此时有种难以摆脱的疲惫。

为了抵御困意，江洋拿出腰间的手枪，把子弹全都卸下来，再一颗颗重新上膛。他的动作很慢，机械地做着动作，心里在反复推演着接下来的计划。

二十分钟后，王超推开房门，“冯诚应该在三楼顶头的那间屋子里。”

没想到情报这么准确，江洋有些意外，“能确定吗？”

“能确定。不过那屋里还有一个外人，不排除冯诚被控制了。”

江洋点点头不再追问，他相信王超的能力。倒是王超见江洋正把子弹一颗颗按进弹夹，迟疑地问道：“您准备做什么？”

“没什么，把冯诚偷偷带出去，等会儿再送回来。”

江洋尽量说得轻描淡写，但是王超更担忧了，“为什么？”

江洋神情凝重起来，深深吸了一口气，看着自己最信任的手下，“你觉得冯诚该不该死？”

王超面露讶色，这句话意味着太多的含义。

江洋拍了拍王超的肩膀，“没你想象的那么危险，但是你知道的越少越好。我还有一件小事需要你帮我一下。”

几分钟后，王超叼着一根烟，走出了值班室，和平常一样吊儿郎当地走进了办公大楼。

又过了两分钟，江洋拎着一个铁皮罐头，匆匆走出了值班室。他沿着围墙绕到了大楼背面，抬头看了一眼，冯诚被关着的房间在大楼的东侧，江洋却走到了西侧，把身子隐藏在花台旁的一棵大树后。

见周围没有人，江洋把铁皮罐头放在花坛的灌木中，点燃了一根烟。罐头里装着他刚刚从值班室搜罗出来的东西：一大团浇上了汽油的棉花，棉花里藏着几颗子弹。江洋把点燃的烟卷小心翼翼地插在棉花上，之后快步离开，绕了一圈重新回到大楼东侧。他抬头看了一眼三楼，窗户是打开着的。

他往手心里吐了口唾沫，在心里默默数着数。

“啪！啪！啪！啪！”

几声脆响接连响起，片刻后，楼里楼外一阵混乱。这里的人对枪声最敏感，周围传来一阵阵呼喝和脚步声。

在子弹响起的第一时间，江洋抓住雨水管，迅速向上攀去。到了三楼，他掀开窗帘，屋里只有一个人，正是冯诚。江洋毫不犹豫地跳了进去。

这是一间里外两间的会议室，江洋跳进去的是里屋。在江洋开始攀爬的同时，会议室的门外响起了急促的敲门声。本来应该守在冯诚身边的人，此时刚好起身走到门口，盘问门外的人。冯诚一脸错愕，但很配合地没有开口出声。

跳下窗户的一瞬间，江洋已经看清，冯诚的双手被反铐在椅子上。他向冯诚做了个嘘声的手势，悄悄地走向里屋跟外屋中间的那道门。

外屋的那个人正在大声问："到底有什么事？"

门外隐约传来王超的声音，在说什么听不清。

江洋悄悄走到里屋的门口，把房门猛地给关上，落锁。外屋的人听见动静后大叫一声，冲过来拉门，已经拉不动了。

江洋迅速掏出钥匙解开冯诚的手铐。冯诚有些激动，连声说道："金天木其实……"

江洋打断他，指了指窗户，"我知道。跳下去，没问题吧？"

冯诚使劲地点点头。

江洋扶着他的后背，让他抓牢雨水管。不愧是军统出身，冯诚片刻之间就滑到了一楼，江洋也跟着滑了下去。

等到那看守砸开里屋的门，抢到窗边时，正好看到两人翻过围墙。片刻后，一辆小车驶出了小巷。

江洋紧张地注视着后视镜，拐了七八个弯后，并没有人追上来，江洋终于松了口气。刚才的行动其实漏洞百出，每一秒钟他都有可能被藏在暗处的军统的人给按住。

汽车是王超事先停好在围墙后的巷子里的，为了以防万一，江洋还让他在附近停了两辆自行车，没想到事情意外地顺利。也许金处长压根没想到有人会来这么一出，对冯诚的看守才会有些松懈。

快到和黄萍萍约定的时间了，江洋猛地一打方向盘，朝《杭城民报》报社飞快开去。他原本计划悄悄地把冯诚接出来，再悄悄地送回去。但事情发展得太快，如今警察局里肯定乱作一团，不知金处长盛怒之下会做出什么来。他只想快点把冯诚送到目的地，再想办法保全自己。

“谢谢。”坐在副驾驶的冯诚突然说道，“我本来已经不抱什么希望了。”

江洋对他的感激不置可否，“金天木要杀你？”

冯诚顿了片刻，点点头，“应该是。”随即又摇摇头，自嘲地笑笑，“这个不重要了。”

江洋故意在附近兜了几圈，确认没有人跟踪，又开到报社附近停下观察了半天。时间临近中午，马路上熙熙攘攘，江洋看了半天没有发现可疑的人，这才把车开到报社对面的酒店楼下。

车刚一停稳，后门就被人拉开。

江洋本来就十分警惕，猛然回头的同时，紧张地伸手摸向腰间。但他的手在摸到手枪的一瞬间松了下来。

拉开车门的是黄萍萍。她手里拎着一个小小的包裹，迅速钻进了后座，脸带笑容地叫了一声“江大哥”。

冯诚也回过头，看到了后座上的黄萍萍，问道：“这位是？”

“是黄……”江洋正要介绍，忽然脑中犹如闪电劈下，整个人都僵住了，下意识地反问，“你不认识她？”

黄萍萍笑嘻嘻地说：“江大哥，他在跟你开玩笑呢。”

说着，伸出一只手，从江洋面前掠过，指向冯诚的太阳穴。

她的手里握着一把银灰色的手枪。

“砰！”

巨大的声响犹如重锤一样击打着江洋的神经。

冯诚的身体猛地撞向前车窗，车窗玻璃上瞬间溅满了血迹。

看着冯诚瘫倒在车里，江洋却无法动弹，眼前发生的一切犹如做梦一样让他无法相信。

黄萍萍把手枪往江洋身上一扔，打开车门，双手抓散了头发往马路对面的报社大门拼命跑去，一边跑，一边声嘶力竭地尖叫：“啊——！啊——！杀人了，救命啊——！”

几个人走出报社大门探头观望，附近的路人也因为枪声和叫声慢慢聚过来探头探脑。

江洋耳朵依然嗡嗡作响，什么声音都听不见，像是在看默片。他看见在报社门口，有人抓住黄萍萍的肩膀，询问她。黄萍萍惊恐地缩着肩膀，回身指向江洋的方向。询问黄萍萍的人吓了一跳，搀扶着她迅速向报社大楼里跑去。另外有几个人小心地向江洋的车子围了过来，一个人的手里还拿着照相机。

车里充满了鲜血的腥味，江洋看清了车窗上浓稠的血液，夹杂着白色软组织，一时间差点呕吐出来。

他挣扎着钻出汽车，蹲在地上。本来热闹的街上，一时间鸦雀无声。不少人远远地露出脑袋，惊恐地看着江洋，以及惨死在车里的冯诚的尸体。

江洋觉得脸上有什么东西，下意识地用手背抹了抹，发现手上全是鲜血。他迷茫地盯着手背看了半天，才意识到这血是冯诚的。紧接着，他发现黄萍萍枪杀冯诚的那把枪正握在自己的手中，也许是下车时顺手从身上拿起来的。

从人群里冲出了好些人，全都举着手枪，冲着江洋围过来。

“江处长，把枪放下！”为首的人高喊。

江洋转头看着喊话的人。那人和身后那些人虽然都拿着枪，但相貌都很陌生，没有一个是局里的。不过有几个似乎不久前见过——那时候他们都跟在金处长身边。

江洋忽然明白，为什么之前他救冯诚的时候，他有无数失败的可能，却意外地顺手。

这是一个早就布好的局，这些人早就在等着他自投罗网。

江洋终于从震惊中暂时摆脱出来，虽然还有很多事情没有想清，但他知道此时自己必须要做出正确的判断。再错一步，他就真的万劫不复。

他把手中的枪扔在地上，举起双手对四周大喊道：“我不是凶手！我要见金天木！”

见他放弃抵抗，那几个金处长的手下立刻围上来，把他按倒在地上，铐上了手铐。一个人查看车里，很快出来大喊：“是冯诚！已经被他杀了！”

虽然冯诚尸体的惨状已经被看到，但此时他的死讯被正式宣布，围观的人群再次发出一阵骚动。

有几个《杭城民报》的记者从报社里拿来了照相机，对着被制服在地上的江洋和满是鲜血的汽车一顿猛拍。金处长的手下们没有阻止。

江洋意识到这也许是救自己的最后机会，冲着记者拼命地高喊："我是被冤枉的！我被陷害了！把金天木叫来！我要跟他在这里对质！不要让他们把我拉走！"

记者越围越多。军统里那个领头的人站了出来，举手示意周围人安静，"各位，鄙人姓朱，是金天木处长的副官。想必昨天半夜参加过警察局发布会的人，都知道金处长这次来杭城，是专门处理冯诚英雄被陷害一事的。

"现在我们已经联系了杭城市警察局，很快会来人把罪犯带走。至于具体的案情，我相信杭城警察局会很快得出结论，为什么侦缉处处长会枪杀我们的人民英雄。"

话音刚落,马上有记者提问:"请问,江处长说他是被冤枉的,这是怎么回事?有没有可能像之前的冯诚案一样，这也是一起冤案？"

朱副官回答："我们也是刚到现场，不知道这里有什么内情。金处长现在有公务在身，没有办法满足这位江处长见面的要求。"

他的回答是典型官方回复，看起来客气，什么有用的信息都没有。他忽然话锋一转，"我非常理解您的疑问，这样吧，在杭城警察局的人到来之前，我允许大家向江处长提问。如果江处长觉得冤屈，也可以说给大家听听。有各位记者朋友的监督，想必不会再发生像冯诚先生被陷害那样的事情了。我希望各位能因此感受到我们军事统计调查局开展内部纠错的决心。"

记者们面面相觑。一般来说，所有的刑事案件，在侦破出结果之前，都不可能让罪犯和媒体有什么接触。现在这个副官却说，可以在审讯之前直接对罪犯提问？记者们愣了一下后，都争先恐后地拥了上来。

江洋也没有想到事情会变成这样，他被人从地上拉起来，好奇地盯着那个副官。

朱副官的脸上看不出任何表情。这可能是一个陷阱，但这也是唯一辩白的机会，明知道是个陷阱也得硬着头皮跳下去。

“人不是我杀的。”江洋大声喊了一句，可当他看到周围人的目光时，心里一寒。那是一种在动物园里看猛兽的眼神。江洋明白了，没有人相信这种空洞的辩解。他心中升起一股强烈的无助感。他强迫自己冷静下来，没有人会同情一个杀人犯，必须尽量清楚地讲出事情的经过。

“凶手是刚才在车上的那个女人。”江洋指着报社的方向，“她就是黄萍萍！”

众人沉默了片刻，都在脑中搜索这个听起来有些熟悉的名字。

“你说的黄萍萍，是张家被绑架的儿媳妇，张家的张太太？”马上有记者反应过来。

“就是她！”江洋语速很快，“绑架案并不存在，只是冯诚和黄萍萍合伙演的一出戏。我是奉金处长的命令去嘉兴接黄萍萍。黄萍萍告诉我真正想杀害冯诚的人就在军统，请我把冯诚接到报社，准备公布内幕真相。可她一见面就开枪打死了冯。”

江洋迅速把事情简要地讲了一遍，心却沉了下去。他忽然发现，这番说辞听起来有太多的漏洞，就连基本逻辑都有问题。

果然，马上有记者提问：“你说冯诚和张太太合伙上演了假的绑架案，可她为什么要开枪打死冯诚？”

江洋欲言又止，他无法回答这个问题，艰难地答道：“我不知道。”

有记者问朱副官：“江处长说是奉金处长的命令去嘉兴接张太太。有这回事吗？”

朱副官摇摇头，“据我所知，并没有这样的事。”

江洋浑身如坠冰窖。对方故意给他这个“自辩”的机会，显然是有备而来，他们自信江洋是不可能自辩清白的。

朱副官接着说道：“另外江处长说的有句话，我不太明白。被绑架的人质张太太，早就被我们解救出来了。她已经安全回到张府，和家人团聚了。这个消息大家随后可以去张家求证。”说着，朱副官嘴角露出讥笑，“所以我有些好奇，江处长怎么会觉得张太太是凶手呢？”

江洋使劲咬住嘴唇，心中涌起了极度的悔恨。从黄萍萍开枪的那一瞬间开始，他一直有一种极度不真实的感觉，因为对方没有任何理由这样做。他猛然想起了那辆提前回杭城的专列，所谓执行的重要任务，看来就是把真的黄萍萍送回来了。也就是说，其实金处长让他前往嘉兴之时，就已经布好了这个死局。他虽然步步谨慎，却压根没有想过，自己接到的这个黄萍萍是假的！

若不是两条手臂都被人死死扣住，身上的枪也被第一时间给卸掉，江洋一定会不顾一切地开枪打死那个“黄萍萍”。这种被人当猴耍的耻辱感，和对冯诚的愧疚感，让他几乎快要爆炸。

“撒谎！你在撒谎！是你们陷害我！”江洋面红耳赤地怒吼起来。身旁的人狠狠一拳打在他的腰间，江洋痛苦地弯下腰，被迫闭上了嘴。

此时从报社里走出一个人，径直到朱副官身边耳语了几句，交给他一张纸。

记者们的注意力从江洋身上转移到朱副官那里。朱副官说道：“想必大家和我一样好奇，江处长所说的名叫黄萍萍的凶手到底是谁？”

在众人期盼的目光下，朱副官拿出那张纸，“刚才我们在贵报社长的陪同下，对那个女人做了简单的询问，现在结果可以给大家通报一下——

“陈小云，家住城西。因为婆婆这几天生病，她今天上午独自出来买药。当她走到警察局后面的巷子时，正好看到两个男的翻墙跳了出来，落在她的面前。

“其中一人拿着枪，神情慌张，一路推搡着前面的男人。持枪者看见陈小云后，拿枪指着她，逼着她一起上了汽车。

“汽车开到半路，坐在副驾驶的男人想要袭击开车的拿枪男子。陈小云听到一声枪响，然后车子猛然停住。她发现坐在副驾驶的男子已经倒在了座位上，惊骇之极的她不顾一切地从车上逃了下来。”

江洋默默地听着副官一本正经地宣读着所谓的调查结果，不再试图争辩。既然军统做到了这一步，想必所有的细节都已经安排好了。

果然，朱副官接着拿过一个包裹，当众展示里面的中药和药方。江洋有种气极想笑的冲动。

围观者看向江洋的眼神也逐渐发生了变化。虽然不知道前途似锦的侦缉处处长，为什么会做出当街杀人这样丧心病狂的举动，但这无疑将成为杭城群众接下来几个月的谈资。

警察局的车子姗姗来迟。在周围哗然的议论声中，江洋没有任何反抗，被塞进了车子。

一路上，他闭着眼一言不发。

江洋已经彻底明白了现在的处境：他被陷害了。

但是愤怒和不甘没有任何意义。他提醒自己，至少要先保着这条命，才可能有机会洗清冤案。

第十四章
Chapter 14

江洋自己也办过冤案，而且还和军统有关。

那是民国二十九年的时候，他还是个普通的小巡警。有一天，值班室里来了两个自称“军统局干事”的陌生人，神色为难地道明来意：他们想要抓捕一个关外来的皮货商，可这个商人一直躲在一家日本商店里不肯出来。那个时候，军统还没有公开执法的权力，所以想委托江洋找借口进入那家日本商店，把那个人搜出来。

江洋原本是不打算管这件事的。那时的军统局还不是警察机关的上级机构，再加上两人也没有正式的公文，江洋并没有配合他们的义务。再说江洋那时候只是个小巡警，这种事不想管就不用管，几句话就能把他们打发了。

可那二人支支吾吾就是不肯走，逼到最后说了实话——他们俩要找的那个人不是什么皮货商，而是个前任的地方大员，正和日方密切接触，打算投靠日本人。

江洋那时候还年轻，一听说要抓汉奸，立刻怒火中烧，二话不说找了两套巡警的制服叫那两个军统换上，直奔那家日本商店。

那是一家药店，门脸不大，后面却有好几进院子。江洋早就怀疑这家店不是干正经买卖的：平时生意冷清，但总见着陌生的日本人进进出出。但是他没有真凭实据，也没法搜查。他们同样不能大模大样地直接进去，且不说进不去，人家后面院子那么大，你这边进去，人家那边从后门跑了怎么办？

可院子大也有院子大的缺点。江洋在那家店对面蹲了一会儿，就有了主意。他出去转了一圈，从街面上找来两个关系熟的毛贼，嘱咐了一番。又绕回到前门，带着那两个穿着巡警制服的军统，一起进了日本人的店。

平时江洋巡逻的时候，跟老板互相都认识。刚一迈进门，老板就从柜台后面转了出来，殷勤巴结道："江桑怎么好久都不来，好朋友让人怪想念的！"

老板这么殷勤客气，要是放在平日里，江洋只会觉得日本人就是天生贱，有事求你的时候殷勤得跟孙子似的。但今天江洋心里一动，越看越觉得这老板能出来得这么快，是因为他一直盯着街面，给后面的人放风呢。

江洋说："您说有多混账！我刚才在您后墙那儿溜达，正巧看见有个人翻进你们后院，这不太岁头上动土吗，我得到您后面看看去。"说着抬腿就往里走。

日本老板急了，嘴上嚷着："江桑止步止步，贼的没有，后面安全的大大的。"双手一伸拦住后门，脸上笑容缓缓消失，额头的青筋凸了起来，看样子如果江洋执意要进去，就准备翻脸。

江洋也不好硬闯，就在僵持之间，忽然听见后院一阵混乱，从后面冲出来一个日本人，捂着脸指着后院叽里呱啦地大叫。日本老板一听之下有些茫然，看看报信的，又看看江洋他们，后院再次传来叫喊声。

江洋知道一切都在计划之中，嘿嘿一乐，"我没说错，真有贼吧？这我哪能袖手旁观啊。"说着推开日本人，带着两个军统闯进了后院。

一进后院，就见到一群人正围着那两个毛贼一顿胖揍。江洋拨开人群，看着趴在地上的俩人，这么一会儿工夫已经被打得鼻青脸肿。这两人也真是硬气，他们看见江洋，不动声色地朝东厢房挤了挤眼。江洋瞥了一眼，大白天的，那房挂着厚厚的窗帘，最关键的是窗帘还被屋里的人微微掀起一角，顿时心中有数。

他装模作样地踹了两个小贼一脚，嘴上骂骂咧咧："长本事啦？大白天的偷东西？"

俩人一反之前被打时的默不作声，大声辩解："我们不是偷东西，是来要账的！"

“跟谁要账啊？”江洋故作惊讶。

“就他！”俩人一下精神来了，咬牙切齿地一指东厢房，“就是住那屋里的张胖子！”

在场的几个日本人一听两个小贼准确地说出了汉奸的名字，全都慌了。日本老板赶忙拦在江洋的前面，“屋里的没人！他们的，胡说！”

“没人？”江洋脸色一变，用手中警棍一指，“有人没人一看不就知道了吗？里面的人，出来出来出来！”

嘴上喊着，江洋一个箭步蹿到厢房门口，抬腿就踹。老房子的门闩很不牢靠，江洋一脚就踹开了门，屋里一个穿着长袍的中年胖子背靠在墙边，惊恐地盯着他。

日本老板跟着蹿进屋子，又气又急，“江桑，这样做不合规矩的！他是我们日本的朋友！”

江洋头也不回，“朋友？什么朋友也不能欠钱不还啊！”这时两个小贼和军统也跟了进来，江洋朝他们一努嘴，“瞧瞧，是这人吗？”这话看着是问小贼的，其实问的是那俩军统。

见军统微微点了点头，两个小贼心领神会，大声嚷嚷起来：“对，对！就是他！……我说张胖子啊，你小子借钱的时候是怎么说的啊？借一还三，啊？还他妈还三呢，一根毛我也没看见啊，都两个月了，你这是连本金也不想还了吧？”

那汉奸一见这架势，哪还不明白是怎么回事，情急之下抓住日本老板的衣服一阵干号：“我不认识他们！别让他们带我走！我不能跟他们走！”

江洋也不着急，问那俩毛贼：“借据呢？不能光听你俩这么一说，得有证据吧？”

其中一个果然从怀里掏出一张皱皱巴巴的纸来，往空中抖了抖，“您瞧，白纸黑字，姓字名谁，哪天哪月什么地方借的，保人是谁，借一还三，大红的手印还在上面印着！”

胖汉奸浑身发抖，号得更厉害：“那不是我的手印！那是假的，那是假的！”

“得嘞。”江洋接过那张不久之前才写好的假字据，在日本老板眼前晃了一下，揣到了怀里，“真的也好，假的也好，跟我们回局里查查不就都清楚了吗？”

“不行！不行！不能让我跟他们走！”

日本老板脸色铁青，一手抓住江洋的胳膊，咬牙切齿地问：“江桑，这人欠了多少钱？我……我来还！”

“嘿嘿。”江洋皮笑肉不笑，“这可不行，告诉您，我们中国人没那规矩。”

“江桑，他的，我的客人，这里，我的住处，你不能带走……”

“你的住处？你住的还是我们中国人的地儿呢，这人是不是中国人？是中国人就得跟我走！”

一时间，日本老板和胖汉奸都哑口无言——江洋说得对，这是中国的领土。江洋作为巡警有权力把他带回去。

事已至此，日本老板再也说不出话来，一脸不甘地瞪着江洋一行人。江洋挥挥手让两个小贼一左一右架着汉奸，军统开路，自己殿后，在日本人的虎视眈眈中把汉奸绑了出来。一出商店，俩军统直接把瘫软的汉奸架上汽车，扬长而去。

这个汉奸事后怎么处置的，江洋不知道，也不想知道。只是没多久，那两个军统又专程来找江洋，硬给他塞了十块大洋，说是私人的感谢。江洋一分没要，转手就给了那两个小毛贼。

这是江洋这辈子办得最得意的一件事。

重新想起这件事的江洋，如今坐在一辆疾驰的小汽车的后座，双手被绑在身后，左右两边坐着两个杀气腾腾的军统。他自然而然地想到一个之前从来没有想过的问题：如今易地而处，当他自己被一群不怀好意的军警栽赃诬陷，又该怎么办？

对于这个问题，他很快就得出了结论：没有任何办法。

他是堂堂侦缉处处长，但正是如此，他才对军警系统的所作所为不敢有半点妄想。如果金处长这种级别的人存心要搞他，除了束手就擒之外根本没有别的路——至于逃跑这个选项，在目前的状况下江洋根本没有考虑。

江洋之所以还能勉强保持平静，恰恰是因为对方神通广大。金处长想要杀江洋易如反掌。如果金天木只是为了灭口或者给杀冯诚找个替罪羊，那么之前在报社门口，在自己还没反应过来的时候开枪击毙是最好的时机。毕竟他当街杀人可以说是“铁证如山”。

可偏偏金处长的副官放弃了这个机会，还把事情搞得更复杂。这样做到底是为了什么？

江洋不清楚，但这也许会带来一线变数。

就是这一线希望，支撑着江洋没有彻底崩溃。他闭上眼睛，尽量摒弃悔恨、愤怒等无用的情绪。既然还有变数，那就必须打起十二万分的精力，才可能从死局中找到机会。

最重要的是，必须先猜到金处长到底想要做什么。

从之前他做事的手法上来看，这是个冷酷无情的人。这种人非常讲究效率，绝不会做无意义的事。那么，朱副官没有当场击毙“凶手”，反而给了江洋开口辩驳的机会，一定另有目的。

江洋苦苦思索着，愕然发现今天之前的自己和军统根本没有任何关联。他根本猜不透对方为什么要大费周折制造出这样的局面来。

于是他只能换个方向思考：金处长布的这个局，是不是还有漏洞？

现在回想起来，在金处长决定开记者发布会当众宣布冯诚是英雄时，他应该已经策划好一切了。发布会之后，他让江洋和张若离去嘉兴接黄萍萍，其实是打了一个巧妙的时间差。在江洋去嘉兴的路上，嘉兴那边的军统已经提前接走了真黄萍萍，同时派人扮成了假的黄萍萍。

也就是说，在嘉兴时，当江洋答应假黄萍萍把冯诚接出来的那一刻，他就注定会落到这样的结局。

他甚至相信，即便当时他没有答应假黄萍萍的请求，对方肯定也会有其他办法，把冯诚送到她面前，细节可能会有不同，但结局应该都差不多。

这种感觉让人很无力。江洋沮丧了不到一秒，就强迫自己甩掉负面情绪，继续寻找可能的漏洞。

有没有可以用的人证？

江洋立刻否定了这个想法。在整个过程中，人证只有金处长、张若离、假黄萍萍和冯诚。其中冯诚已经死了，另外三个都是金处长自己的人。从一开始，金处长就故意没有让外人来接触这件事。

物证？

证物可以轻易伪造，就如当年江洋自己伪造的借条，和假黄萍萍手中装满中药的包裹一样。

江洋深吸了一口气，脑中一片乱麻，只得再度尝试转换思路：

首先，金处长没有任何理由刻意陷害自己这样的小角色，所以这复杂缜密的计谋，不可能只针对江洋。

其次，金处长有很多种办法可以杀掉冯诚，却选择了这么麻烦的方式，一定是有所顾忌。而不久之前，金处长还在记者面前公开承认冯诚是英雄……

对了！江洋猛地睁开眼睛，身子骤然绷紧。身边的两人一直在密切注意他的状态，见他有异动，同时伸手把他压回靠椅上。

江洋没有挣扎，重新闭上眼睛。心里却狂跳不已，不断重复着金处长当时说过的那句话："……我们会彻查此事，找出军统内部陷害冯诚同志的人，给大家一个交代……"

这一瞬间，他似乎明白了金处长的真正目的。

令江洋最为困惑的，是他和金处长之前未曾谋面，和军统其他人也没有什么联系，为什么会栽赃给他。可如果换个思路，警察局侦缉处处长当街枪杀卧底英雄，这种极为反常的事，一定会引来无数关注和随之而来的调查……

这样一切就能解释得通了！

看来这是一箭双雕之计。现在可以肯定，金处长早就决定要杀了冯诚。而假黄萍萍开枪杀人后，江洋没有被当场乱枪打死，是因为金处长要利用他。甚至之后的步骤江洋都能大概猜到：调查展开后，一定会牵出江洋"杀人灭口"背后的"主谋"。

整个事件理顺之后，江洋却没有一点兴奋，反而陷入了更深的恐惧。因为，首先这只是一个推测，其次就算这是事实，他却没办法让人相信这些事实。

因为这个冤案实在是太无解了。无解的原因并不是阴谋多么精妙，而是双方的实力完全不对等。金处长根本用不着在每个细节上都做到毫无瑕疵，只需要用权力和地位，做好关键的几个点，就足以碾压自己。江洋甚至相信，如果双方位置对换，自己掌握了如此多的资源，一样也能让对方毫无翻盘的希望。

不，也不是说完全没有。

现在整件事还有一块碎片没有完全拼上：那个“指使”江洋的军统高层，金处长的对头。

而能够让金处长使出这样手腕的人，至少也是和他势均力敌的。

那么江洋该怎么做？难道要寄希望于“这个人”，等他出手相救？

江洋立刻放弃了这个幻想。首先，他并不知道这个人是谁；其次，如果江洋的存在威胁到对方，就算对方只有金处长十分之一的心狠手辣，第一反应也是干掉江洋，这样才最符合情理。

那么，如果配合金处长，主动指认这个人，以此来换取金处长的手下留情？毕竟金处长想要达到的目的并不是想让自己死。

江洋想了想，答案依然是否。指认对方的前提，是他先认罪。可这是杀人罪，在无数人眼皮底下确凿无疑的杀人罪！金处长不可能在这种情况下保他。更何况，要诬陷一个人，并不需要这人亲口承认，只需要伪造一些证据就好。对于金处长那个层级的斗争，江洋大致也明白一些，根本不需要铁证，只需要让对方难以摆脱嫌疑，就成功了一半。甚至金处长也许早就准备充分，这件事只是彻底发动进攻的引子而已。

总之，若是认罪，下场只会更惨，金处长有无数种办法，可以让江洋“病故”或者“自杀”在监狱里。

江洋感到刺骨的冰冷，浑身被恐惧彻底淹没。

因为，当他把所有事都想清楚后，发现这世上根本不会有任何人来救他。

自己落入的，是一个彻底的死局。

第十五章
Chapter 15

杭城市昨天最热门的话题，无疑是张家的绑架案。在街边巷底的闲聊中，也不时会提到警察局，不过那只是配角。大家谈到警察局的语气总是嘲笑鄙夷，觉得这些警察只会成天上街找碴收罚款，真出了大案一点用没有，净出笑话。

可今天，杭城警察局却成为独一无二的主角——警察局的二号人物，侦缉处处长江洋居然大白天的在大马路上杀人！杀的还是昨夜刚刚在报纸上露面的民族英雄！

这个爆炸性消息难免让人浮想联翩，在传遍杭城的同时也迅速走样。在老百姓想象力的发挥之下，诞生了无数个版本。流言内容千奇百怪，共同之处是江洋在人们口中变成了一个潜伏许久的变态杀人狂。甚至有人信誓旦旦地说，江洋才是杭城地下真正的大佬，杭城的亡命之徒，三分之二都是江洋的人。在最夸张的版本里，大半个杭城警察局加上整个黑道都已被他控制，起码有数十起杀人案都与他有关，只是被他用滔天的权势给压下去了。

此时的杭城警察局门口，聚集了无数好奇的人。当押送江洋的小车开进了警察局的大门后，警察局罕见地在白天将大门紧闭起来。

江洋被两个军统的人押下了车，一抬头就看见汤局长脸色铁青，神色复杂地看着自己。

“真是看不出来你胆大包天到了这种程度！浑蛋！”汤局长脸色铁青地骂道。

汤局长身旁站着一排人，警察局里所有处长级别的人都在这里了。汤局长的反应在他的意料之中，可是听到这句话，江洋心里还是一阵黯然。因为汤局长根本没有问“是不是你做的”，言语中已经认定江洋罪无可赦。

江洋对老汤语言中的这种小技巧太熟悉了。虽然知道汤局长已经做出了选择，还是忍不住喊了句废话：“局长，我是冤枉的！”

话说出口，他自己先摇了摇头，轻声说道：“你了解我。我不是这种人，是不是？”

也许是江洋眼中的绝望太过刺眼，汤局长和他对视片刻后扭过了头。江洋把目光缓缓扫向其他人。这些平常关系不错的同僚，现在接触到他的目光，都下意识地躲闪开。

江洋明白，最后的希望也没有了。

事到如今，他的心情反而平静下来，他手里已经没有牌了，对方下一张无论打出什么牌，他都只能干看着，这样反倒不用再受煎熬费心去想该怎么应对了。

身后的警局大门被军统的人缓缓开了一条缝，七八个记者被放了进来。领头的是个军统，他把记者领到江洋一行人的前面。朱副官走到记者面前，大声说道：“各位，对于之前发生的凶杀案，我们和各位一样震惊。虽然不知道为什么江处长会做出这样丧心病狂的事，但相信经过调查，我们很快就能知道真相。”

顿了顿，他继续说道：“昨天才发生了绑架案，今天又出现警察当街行凶这样性质极其恶劣的案件。杭城现在人心惶惶，市民都在骂警察。为什么要骂呢？因为我们在管理上出了纰漏，部分警员的行为让大家没有安全感。现在外面甚至有人在说，杭城警察局乃至整个军统都烂得不行。”

以汤局长为首的警局官员们的脸色极为难看。虽然金处长不在场，但朱副官的话无疑代表了金处长的意思，再难听他们也只能捏着鼻子老老实实地听着。

“金天木处长知道这件事后非常震惊，也为江洋的行为而震怒，因为情绪波动太大，现在身体抱恙，暂时无法出来和各位见面。但他在第一时间下了严令，要求这个案子从侦查阶段开始，一定要公开、透明，绝不允许任何黑幕的存在！

“这次请各位来，就是想请大家做个见证。不管犯罪的是谁，哪怕嫌犯是警察，我们也绝不会包庇隐瞒！”

江洋见他一脸义正词严，只觉得无比荒谬。

朱副官继续说道：“不过话说回来，到底这件事的真相如何，现在谁都不能断定。为了表示公正，我邀请大家和我们一起搜查江处长的办公室。无论办公室里能不能搜出证据，你们都是第一见证人。”

对江洋办公室的搜查很快就结束了。

“还有什么好说的？混账！”汤局长对江洋咆哮道。

江洋小小的办公室里，挤满了人。随着汤局长的咆哮，屋子里闪光灯陆续亮起，记者们兴奋地拍下了汤局长愤怒的神情，又连忙更换闪光灯，把照相机对准了他身旁的桌子。

江洋的办公桌上，此时堆满了让人震惊的各种东西：几摞厚厚的美钞、几根金条、七八瓶洋酒、两把手枪、几盒子弹、几个文件袋、一个电台、几个写着“硝酸”的瓶子。最夸张的是，居然还有几枚美军制式手雷和一把德·里斯勒微声卡宾枪，这在军队里都是少见的好枪，它采用 0.45 英寸亚音速子弹，发射时声音很小，非常适合用来暗杀。

江洋的目光从卡宾枪转移到旁边的几瓶马爹利陈年干邑上，忍不住舔了舔嘴唇。他明白，这酒是为了加深人们对自己“平常嗜酒如命”的印象，而且这酒一瓶的价钱就顶得上他半年的工资。金天木的布置如此周详，更加印证了江洋之前的推测，这些“罪证”都坐实了江洋收取好处、被人收买的杀人动机。

这些都无所谓了。江洋的目光最后停留在了几个文件袋上。他明白这才是最关键的部分。

江洋抬起头故意用很大的声音问汤局长：“这些东西和我有什么关系？”

汤局长刚想说话，一旁的朱副官阻止了他。朱副官拿过一个文件夹，随手从中抽出了一张被裁剪过的报纸，看了一眼说道：“这是前天的报纸。”举起来向众人展示。

这份《杭城民报》的残片上，保留着的是一则新闻，标题《昨日凌晨清河旁发现一具无名男尸》被红笔画了个圈。张家出事那天张伯谦早上就是读的这份报纸，众人都对这份报纸还有印象，只是不知朱副官是什么意思。

朱副官把报纸翻转过来，大家这才看到后面贴着一个小纸条。上面简单地写着几个字：已毕。300。

“江处长，请问这个‘300’是什么意思？”朱副官嘲讽地看着江洋，“你一个月薪水不过五百块，怎么办公室里光价值上百大洋的好酒就有这么多瓶？恐怕这‘300’就是你杀人的报酬，后面的单位应该是大洋吧？”

他转向记者们：“各位，还有什么要问的吗？”

记者们面面相觑，不约而同地沉默了下来。虽然江洋当街杀人是被人亲眼所见的，但能当记者的毕竟不是傻子，到了这一步，都隐隐约约感觉到事情顺利得有些诡异。虽然大家都希望挖到大新闻，可现在实在拿不准，万一问了什么不该问的，让这位军统的朱副官下不了台，那可就是惹上麻烦了。这种事傻子才会做。

见没人应声，朱副官满意地颔首，“把人押出去。”然后向记者们一抱拳，“案子目前的进展就是如此，就拜托各位客观中立地报道了。”

江洋被人押着，正要走出办公室门口的时候，一直沉默的汤局长开口喊住了他：“江洋！”

江洋停了一下，回过头看着汤局长。

“我快退休了。”汤局长脸色复杂，情真意切地道，“虽然你小毛病不少，但接任这个局长没什么问题。你告诉我，到底为什么要做这样的事？”

朱副官皱起眉头看了汤局长一眼，没有其他的动作。

江洋忽然觉得有些累，不想再配合这些演技精湛的家伙演戏。他不多作停留，表情冷漠地走了出去。在旁人眼中，江洋在顶头上司面前依然毫无愧色，表现嚣张跋扈，自然是他隐藏许久的真面目终于露了出来。

走廊中依然能听到屋子里汤局长的声音：“杭城警察局里出了这样的败类，作为局长，我负有不可推卸的责任……”

对汤局长的问话没有做任何辩解，是因为江洋知道对方并不是真的想要什么答案。事情发展到这样的境地，老汤的日子也不好过，这个局长的位置肯定是待不下去了。他那么问，一方面是向朱副官表明他完全不知情，希望不被江洋牵连得太狠；另一方面是做出关心手下的姿态给其他人看。

这些年在汤局长手下做事，他是什么样的人江洋早就看明白了，小事帮自己顶住没问题，这样的大事是指望不上的。但江洋还是微微有些怅然。

江洋被带到了二楼的审讯室。

审讯室里没有窗户，江洋也根本没打算逃走。他猜想，接下来应该是金处长亲自和他见面。至于谈话的内容，他也能猜到，无非是要他承认那些所谓的罪名，然后配合金处长的安排，诬陷那个还未露面的对手。

无论配不配合，都是死路一条，金处长又能拿什么来威胁呢？

江洋思绪快速转动，却想不出什么头绪。正心烦意乱之时，忽然觉得眼下的情景有点熟悉：一天前，也是在这间屋子里，他单独审讯过冯诚。只是那时他是审讯者的身份，如今立场对换，冯诚也因他而死。不过是过了几十个小时，江洋却有恍如隔世的感觉，这种滋味真是复杂得难以言说。

正在胡思乱想之际，审讯室的门缓缓打开，进来一个人。

江洋眉头微皱，进来的人不是金处长，而是一个他没有见过的生面孔。

那个人进来后往旁边一让，从他身后又进来一个人，接着又是两个人。四个壮硕的陌生男子不怀好意地盯着江洋，为首的那个掏出一沓纸，放在江洋面前的审讯桌上，又将一支派克钢笔取下笔帽，放在旁边，淡淡地说："江处长，签了吧。"

江洋瞄了几行字，这全是他们炮制出来的假口供。虽然明知道签不签都是凶多吉少，但他怎么可能就这样在死刑状上签下名字？他死死地盯住对方，双唇紧闭，一言不发。

"呵呵，还不死心。"那人也丝毫不着急，微微偏了偏头。身后的人得到示意，其中一个拿出一截麻绳，当着江洋的面打成结，另一个拉了把椅子站了上去，把绳子的一头系在灯座的挂钩上。

剩下的两个人过来，一个死死按住江洋的肩膀，另一个从怀里掏出一个瓶子，一手捏住江洋的下巴，把瓶子里的东西猛地往他嘴里灌。

瓶子里装的是烈酒，猝不及防之下，江洋被灌得剧烈咳嗽起来，从喉咙到胃都火辣辣的。他拼命挣扎了几下，酒洒了他一身，狭小的审讯室里顿时酒气冲天。

“可以了。”系绳子的人使劲拽了拽挂在挂钩上的绳子，满意地跳下椅子。另一个人把江洋身后的手铐解开。江洋努力挣扎，却被双手反剪着推向那根垂下来的绳套。

江洋意识到，他们根本不需要威胁自己。只要他死掉，就是畏罪自杀，口供和罪名随意安排就好。金处长压根就没打算让他活着走出审讯室！

明白过来后，江洋疯狂地挣扎喊叫，身体剧烈地扭动起来。

他的挣扎给对方带来了不小的麻烦，但胸腹挨了几记重拳后，江洋还是难以在身强体壮的几名特工前找到机会。凭借人数优势，对方轻易地制住了江洋的垂死挣扎，但想要把他送上绳套却有些困难，每次要把他举起来时，江洋就会拼命晃动，甚至架着他的大汉都失去了平衡，几个人一起倒在了地上。

那个人被江洋重重地压在地上，也许是被江洋的凶悍给激怒了，爬起来后恼怒地骂道：“操，太费事了，直接勒死再挂上得了。”说着直接抓过绳子，从背后勒住江洋的脖子。

江洋双手被人制住，只觉得脖颈一阵剧痛，呼吸顿时困难起来，两眼一黑，差点昏了过去。

另一个人骂起来：“你是第一天干吗，这样搞勒痕不一样的！”

江洋感到脖子忽地一松，黑暗暂时离去，他大口地呼吸着，随即剧烈咳嗽起来。刚才的挣扎几乎耗尽了他的力气，此时他觉得浑身都在发抖。当几个大汉又一次把他举起来时，看着离自己越来越近的麻绳，江洋真切地感觉到死亡的恐怖。

江洋似乎又回到了战场上。不过在子弹横飞、炮弹呼啸的战场上，恐惧的是不知道死神何时降临，而现在江洋却清楚地看到死亡的阴影已经笼罩着他！

必须要做点什么！

在这千钧一发之际，他放弃了身体的挣扎，把所有力气都用在思考上，拼命找到活下去的希望：做什么才能让他们停下来呢？答应签下这些口供？

他马上意识到，不行！那只能让自己多活几分钟而已，必须要有更有说服力的理由。

当脖子被塞进绳套中的那一刻，江洋忽然灵光一闪，大喊道：“你们军统里有人要暗杀金处长！军统要暗杀金处长！”

此时他的脑袋已经被完全套在了绳套里，只要对方一松手，就会万劫不复。好在他的话起了作用，一个人喝道：“等一下！”

其余的人停下手，江洋被悬在半空中，麻绳蹭得脖子痒痒的。

不过是一秒钟，江洋却觉得无比漫长。还好，那个领头的人终于开口：“你刚才说什么？”

江洋知道自己暂时赌对了。处于生死的边缘，江洋想的是，金处长最担心什么？脑海中一瞬间蹦出的答案是：最有可能对金处长造成威胁的，就是那个他挖空心思要陷害的对手。

领头的人露出狐疑的神色，江洋赶紧说：“军统里有人要暗杀金处长！我知道细节，时间就在今天下午！我要报告给金处长！”

那个人犹豫了一下，“你说的是真的？我凭什么相信你？”

江洋连忙点头，“我拿我的性命担保，反正现在我是生是死也就是金处长一句话的事情，如果你们发现我说的是假话，再弄死我也不迟。”

为了活命，他什么都不顾了。

江洋的话似乎起了效果。那个人挥挥手，让其他人把江洋从绳套中放下来，对江洋说：“你把详细的情况都告诉我。”

江洋斩钉截铁地说：“不行！”他知道自己的诈唬很快就会被识破，他要争取时间，“我只对金处长一个人说，你让我见金处长。”

那个人冷笑，“我还想跟蒋委员长吃饭呢——你做梦呢，处长怎么可能见你？”

江洋坚持道：“不见金处长我就不说。”此时咬紧不松口是他唯一的希望。

对方犹豫了起来，几个人交换了一下眼神，领头那人终于点点头，“好吧，你等着。”

他转身出了门，其他三个大汉把江洋扔在地上，站在旁边虎视眈眈地看着他。只要有人发号施令，他们立刻就可以把江洋塞回到绳套里。

江洋趴在冰冷的地板上，被极度的恐惧和紧张包围着，他的心怦怦狂跳，大脑拼命思考着。

刚才好不容易死里逃生，可是，下一刻该怎么办呢?

汗水从额头滑落到眼角，让江洋觉得眼睛有些刺痛。他真的很不甘心，可想了又想，怎么也无法在这个死局中找到一丝生机。

不知过了多久，审讯室的门被再次打开。

江洋趴在地上，听到身后皮靴落在地上发出的咵嗒脚步声，心里一沉。这是标准制式皮靴的脚步声。听起来像是刚才出去的那个人，也就是说局面是刚刚猜想中最坏的那种，金处长根本没有理睬自己的小诡计。

就在这时，江洋听到了另一个人的脚步声。

“咔嗒咔嗒”的清脆响声和刚刚那人的脚步声完全不同。

“江洋，你有什么要交代的？”进来的第二个人开口问道。

江洋听到这个声音，猛地扭过脖子看向门口。

他没有想到，来的竟然是张若离。

张若离还是一如既往的冷漠表情，但不知是角度还是灯光的原因，江洋从她看向自己的目光中，看出了一丝本不该有的焦虑。

第十六章
Chapter 16

在这种情况下见到张若离，江洋有一种非常奇怪的感觉。

金处长派她这样的亲信前来，是因为相信了自己随口说的谎话，还是为了让她亲自监督自己死掉？

无论是哪个结果，江洋都不会放过任何一丝求生的机会，依然咬着牙坚持说：“这件事太重要了，我只能当面讲给金处长听。”

那个请示回来的家伙转头看向张若离。张若离冷冷地拒绝道：“不可能。”接着话锋一转，“不过你可以对我说。”

说完对其他人挥了挥手，“你们先出去。”

领头那个人犹豫了一下，但看到张若离冷漠坚决的表情，把话吞了回去。几个大汉将江洋从地上拽起来，塞回椅子里，把他的双手重新铐在椅背上。领头的人看了看张若离，目光又在桌上一扫而过，随后带着几个人慢慢退出了房间。

屋里只剩下两人分坐在审讯桌两边，隔桌相望。

门被从外面关上，门锁机簧刚刚响起“啪嗒”的声音，两个人同时神色一变。

张若离低声说了一句话。

与此同时，江洋猛地弹起身来，本应被铐在椅子扶手上的右手闪电般伸出，“嘣”的一声脆响，手铐连接着的木制扶手顿时断开，这只戴着手铐的右手迅速抓起了桌子上那支没有笔帽的钢笔。

接着江洋整个身体向前扑去，大半个身子都伏在桌子上。虽然样子狼狈，但当他停下来时，手臂已经足够把张若离给搂住，手中尖锐的笔尖正停留在张若离脖子的动脉上方。

这时江洋才听清了张若离说的那句话。

“杀我没用。”

江洋下意识地眯起了眼。从张若离进来的那一刻，他就觉得有些奇怪。按理说，他的行动完全是孤注一掷，获胜的概率微乎其微，可最后居然真的劫持到了张若离。他没有一点兴奋，内心深处反而有着强烈的不安，似乎有什么重要的事情被他给忽略了。

尽管内心波澜四起，江洋握着笔尖的手却很稳，甚至更加用力了一些，能感觉到尖锐的金属笔尖已经微微扎进张若离的皮肤里。就算此时审讯室忽然被撞开，江洋也有十足的把握，在被乱枪打死之前能让张若离香消玉殒。

“我不会再相信你。”江洋笑了笑。笑容里有对张若离的讥讽，但更多的是自嘲。这一路不停地落入别人的算计，很大一部分原因就是这个女人，“最多一起死好了。你不怕死吧？”

张若离被江洋紧紧搂住，两个人的姿势非常暧昧，脸几乎贴在一起，却没有半点旖旎的气氛。在生死边缘，她出人意料地镇定，“我知道你是无辜的。”

江洋笑出了声，笔尖又入肉两分，“真巧。好像除了我们两个之外，没有人会这样认为。”

“时间不多了，你必须得相信我。”

“太好了，那我先谢谢你啊。”江洋打定主意不再相信她说的每一句话。手上一使劲，把张若离拽了过来。张若离没有任何反抗，任由江洋把她拖过桌子，从背后抱住她。她胸部快速起伏，快速说道：“这是陷阱，我也是刚刚才想清楚。”

“哦。”距离够了，江洋把钢笔换到左手，依然抵在张若离脖颈处，空出的右手迅速在张若离腰间一阵摸索，把她的手枪摘下来，“这两天我踩的陷阱不少，也不怕多这一个了。”

有枪在手，江洋心里总算有了点底。他轻轻推开张若离，迅速查看了弹夹，确定里面装满了子弹。张若离站在一边毫不反抗，任由江洋打开手枪的保险，用枪指着自己的头。

江洋一只手拿着枪，另一只手拨开张若离头发，把别头发的发卡给拔了下来。张若离的一头长发本来盘在脑后，显得干练冷酷，披散下来后，就多了几分楚楚可怜。

江洋没有半点怜香惜玉的意思，他把发卡扳直，变成一根细细的铁丝，然后塞到张若离手上，“开手铐你总会吧。”

张若离没有说话，低着头把发卡伸进了江洋左手的手铐里。她开锁的动作不太熟练，足足摆弄了一两分钟，才打开了手铐。

江洋右手依然举着枪，用才解脱出来的左手把发卡拿了过来，伸进右手手腕上的那只手铐，一挑一转之间就把锁打开。双手彻底解脱的瞬间，江洋从被押回警察局后，第一次觉得似乎有了一点逃生的机会。虽然外面全是金处长的人在严密看守，成功率连百分之一都没有，但至少此刻手上有了人质，还有一把装满子弹的手枪。

“其实我挺怕死的。”江洋摸了摸脖子，感觉到勒痕已经变得红肿，叹了口气，“不过有你这样漂亮的姑娘陪着一起死，忽然就没那么怕了。”

他伸手帮张若离理了理有些卷起的裙角，沉声道：“走吧，希望金处长比我想的还要重视你，否则明年今天就是我们俩的忌日了。”

张若离缓缓向门口走去，忽然问了一句：“你真的以为你的运气那么好吗？”

“什么意思？”江洋愣了一下。

张若离没有回答，目光看向江洋拿着枪的右手手腕。

那是刚才被手铐铐住的部位。

江洋的眉头深深皱了起来，他意识到刚刚一直觉得不安的地方来自哪里。

那就是一切太过顺利了！眼下看似自己努力扳回来的局面，实际上是由几个意外组成。

必死的局面下，张若离却送上门来。这是第一个意外。

是她主动提出两人单独相处。这是第二个意外。

军统的资深特务，在让罪犯和审讯者单独相处时，却粗心地没有检查手铐锁着的部位。好巧不巧的，锁住罪犯的木制扶手一拉就断。这是最离奇的一个意外。

江洋本来理所当然地认为是自己抓住了每一个机会，现在认真回想起来，每一个机会都像是别人安排好，送到自己面前来的。

江洋不由得打了个寒战，这一套手法他印象太深刻了，这不正是金处长喜欢的手段吗？

他又想起来，上一次产生“居然这么顺利”的感觉，正是潜入警察局救出冯诚的时候。而那次他并没有在意，最终造成了惨痛的后果。

见到江洋神色阴晴不定，张若离知道他已经明白了。张若离指着门说：“我敢保证，现在门外的走廊里起码有五个记者，正在等着你劫持我出去。”

“你想说什么？”江洋被她话里暗示的意思震惊住了。

“我走进屋子的这一刹那，才想明白金天木想要干什么。”张若离的目光闪烁，“他想要借刀杀人。你这把刀断之前，刚好还可以再杀一个。”

这一天一夜，江洋已经遇到过无数荒谬的事情，但加起来都比不过此时。

金处长最终的目的是张若离？他想要借自己的手再杀掉张若离？

江洋第一反应是，张若离和之前的自己一样，是在生命受到威胁时急中生智信口开河。但内心深处，他又觉得张若离说的话在情理上能说得通。

只是金处长为什么要这么做？张若离不是他的亲信吗？而且按张若离说的，她也是在几分钟前才明白过来的，也就是说她根本不知道金处长对她下手的理由啊。

“我真的没办法相信你。”江洋思索了几秒，最终摇了摇头，“开门吧，我不会再把性命放在别人手上。我宁愿死也不想再被欺骗了。”

张若离低头想了想，忽然抬起头，说：“我证明给你看。”

不等江洋反应，张若离一把将门拉开。

江洋的神经本已经紧绷到极点，下意识地用枪瞄准张若离的后脑，食指牢牢压住扳机，如果张若离冲出房门，他一定会毫不犹豫地开枪。

张若离拉开房门后，动作却忽然缓慢下来，似乎知道身后江洋的动作。她伸出右手向后伸出，朝江洋摆了摆手，示意他不要轻举妄动，然后缓缓地迈出一步，半个身子踏出了门口，然后立刻站住，凝立不动。

江洋高度紧张，两只手一起把枪握住，不明白张若离想要干什么。

一秒后，江洋看见门外的走廊里闪过几道刺眼的白光。紧接着是几声枪支拉开保险的声音。不用出去，江洋就能想到这间屋子外的走廊里，是一副严阵以待的局面。

想到刚刚张若离说的那句“我证明给你看”，江洋恍然大悟，随后意识到自己在这关键时刻居然走神了。但张若离却没有想趁这机会逃走，伸出手对外面做了个 OK 的手势，说了句：“给我十分钟。”

然后她一言不发地退回屋子，把门锁上。

“现在相信我了吗？”张若离径自走到桌边坐下，“我们的时间不多。”

江洋已经信了三四分。

刚才的情况他看得很清楚，那些白光是照相机的闪光灯发出的，这一点张若离没有说错，外面果然等着许多记者。审讯室门口为什么会有这么多记者？金处长的人安排他们守在门口拍照？他们想拍到什么呢？

江洋脸色惨白。如果自己坚持之前的想法，劫持着张若离走出审讯室，这个场景立刻会被记者拍下来，同时军统的人可以肆无忌惮地开枪射杀两人。正如张若离所说的，她的死就变成了一个无奈的意外。

“你到底是什么身份？金处长为什么要杀你？”江洋感到十分焦躁，他还是无法完全相信张若离。对他而言，最大的困难是缺少信息。

张若离没有回答，保持着托腮沉思的神情，目光闪烁，思考着什么难题。许久，她抬起头，“你在警察局里还有没有信得过的人？王超应该是你的人吧？现在这个时候还靠得住吗？”

“这和你有什么关系？”江洋还是有些提防，只是想来想去，张若离再做戏欺骗自己没有任何意义，总不可能演这么一场戏就为把王超也拖下水。别说王超，就算自己，在金处长眼中也不过是个小虫子，哪用搞得这么复杂。

“江洋，我要对你说声抱歉。”张若离叹了口气，“之前那些事，包括假黄萍萍在内，我都不知情。直到你被抓住，我才意识到事情不对。不过还好，还没坏到无法弥补的地步。我现在也不清楚具体的来龙去脉，但可以肯定的是，金处长是想要用我的死去打击另外某个人。你只要相信我，我一定能把你救出去的。”

江洋冷笑，“怎么救？现在被困在这里，别人抬手就能将死我。连投子认负的机会都没有。”

“下不过，那就把棋盘掀翻。”张若离狠狠地说。

“你准备怎么做？”

“我有个计划，成功率只有一半，而且需要外面有信得过的人来配合。”

“为什么要帮我？”

张若离沉默片刻，才说道：“因为你不应该死。”

这句话让江洋心里一动。他知道张若离肯定没有说出真正的理由。他想起自己当时决定帮助冯诚的时候，也是用这个理由说服自己的。不知为什么，江洋忽然有种想要流泪的冲动。从被陷害到此刻为止，他第一次感受到了来自他人的真切的同情。

但感动的情绪并没有马上让他做出决定。江洋脸色凝重地考虑着，这可能是他人生到目前为止最关键的一个选择。之前他的运气不好，每一次选择都错了，导致他掉入绝境。最后这次选择的机会，赌上的将是他的性命。

感性上应该相信张若离，但理性提醒着他，这可能又是一个陷阱。江洋心中不停地交战，最终决定换个思路，“我依然无法相信你。说实话，直到现在我还是有些恨你的。所以我只能从利益的角度来分析。

“如果我选择不信你，那么最大的可能是，走出这个屋子后，我们两个人一起死。还有不到百分之一的概率，是金处长顾虑你的性命，让我有机会逃脱。

“如果我相信你。那么放你走出这个屋子后，最坏的结果是我无法再控制你，并且我还是会死在这里。

“也就是说，两种选择唯一的区别，就是用不到百分之一活命的机会，去赌你能够真的救我出去——尽管我想不到你有什么可行的办法。而且到现在你都没有说你想怎么做，我也不知你到底为什么要这么做。

“你觉得我会怎么选？”江洋嘴角翘起，嘲弄地笑了笑。

张若离平静地看着他，不发一言。

江洋看着张若离的眼睛，足足看了一分钟，却始终看不出对方眼中的坦荡是不是装出来的。

“那就这样吧。”江洋把手中的枪扔在桌子上，“我猜不透你想做什么。反正是十死无生，也许你真能带来什么变数。”

江洋尽量保持着平静的语调，但扔下枪后，他的双手紧紧地按在桌子边缘，显示出内心的紧张。

张若离没有动桌上的手枪，“我要先去见王超。他怎么才会相信我？”

江洋说：“你就告诉他，冷的煎饼卷肉太难吃了，另外，大哥这次真的需要你放火救人了。”

说完这句话，江洋深深吐出一口气。他扶起倒在地上的椅子，捡起手铐，坐到座位上把自己铐了起来。

江洋真正平静了下来。既然最后的赌注已押下，就算这次再输，也是自己选的。

张若离没想到江洋如此果断，赞赏地看了他一眼，把披散在肩上的头发重新绾了起来，拿起桌上的枪佩在腰间。

做完这些，张若离没有立刻出门，伸出手，“发夹还给我。”

江洋一时没反应过来，歪了歪头，“什么？”

紧接着他马上明白过来，把已经变成了一根铁丝的发夹重新折回了原来的形状，但歪七扭八的，显然已经不能再用了。

两人都愣了一下，同时笑了起来。这个小插曲打破了之前的凝重气氛，不知为什么，江洋对自己的决定有了一丝信心。他看着张若离走向门口，忍不住轻声说了一句：“小心。”

张若离回头看了江洋一眼，心里一动，快步走了过去，轻轻拥抱了一下他。

“我会救你出去的。”扔下这句话，张若离头也不回地打开门，走出了审讯室。

随着张若离的关门声，走廊里传来一阵忙乱的动静。江洋重新坐回椅子里，不再侧耳倾听外面的声音，他的心思逐渐放空，眼神落在前方的屋顶。

在视线的尽头，屋顶垂下来的那根绳套还在微微晃动。

第十七章
Chapter 17

如果此时有人在旁边，会看到江洋双目微闭地坐在椅子上，如雕塑般一动不动，犹如睡着了一样。一旦做出了最后的选择，江洋已平静了心情，恢复了斗志，安静地等待着变数。

也许过了半个小时，也许是一个小时，江洋忽然坐直起来。

期望中的变数出现了。

首先是声音。外面隐隐传来呼叫喝喊的声音。他不确定声音是从哪里传来的，但能感觉到整栋大楼里涌动着一股不安惊慌的气氛，似乎是发生了什么。

接着，江洋闻到了一股异味。有些像东西烧起来的味道，这种异味在不到一分钟的时间里迅速浓重起来。

“我操，这娘们儿不会真把警察局给烧了吧。”江洋兴奋地骂了一句。已经没有必要再伪装了，他从手心里拿出张若离最终留下的那根发卡，快速打开了手铐。之前重新给自己铐上是担心有人进来发现异样，但不知为什么金处长一直没有派人来。从现在的情况看来，是没有必要再掩饰什么了。

随着越来越重的烟味，已经有浓烟从门缝灌到屋里。江洋意识到一个问题：按照浓烟涌进的速度，要不了多久他就会被呛死在屋里。但他没有开门，反而把门从里面反锁上，然后脱掉了自己的衣服，撕成布条，堵在门缝的位置。

有了衣服的阻挡，浓烟灌入的速度比之前慢了许多。江洋蹲在门口，手里拿着刚刚摘下来的手铐，耳朵贴着门，仔细听着外面的动静。

虽然不知张若离的计划到底是什么，但江洋感到成功逃脱的概率增加了。

屋子里的烟雾越来越浓，江洋用剩余的衣服遮住口鼻，仍旧感觉呼吸困难，不知道这烟雾到底是什么成分，整个肺部都火辣辣地疼。他一动不动地蹲在门口，尽量放缓呼吸，却没有伸手开门。

突然，审讯室的门从外面发出砰的一声。来人见没踢开，一边咳嗽一边大声喊道："快开门！"

这是个陌生男人的声音。江洋一动不动。门外不止一个人，一阵脚踢肩撞后，几个人纷纷开口骂起来。审讯室的大门是包在铁皮里的，外面的人撞了几下纹丝不动，说了几句话后，忽然响起了枪声。

江洋有点着急了。对方如果这样蛮干，很快就能把门打坏一拥而入。他环视了一下四周，现在屋子里的烟雾已经浓重到可见度不到两米，站在屋子的一角连对面的墙壁都看不清。他悄悄挪到离门最近的一个角落里，捏紧手中的手铐，希望门破之时能够趁乱放倒两个再冲出去。

枪声响了一轮后停了下来。过了十来秒钟，门外忽然传来一个女声，"江洋，你把门打开。不要妄图反抗！否则被烟熏死在里面，我们就算你畏罪自杀了！"

期盼已久的声音终于出现。江洋听出她话里"反抗"两个字说得格外用力，立刻把门锁打开，然后飞快坐回到椅子上。

门被猛地推开，一个端着卡宾枪的男人裹着浓烟冲了进来。他挥手拨动面前的烟雾，隐约看见江洋老老实实地坐在座位上，转头对后面的人说道："我就说，被铐在椅子上难道还能飞走不成？"

另一个男人愣了一下，"那他是怎么把门从里面锁上的？"

已经晚了，随着两声枪响，两个人倒在了地上。

张若离从烟雾中显出身形，脸上戴着臃肿可笑的防毒面具。她把另一个面具扣在了江洋脸上，"我们快出去。"

江洋在张若离的帮助下戴上防毒面具，呼吸顿时舒畅起来。他大声问："王超安全吗？"

“现在还是多担心自己吧。我只争取了一点点时间。快！”

江洋点点头，从倒下的守卫身上迅速扒掉外衣穿在身上。

这一刻，江洋知道自己终于赌对了。虽然逃亡才完成了第一步，接下来还不知道会多么凶险，但江洋的心情却完全不同了。即便接下来逃亡失败死在这栋楼里，他也不会有任何遗憾。

张若离走到走廊尽头的楼梯口，正准备往下走，肩却被按住了。

“等一下。”江洋停下脚步，忽然问道，“你让王超去放火，的确有效果。但现在我们怎么出去？”

“就这么出去，我们都戴着面具，是最好的掩饰。”张若离语速极快地解释完，有些着急地催促道，“现在趁乱才有机会，快点。”

“你等我一下。”江洋说完，忽然朝楼上走去。张若离不知道他为什么要往楼上走，正打算拉住他，这时楼上冲下来几个人，抱着文件之类的东西急匆匆地往下跑。

张若离来不及阻止，只好硬着头皮跟着江洋往楼上走。

一路上都是往下跑的人，江洋和张若离不再说话，沉默地逆着人群而上。

楼上的浓烟要比下面少一些，江洋找到自己的办公室，左右看看没有其他人，抬手撕掉了门上的封条。办公室的木门不比审讯室的铁皮门，江洋一脚踢开了门锁。两个人走进屋，屋里已经是一片狼藉。之前被“搜查”到的物品被装到了几个箱子里，整齐地摆在墙角。

“你到底要干什么？”张若离问。

江洋没回答，快速来到窗户边上，贴着窗帘往下看去。楼下好几个窗户正向外冒出浓烟。浓烟里，楼下有军统模样的人招呼救火，有个小头目一样的人在旁边打量着四散的人群，神态警惕。

除此之外，还有不下七八个人，正散布在大楼周围十几米，也在四处张望。江洋看到这个阵势，明白不可能再像上次救冯诚那样顺着雨水管爬下去了。看来之前救冯诚那么轻松，果然是金处长故意的。

“我要让金天木后悔。”江洋冷笑一声，算是回答了张若离的质问。他从柜子里找出一个大皮包，迅速在箱子里翻找出私人日记、文件还有公章，全部胡乱塞进包里。在张若离的催促下，江洋又打开了收拾好的证物箱，把那几个用来诬陷自己的文件袋全部装了进去，临走的时候还顺手拿了几个催泪弹挂在腰上。做完这一切，他才满意地把皮包往肩上一扔，说了声："走！"

"如果因为这些破东西被害死，我做鬼也不放过你。"张若离完全不理解江洋到底想干什么，狠狠地说了一句。

江洋哈哈一笑，当先走了出去。

张若离跟在他的后面，看着他充满自信的背影，忽然发现他身上已经没有之前的颓废和绝望了。

朱副官本以为今天的任务能够顺利完成，没想到最后关头出现了意外。

虽然忠心耿耿地跟了金处长四五年，朱副官却认为自己还算不上老板的心腹。因为老板从来没有和自己讨论过某件事该如何做，从来都是直接告诉他具体方案，让他去执行。朱副官有时候挺羡慕张若离的，她调来金处长身边不过半年多，却有资格在很多事情的决策上提出建议，金处长不时对她工作上的纰漏当面大骂——这正说明金处长把她真正当成自己人。

不过朱副官倒也没觉得不平衡。金处长提拔自己到这个位置，正是因为自己执行力强，忠诚听话。而传闻张若离的背景很深厚，自己自然没法比。

陷害江洋的所有过程都是朱副官经手执行的，一切都如金处长预料的那样，江洋顺利地被关押到警察局的审讯室里。

到了这一步，朱副官的任务已经完成。他检查了一遍各处的守卫，就回到自己的办公室里休息去了。

谁知道半个小时后，他被楼道里嘈杂的声音吵醒。他的第一个念头是"千万别是江洋情况有变"，一个激灵从沙发上跳起来，直奔审讯室那屋。

刚跑到楼梯口，发现这里已经被自己的人封锁了。不解地询问后，下面的人回答道："江洋劫持了张若离。"

朱副官脑子一蒙，连着问："怎么劫持的？谁允许他们见面的？怎么不立刻叫我？"

就见那手下冲他使了使眼色，微微摇了摇头，他马上意识到自己问错话了：

安排这一切的除了金处长，还能有谁？

朱副官感到十分不安，以往，这类行动金处长都会交给他负责。按说看管江洋是他职责的一部分，现在江洋挟持军统同志，是他工作的重大纰漏。虽然他知道其中可能有金处长不愿意让他知道的隐情，但是出于职责，他还是应当立刻去找金处长汇报请示。

本来是汤局长的办公室里，金处长坐在沙发上，神情和缓地喝着茶，听了站在面前的朱副官的汇报，他没有多解释，只淡淡说了句："这不是你的错。"

"不过。"金处长放下茶杯，"你接下来要守好走廊，只要江洋有任何逃跑的举动，就把他处理了。注意，该看的东西都应该让记者看见。"

朱副官心领神会，明白这是金处长惯用的手法，说不定处长是故意制造机会让江洋以为有希望逃脱。

不过他忽然想到一件事，有些犹豫地问道："不过张小姐现在在里面……"

话说得含含糊糊，他的意思却很清楚：万一张若离有危险怎么办？

金处长却只说了句："你自己看着办。"然后拿起桌上的文件看了起来。

朱副官敬个礼，转身离开。嘴上没有多问，心里却疑虑重重，因为他揣摩不透金处长的想法。假如真的出现了刚才说的那种局面，他该怎么做？"你自己看着办"是什么意思？要不要顾及张若离的安全？击毙江洋没问题，可如果伤了张若离，责任肯定就要他承担了。

朱副官摇了摇头，不再去想这个问题。他情愿相信是自己杞人忧天了，上级要求做什么就做什么，至于上级不说的，他不打算多问。在这个行当里，永远是知道的越少越好。

所以当审讯室的门打开，张若离独自走出审讯室的那一刻，朱副官感到的是如释重负和一点点疑惑。

张若离冲朱副官点点头，一副"你明白吧"的表情。朱副官莫名其妙，也朝她点点头，却不明白是什么意思。

"把门口守好，任何人都不许进去。我去给处长汇报。等新的命令下来再行动。"张若离走之前匆匆交代了一句。

朱副官点点头。江洋现在就在屋子里，局面万无一失，他不知张若离代表金处长在屋里和江洋达成了什么协议。

反正，知道的越少越好。

不一会儿，金处长的秘书匆匆赶来，交给了朱副官一封手令。

这也是朱副官今天得到的金处长最后一道命令。

命令很简单：让他把自己的人散到警察局楼外，在大楼前后把守好，如果江洋试图逃跑，格杀勿论。

这个命令显得很奇怪，江洋就在面前的屋子里关着，走廊上起码有十几个拿着枪的手下看着，为什么要在警局大楼周围布防？

朱副官立刻联想起之前对江洋的那一番做戏，意识到这可能是金处长做的另一个局。

但是在门口布防，和在楼外布防，难度却有天差地别。他还是忍不住问了一句：“这是处长亲口下的命令？”

秘书点点头，“张若离面见处长后传达的。她说事情紧急，等会儿有重大事情发生。手令上有处长的印章。”

朱副官心里暗骂，心想这个张若离一天到晚就会坏事，也不知怎么用这个馊主意鼓动金处长。请君入瓮弄得好好的又改成了引蛇出洞，不知道给他找了多少麻烦。

不过想归想，朱副官只能去执行。他留下两个人在审讯室外守着，自己带着手下去后院集合。走到一楼大厅时，发现闹哄哄地站满了军统的同事，他们本来都是在警局大楼里，却因为金处长那个突然的命令，放下手中的事赶出来的。

朱副官隐隐觉得不对劲，处长做事向来有条不紊，目标明确，每个人该做什么都非常清晰，从没有这样笼统一道命令把下面所有人搞得如此混乱。想了想，他决定上楼找金处长确认，毕竟这样的做法太容易出事情了。他刚刚走上楼梯，楼上接连传来两声爆炸声，接着就是浓烟滚滚。朱副官向上跑了两步，第一反应是去救处长，但忽然意识到烟雾的味道不对。

这不是燃烧造成的烟雾。里面有一股特殊的臭味，虽然轻微，但他立刻辨认出这是烟幕弹的味道。

这是有人在故意制造放火的假象。

朱副官停下了脚步。他想起金处长秘书的那句话，这难道就是他所说的，即将发生的重大事件吗？朱副官思索片刻，想到处长身边还有好几个人，而且这里毕竟是警察局，不至于真有危险，衡量了一下后决定还是老实执行命令，转身冲出楼外。

大院里集中了很多从楼里撤出来的人，大部分是警察局的文职人员，以为失火，匆匆忙忙跑出来的。按照之前朱副官的命令，警察局大门已经被军统的人关上。门打不开，人们只能站在院子里。很快，大楼里的滚滚浓烟飘到了院子里，恰好又是无风天，整个院子里乌烟瘴气，人群一片混乱，拥向大门。

朱副官当机立断，掏出手枪朝天开了两枪。他大声呵斥着让所有人原地站好，一边在人群中找几个手下，让他们帮忙看守大门，严禁任何人出入警察局。另外，他还阻止了几个端着脸盆准备冲进楼里救火的人。他很清楚，如果这一切都是金处长故意搞出来的，自己只需要做好老板交代的事就行。

不断有人从被浓烟笼罩的大楼里跑出来。最早来到院子里的，是在一、二楼办公的职员和来办事的老百姓。现在出来的，多是楼上的警察局职员，大都在战时受过防空袭训练，不少人都戴着“防毒口罩”，这是国民政府为了防备日军的毒气弹和催泪弹，利用口罩制作的简易版防毒面具，因为廉价易得，到了1943年后几乎人手一个。这也是战争期间日本空袭后留下的习惯。警察局的物资处就有不少这玩意儿，有些人惜命，平时会在办公室里存上几个，正好今天派上了用场。

看见这么多口罩和面具，朱副官皱起眉头，吩咐手下把枪都拿出来，在大楼的门口守好。然后上前大声宣布：“在场所有人都放下毛巾，摘下面具，一个一个出来。”

这番话引起了一片哗然。朱副官挥舞着手枪，“这不是火灾，大家没有危险。现在所有人把毛巾和面罩都摘下来，否则格杀勿论。”

今天警察局里上上下下都知道来了很多军统，也因为侦缉处处长当街杀人被军统抓回来，而觉得在军统面前有些矮了三分。但是没几个人认识朱副官，就算知道他的身份，也不是人人都买他的账。朱副官的命令和他挥舞着的手枪引起了众人的不安，人群出现更大的混乱，有人高声抗议着你是谁你算怎么回事，有的女职员哭了起来，还有站在后面的人开始推搡着往前冲。

朱副官有些着急，虽然这局面是金处长搞出来的，但若是让局面失控就是他的责任了。他打出手势，示意手下强行控制住现场。

手下得到他的示意，态度也凶狠起来，人人举着一把手枪，嘴里嚷嚷着："谁不配合就是通敌！"

很快，大楼门口变成了一道关卡，十几个军统拿着枪指着众人，大家只能不情愿地一个个摘下口罩接受检查，才被放出楼去。

果然，这不是真正的火灾。十几分钟后，浓烟渐渐散了，从楼外看去也没有见到明火的痕迹。院子里的烟雾逐渐变得稀薄，视线越来越清楚。

朱副官的目光逐一在人群中扫过，一楼大厅里的大部分人都摘下了口罩。这时，从楼上快步走下来一男一女，这两个人戴着防毒面具，在空荡荡的大厅里显得格外引人注目。

见朱副官看向两人，他的手下迅速抬手，六七把枪对准了两人。这时，其中一人猛地掀开面具，赫然是张若离。

张若离面色平静，无视指着自己的枪支，走到朱副官面前，低声在他耳边说道："处长有令。"

说完拿出一张手令递了过去。

便笺上只有简单的几个字——一切行动暂交若离指挥。

字迹有些潦草，朱副官皱着眉头仔细端详着手令上金天木的签名，发现有些不太对，心里一动。

"等一下！"朱副官不动声色地伸手摸向腰间的手枪。就在这时，腰间被什么硬物碰了一下。他转头一看，张若离若无其事地把手揣在大衣里，明显是拿着手枪。

"这是什么意思？"朱副官心里一沉。话音刚落，身后的警局大厅里忽然响起两声沉闷的噗噗声，接着一股比之前更强烈的灰白色烟雾猛然炸开，一部分很快飘散在院里，本已恢复秩序的大院里的人群又开始骚动起来。

"我们出去再说。"张若离笑了笑，手中的枪又碰了朱副官一下，脚下加快，示意他往院门口走。

守门的见是朱副官和张若离两人，没有任何阻拦，主动打开了门锁让到一边。戴着防毒面具的江洋也顺势跟在两人身后走出了大门。

突如其来的变故让朱副官出门时迟疑了一下，最终还是没有做出任何举动。他被张若离半推半劫持地弄上了停在警察局外的一辆车子。江洋也紧跟着坐进了后座，坐在朱副官的旁边。直到江洋摘下防毒面具，朱副官才反应过来，事情好像远远超出了自己的想象。

他的心中有无数疑问：为什么江洋能大摇大摆地从审讯室里逃脱出现在自己面前？张若离要干什么？

可他一个问题还没有来得及问出口，便被一个硬物砸到后脑上，昏了过去。

第十八章 Chapter 18

汽车快速驶出杭城市区，又开出去十多公里，这才停在路边。这是一条通往乡镇的小路，没有什么行人，空荡荡的。

现在已经是春夏交接时分，道路两旁是荒废的农田，长满荒草，在黄昏的阳光下给人一种颓败的感觉。

江洋看着窗外的景象，顺手从车上剩的半包烟中抽出一根，点着后使劲抽了几口，这才转头看了一眼坐在副驾驶的张若离，“现在有什么打算？”

这一路是江洋开的车，逃出杭城的过程很顺利，没有遇到任何意外。倒是在出城后，把昏过去的朱副官扔在偏僻之处后，他发现张若离的状态有点奇怪。她一直缩在座位上，双手抱着膝盖，目光黯淡，也不知道在想什么。

江洋想了想，很快觉得自己明白了原因。

张若离毕竟是个缺少历练的年轻姑娘，之前的经历是她从来没有想过的。从张若离此刻疲惫的神色能看出，她正处在心有余悸的过度紧张中，可能当时做决定的时候没有想那么多，此刻才开始后怕，对于这件事的后续处置感到茫然。

不过越是这样，江洋就越好奇，她这样做的理由是什么？

虽然江洋曾在心底喊过她几句虎娘们，可在她手里吃了几次苦头，没有真的把她当成傻子来看。这个女人很有意思，有时候天真得像个大学生，有时候又深沉得让人恐惧。

“本来应该对你说声谢谢，但既然同生共死过，就不必那么客气了。我觉得咱们应该好好谈谈。”江洋把烟头弹出窗外，没看张若离。

张若离转过头等着他的下文。

“我想知道——”江洋斟酌一下，问了一个最想知道的问题，“金处长为什么要杀你？”

一路上，江洋一直在心中复盘整件事情。他发现，他能够逃出生天有很大的运气成分，其中最关键的是张若离的相助。这个变数产生的原因让他无论如何都猜不透。

张若离的脸色很不好，“应该和我父亲有关，但到底是为什么我不太清楚。”

这倒不出江洋的意外。之前警察局早就风传张若离背景深厚，联想之前自己的猜测，恐怕金处长欲除之而后快的对手，就是张若离的父亲了。

虽然已经领教过金处长狠辣无情的手段，江洋还是不由得倒吸了一口冷气。之前金处长对张若离的态度如子侄般亲近，可以看出他和张父关系应该也不错。可金天木还是说翻脸就翻脸，要不是张若离最后关头急中生智，恐怕两个人都会死得稀里糊涂。

江洋心中波涛起伏，既有劫后余生的庆幸，又有一股恶气卡在胸间。张若离也差不多，两人都是劫后余生，此时却没有一点幸运脱险的气氛。夕阳缓缓落山，余晖照进车里，这辆停在尘土路上的小车里，有种不知何去何从的末路之感。

“对了，你给我讲讲，你是怎么把我弄出来的？”江洋打破沉默的气氛。他其实已经大概理清了前因后果。烟雾肯定是王超搞出来的，说起来要让整栋楼迅速笼罩在烟雾中很难，但以王超对警察局的熟悉程度，也不是办不到。所以他最好奇的是张若离用的什么办法让金处长发布了那些奇怪的命令，除了朱副官最后有些警觉外，底下的人居然没怎么怀疑。

“我告诉过你的。”

江洋皱着眉头回想，“掀棋盘？”

张若离点头，“手令是伪造的。”

江洋有些无语。他本来以为张若离有完整周详的计策，没想到居然这样简单粗暴，两人最后能顺利脱困只能说是运气不错。不过这倒还真是张若离的做事风格。

张若离看了他一眼，像是知道江洋在想什么，“金天木这个人生性多疑，对手下的要求是令出必行，所以看到手令后没有人敢提出质疑。这也是当时唯一的办法了。”

江洋点点头，神情一正，问道：“对了，你父亲那边……”他忽然想到，既然金处长决定对张若离下手，那么多半意味着对张若离父亲的构陷也已经开始。

张若离摇摇头，显然早就想过这件事，“他现在应该还是安全的。金天木习惯计算万全后一击得手，我们打乱了他的部署，以他的性格肯定不会轻易做什么。不过我要尽快通知父亲，至少让他知道发生了什么。”

“那你呢？有什么打算？”江洋问。

张若离目光变得有些茫然黯淡，最终轻轻摇头道：“我还没想好。”

她这样的神态让江洋有些心疼，却不知该怎么安慰她。

江洋现在的身份是负罪潜逃的杀人犯，经历死里逃生后，虽然他心里还憋着一口气，但已经能理性地接受这个现实了。而且他孤身一人，又是老油条，虽然暂时落难，但撑上一段时间还是没问题的。

倒是张若离，就像她说的，她本可以装作一切都不知道。现在一个前途无量的军统新星变成了劫狱犯，不知道未来有多少麻烦等着她。

“谢谢你。真的。”江洋诚恳地说道，“说实话，我一开始挺讨厌你的。年纪轻轻的特派员，又眼高于顶，觉得你就是高官子女下来镀金嘛。

“我做这行挺久了，看人也看得很多。但我一直觉得看不透你，有时候特别单纯，有时候又特别冷酷。知道吗，你拿枪对着冯诚的时候，把我冷汗都吓出来了。”

说到这里，想到冯诚已经死去，江洋有些短暂的失神。

张若离也想到了这一点，微微低下了头。两人都有些愧疚，冯诚的死或多或少都和他们有关系。

江洋忽然想起另一件事，当时自己情急之下把张若离的枪夺下后，还打了她一耳光。他看向张若离的脸庞，神色尴尬地说："那个……当时……实在是对不起。"

张若离愣了一下，见江洋盯着自己的脸看，莫名其妙地摸了一下脸，然后也想起了这件事，脸上一红，哼了一声。

江洋赶紧跳过这个话题，"总之呢，有时候觉得你有些蛮横，像个不通世事的女学生。"他脑中闪过进入档案室时，看到满地凌乱的文件时的错愕，不禁笑着说道，"有时候又觉得你挺聪明的，能力很强。"

"不过让我印象最深刻的，是好几次你的决断实在出人意料，倒是有些像……"江洋斟酌半天，却找不到合适的词，"倒是像个左翼分子。"

张若离既没有瞪他，也没有冷哼，而是把头扭向了一边。过了一会儿才开口："你知道为什么我要进军统吗？"

江洋耸耸肩，表示我怎么可能知道。

"从小我就很佩服我爸爸，觉得他是在为国家做事，很了不起。"张若离伸出双手，看着自己洁白修长的手指，怔怔地道，"从小我的理想就是做个军人。可是妈妈告诉我，上战场是男人的事，女孩子应该学弹琴。可是我不喜欢弹琴，喜欢偷偷玩爸爸的手枪。后来我想，做特务也是战斗在另一个战场上，一样可以为国效力。我进了军统后我父亲才知道，他很生气，骂我把一切想得太简单了。"

张若离苦笑着摇摇头，"现在看来，果然是我想得太简单了。

"我也挺讨厌你的，一个典型的兵痞。但我没办法看着你就这样被陷害。你不用谢我，是我自己太笨了。

"我想做好每件事，可总是搞砸。开始我以为是自己不够努力，后来才发现，我根本不喜欢做这些。

"这样下去，我真不知道还能坚持多久……"

张若离颠三倒四地喃喃自语着，看来这些话在她心里憋很久了。江洋静静地听着，没有打断她。江洋能感受到张若离语气中的深深失落和深入骨髓的疲惫，这种感觉让他觉得有些奇怪。失落很好理解，江洋见过很多年轻的热血学生，理想破灭时都是一样的模样。可奇怪的是，按照张若离的经历，为何会有那种遮掩不住的厌倦和无奈，这种微妙的感觉江洋觉得有些熟悉，却一时想不起是在谁的身上感受过的。

“你想好去哪儿了没有？”江洋发动了车子，“我先送你。”

张若离摇摇头，想了半天，才说了一个大概的地址。

“上海？”江洋有些意外，“那正好一起，我也去上海。”

顿了顿，他劝道：“不过现在我们俩很可能都被通缉了，跟着我一起会更危险。而且现在上海查地下党查得正严，我建议还是回去找你父亲，这样比较安全。”

“没事的。”

“行。”江洋也不再劝，一手扶着方向盘，一手抽着烟，漫不经心地问，“上海有亲戚？”

“嗯。”张若离不知在想什么，随意应道。

“那等会儿到了前面的嘉兴，先给你亲戚打个电话吧。”

“不用！”张若离的反应有点夸张，见江洋有些错愕地看着她，她尴尬地解释道，“我怕他们担心，等到了再说吧。”

张若离的解释漏洞百出，显然是在敷衍。

江洋也不戳破，随口问道：“你亲戚那里安全吧？”

“安全，不用担心我。”

“那就好。”江洋不再追问，目视前方，认真地开着车。

虽然不知道张若离为什么要瞒着他，但至少可以肯定她对他并没有完全信任。

得出这样的结论，江洋的情绪却没有受到过多的影响。这几十个小时里发生的一切都远超常理，张若离身上有更多的秘密也不让人意外。不管是善意还是恶意，哪怕此刻张若离是在试图利用自己，江洋也觉得可以接受——因为他早就确定了“只能相信自己”这一点，那么大家不妨相互利用好了！

“对了。”江洋忽然说道。

张若离不明所以，转头看着他。

江洋目不斜视，专心地开着车，嘴角却露出微笑，“我觉得你头发扎起来更好看。”

张若离愣了一下，耳朵很快红了起来。

“你睡一会儿吧，到上海还早，我们得连夜赶路。”江洋把身上的外套脱下来，扔到张若离身上，“盖着。入夜了，别冷着。”

张若离抓着衣服，沉默了半天没有拒绝，只是从嘴里挤出一个轻轻的“嗯”。

刚刚的小小尴尬像是没有发生过一样，车里的气氛似乎又恢复了之前的亲密坦诚。

张若离这一整天都在惊心动魄中度过，在车上和江洋聊着聊着忍不住睡了过去。

一觉醒来后，发现天已经亮了。

张若离朝窗外看了片刻，惊讶地问道：“到上海了？”

“刚进城。”江洋满脸倦容地答道。

“你没睡？”如果车子一路不停，应该在半夜就能到上海，但一辆车半夜进城太容易引起注意了，所以赶在早上街上人渐渐多起来的时候进上海的做法无疑是正确的。只是看江洋的神色，似乎并没有休息。

“怕睡过头耽误事。”江洋不以为意。

张若离知道他现在肯定累得够呛，真诚地说：“谢谢。”

“谢什么啊，问你个事。”江洋回忆了一下金处长派人模仿自己签名的公文，把上面的地址复述了一遍，“这是不是金天木的老巢？”

“对。这是上海站的地址，他的私人部属都在这里。你怎么会知道这个地方？离这里不算太远，我们最好绕开那一片。”

“我知道了。”江洋嘴上答应着，一打方向盘，车子一个急拐弯，掉了个头。

张若离没坐稳，头在玻璃上撞了一下，哎哟一声，吼道：“你方向走错了！”

江洋没有理她，踩下油门，车子开得飞快。

“江洋，你在干什么！”

“到了。”十分钟后，车子猛然停下。

张若离打量着窗外，一脸震惊，“这是上海站，你疯了吗？开到这里干什么！”

江洋一脸平静，“你相信我吗？”

张若离犹豫片刻，点了点头。

“能不能再帮我一次？”

“帮你多少次都可以，但是这里太危险了，我们先离开，好不好？”

江洋指了指对面的一家古董店，“你要是相信我，就什么都别说。你要做的事很简单，就在这家店里等我两个小时。要是两个小时内我还没有出来，你就不用管我了，自己开车去找你亲戚。”说完，江洋把车子熄了火，把车钥匙拔下来扔给张若离。

张若离忍不住拉住江洋的手，“我可以按你说的去做，等你多久都没关系。但你要知道，现在你的通缉令正在往周边城市发散，虽然你的车开得快，但送通缉令的人也不会慢到哪里去。在通缉令送到之前，你最多还有两个小时的时间！”

江洋有些意外，张若离凭几句话就猜到他要做什么。他轻轻挣脱张若离的手，想说点什么，话到嘴边，还是忍住了。只说了一句：“帮我一个忙，告诉我一个上海站长的秘密。”

上海站是一座独栋的小楼。江洋按了门铃，片刻后，铁门里探出半个男人的身子，“干什么的？”

江洋递过去一个文件袋，那是从他的办公室里拿的，上面有杭城市警察局侦缉处鲜红的公章，“紧急文件，金处长连夜签发的通缉令。”

那人打量了一下江洋，“在这儿等着啊。”铁门关上了。半分钟后，铁门打开，“进来吧。”

看门人把江洋领到会客室，片刻后，会客室外响起脚步声。江洋揉了揉脸，顿时把自己变成一个稍有些拘谨，还有些疲惫的办事员。

王站长是个四十岁左右的中年人，三件套灰色薄呢西装笔挺，头发梳得油光水滑，戴着一副无框圆眼镜，左胸前露出一根怀表的银链，看上去像是准备外出应酬的银行家，而不是搞情报的大特务。

“长官好！”江洋连忙站起来，敬了个不太标准的礼。

“你叫什么名字？”王站长翻看着手里的文件袋，随口问。

“我叫王超，杭城警察局侦缉处一组组长。”江洋利落地回答，脸上恰到好处地流露出一点点紧张。

“坐吧。”王站长拆开文件袋，“你怎么来得这么快？”

江洋心里松了口气，看来第一个难关算是闯过了。

从王站长的回答中能推断出，事情果然按照江洋预想的那样：王站长得知有人会送通缉令来上海，却没想到江洋这个“凶手”居然捷足先登。当然，真正送通缉令来的人还在路上，等那人赶到后，一切自然会穿帮。

“事情急啊，处长发了好大火，我是连夜开车过来的。”

王站长脸色稍稍缓和一些，在江洋对面坐下，拿起通缉令念了起来。

江洋。

祖籍杭城。

年龄二十九。

短发，方脸。曾任杭城市警察局侦缉处处长，该人贪财嗜酒，狡猾暴戾……

这份通缉令，是江洋趁着张若离睡觉的时候，在车里连夜写的。江洋不知道军统的通缉令是什么格式，便按照侦缉处平时的公文格式写了。反正他能盖的，也只有侦缉处的公章。至于通缉犯的照片，是他从档案里随便找了一张，反正不像他就行了。

王站长把通缉令放下。看来他对这张通缉令没什么质疑，毕竟有金处长提前来的电话以及杭城警察局的公章，他怎么也想不到这东西会是江洋自己伪造的。

“这个江洋是你的上司？”

“现在不是了。”江洋露出一副鄙视的神情，“谁知道他竟然干出那样的事，伤天害理、猪狗不如！”

“呵呵。”王站长皮笑肉不笑地说，“你看起来挺开心的。”

江洋一脸惋惜神色，却压抑不住嘴角的一丝微笑，“怎么说也共事一场……不过把我们局长气得不轻，这么恶劣的一个大案，整个警察局都得替这瘪三背黑锅。”

“为什么是你来送通缉令？”

这个问题江洋早就打过腹稿，当即大咧咧地回答道：“金处长说您这边可能用得上我。”

王站长推了推眼镜，看着江洋，没有说话。

江洋有些尴尬，主动解释道：“我在江处长……啊不是，江犯的手下干了挺久，他的事情我知道不少。”

王站长不以为意地笑笑，又问：“通缉令只有一张吗？”

王站长只是随口一问，江洋却顿时出了一身冷汗。这句话的意思很明确，江洋的通缉令在这里了，那张若离的呢？也就是说，金处长和王站长之前的联系中，一定提到了张若离，可江洋却没办法知道他们具体说了些什么！

电光石火之间，江洋瞬间想好了应对，“金处长就给了我这一张啊！”

“喔？”王站长盯着江洋。

“就这个了，没说别的了。”江洋摊开手，一脸委屈。他表面虽然镇定，心里却有些忐忑。他拿不准金处长对张若离是什么态度，所以赌金处长在交代时，并没有下决心直接下令通缉张若离。

即便猜测有些偏差，也还有机会，他寄希望于自己的演技能让王站长产生一些误解，比如以为金处长临时改变了决定。

果然，片刻之后，王站长目光平和下来，不再纠缠这个话题，“通缉令都发往哪些地方了？”

“金处长说这是头号大案，整个华东华北都要发过去，我们局里好些人都派出去了。”江洋神色颓然，“我知道金处长信不过局里的人，不想让我们局里的人来查这案子，所以把我们都打发出来送信了，都他妈的怪那个姓江的……”

意识到在王站长面前爆了粗口，江洋赶紧住口，神色既尴尬又愤怒，活脱脱一个急于上位又被无辜牵连的小角色的嘴脸。

“不要紧张，我们不搞株连那一套。”王站长呵呵一笑，看不出是安慰还是嘲讽。

“是，是。不过我还挺乐意跑腿的，我们这些小角色在底下一辈子，平常也没机会蒙长官垂青。要不是长官们看得起，我今天哪能走进咱军统上海站的大门，这事儿回去我就能跟那帮乡巴佬吹上一年。”

王站长显然没兴趣和他闲扯，站起身来，“等下我给你写个回执，办事处人手紧张，不能送你了。你自己去车站吧。”

这很显然是送客的意思了。

“这个，您稍等。”江洋连忙跟着站起来，手忙脚乱地从身边的皮包里掏出一大堆文件往桌上放，“我不光是送通缉令来的，不是说了吗，处长还让我协助您调查江洋。我带来了好些东西，这些都是江洋的私人文件，信件、日记，什么都有。这家伙的一切我都熟，您需要什么尽管问我！”

王站长推了推眼镜，有些疑惑地看了一眼江洋，重新坐下，随手翻了翻那堆资料，“这些东西我们会处理的，有需要再找你。”

江洋见他一副不以为然的样子，心里有些着急。于是特意身形顿了一下，脸上露出犹豫的神情，随后一咬牙，一副肉疼的样子，从衣服里摸出一样东西，鬼鬼祟祟地往对方手中塞去。

王处长没有接，伸手挡住了江洋。在这瞬间的推挡之间，当啷一声，一根“小黄鱼”掉在了地上。

王处长冷冷地看着地上那根金条，眼中锐利的光芒一闪而过，“这是什么意思？”

江洋满脸通红，赶忙捡起金条，想继续往对方手中送，但看到王站长脸色不善，手伸到半空又尴尬地停住，支支吾吾道：“难得来一次上海，希望王站长能给我一个机会，为党国效力，也为领导分忧！”

“胡闹！”王站长大声呵斥道，心中的警惕却放了下来。

他自以为猜到了江洋的目的：这个叫“王超”的警察局小头目，见顶头上司犯了大案，就有了小想法，想要在这件事上分一点功劳，好让自己升职的砝码变重一些……

王站长打量着江洋，眼前这副猥琐讨好的表情，他见得太多了。在这个功利的世界里，许多人都在努力找机会钻营，这倒不稀奇，但这家伙的水平也太差了。王站长不禁暗自摇头，心想怪不得他一直混不上来。

心里这么想着，王站长的口气逐渐松动下来，“你有这份心很好。有需要我会找你。你先在这儿歇会儿。”

江洋忙不迭地点头，“行，行。您随时吩咐！”说着上前紧紧握住王站长的手，躬下身子使劲摇晃，趁机把手中的金条重新塞了回去。

这次王站长没有拒绝。江洋又殷勤地把桌上散乱的文件收拾好，递给对方。等王站长抱着资料出去，江洋才彻底松了口气。刚才的表演还算成功，但也耗费了他不少心神。

江洋拿起桌上已经冷掉的茶喝了一大口，看了看表，计算了一下金处长真正派出的人到上海的时间：还剩下一个半小时。

如果王站长在这个时间之前没有来找他，那么他只能离开了。

第十九章
Chapter 19

顾秘书放下手中的电话，忍不住好奇地往会客室又看了一眼，越看越觉得里面那个人有些可疑。

虽然挂着个秘书的头衔，顾秘书每天干的，其实都是打杂的事。今天早晨站长通知所有人中午回来开会，要求不能有任何例外，所有人无论在做什么，必须准时到。往常很少见到的同事们都回来了，小楼里进进出出很多人。顾秘书也跟着忙里忙外打电话通知人，一刻没消停。至于会客室里坐着的那个陌生人，除了倒杯茶外，顾秘书还没顾得上管他。

等电话都打完了，顾秘书才有空闲好好打量这个奇怪的家伙。

这人看上去三十来岁的年纪，胡子拉碴，面色晦暗，隔得老远都能闻到他身上重重的汗味和烟味，像是刚在赌场里赌了几天几夜后输光了的赌徒。

王站长只是对顾秘书简单吩咐了一句，让那个人在客厅等着，别的什么都没交代。顾秘书看不出这人的来历，他不像一般初来乍到的人那么拘谨老实，一会儿在闭目养神，一会儿又不停看表。

忽然之间，这人似乎下定了决心一般，腾地站起来，一言不发往门口走去。

顾秘书正要问问他到底有什么事，面前的电话响了起来。

江洋心里十分焦虑。

他在进行一场豪赌。

在金处长的布局下，他已经成了板上钉钉的杀人犯。翻盘的机会只有一个，就是那些从杭城警察局档案室里搬走的文件。既然金处长先是派张若离监督所有试图查阅档案的人，随后又迫不及待地把这些文件运走，说明这些文件让金处长极为忌惮。

江洋不知道这些文件的具体内容是什么，但他知道，这是他目前能想到的金处长唯一的软肋。

江洋根本没有奢望过能通过潜入的方式找到那些资料。这里是堂堂军统工作站，就算是延安的特工都不可能悄无声息地把文件偷出来。

所以他的计划是，获得王站长的信任，这样才有机会接触到那些文件。

可是，现在距离真正送通缉令的人到来只剩下一个小时了，他还一个人被扔在会客厅里无人理睬。如果一个小时内站长没来找他，他就只能离开，而且是永远地离开这里。

随着时间的流逝，江洋频繁地注意表上的时间。看着不停有人走进大楼，心里的不安越来越强烈，他不知道下一个进来的人会不会揭穿自己。

距离预计的底线时间只剩下五分钟了。他的心高高悬在半空之中。

虽然这只是推算出来的时间，但超出这个时间后，真正送通缉令的人随时可能走进这个大门。通缉令上有江洋的照片，只要被王站长看到照片，他就彻底完蛋，再没有一线翻盘的可能。

五分钟过去了。江洋咬紧牙关，抛掉最后一丝侥幸，起身朝外走去。

江洋刚刚走到小楼的门口，忽然背后有人喊了一声："你站住！"

江洋心里一个激灵，装作没有听见，依然不紧不慢地往外走。

顾秘书一路小跑过来，一把抓住江洋，"说你呢，跑什么跑？"

江洋停下脚步，干笑着解释："我是来送通缉令的，通缉令已经送到了，我就回去了。"

说着继续朝外走去。

"站住！"顾秘书上下打量了一番江洋，不耐烦地说道，"赶紧上去，站长找你。”

江洋下意识想看表，但立刻停下了这个动作。

他明白，现在已经失去了马上离开的机会，真的通缉令随时会到，这是一个坏消息。不过好消息是他的计划能够继续进行下去了。

那么，只能希望接下来运气能够站在自己这一边了！

顾秘书带着江洋上了二楼。

推开一间办公室的门，江洋看见王站长和一个五十多岁的白发老头正在堆满文件的桌旁讨论着什么。

见江洋进来，王站长递给他一个翻开的笔记本，“看看这个。”

这页上写着几行散乱的罗马字母，最下方是写着一个时间：“12 点 30 分”。

王站长问：“这个笔记本是你带来的，是江洋的私人物品，对吗？”

江洋故意眯着眼睛凑近看了看笔迹，“是。”

那个老头插嘴说：“这个时间就是昨天。我要你确认一下，这个时间发生了什么？”

江洋知道自己的设计起作用了。

在来上海的路上，江洋在停车等待天亮的过程中，特意在自己的笔记本里添加了许多似是而非的密码，并在客厅收拾文件的时候，有意把笔记本放在了最上面。他相信王站长会首先注意到这个笔记本，因为江洋的私人笔记比那些二三手的文件更有价值。

要用临时编造的密码彻底骗过军统特务显然是不可能的，如果有足够的时间慢慢破译，对方很快就能发现这里面的问题。但江洋的目的只是希望这些密码能够把他们引到一条错误的道路上，能暂时迷惑他们一会儿，就够了。

江洋看着纸上代表着时间的“12 点 30 分”，眉头紧皱，装作艰难地回忆，过了片刻，猛然吸了口冷气，“这时候，好像就是江处长……哦，是江犯当街杀人的时候。”

老头和王站长对视一眼，拿回笔记本，在其中一组数字上用笔画了个圈，若有所思地说道：“这个就是代表‘冯诚’了。如果它代表冯诚，那么……”

老头脸上露出兴奋的神情，视线聚焦在半空，嘴唇快速地动着，似乎正在心算着什么。

王站长不去打扰老人。看到江洋站在旁边满是茫然，脸上还挂着讨好的微笑，王站长笑着拍了拍江洋的肩膀，“放心，你的功劳回头我会如实写在报告里的。”

因为谋划一步步地实现，这次江洋发自内心地露出喜色，嘴上连连道谢。

老头飞快地翻看着笔记本，忙着把里面出现的罗马字母誊写出来，试图找出规律。翻了好一会儿，仍一时找不到关键。

江洋的目光不加掩饰地瞟向他誊抄下来的文字，神情明显变得异样起来。

王站长在一旁观察着江洋的表情，问道：“你知道这是什么意思？”

江洋忙说：“这家伙酗酒成性，平常大部分文书都是我替他写的。他记录东西时喜欢用密码，所以我大概知道一些。”

“哦？”王站长把老人刚刚抄下来的那张写满罗马字母的纸拿过来，“那你看看这是什么意思。”

江洋故意装作有些为难，“我只知道一些简单的，可不一定行……”

王站长面无表情地直接将纸和笔递了过来，江洋也不再推辞，直接一屁股坐在书桌前，开始写了起来。

老头饶有兴趣地站在江洋身后，看着他写出来一个个人名和时间，脸色却越来越凝重，“大勇……健庵……益之……”

他不由自主念出江洋写出的人名，抬头看向王站长，“这些名字听起来怎么这么熟？”

王站长的表情和老头一样，眉头紧皱，直到看到江洋写出的下一个名字，不由错愕地喊道：“天木……金处长？”

王站长瞬间反应过来这些人名背后代表的含义了：

“大勇”——苏大勇，杭城市副市长。“健庵”——是丁祥生的表字，杭城警备副司令。“益之”，那自然就是张益之，杭城联合商会会长了。

王站长的脸色越发难看。

江洋一脸专注地写着，直到把那张纸上的密码都翻译出来，一抬头却发现气氛不对。

王站长一把抓起那张纸，快速翻看，发现每个名字后面还有“二组、三组”等备注——他明白过来了，这分明就是一份暗杀名单啊！

“他妈的！”王站长骂了一句脏话。

他现在的心情又惊又怒。

从杭城传来的消息是，江洋杀了冯诚后，和同伙张若离对金处长突袭后仓皇逃窜。这的确是一个重大的突发事件，不过也仅此而已。虽然事态严重，但毕竟是偶发事件，王站长在心里已经有了自己的判断：不过是一个小人物带来的意外而已，只要再给一些时间，这件事一定很快就能解决。

但现在看到这份名单，王站长只觉得心里一阵冰凉。因为他瞬间就联想到了另外一件事。

两个月前，军统内部出现了一起重大的泄密事故，宋副院长和美国人秘密见面的几次会议记录居然被地下党不知通过什么手段拿到了。这件事导致宋副院长在一些正在交涉中的事情中吃了不小的闷亏，而且正值军统局长位置未定的关键时刻，宋副院长的形势变得极为被动，震怒之余下死令查出奸细。结果上百号人忙了一个月，一个地下党都没抓到。王站长等人忙得焦头烂额，最终只能从信息泄露的途径等其他因素中，大致确定这件事应该是潜伏在上海的地下党干的。

人没抓到，地下党的阴影还在，所以王站长脑子里瞬间想到的就是，这份名单，分明就是地下党要搞个大规模的暗杀啊，而江洋不过只是这个庞大计划的冰山一角！“你看看这个……”老头打断了王站长的思绪，手有些颤抖，指着名单上最后几个字。

王站长顺着手指往后看，这次只有两个字：“南京”。

旁边的注释是一个代号：“梅花”。

王站长浑身一哆嗦，不祥的预感越来越强。从杭城传来的消息很简略，对于事情的来龙去脉并没有过多交代，金处长的命令很明确，就是“追捕江犯，格杀勿论”。所以王站长理所当然地认为重点在于“江洋袭击金处长”这几个字，只是他反复分析，却猜不透江洋这样做的动机。可这份名单让他意识到，若江洋真是地下党，若延安那边策划了这么恐怖的暗杀计划，那么这四个字无疑是重中之重，代号所指的难道是……

想到这里，他下意识拿起电话，正准备拨号，手却停在了拨号盘上。作为金处长的得力干将，他迅速恢复了冷静，手里的情报首先要确认无误后才有价值，这是做情报工作的基本要求。刚才的信息太过震撼，几乎让他失态。

王站长深吸了一口气，强迫自己先平静下来。他放下电话，重新拿起那张纸。这时他注意到翻译出的每一行人名后面，都有一行不规则的六位数字。

他指着这些数字问江洋："这是什么意思？是什么密码？"

江洋摇摇头，"这不是密码，是编号。"

"什么编号？"

"这是杭城警察局档案室里档案的存放编码。只有找到对应的档案，才能知道是什么意思。"

"你说什么？"王站长提高了声调，看向江洋的目光闪烁不定。

"这就是江洋狡猾的地方了。他没有密码本！"江洋语速很快，"江洋这人有个缺点，贪杯。有次喝醉了，他的密码本落在了黄包车上。虽然是虚惊一场，但这件事后他就不再用密码本，而是……"

江洋把手中的纸轻轻抖了抖，继续说道："您看，本子里这些密码的格式基本都一样，每一组都是一个人名、一组时间，最后是一组六位的数字。可以看出来江洋记录的这些信息有很强的时效性。所以他的密码本不再是某个特殊的本子，而是警察局的整个档案库！

"地下档案室都是密级不高、封存状态的文件，平常根本不会有人进入。档案中的信息只有进入档案室的人才能查到，这就杜绝了密文丢失后被外人破解的可能。档案室钥匙就在他手里，平常根本没有人去。更保险的是，等几年后这些档案重新整理，或者他调离警察局，那么这些密码就无人可以破解。"

"说得很有道理啊。"王站长眼中闪过一丝光芒，"这么说，要想破解这密码，必须要调你们警察局的档案了？"

"是，只能这样了。"说这几个字的时候，江洋的心脏狂跳，事情成败就在此一举。

王站长笑了起来，"巧了，你们杭城警察局的那些档案正好就在我们这儿。"

王站长站起身，走到自己的书桌前，打开抽屉，“按你说的，是不是只要是有了这些档案，你就能破译出这些数字代表的密码？”

“我向您保证！”江洋激动地站起身。王站长忽然面色狰狞地一把将他推到沙发上，左手紧紧按住江洋的脖子，右手持枪顶在了江洋的太阳穴上。

“小子，在这个地方还敢说谎？”王站长把手枪保险拨开，眼神瞬间变得暴戾无比，“怎么就这么巧，江洋平常就让你写密码？处长还偏偏让你来上海送通缉令？江洋的密码需要警察局的档案，这档案还刚好就在上海站？”

王站长抓住江洋的领子，把他拽起来，狠狠地推到地上，用枪口指着他的脑袋，“给你十秒钟说出实话！”

瘫坐在地上的江洋神情慌乱，他又想要站起来又急于辩解，身子晃了一下又重新摔倒在地，勉力挣扎着说道：“您误会了……”

王站长一把将他重新推回地上，恶狠狠地打断：“还有五秒钟。”

“事情不是您想的那样……”

“还有三秒钟。”

“您听我解释！”江洋感受着冰凉坚硬的枪管，心里快速估算，在这个距离是否能够出其不意地把枪夺过来。

王站长却没有给他任何机会，面无表情地后退一步，手指微微扣动，嘴里吐出四个字：“时间到了。”

在这千钧一发之际，江洋停止了挣扎，他颓然跪下，毫无征兆地大哭了起来：“长官！我错了，我撒谎了！”

王站长没有开枪，一言不发地看着他。

“我撒谎了……我不是江洋的跟班，我是总务处的……我俩一直不对付。后来他升上去了，看我不顺眼，就排挤我。我好不容易有这个机会啊，我是真心想为党国效力啊……”

“说重点。”

“是，是。”江洋抹了把眼泪，“我不是侦缉处的，我是总务处的，但我得罪了领导是真的，档案室……是我管的。这本来就是一份无关紧要的闲职。

“我之所以能破解之前那些密码，是因为江洋是个大老粗，所以我猜他肯定用的是处里统一的编码系统。我骗您说是我写的密码，是怕……是怕您不重视我。他是用档案解码也是我猜的，因为我就是管档案的，知道他最近频繁进入档案室。按照保密条例，进入档案室查资料，必须两人以上互相监督。我和他不对付，就理所当然地每次都跟着一起进去，想要为难他。

“但奇怪的是，他从不打开任何一份文件，只关注档案的标题。有时候边看还边拿本子记录。直到刚才，我看到了笔记本上写了那么多档案编号，我才明白过来是怎么回事。”

江洋极快地解释完，惊恐地看着指向自己脑袋的枪口，心里想的是，骰子已经丢出去了，成败在此一举。

王站长听完后，表情没有什么变化，一脸不置可否。屋里的气氛沉默而凝重。

打破短暂沉默的是顾秘书。

她推开了房门，看到屋里的局面愣了一下，随后怯生生地对王站长说：“站长……人都到齐了，还有十五分钟就到时间了。”

王站长冲她点点头，“让大家先去会议室。”又对那个老头说道，“您也先去。金处长交代所有人必须到齐。”

“那我呢？”屋子里只剩下两个人后，江洋忍不住开口问道。

王站长把枪收了起来，玩味地看了一眼江洋，“等我们开完会，再来解决你的事情。”

江洋心里急得火烧火燎，且不说送通缉令的人随时可能会来，再拖下去，他编的这套密码说辞也经不起推敲。他脱口而出：“不行！”

王站长好整以暇地看着江洋。他对江洋的言辞其实相信了六七分，刚才那番做派想必已经把这个没见过世面的乡巴佬吓得魂飞魄散。江洋越是着急，就越能露出马脚。王站长问：“为什么不行？”

江洋拿起那张纸，指着翻译出来的其中一行说道：“因为这里有一条信息，就是此时此地啊。”

王站长眯起眼睛，抬头看了看墙上的挂钟。

刚才他只看了开头几行，并没有注意到后面的内容。这行字里的时间赫然就是五分钟之后，而且后面的那个代号有些眼熟。

青梅。

这是指代的什么人呢？

王站长愣了一会儿，脸色突然难看起来。

他想起来了，这是他三年前用过一次的代号，知道这个代号的只可能是内部人员。眼前这个人如果真的是从杭城来的小警察，是不可能预先知道的。就连他自己，在那次行动之后也再没用过这个代号！

这说明什么？

我是暗杀目标！

第二十章
Chapter 20

王启年心里涌起了一种难以言说的古怪感觉。

以三十七岁的年龄，坐在了军统局上海第一特别联络站站长的位子上，在仕途上只能勉强算得上是前景还算光明的“少壮派”。只有知道这个联络站看似低调之下的重要性的人，才知道他算得上是金处长的心腹之一。

在从事情报工作十多年的时间里，他见过了太多的阴暗诡计，也亲身参与过无数设局破局的钩心斗角。对于阴谋，王启年可以说是个不折不扣的行家。

在诸多阴谋中，刺杀是最简单也最常见的。即便看到名单上有自己和金处长，王启年也只是略微有些惊讶。甚至名单上的“南京”两个字，也并不足以让他震惊失色。

最让王启年觉得不安的，是这份名单出现的方式。

一个完美的阴谋可以瞒过所有人，暗中编织良久。但只要被提前察觉，就不可避免地会留下线索。所以即便被对手打了个措手不及，但王启年自信能够迅速找到对方的破绽，并加以破解反击。情报工作本就如此。

可现在的局面太过诡异：一个小小的杭城侦缉处处长，背后却牵连出如此大规模的暗杀行动。就像随手拔一棵萝卜，却拔出了上百个西瓜一样。最可疑的是，在此之前王启年没有察觉到一点征兆！

他相信共党的确有能够策划组织这样规模行动的势力，但如此夸张的行动不可能事先毫无征兆。军统是政府最强大的情报系统，如此夸张的暗杀计划，不是刺探几份情报这么轻易就能做到，更不可能在计划开始执行后，还没有露出一丝破绽来。更关键的是，谋划这些刺杀的目的是什么？王启年脑中飞快地转了几圈，始终找不到这样做的动机。

那么只有两种可能，要么这些信息都是假的，要么就是还有什么自己没有想到的关键！

王启年克制住自己的情绪，没有立刻做出判断。他转过头，第一次认真打量起江洋来。这个来自杭城的小警察脸上，除了不加掩饰的投机神色外，看不出其他东西。

转瞬之间，王启年做出了决定，他选择了最稳妥的方式，伸手拿起电话。

王启年拿起电话的一瞬间，江洋的心也提到了嗓子眼。他放在大腿上的右手下意识地靠向裤兜，那里是一支手枪。如果王站长选择向杭城汇报，那么自己只能选择武力胁迫，虽然这样的成功率不足一成，但他别无选择。

还好，等电话自动接通后，王站长只是对话筒说了声："顾秘书，来一下。"

江洋松了一口气，右手悄悄放回原处，笔直地端坐在原位。

"马上封锁整个院子？"匆匆赶来的顾秘书有点不敢相信王站长的命令，"整个办事处的人都回来开会了，楼里全是咱们自己的人啊，这……"

王站长打断她："你带几个人，把整个大楼都搜一遍，不要放过任何一个角落，这个时候不能让任何一个人混进来。另外让赵队长和李队长分别带人，在以办事处为中心的一百米范围之内排查一圈，把可疑的人都抓起来。"

顾秘书见站长神态严肃，不敢再说什么，领命前去。

王站长走到窗前，朝外仔细看了看，然后拉上窗帘，朝江洋招了招手，"有些细节我要再问问你。"

"除了江洋，还有谁经常进出档案室？"

"冯诚在警察局都做了些什么？"

"你给我说一些关于江洋的事情，随便什么都可以。"

………

王站长的问题很多，也很凌乱，都是临时想到就随口问出来的。江洋回答得很吃力，因为他很清楚，这是一种高明的问话手段，这些看似随意的问题之间其实相互关联。最关键的是，江洋并不知道王站长到底掌握了哪些事情，只能尽量把自己当成一个被上司排挤，心怀怨恨的失势小人，小心地回答着。

但是表面上，两个人的交谈气氛轻松，没有审讯的感觉，倒像是随意聊着家常。

这样不咸不淡地聊了十分钟，办公室的门忽然被猛地推开。

顾秘书快步冲了进来，她一脸不可置信，结结巴巴地喊道："站长，大收获！抓，抓，抓到了！就在对面的古董店里……"

王站长腾地站起来，"抓到谁了？"

"张，张若离！"

顾秘书往旁边一闪，露出了身后的张若离。

张若离双手被铐在身后，头发散乱，双唇紧闭。她被人推进屋子里，看见了一旁的江洋，马上移开视线，脸上不易察觉地流露出羞愧的神色。

"你的同伙在哪里？江洋现在在哪儿？"王站长双眼放光，向张若离问道。

"没有什么同伙，只有我一个人。"张若离强自镇定。

"你们要干什么我都已经知道了。我们这里有什么手段你也都知道，就没必要浪费时间了吧？这样你少受罪，我们也不用那么累。"

张若离的脸色变了。她知道王站长不是恐吓，只要想一想那些可怕的手段，她都恨不得立刻昏厥过去。可是她摇摇头，坚持说道："我不知道你在说什么，我没有什么计划，也不知道江洋在哪里。"

直到现在，张若离依然不知道哪里出了问题，为什么王站长的人会忽然出现在古董店里。事已至此，她最担心的是连累江洋。见到王站长和江洋对坐相谈的局面，她第一时间想到的是，她的意外被捕一定给江洋的计划带来了巨大的障碍。

王站长没有继续审问下去，对顾秘书说："把她先带下去，等会儿我亲自来审。"

江洋看着表情绝望的张若离被带出办公室，心情复杂。虽然这个结果也是计划中的一部分，但亲眼看到这样的局面，他心里还是十分愧疚。张若离虽然脸色苍白，但她从进屋到被带走，都没有多看江洋一眼。

她在尽最后的努力替江洋做掩护。

王站长心情大好，主动拍了拍江洋的肩膀，“不错。王老弟，你又立了一功。”

江洋勉强笑笑，没有说话。他忽然有些动摇，开始怀疑自己之前的决定是否正确。

“现在还有一项功劳在等着你。你们警察局的档案就在楼下，可是已经装箱了。既然你负责管理档案，那么你有没有办法恢复原来的存放顺序？”

江洋甩掉脑中无关的情绪，重新打起精神，终于到了计划中最关键的一步。他坚定地回答：“没问题。每份档案都有编号，只要没有拆封重装就行。”

王站长当先走出了办公室，江洋跟在他的身后，暗暗用手碰了一下口袋内的手枪。

能否获得翻盘的资本，就看接下来的了。

江洋跟着王站长从二楼的办公室一路走下楼梯，在一进大门旁边的房间门口停下。江洋这才注意到门上贴着封条，看来从杭城运来的档案就放在这个房间里。

办事处是独栋的三楼小洋房，客厅很宽大，摆着好几张办公桌。此时除了顾秘书之外，其他人都不见踪影，显得有些空旷。

顾秘书迎上前对王站长低声说道：“站长，其他人都在三楼会议室等着了。还有五分钟，会议就要开始了……”

王站长拿出胸前的怀表看了一眼，又看了看门上的封条，不耐烦地说：“我知道轻重，这里有点急事要处理。”

“金处长万一生气了……”顾秘书还想说什么，却被王站长瞪了一眼，只好闭嘴。

王站长一把扯掉门上的封条，握住门把手时却顿了一下，“都去开会了，张若离呢？”

“关在休息室里。”顾秘书指了指身后那扇门，又拍了拍自己的腰间，“您放心，我在这里盯着的。”

江洋忍不住顺着她指的方向看了过去，不知道张若离现在是什么心情。

“盯好了，如有异动，格杀勿论。”王站长轻描淡写地说了这一句后，一拧把手，打开了房门。

“哎，这些资料……”顾秘书说了一半，见王站长态度坚决，瘪了瘪嘴住了口。

江洋默默地跟在后面走进了屋子，顺手关上了房门。他手伸进了口袋，握紧了手枪。

虽然一路波折不断，但总算走到了这一步。江洋的计划其实并不复杂，核心就是一个出其不意，利用时间差骗取王站长的信任。但最后这一步，说到底还是蛮干。既然实力完全不对等，那么他唯一的优势就是不怕死。

他的手指摸到了保险上。

说起来他还是受到张若离的启发。原本的计划是劫持王站长，利用他发送假命令，把这些档案迅速运出去。这个计划很粗糙，中间的变数很多，但幸运的是，眼前的局面比设想中的要顺利，恰好给了江洋和王站长独处的机会。这样即便王站长宁死不配合，江洋也有把握能有一个小时左右的时间来假传命令，就像张若离在杭城警察局救自己时做的那样。

就在江洋准备掏出手枪时，王站长忽然停了下来，发出了一声“咦”，声音里充满困惑。

江洋的手没有抽出来，他不知道出现了什么变故。屋子里堆满了制式统一的木箱子，江洋一看就断定这些箱子是从杭城运来的。他不知道王站长为什么会发出疑惑的声音，上前两步，顺着王站长的目光看去。

所有木箱子外面都贴着封条，封条上面是“杭城警察局封”的字样，盖着侦缉处的公章。这是运送资料的正常手法，没什么不对的。

但下一刻，江洋立刻明白了不对的地方在哪里。不是封条上的字样有问题，而是声音。

安静的屋子里，隐约有嘀嗒嘀嗒的声音响起。

王站长忽然转身，在江洋还没反应过来的时候，已经打开房门，对外面的顾秘书大声问道：“这些资料是你签收的？”

“是啊。”顾秘书点头。

“送东西来的是谁？”

“不认识，但拿着金处长的手令。说这些重要资料需要存档，未经允许不得开封。我刚刚还想提醒您呢……”

“妈的。”王站长忽然骂了句脏话，转身进屋，从角落里找了根铁条，把木箱粗暴地撬开。

里面是满满当当的档案袋，王站长随手抓起一份打开，因为动作过大，几页文件滑落到地上。王站长没有去捡落在地上的文件，而是迅速撬开下一个箱子。

江洋也意识到了不对，帮着撬起了箱子。顾秘书站在门口，目瞪口呆地看着两人，不知道他们为何如此激动。

当江洋撬开第五个箱子时，愣住了。

这个箱子里放的不是资料，而是满满一箱深棕色的块状物，就像超大号的砖头。当看到箱子角落里那个安装了定时器的雷管时，江洋马上意识到，这些东西是……

王站长此时刚刚撬开一个箱子，里面同样是满满一箱炸弹，他朝顾秘书大喊：“马上找人来拆炸弹！”

江洋看了一眼定时器，“还有一分钟，来不及了！快跑！”

他根本来不及想为什么金处长防御严密的大本营里会出现炸药，只知道炸药肯定不止这两个箱子，一旦爆炸，恐怕整栋楼都会被夷为平地。江洋顾不上身旁的王站长，径自冲出房门。

张若离！

江洋的计划中的确有利用张若离的一部分，但按照预想，她最多是受一番惊吓，等找到资料后，再把她救出来。可千算万算，怎么也没算到局面会变得如此危急。

江洋一脚踹开休息室的门，拽起张若离，拉着她向大门外冲去。与此同时，王站长也从存放档案的那间屋子里冲了出来，和江洋不同的是，他向楼上冲去，大声喊道：“全部人迅速撤离，有炸弹！”

顾秘书做出了她今天最正确的一个决定。她没有跟着王站长上楼，而是向门外跑去。她刚刚跑出办事处的大门，忽然感到一股巨大的力量将自己的身体推向前方。直到身子重重摔倒在地，她才听到“轰”的一声，接下来整个耳朵像是聋了一样，再也听不到任何声音，只是嗡嗡作响。

她惊愕地发现，身后那栋熟悉的三层小楼，已经完全消失了，取而代之的是满地的残砖断瓦，还有漫天的尘烟。

废墟里一片安静，没有任何呼救的声音传出。顾秘书心中一片冰冷，知道同事们是凶多吉少了。

顾秘书下意识地向废墟走了几步，在遮天蔽日的飞尘中听到了一阵微弱的呻吟声，她赶忙跑过去，发现地上躺着一个血肉模糊的人。

“站长！”顾秘书扑到地上，把重伤的王站长抱在怀里。

与此同时，离顾秘书不远的张若离正抱着江洋的脑袋，大声喊着他的名字。张若离不知道之前小楼里发生了什么，只知道江洋冲进来后一枪打断了铐着她和椅子之间的手铐链条，然后拉着她向外跑。总之，有一点是确凿无疑的，江洋冒着生命危险把自己救了出来，并在爆炸发生的那一刻把她护在了身下，因此张若离才能几乎毫发无伤。可是江洋现在的状况十分糟糕，他昏迷不醒，血迹从后背的衣服里不断渗出，不知道到底伤得多重。

她摸了摸江洋的手腕，稍稍松了口气。江洋的脉搏跳动还很有力，看样子只是暂时昏迷，只是不知道外伤有多重，得在过度失血前赶紧治疗。她撕开江洋的衣服简单检查了一下，都是一些皮外伤，没有大的出血口。

江洋暂时没有生命危险，上海站瞬间瘫痪，这是个好消息，但是现在形势依然很严峻：出了这么大的乱子，巡警很快就会赶到。张若离立马做了决断，趁着尘烟未散，周围一片混乱之际，把江洋扶起来，咬着牙把他扛在肩上。还好车子就停在不远的地方，趁乱溜走应该没什么问题。

“等……等等……”背后的江洋不知什么时候醒了，艰难地吐出两个字。

“你怎么样？”张若离来不及问他到底发生了什么，只简单关心了一句，脚下没停。

“等一下。”江洋使劲捏了捏张若离的肩膀，虚弱但坚定地说，“先别忙，我要问……问王站长一些事。”

张若离回头看向废墟，顾秘书抱着王站长，一副六神无主的样子，正在掉眼泪。王站长看起来比江洋要惨许多，虽然还没死，却已经气若游丝。爆炸发生的时候，江洋他们在往楼外跑，王站长却在往楼上冲，想必是爆炸的气浪把他从窗户中甩了出来。这批炸药的分量虽然很多，但也不足以将整栋楼瞬间炸飞，只是因为爆炸发生在一楼，楼房的结构被破坏了，瞬间倒塌。楼里的其他人都被埋在废墟之中。

“巡警很快就会来，再不走就可能走不掉了。”张若离不知道江洋要干什么。

“就几句话。”江洋语气很坚持，“不把这件事搞清楚，我逃出去也没有意义。”

张若离只犹豫了短短一瞬，就转身背着江洋折返而去。她已经习惯了相信江洋。

顾秘书只是个二十岁出头的小姑娘，遇到这样的事早已心神崩溃，只知道抱着重伤的王站长不停地哭。直到张若离和江洋走到面前，她才意识到二人的存在，用无神的眼睛看着他们。

张若离把江洋放下，走到顾秘书身边后，用手肘勒住她的脖子，向后一使劲，顾秘书还没反应过来就倒在地上昏了过去。张若离弯下腰，检查了一下王站长的伤势，在他人中上狠狠掐了几下。片刻之后，王站长终于睁开了眼睛。

“站里有几个人……还活着？”王站长醒来后，第一句话便是问这个。

“除了那个秘书，其他人都死了。”江洋咳嗽两声，没有任何隐瞒。

王站长艰难地侧过头，看了江洋一眼。江洋的目光和他对视，没有任何退缩。

他们两个都是满脸血迹灰尘，且都身受重伤，但在一旁的张若离却感觉到两人这一刻的气场极其相像，都流露着一种深沉阴郁的情绪。

“这件事不是江洋做的。”江洋突兀地说道。

张若离不知道江洋为什么忽然说这个。但王站长目光平静，没有意外的神色，“你就是江洋。”

王站长用的是肯定句。江洋没有承认，也没有否认。张若离看看江洋，又看看王站长，有些搞不清状况。三人一时间沉默下来。

“他为什么要这么做？”江洋打破沉默。

王站长的眼神挪向一边，像是躲开江洋的追问，又像是在思索。

这次他沉默了足足一分钟还没有开口。张若离听不懂两人在打什么哑谜，焦急地看向远处，根据巡警的效率，最多几分钟就会有人赶到了。

江洋再次打破平静，“办事处一共多少人？”

“三十一个……都在楼里。”王站长嘴唇颤抖，心情极为悲痛，显然这里面不少是他的得力手下。

“什么事情，需要办事处的所有人都赶回来开会呢？”江洋说这句话的时候声音有些飘忽，不像是在问王站长，更像是在问自己。

“所以，你已经知道凶手是谁了，而且……”

“你要死了。”江洋面无表情地看着王站长胸前正在不停流血的伤口，陈述着事实。伤口处，一块巴掌大的碎玻璃露出了一半，另一半扎入了王站长的胸膛，这样恐怖的伤势的确是无力回天了。江洋深深地吸了一口气，“想报仇吗？”

王站长转过头，再一次和江洋目光对视，又问了一遍：“你是江洋？”

这次是疑问句。江洋干脆地点点头，“我是。你现在应该清楚了，我是被冤枉的。”他扭头看向街道的另外一头，“时间不多了。如果不想你和你的同事死得不明不白，快点告诉我。”

王站长目光渐渐悲愤起来，却没有说话。

“我只能等你两分钟。”江洋喘气的声音很粗，他同样受了重伤，现在的状态也很差。

王站长依然没有开口，目光停在了张若离身上。

江洋立即明白了他在想什么。王启年的心情应该很复杂，几十年情报工作的准则已经浸入他的骨髓，让他对于泄密有着本能的排斥；但另一方面，对金天木的失望，让他很清楚只有说出这个秘密，才能给死去的所有人报仇，甚至泄露这个秘密本身就是对金天木的报复。但这个秘密告诉谁，对王启年来说是个很重要的问题。

根据之前的信息，王启年已经判断出，江洋的确是被卷入其中的无辜局外人。张若离虽然也被通缉，但她原本是金处长的亲信，王启年猜不透她到底在其中扮演什么角色。

江洋转瞬之间想明白了其中的关节，他看向张若离，“你先离开一下。”

张若离愣了一下，终于从王站长看向自己目光中的敌意中明白过来。她有些颓然地点点头，面无表情地走开了十几步。

“粮仓案。”王启年咬着牙吐出几个字。

“你继续说。”江洋吃力地蹲下来，王站长的声音越来越微弱，他不得不把耳朵凑近。

“民国三十年，福州粮仓案。

“日军入侵福州前三天，福州粮仓被一把大火烧光，直接导致驻军不散而逃，福州未战沦陷。”

江洋点点头，表示他听说过此事。

这件事当时上过《中央日报》，谴责敌机用燃烧弹轰炸平民仓库。最重要的是，被烧死的平民中还有两个来自美国政府的观察员。这件事因此变得非同小可，在当时被报道了一阵。

王启年重重地咳嗽了几声，继续说道：“这个案子蹊跷的地方很多。事发以后，委座震怒，责令军统严查。按说这件事轮不到金天木，但是不知怎么弄的，最后是他全权负责调查。今天上海站大半的兄弟，当年都跟着他参与过这件事。办完这件事后不久，他就升了官。我也是在那件事以后，以为自己成了他的心腹。”

“这有什么问题？”江洋牢牢记下来，但是听不出这件事到底哪里奇怪。

“问题是，”王启年狠狠地说道，“调查过程中所有的证据，都是我亲手伪造的！照片是事后摆拍的，照片里日本人的燃烧弹碎片，是我亲手从阵地上捡来的。每一份文件，都是我……是我……咳咳……亲手写的……”说完这几句话，他剧烈地咳嗽起来，嘴角涌出一阵血沫。

江洋有种恍然大悟的感觉，王站长最后这两句话很重要，让他感觉真相就在眼前。可是王启年接下来的话却让他有些失望。

“但是……金天木为什么这么做，我一直没有想明白。这几年来，我一直把这件事藏在心底，不敢问，也不敢想，只知道这件事捅出去就非同一般。只是想不到，我小心翼翼了这么久……最后……还是……”

王启年断断续续讲了这么多话，有些上气不接下气，呼吸变得急促起来。但他脸上的神情反而比之前轻松了许多。江洋知道他要说的都说完了，转身朝张若离招了招手。

“……谢谢。”江洋拉起王站长的手使劲地握了握。

“你……很厉害。”王启年的声音衰弱下去，“我既然做了这行，不怕死……但不甘心，你……”

“相信我，我会帮你们讨回公道。”

江洋说完这句话，松开了握着王启年的手，用手轻轻合上了他的双眼，然后从他的腰间摘下了手枪。

江洋回头看了眼张若离，把枪揣进衣服，“我们走。”

说完这句话，江洋嘴里喷出一口鲜血，眼睛一闭，整个人向后倒去。

张若离见江洋又晕了过去，连忙扶住他。

直到现在，她依然不知道为什么江洋一定要硬挺着和王站长说了这些奇怪的话，但现在形势越来越危急，她看了眼王启年，一咬牙背起江洋，使尽浑身力气把他拖进汽车里，开车离开了这片废墟。

第二十一章
Chapter 21

有一瞬间，江洋还以为自己正躺在办公室的沙发上。又是一夜宿醉，头痛难忍，门口却响着不紧不慢的敲门声。他痛苦地闭上眼睛，含糊不清地嘟囔着：“别……别敲了……别他妈的敲了！”

耳边却传来张若离的声音，“你说什么？”

江洋这才猛地惊醒过来，发现自己正躺在小车的后座上，张若离的声音从前座传来。他一下子想起了昏迷之前发生的事情，心神立刻紧绷起来。他微微抬起身子，见张若离正专心地开着车，车上没有其他人，知道暂时是安全的，这才开口说话：“这是去哪儿？”

张若离从后视镜里看了一眼江洋，脸上露出了一丝微不可察的笑容。她没有回头，“去我亲戚家。出这么大的事情，现在应该全城在戒备，所以我不敢带你去医院，到了地方我再找人给你包扎。”

江洋晃晃脑袋，感觉耳朵里还隐约在嗡嗡作响，胸口也一阵烦闷。他明白自己现在的状态很糟。他想要坐起来检查一下，没想到这么一个简单的动作都没能成功，整条右腿毫无知觉，完全使不上力，身子晃了一下又倒了下去，脑袋撞在车窗玻璃上，发出“咚”的一声。

张若离从后视镜里看到这一幕，眉头微蹙，“怎么样，还好吧？”

江洋用手使劲按了一遍右腿的骨头，判断应该没有骨折，又活动了一下其他部位，除了后背处火辣辣地疼和伤口失血带来的眩晕外，并没有太大问题。他脖子一仰，靠在座位上，摆摆手示意不要紧。

张若离语气低沉，“到底发生了什么？上海站为什么会发生这么严重的爆炸？”

江洋面色阴沉，从衣兜里摸出一包皱巴巴的烟，点上狠狠吸了一口，“是我做的。”

“什么？”张若离吃惊之下猛然回头，立刻想起自己正在开车，连忙转过头去。她摇摇头道：“这种时候还开什么玩笑？”

“没开玩笑。”江洋闭着眼睛，冷冷地说道，“那些定时炸弹是昨天从杭城运到上海的，运输文件上是我签的字。当然，是伪造的。”

“从杭城运过去的？”张若离喃喃地重复了一遍，“是杭城警察局那批档案？”

“对。”江洋把整件事连同自己的猜测简单地说了一遍。

张若离脸色再度大变，“你的意思是，这批档案里混入了炸弹？这怎么可能！”

她的震惊是有理由的，因为档案运送是金处长直接下的命令，那时候张若离和江洋两人正在嘉兴去接“黄萍萍”，对此事一无所知。那么问题就来了：谁能在军统运送的档案里夹杂这么多炸弹，并且运送到上海站后居然也没有被检查出来，这些炸弹就堂而皇之地躺在办事处里？

“还有谁？金天木呗。”江洋淡淡地说出了这个让人觉得不可思议的答案，他嘴角微动，既像是嘲笑，又像是苦笑，“我是真没想到，他居然心狠手辣到这种地步。”

“没有理由啊！”张若离还没从震惊的情绪中出来，“上海站是金天木自己的地盘，里面都是他的亲信，他为什么要自断其臂？”

“粮仓案。”江洋简单地说了一遍王启年告诉他的事，“除此之外没有别的解释。他有必须这样做的理由。”

“粮仓案？”张若离摇摇头，她对这三个字没有什么特别的印象。总之这个结论太不可思议，她不知该说什么。过了好一会儿，她才问道：“现在怎么办？所有档案都不在了。”

江洋的脸色很难看，一小半是因为身体的疼痛，更多的是因为心情很糟糕。这次冒险潜入上海的目的是为了从那些档案中找到冯诚藏起来的线索，凭此扳倒金处长，洗清冤屈。可因为这场爆炸，他不但功败垂成，身上又多了一个人神共愤的罪名。

“现在那些档案已经不重要了，我们沿着粮仓案继续往下查。”江洋咳嗽着，一边思索一边缓缓说道，“金天木不惜花这么大的代价要掩盖的事情，一旦掀开了，他的下场一定会很惨。”

“要不……我还是给我爸说吧？”张若离有些犹豫。

江洋未置可否。他虽然不知道张若离的父亲是什么级别，但至少应该和金天木势均力敌，不会像自己一样处于绝对的弱势。但江洋从来就没有把希望寄托在张若离的父亲身上，理由很简单，金天木不惜自毁城墙也要毁掉这批证据和灭口，说明这件事的重要级别已经到了一个可怕的程度，如果把线索交给张若离的父亲，很可能最后的结果是他和金天木达成某种妥协，江洋依然是弃子一般的牺牲品。

见江洋不说话，张若离也意识到这个提议不是很好，于是换了个话题，有些好奇地问：“你……最后对王站长说的那句话，是认真的？”

江洋点点头，“王启年不一定是什么好人，但这个公道，我会替他讨回来的……”话说到一半，江洋突然用手捂住了嘴。

张若离从后视镜里看到江洋嘴里流出的鲜血把衣袖都打湿了，整个人软软地瘫倒在后座上，脸色惨白，她一时情绪翻涌，焦急之下把油门踩到了底。她不知道江洋吐血是因为情绪激动，还是由于内伤过于严重，无论如何必须赶紧到能治疗的地方。

半个小时后，张若离停下了车子。

江洋吐血后一直处在意识模糊的状态中，猛然停下的车子让他勉强睁开了双眼，“到哪里了？”

“华山路。这里暂时安全。”

“华山路……”江洋喃喃地重复了一遍，虽然脑袋还有些眩晕，但他眼中还是闪过一丝亮光，一种本能让他警惕起来。他直觉这里肯定不是张若离说的什么亲戚家。

“你稍等一下，我去找人帮忙。”张若离跳下汽车，也没有关车门，匆匆离开。

江洋浑身酸疼无力，特别是右腿，依然没有任何感觉。他勉强用手肘撑起身子，向窗外看去，发现车子并不是停在路边，而是停在一个院子里。

江洋记得华山路的位置在市中心，可是这里很安静。如果真如张若离所说这里是华山路，那么这地方只能是街背后的某条小巷。这种闹中取静，院里能停下一辆小轿车的大宅子可不便宜。

就在这时，车后门被打开，两个男人把江洋抱了出来，抬到一间屋里的床上。两人一句话没说，动作十分利索，剪开江洋身上全是血迹的衣服，开始熟练地清理伤口、涂药包扎。

整个过程中，江洋闭着眼睛一言不发。哪怕那两个人用棉纱从伤口中挑出沙土残渣时，他也忍着疼痛一动不动，保持晕过去的样子。虽然他们的确在救治自己，但处在一个完全陌生的环境里，江洋心中依然充满警惕。

张若离，你到底是什么人？为什么从杭城逃出来后第一时间会选择来这里？这里又是什么地方？无数疑问在江洋心中不断盘旋。

那两人的动作很麻利，不到一炷香的工夫，就把伤口清理包扎好，随即退出了房间，整个过程没有说过一句话。专业、训练有素——这是江洋最直接的感觉，同时他也有些微微诧异，因为他们并没有做出任何试图测试江洋是否醒过来了的举动。

房间门被关上，发出了轻微的声响。又等了两三分钟，江洋这才缓缓睁开了眼睛。

这是一间不算很大的偏房。江洋躺在床上，整个屋子一览无余：外间客厅里放着一张八仙桌，墙角有几件木质家具，看上去没什么特别的。江洋仔细观察起各处的细节来。这些家具虽然很普通，却太新了一些，尤其是屋顶那一大盏玻璃吊灯，和他躺着的这张做工考究的宁式床很不般配，像是不久前才搬进来的。这栋宅子明显有些年头了，江洋有种感觉，这里不像是有人长期居住的样子。

江洋有些费劲地支起身子下了床，稍稍活动了一下身体。他受伤最严重的地方是后背，因为上了药，现在整个后背火辣辣地疼。不过他倒不太担心这些皮外伤，有疼痛就说明正在恢复。倒是整条右腿，一下地就能感觉到一阵钝痛，看来起码是个骨裂，没有一阵子休养，是没有办法完好如初的。

江洋伸手摸向腰间，感觉到熟悉的坚硬触觉，更加安心了一些。不知是那两个人的疏忽还是什么，藏在腰间的手枪并没有被他们收走。无论如何，有枪在手，江洋的底气足了一些。

他站在窗户边悄悄向外观察，房间门口并没有人把守，不过院子里站着两个人，一个守在大门口，一个抽着烟来回走着，不时朝对面的一间屋子抬头看上一眼。

屋子的南面和北面都有窗户，南面的窗户朝向院子。江洋转身走到屋子另一侧，轻轻打开了北面那扇窗户，往外是一条小道，旁边就是这栋宅子的院墙，四五米高，这么高的围墙他目前是不可能翻出去的。江洋想了想，还是打算试试翻出去。虽然觉得张若离应该是不会想要害自己，可他的戒备之心还没有消失，张若离既然能骗自己一次，就能骗自己第二次，他需要用自己的方式争取更大的生机。

江洋沿着小道，小心翼翼绕到了对面房间的背后。离后窗还有几步时，听到屋里传来张若离的声音，“……他不是坏人！”

江洋心里一动，知道她说的应该就是自己。

一个陌生中年男人的声音响起，嗓音很温和，但语气中带着斥责，“这不是关键！你知道你这样违反纪律的行为，让我们有多被动吗？”

“我实在是没有办法。”张若离还在争辩，却没有和江洋争吵时那种咄咄逼人的气势，语气委屈，更像是在请求，“我知道这不对，但我如果丢下他，他会没命的……”

“你到底有没有大局观？”那个男人的语气严厉了起来，“你知道为什么要制定组织纪律？知道现在外面有多少人在找我们？你这样的轻率举动，不但暴露了自己，让多少同志陷入危险，甚至增加了整个上海的情报网暴露的风险！”

张若离声音大了起来，“您明明知道他是无辜的，我救他有什么不对！我只知道您告诉过我，必须与人民群众建立广泛深刻的联系。多救一个群众，他们就少迫害一个好人！”

“张若离，你简直就是在瞎胡闹！这件事不用再说了……”

男人刚说了一半，忽然江洋身后响起了一声低叱，“站住，不许动！”

屋里顿时安静下来。

江洋第一反应是摸枪，但下一秒就放弃了，双手举起，缓缓转过身子，果然身后一个年轻男人正拿枪指着自己。江洋心里苦笑一声，没想到除了院子里的两个人，还有暗桩在院子里巡逻。

江洋无奈地露出笑容，不过倒没有太紧张。从短短的对话中，他已经知道了对方的身份。之前他曾怀疑过张若离是个赤色分子，当时这个念头只是一闪而过，没想到她居然早就加入了共产党，并且身份看起来还很重要。

屋里的人听到了外面的动静，推开了窗子，张若离探出头来，刚巧江洋也回过头，两人四目相对，张若离眼中神色复杂，目光先落在了江洋身上缠着的纱布上，咬了咬嘴唇，没有说话。她身后传来那个中年男人的声音，“先进来再说吧。”

“江先生你好。我姓刘，初次见面。”

从正门进屋后，一个中年男人上前两步，脸带笑容，握住江洋的手。

“您好您好。”江洋一边殷勤地握手，一边打量对方。这个刘先生大概四十出头，长相普通，穿着一件布满污渍的粗布外套。如果不是一双眼睛坚定有神，纯看外表就是个靠出卖力气过活的底层中年男人。他的双手指节粗大，皮肤上有许多皴裂的口子，江洋和他握手时有明显扎手的感觉，如果他就是地下党潜伏在上海的负责人，那么单凭外表，很难猜测出他的表面职业。

江洋在心底迅速对他有了个评价：不简单。

“江先生，请坐，喝茶……咳咳。”刘先生捂住嘴咳嗽了几声，蜡黄的脸色随着咳嗽升起了一股不太正常的红晕，江洋猜测他的肺病似乎有些严重。

这间屋子是正房，比之前那间要大许多。江洋也不客气，在桌旁找了个椅子坐下，接过刘先生递过来的茶后却没有喝，而是似笑非笑地看着张若离，“张特派员，这些……”他指了指刘先生，又指了指窗外的院子，“都是你的亲戚？”

张若离听出他语气中的挖苦，脸有些红，嘴唇动了动，却没有说话，目光移到了一边。

刘先生开口：“江先生的事迹我已经听说了，当得起‘铁血英雄’这四个字。这里先谢谢你救了张同志一命。”说完，双手端起茶杯朝江洋示意，轻抿了一口。

“她也救了我，谢来谢去没什么意思。”江洋轻轻转着放在桌上的茶杯，漫不经心地说道，“想必您也知道，我是杭城警察局侦缉处处长。还没请教刘先生在哪里高就。”

“我就是你们口中说的赤匪。”刘先生面不改色，语气依然淡定温和，“不过据我所知，江先生现在好像是在被军统通缉中？不知侦缉处处长这个职位是否……”

张若离见两人没说两句话就有些针锋相对的意思，有些不安地看了江洋一眼。

其实江洋早已猜到了对方的身份。只是刘先生这么若无其事地承认，江洋还是有些意外，心中对他的评价也变成了：很不简单。

气氛一时之间有些尴尬。

江洋抿了一口茶，直接问道：“不知先生准备怎么处置我？”

“我已经听若离大概讲过了，江先生被冤枉至此，我也深感遗憾。江先生现在身负重伤，这里还算安全，不如等伤养好后再从长计议吧。”

江洋听出刘先生话里敷衍的意味，这在预料之中。他端起茶杯又喝了口茶，斟酌了片刻才说道：“我一向很尊敬贵党，只是政治斗争这种事我从来都是敬而远之。感谢刘先生的好意，我这就走。我这个人没有什么优点，但向来明白不该知道的事就不知道。当然，如果刘先生不放心的话，也可以把我关在这里，我也是可以理解的。”

说完这些话，江洋放下茶杯，淡然地看着刘先生。他主动提出离开其实是一种试探，不过言语中的意思倒是真心所想，他是真心对政治无感，更不愿意莫名其妙搅到政治斗争这趟浑水里面。只是现在的局面十分微妙，因为张若离的缘故，不管他是走是留，刘先生都有些被动，倒不如他主动一点提出来。

“不行！”在一旁的张若离开口。

刘先生和江洋都有些意外地看向她。

“刘看山同志，”张若离直视刘先生，脸色郑重，“我现在有重要情报向您汇报。”

江洋觉得有些尴尬。虽然现在离开这里肯定会面对军统的全城搜捕，但他实在不愿意在这儿旁观张若离和她的上司吵架，站起身来，“那我回避一下。刘先生，如果方便的话，我现在就想离开，可以吗？”

“等等。”张若离阻止了江洋，继续对刘先生说道，“江洋现在对于我们有着无可替代的重要作用。”

江洋一直观察着刘先生，发现他眼睛眯了起来，有那么一瞬间，明显流露出了错愕和愤怒，但只是一闪而过，旋即又把这些情绪压制下来。

刘先生语气有些冰冷，“你说。”

之前的气氛只是有些尴尬，整体说来还是友好的。但江洋感觉到，张若离说完这句话后，刘先生的身上流露出了一股肃杀气势，显然这涉及地下党的某个机密。江洋不禁头痛起来，这两天来所谓的机密他听得够多了，他实在不想再听到什么新的机密了。

“之前骗了你，对不起。”张若离显然对这件事耿耿于怀，上来第一句就是对江洋道歉，“这是组织的纪律，希望你能理解。”

“没关系。”江洋苦笑道，心想你接下来说的不要再害我就好了。

张若离深呼了一口气，“长话短说吧。我利用自己的身份，成功打入金天木身边，并没有具体的特定任务，组织给我的任务是长期潜伏，根据自己的判断，选择把最重要的情报定时报告给组织。

“半年前，我发现军统高层在搞一个非常隐秘的计划。这个计划的密级非常高，我接触不到具体内容，但从人事调动和其他信息线索，可以断定这是一个巨大的阴谋，而金天木就是直接执行人。

“我只知道这个计划存在，但无法接触到任何具体的信息。所有相关的情报都是金天木独自处理，我只能通过他发布的其他命令猜测大概方向，一直没有头绪。

“因为我父亲……的关系，我一直以为金天木对我没有任何怀疑。”

江洋注意到她说到这里时顿了一下，语气也有些自责，显然是想到了前不久金天木想要借江洋之手杀掉张若离，如果不是这件事，想必张若离也不会果断地冒着暴露身份的风险和金天木彻底决裂，趁乱救出江洋。

“总之，几天前他派我到杭城接管档案时，我直觉这件事可能和这个计划有关，但并不肯定，因为档案数目太多，且毫无头绪。我本来以为这是一个需要耐心的长期工作，但后来陆续发生的事情出乎我的意料。直到他设计杀害冯诚，并用凶手的罪名陷害你。

“金天木虽然以谋定后动闻名军统，但他更喜欢布局的时候顺水推舟。冯诚死了，你锒铛入狱，这是典型的金天木的手法。这时候我才真正把这几件事联系起来思考。

“冯诚绑架黄萍萍这个案子，只是一起偶然事件。眼看就要圆满结束，金天木为什么要非要杀他，并且以这样的方式？即便他对冯诚的所作所为不满，也完全可以选择更好更低调的方式，却偏偏要在风口浪尖之时栽赃到你头上？

“我回想了一遍冯诚说过的话。他曾说过，无奈之下弄出这个绑架案，是想要洗清汉奸的罪名。而导致他陷入这个困窘境地的直接原因，是他的上线出卖了他。之前我没有多想，因为出卖他的人假如真是金天木，那么金天木想要灭口也是符合逻辑的。

“但把两个问题联系在一起，还是无法解释为什么金天木这么着急动手。毕竟冯诚并不知道他的上线是谁啊！直到上海站的爆炸，我才想明白，金天木有更重要的目的。

“我们可以做一个假设：冯诚想要洗清身份的关键文件就在档案室中，但档案室里还有另外一些重要档案，暴露之后会导致非常严重的后果。冯诚是否知道这些档案的存在并不重要，因为从金天木的角度来看，最保险的方式就是彻底毁掉它们。

“重新梳理一下，可以发现金天木做了这么几件事——

“因为担心冯诚发现某个秘密，金天木先是断掉和他的联系，然后以通缉汉奸的名义逼死他。

“当冯诚搞出绑架案后，金天木意识到档案室里的档案在有心人的调查下同样会泄露这个秘密，于是他要销毁所有档案。

“至于直属办事处的爆炸，也许金天木原本的计划是慢慢将知情人灭口，但冯诚出现后的一系列事件让他被迫选择了这样风险巨大的激烈方式。不过江洋的出现正好可以让他把一切都顺理成章地推到江洋身上。

“从杭城警察局救出江洋的过程非常顺利，现在想想，金天木是顺水推舟而已。他需要江洋活着出去，才好让他背下办事处爆炸的黑锅。我现在甚至怀疑，即便我没有出手，金天木也会对外宣称江洋越狱逃跑。”

“这些都不是重点。”张若离的语速一直很快，但此时却放缓，一字一句地说道，“他不惜炸死自己的所有手下，是因为那些人中有知道内情的人！如此丧心病狂地灭口，可以推断出这些文件的重要程度高得可怕，除了那个不知名的计划之外，我想不到其他的可能！”

“但现在文件已经全被销毁，办事处除了一个小秘书外不剩活口……”江洋忽然停了下来，倒吸了口凉气。张若离说的这些并没有什么太出乎他意料的，但江洋却猛然意识到另外一件事：张若离不是在和刘先生赌气，她如此平静地叙述这些机密，真的是因为和自己有关系！

想到这里，江洋双手使劲按住椅子扶手，猛地站了起来，大声喝道：“张若离，你闭嘴！”

第二十二章
Chapter 22

刘先生和张若离同时看向江洋。只是两人的眼神各不相同，刘先生的视线虽然落在江洋脸上，却只是一扫而过，眉心微皱，显然心里若有所思。张若离则直视江洋眼睛，目光全是做了决定后的坦荡。

江洋当然明白自己的举动有些失态，但已经顾不了那么多。他尽量地压低了一些声音，语气和内容依然坚决："我不管你接下来要说的是什么，请你闭嘴。我什么都不知道，也不想知道。"

他转头看向刘先生："我现在就要离开，我可以保证当作没有见过你们。"

话说完了，江洋却没有动。虽然这是第二次主动提出要离开，但他很清楚，走不走得了，现在由不得自己。不过他是真心不想和接下来的事扯上任何关系，所以必须用激烈的言辞来表明自己的态度。

"江先生，不要激动。"刘先生先瞄了一眼张若离，再重新看向江洋，不置可否地笑着说道，"喝茶喝茶。"

"你坐好。现在你不能走。"张若离可没刘先生态度这么委婉，可能是江洋刚刚吼了她的原因，她马上厉声怼了回去。

这是张若离蓄谋已久的！这娘们来之前就想好把我拉下水了。江洋脑中立刻掠过这个想法，心中恼怒却毫无办法。既然知道自己现在是没法离开了，他性子里痞气的一面发作出来，整个人干脆放松下来，身子往下一出溜，整个人半躺在椅子上，流里流气地说道："若离啊，肚子饿，能不能先给我下碗面？吃饱了你再慢慢说嘛。"

"王站长，"张若离根本没理他，转头对刘先生解释道，"上海站的王站长，临死之前和江洋单独交谈过，如果这件事还有什么线索的话，那么只有江洋知道。"

从张若离开始讲述，到江洋发作，刘先生基本一直保持沉默，此刻他也明白为什么张若离要强迫江洋留下。他想了想对张若离说："你把当时的情况再详细讲一遍。"

张若离没有任何隐瞒，把江洋当时救醒王站长后两人的对话，接着自己离开的情景一五一十地复述了一遍。

刘先生听完后，看向江洋。

江洋撇撇嘴："这事儿我不知道啊。可能太饿了，现在真不记得了。"

"你……"张若离伸出右手指着江洋，"浑蛋！"

刘先生端起茶，眯着眼慢慢喝了两口，忽然问："江先生，你有什么打算？"

"没什么打算。"江洋打了个哈欠，"就是想快点走，我是通缉犯，逃命要紧。"

"恕我直言，江先生现在没有什么可去的地方吧？"

"中国这么大，哪里不能去？我倒是觉得啊……"江洋转动了一下脑袋，看着屋顶，"待在这儿更危险。"

"看来您对我们的误会挺深的。"刘先生呵呵一笑，对屋外吩咐了一句，"给江先生弄点吃的。"

"不用不用。"江洋身子坐直起来，"我现在不饿了，就是有点困，您看能不能找个房间让我睡一会儿？"

"我有一个想法。"刘先生身子前倾，诚恳地说道，"我们可以合作，江先生考虑一下？"

江洋没有继续装疯卖傻，直接摇头，"我已经说过了，我对政治斗争不感兴趣。我尊敬你们，但道不同不相为谋。"

他叹口气，"我被这些东西整怕了。"

“我们和他们不一样！我们做的才是正确的事！”张若离忍不住插嘴。

刘先生抬手打断了张若离，对江洋说道：“这样，我们暂时抛开政见，不谈这些。我们都是普通的中国人，而江先生你，是一个被诬陷的普通人，对吧？”

江洋点点头。

“听若离讲了江先生的事迹，我很佩服。”刘先生缓缓说道，“但恕我直言，现在你要想凭自己洗清冤屈，恐怕是很难的。我们第一次见面是在这种情况下，你对我有所提防理所当然。但你和若离算是同生共死过，应该相信她绝对没有害你的想法。所以我希望，你能把详细情况说出来，至少我们能帮你出出主意。如果有我们能帮忙的地方绝不惜力。”

“当然……”没等江洋说话，刘先生又补上一句，“江先生可能并不需要我们的帮助。但我们很需要江先生的帮助，我们需要知道到底你了解了什么信息。我可以保证的是，如果你不愿意，那么后面的事一定不会把你牵扯进来。”

“如果我不想说呢？”江洋直视着刘先生，“把我继续关到说为止？”

“我们不会做这样的事。”刘先生与他对视，神情坦荡。

“那我要求现在就离开呢？”江洋似笑非笑，嘴角微咧，似是嘲讽又是自嘲。

刘先生没有任何迟疑，马上回答这个问题：“现在不行。现在你离开，为了安全这个据点会作废，对整个上海的情报网都有很大的影响。我们需要至少六个小时的处理时间。之后你就可以安全离开。”

江洋的表情慢慢严肃了起来，沉吟了一分钟后，忽然说道：“按照王站长所说，金天木灭口的动机，应该和民国三十年的福州粮仓案有关。”

张若离松了一口气，不管江洋为什么愿意忽然开口，说明他的态度发生变化，同意合作。这是她想看到的。

刘先生有些不解：“他为什么能肯定是这个原因？”

江洋说道：“王站长虽然不知道具体真相，但亲口承认，这案子中的所有结案证据都是他亲手伪造的。”

刘先生思索了片刻，开口道：“在对付金天木这件事上我们有一样的目的。我这里有一些信息，江先生不妨听一下。

“金天木，男，四十七岁，籍贯扬州……”

江洋越听越吃惊，没想到刘先生对金天木的生平了解得如此详细。他不禁转头看了一眼张若离，心想这份翔实的情报中估计有不少是她的贡献。

“王启年在担任上海站站长之前，是金天木的副官。从他和金天木的升迁履历可以看出，粮仓事件之后不久，两人的职位都发生了变动，和王启年临死前说的相符。

“另外有件事江先生应该不知道，王启年是金天木的第二任副官。”

刘先生说到这里顿了一下，江洋心里一动，知道他既然这样强调，里面肯定有问题。

果然，刘先生接着说道：“巧的是，金天木之前的副官，也在那场大火中丧生。”

“咦？”江洋皱起眉头，尽管他之前打定主意不想继续牵扯进来，但这个蹊跷的巧合还是让他忍不住问道，“这个人的死恐怕也不正常吧？”

刘先生眉间浮起怒气，“当然！福州沦陷时，当地守军望风而逃，日军毫不费力地占据福州，大批的物资和军火就这样白白留给了日本人。”

“这就是监守自盗啊！”江洋立刻明白过来，倒吸一口冷气，“仓库只是掩饰，里面有大批军火，这些东西想必早就被他暗中克扣下来。然后一把火把所有证据烧光，嫁祸给日本人，此事就死无对证了！”

张若离也反应过来，“只是金天木没有想到的是，仓库里刚好有美国政府的观察员，导致这件事变成了国际事件。这个意外让金天木措手不及，眼看所有事情就要败露，上面却指派金天木调查此事，于是他当即痛下杀手，不惜把直接参与的副官灭口，这件事才得以迅速结案。”

张若离说完，和江洋目光交错，都看到对方眼中的震惊。虽然只是猜测，但分析下来却合情合理。只是金天木的举动似乎还有许多让人不解之处，比如为何时隔几年之后，下狠手把自己的联络处炸毁，虽然能够解释，但江洋总觉得还是有些勉强。

“不光如此。”刘先生脸上怒容更盛，“你们想过没有，这些军火去哪里了？”

江洋愣了一下，民国三十年正是战争如火如荼之时，之前他只是震惊于金天木一干人的胆大包天，却没有想过这个问题。军火在战争时期当然值钱，可问题是，金天木能卖给谁呢？

共产党？肯定不是。福州离着共产党的军队十万八千里，那么一大批军火怎么也不可能瞒天过海地运过去。

答案只有一个。

“……日本人？！”江洋不光声音发抖，手也在颤抖，他实在无法相信。

刘先生缓缓地说：“金天木犯下的是背叛民族的大罪。”

一时间，江洋怒火冲天，下意识站了起来，想要说点什么，一时间却无从说起。无数信息碎片在脑海中闪过，整件事的来龙去脉清晰起来。这件事如此严重，难怪金天木不惜付出天大的代价，也一定要遮掩下来。

“江先生，”刘先生神情严肃，“我想请求你一件事。”

“请讲。”

“金天木的所作所为，已经是背叛民族的行为，我相信所有知道真相的中国人都不能容忍。”

“我同意。我也希望看到他的罪行能被公之于众。”江洋苦涩地说道，“但现在我们没有证据。”他稍微冷静下来，悲哀地发现这些猜测虽然在逻辑上没有问题，但想要找到证据，却是千难万难。

“不，我们有证据。”刘先生看向江洋，“你就是受害者。你愿意出面揭发金天木吗？”

“他背地里做的这些事人神共愤，不管是军统或者国民政府的其他人知道了真相，都不能再容下他。”

不等江洋回答，刘先生接着说道：“你可以在《解放日报》上揭发金处长的所作所为，他以为自己做得天衣无缝，那么我们就把一切都讲出来，让人民来审判。当然我们也会考虑你的安全问题，我们可以送你去解放区，如果不愿意的话，也可以送你去香港。”

事情终究绕回自己身上了。江洋缓缓坐下，强迫自己压下对金天木的愤恨之情，冷静地思考起来。刘先生的提议江洋并不排斥，甚至很乐意为揭穿金天木的阴谋贡献一份力。但另一方面，他现在的处境十分微妙，必须多为自己考虑一些。

“刘先生，我怎么知道你不是也在利用我？”

“我们和金天木不一样！”张若离对江洋的质疑有些生气，“我们是有理想的……”

刘先生摆摆手再次阻止张若离，“江先生不喜欢听这些，我们说点别的。”

张若离悻悻地闭了嘴，咬着嘴唇歪着头看向一边，显然对江洋的这句话耿耿于怀。

刘先生说：“江先生看看这样行不行，我可以安排你今晚就去香港。到了香港之后，你想要再去什么地方都可以，只需要临走之前把揭发状交给我们就行。现在上海的形势你也清楚，没有我们的帮助，你一个人是很难出去的。”

江洋不得不佩服刘先生的果决，他发现用大义很难说服自己后，立刻换了种方式。对于连续遭遇变故充满戒备的江洋而言，这种交易反而让他更有安全感，同时也感觉到了对方的诚意。而且他能感觉到刘先生身上那种特殊的人格魅力，之前自己愿意开口讲出和王启年临死前交谈的细节，很大一部分因素也是因为刘先生的坦诚和思虑周到。

“对了，江先生应该已经猜到了，我就是刘看山。和江先生一样是通缉犯。不过我的赏金好像比江先生要多不少啊。”刘先生饶有深意地看着江洋，“如果江先生一旦觉得被我们利用，大可以把这笔钱给领走。”

江洋默然无语。他从见到刘先生的第一眼起，就一直在暗中猜测刘先生的身份。张若离这样身份特殊的高级卧底是直接向刘汇报的，而且从对话中能听出来他对地下党整个上海情报网络的运转可以直接下令，从这些细节中江洋已经隐隐猜出了他的身份。之前他反复要求主动离开，也是因为对方对这些细节的泄露完全不加掩饰，所以担忧会越陷越深。

不过刘先生主动讲出来，还是让江洋有些吃惊。之前军统内部的泄密一事让宋副院长大为光火，刘先生就是排查后确认的头号通缉犯，江洋本以为他早已在风声鹤唳的搜查下远走高飞，没想到居然还在上海活动。

张若离脸色一变，低声解释说道：“江洋不会出卖我们的。”

江洋却听出了张若离没有听出来的另一层意思。总觉得他这句话除了表明信任之外似乎另有深意，虽然暂时不清楚，但反复思量都觉得对自己有利无弊，想了想，江洋点点头，“我可以答应。但有一个条件，我希望报上不要登我的名字。”

张若离有些不解，“报纸内容一登出来，军统肯定就知道是你，为什么还在意这个？”

刘先生倒是明白江洋的想法，呵呵一笑，“看来江先生还是态度很坚决，不想和我们扯上关系啊。我明白了，具体内容我们会做处理，保证报道里没有江先生的名字。”

江洋笑了，这样的安排他无话可说。

张若离犹豫了一下，对刘先生说道：“我还有一个建议。报纸曝光也不一定能扳倒金天木。我可不可以把这件事的原委告诉我父亲？虽然他不认同我们的政治理念，但他终究是爱国的，肯定不会容忍这种叛国通敌的行为。”

刘先生没有直接回答行还是不行，“正要说到你。现在你和金天木已经彻底翻脸，已经没有继续潜伏的可能了，我建议你立刻放弃身份去解放区。”

张若离立刻摇头，“这样组织的损失太大了。只要我们能把金天木扳倒，我依然可以继续潜伏在军统内。我父亲是不会怀疑我的。”

江洋在旁边听着他们的对话，心里十分感慨。这几天的生死与共之下，他对张若离的了解逐渐加深，也见过几次她情绪险些失控的模样，现在知道了她的出身以及地下党的隐秘身份，无法想象她在潜伏的过程中承受了怎样巨大的压力。可即便如此，她依然愿意继续承受压力和担忧。江洋猜不出，是一种什么样的信念在支撑着她这样做。这是他第一次接触地下党，却有种很不一样的感觉。

刘先生考虑了一会儿，说道：“那就按你说的来。但是你注意，这段时间宋副院长要各处巡视，去过杭城之后就会来上海。我们上次叫他在上海吃了亏，这次他来者不善。这几天上海所有联络处全部进入静默状态。这个联络处也暂时不会使用了。为防出现紧急情况，你和我的单线联系依然有效。”

接着，他对张若离说了一句意味深长的话：“注意安全。一定记住，斗争总会比你预想的更残酷。”

说完这句话，刘先生站了起来，对江洋说：“那就这样定了，我马上让人送你去码头，今天深夜有一班船，我可以送你上去。至于若离同志，这里离你家不远，我就不派人送你了，路上多加小心。”

江洋没想到张若离的父亲就在上海，但这已经不关他的事了。再过几个小时，他就永远离开这里了。

他跟张若离，也应该是永不相见了。

张若离咬着嘴唇，忽然问江洋：“你真的决定去香港？”

“天下虽大，能容我藏身的地方不多。”虽然要被迫背井离乡，但江洋脸上看不出什么愁苦的表情。

张若离咬咬嘴唇，“你可以跟我回家，我父亲可以保护你的安全。”

刘先生皱了皱眉，没说什么。江洋也有些意外，从张若离眼中看到了不加掩饰的关心和担忧，最终还是叹了口气，“在事情没有水落石出之前，我走到哪里都是个天大的麻烦，还是不要给你父亲添麻烦了。”

顿了顿，江洋笑着说道：“希望我们以后还能见面。”

张若离也知道她刚才的提议的确有些幼稚了，默然片刻，忽然上前一步，朝江洋伸出了右手。

江洋握住她的手，心中忽然升起一丝不舍，酝酿很久，最终只是轻轻说了声：“谢谢。”

张若离是最先离开这个院子的。她走出院子回身把门锁上，知道从现在开始，在几天内自己都是单打独斗了。

江洋随后也会去往码头。他终于安全了，想到这，张若离有些开心，也有一点失落。

刘先生留给他们十分钟告别，可毕竟两个人相识不久，这种情况下反而没什么话要说，大部分时间都在沉默，不时说上几句无关紧要的话。

不过也许是都想到了这一别以后再难相见，这几分钟，是两人认识以来最为信任和放松的时候。走在街上，张若离回想刚才两人相处的片段，嘴角还是禁不住微微上扬。她很久没有过这样什么都不用想，无比放松的感觉了，唯一的遗憾是……时间似乎短了点？

正想着平时从未有过的念头，马路上纷乱嘈杂的声音把她拉回了现实。她对刚才自己短暂的失神有些懊恼，现在毕竟还处在危险之中。金天木肯定已经知道了上海发生的事情，等他查出张若离和江洋去了上海站，并在爆炸中脱逃，一定会下令加强搜索。

张若离拉了拉头上宽大的遮阳帽，低着头快步走向街边的一辆人力车。她此时的装扮和之前判若两人，眉毛和发型都做了很大的改动，脸上也特意化过妆，不熟悉的人即使拿着照片，也很难立刻认出她来。

人力车夫卖力地一路小跑，张若离坐在车上，掏出镜子装作化妆，警惕地观察着周围。街上的巡警明显多了不少，去往码头和火车站的几个路口，都设了关卡。

她的心跳快了起来，不只是因为这是第一次冒着危险乔装潜行，更重要的是，她意识到，此刻只有自己，而值得信赖的组织和……江洋，都已不在身边。

还好一路顺利，人力车夫在她的指挥下，绕了一大段路，终于到了目的地。看见自家小院的那一刻，她一直提着的心终于落了下来。

她在离家五十米左右的地方下了车。打发走人力车夫后，她没有贸然前行，而是进到一家店铺里，装作要挑选衣服，隔着橱窗的玻璃观察了好一会儿，直到确定周围没有可疑的人盯梢之后，这才下了决心，快步上前按了门铃。

第二十三章 Chapter 23

门很快打开了，开门的是个五十多岁的中年妇人，见到张若离后先是吃了一惊，随即脸上绽放出惊喜的笑容，“小姐？你怎么回来了也不跟家里说一声？快，快进来。”

张若离亲热地抱了抱对方，也露出了笑容，“宋妈，我们进去再说。”回头看了看，四周一切正常，等老仆关上大门后，这才真正地松了一口气。

“我这就去叫老爷。”宋妈心疼地摸了摸张若离的脸，“小姐吃饭了没有？我这就去给你做点吃的，你看你，去杭城这么些天，可瘦了不少……你怎么了？”

宋妈唠叨着，却发现张若离流起泪来。她心疼地看着默默流泪的小姐，拉着她的手安慰道：“是不是受什么委屈了？谁欺负你了？你去跟老爷说！”

张若离擦了擦眼泪，勉强笑笑，“没事，就是想家了。”

她自己也没有想到，宋妈一提到父亲，她心里一下子就涌起了强烈的情绪：紧张、恐惧、委屈、后怕……她这才明白，这几天的惊心动魄只是被压在心底，直到此刻才爆发出来。

你并不适合干这个。张若离莫名想到江洋对自己的这句评价，她忽然觉得，也许江洋说得没错。

“宋妈，我自己去见父亲。有点饿了，麻烦帮我煮点粥。”张若离反握住宋妈的手，“我真的没事，让我一个人待一下。”

好容易哄着宋妈进了厨房，张若离擦干眼泪。等情绪平缓下来，脸上的神情也回到平时的严肃冷漠，这才整了整衣服，走到二楼父亲的书房前，轻轻敲了敲门。

门打开，一个高大魁梧的中年男人出现在门后，他和金天木年龄差不多，但和似乎永远面带笑容的金天木相反，国字脸配上眉头几道深深的抬头纹，让他有种不怒自威的气势。

张若离看到这张严肃的脸，心中涌起一股暖意，上前紧紧抱住父亲，把头埋在他的怀里。

“出了什么事？”张远湖敏锐地察觉出女儿的异样，轻轻拍着她的肩膀，“怎么回来了？受委屈了？”

张若离本以为自己已经收拾好了情绪，但父亲的一句话又让她忍不住哭了起来。这一次她痛痛快快地发泄了情绪，等抬起头时，发现父亲胸前的衣服都被打湿了，不好意思地吐了吐舌头。

张远湖本来紧张的神色松弛下来，张若离这样的神态他太熟悉了，每次犯了什么错，她都会露出这样可怜兮兮的表情。

“坐下说吧。”张远湖在沙发上坐下，带着笑意说道，“想家了？”

“嗯。”张若离点点头。

“你现在应该在杭城执行任务吧？怎么偷偷跑回家来了，肯定没给老金打招呼吧？”

话虽这样讲，但张远湖的语气中没有一点责备，倒满是溺爱。不等张若离回答，他又说道：“这样，我回头还是把你调回上海来吧。老金好像被延安那边给盯上了，他那里也不太安全……”

张若离深吸了一口气，打断了他，“爸爸，我有很重要的事要给您说。”

“嗯？”张远湖起身从书桌上取出香烟和打火机，正准备点燃，想到张若离在，又把香烟给放下了。他把玩着手中的打火机，打量了张若离一会儿，忽然问：“你谈恋爱了？”

张若离先是愣了一下，反应过来后脸涨得通红，她发现自己第一时间脑中浮现的居然是江洋的样子。

“没有！”她有些生气地大声回答。

“好，好，你说没有就没有。”张远湖哈哈笑了起来，“那我要好好听听，我闺女要说的是什么重要事情。”

张若离努力从父女间温馨的气氛中摆脱出来，看着父亲的眼睛，严肃地说道：“金天木涉嫌叛国。并且他还想杀我！”

从之前的对话中，张若离知道金处长肯定针对性地封锁了消息，以至于父亲对于杭城发生的事情一无所知。她带来的消息太过惊人，必须要让父亲知道这件事的严重性。

“今天上海站发生的爆炸案，您应该知道了吧？您以为这是地下党干的？这是金天木自己做的！从头到尾都是一个阴谋。”

张远湖神色开始凝重起来，他看得出，张若离绝对不是在开玩笑。

“你……是偷看了老金的文件？”张远湖皱起眉头后，额头前的皱纹更加明显了。张若离的职位相当于金天木的秘书，如果是偶尔之下发现了什么敏感文件，张若离惊慌之下难免会把事情想得过于严重。她毕竟经验太浅，说的消息也太过匪夷所思，所以张远湖本能觉得也许是女儿小题大做了。

“比偷看文件严重一百倍。整件事情说来话长，三天前，金叔叔让我去杭城……”

张若离从自己到杭城警察局检查档案说起，把这几天以来的事情一件不落地说了出来。当然，涉及地下党的部分除外。

张远湖一直安静地听着，哪怕是绑架案的真相、冯诚被杀、江洋被诬陷等事也都是面无表情。直到张若离说到她情急之下用枪威胁了金天木的副官，和江洋勉强逃出杭城，才说了一句：“你这样做太鲁莽了。”显然对张若离冒着巨大风险救素不相识的江洋这个举动很不认同，“已经做了就算了。但以后不要这么冲动！”

当张若离把爆炸事件的前因后果，以及之前在地下党联络处里三人的猜测结果都说出来之后，张远湖的神色终于有了一些变化。

“这个江洋，背景干净吗？”他想了想，先问了这么一个问题。

张若离知道他的意思是问江洋有没有地下党的背景，摇了摇头，心里却有些愧疚。父亲怎么也不会想到，身为军统高官，自己的女儿才是真正的地下党。

张远湖说："也有一种可能，是江洋骗了你。这个人不太简单。如果他真像你说的走投无路，为什么不愿意跟你来见我？"

张若离叙述的事实基本上都是真的，但因为隐去了和地下党有关的情节，所以只能含糊地说江洋不想给自己带来麻烦，所以已经潜逃去了外地。没想到这个环节却成了无法解释的漏洞，情急之下只能说道："反正我相信他！"

张远湖神情复杂地看了她一眼，旋即脸上浮现出疼爱的表情，"好，好。既然你这么说了，爸爸也相信你。不过我还有几个问题要想一下。"

他走回书桌旁，从身后的柜子里选出了几个文件夹，一边翻看文件，一边习惯性地拿起一根香烟放在嘴上。张若离主动用打火机帮他点燃，然后乖乖地坐在身旁，紧张地观察着父亲的神情，不知他最终会做出怎样的判断。

张远湖眉头紧锁，连续抽了三四根烟后，终于放下了文件。

"我认识老金二十多年了。"他熄灭手中的烟头，站起身来走到窗边，语气萧索，满是感慨，"没有想到他会变成这样。"

"您相信我说的了？"张若离抿着嘴唇问道。

张远湖指了指自己的脑袋，"你爸不是笨蛋。我只是想要核对一下，希望能找到证据证明他不是……"

说到这里，张远湖忽然狠狠一拍窗框，"虽然我一直对他处理事情的方法有不同意见，但我没想到他居然走得这么远！怎么能错成这个样子！"

张远湖铁青着脸在屋子里踱来踱去。张若离知道他正在思考怎么处理这件事，犹豫了一下，还是说道："还有一件事，我得告诉您。江洋临走的时候说，他在离开之前，要把事情的来龙去脉告诉媒体。如果媒体不敢发的话，他会给《解放日报》也发一份。"

她偷偷看了一眼父亲，见父亲脸色更加难看，她只能硬着头皮说道："我劝他不要这么冲动，如果消息真的披露出去了，我们就会很被动。"

许久，张远湖的表情平静下来，他点点头，"你说得对。能从大局考虑，若离，你成熟了。"

张远湖拿起了桌上的电话，吩咐了几句，然后走到衣架旁取下外套，"从现在起，你就待在家里。在这件事解决之前，我会派人保护你。”

张若离刚想说什么，张远湖打断了她，“若离，现在不是你任性的时候。前一阵子情报泄露的事情搞得你爸很被动，你做事不能像以前那样任性了。我要亲自去找老板，你现在回自己房间，把门锁上，不许离开房间。”

外面响起了轻轻的敲门声。张远湖拍了拍张若离的脸，过去打开了房门。

敲门的是宋妈，“粥好了，小姐是下来吃，还是我给端过来？”

张若离叹了口气，勉强挤出个笑容，“宋妈，那就麻烦您把粥送我房间里吧。”

粥是鲜虾扇贝熬成的，粥碗旁还有一小碟肉松，一小碟酱菜，一碟桂花糖藕，都是她从小就爱吃的。

不过张若离没有胃口，胡乱喝了两口就放下了碗筷。

不知为什么，她总有一种不太好的预感。自从父亲匆匆离开后，这种不安的感觉越来越强烈，让她心情忐忑。

打开房间的门，走廊上站着的几个人朝她打招呼：“小姐。”

这些都是父亲的亲信护卫，张若离从小就认识他们，过去都是喊哥哥的。她知道这些哥哥对父亲的忠诚没有任何问题，关键时刻，会毫不犹豫地用性命换他们父女的平安。

“有什么需要的吗？”为首的年轻人柔声问道。

“浩池哥，麻烦让宋妈帮我泡壶茶。另外，等父亲回来，第一时间告诉我。”张若离笑着说道。

关上门，张若离越发感到不安。

她不相信在自己家里能有什么危险，可单单门口就有三个人，据浩池哥说，还有十几个人被安排在了楼下。

如果父亲认为这么完备的保卫措施很有必要，说明这件事有很大的危险，还说明父亲的把握并不大。

不过也没那么糟糕吧？张若离安慰起自己来。父亲和江洋不一样，他在军统干了那么多年，有许多自己的朋友和手下，可不像江洋那样是光棍一个。在张若离的认知里，父亲从来都是无所不能的。而且父亲行得正坐得直，没有把柄可抓。就算扳不倒对方，也不会输吧？

张若离就这样患得患失地发着呆，不知过了多久，楼下传来一阵争吵，她回过神来，发觉天已经快要黑了。

她打开门，门口的三个守卫只剩下浩池一个人。

“怎么回事？”她问。

浩池站背对着她，朝她摆了摆手，“没事，你回去。”

张若离看到他左手里拿着枪，急了，“到底出什么事了？”

“三车人，警备司令部的。你把门关上，我不叫你别出来。”

楼下隐隐传来陌生人的叫嚷声，有人高喊着“这是搜查令”一类的话。

张若离关上门，缓缓在门口蹲下，浑身发抖。她清楚地意识到，父亲出事了。这一瞬间，她后悔把这件事告诉父亲，对父亲的担忧和自责让她觉得胸口一阵绞痛。她想到了刘先生说过的那句话。

“……斗争总会比你预想的更残酷。”

直到此刻，她才真正理解了这句话，只是好像有些晚了。

门被推开。张若离抬头，浩池扶起她，语气急促，“现在后门还可以走。马上走，不然就来不及了。”

他拉起六神无主的张若离飞快跑下楼，从后门进入了后庭的小花园中。

就在这时，张若离听到客厅里嘭的一声，那是大门被踹开的声音，还有宋妈发出的惊呼，接着是短暂的争吵。一个男人高喊道：“睁开狗眼看清楚了！搜查令上盖的是调查统计局、警备司令部的公章！你们谁敢违抗，谁就是通匪，我可以就地枪毙！”

“张若离在哪里？谁敢再阻拦，直接开枪！”

“赶紧去后门堵着，别让人跑了。”

浩池对身后的叫喊声充耳不闻，穿过花园打开后门，把张若离推了出去，“快走，风声过去前不要回来。”

说完，他轻轻抱了抱张若离，“小姐，您多保重。”随即关上了门。

天已经全暗了下来，张若离咬着牙，向黑夜深处没命地奔跑。

尽管她不知道该去往何处。

绵绵的细雨下了足足两个小时，依然没有停的意思。

江洋再次看了看手表，凌晨零点二十分。

他一会儿觉得时间过得太慢，一会儿又觉得太快，就像他的心情一样摇摆不定：一面是即将从这趟浑水中逃离，一面是事到临头的难以割舍。

车票、新身份和盘缠都拿到了，整个事件的控诉信也已经写好交给了刘先生的手下。偷渡到香港的船还有半个小时就到了，等上了船后，这里的一切麻烦就和他无关了。

江洋深深吸了一口烟，将剩下大半截的烟弹向前方，红色的亮点在漆黑的夜色中划过一道光痕，消失在海面上。

他出神地看着烟卷消失的方向，心中涌起深深的无力感。随波逐流的烟头就像他未来的命运，背井离乡，一切重新开始，未来将会怎样，他自己也不清楚。

但这是他自己的选择，虽然心中还有不甘。

能否洗清罪名在这时候已经没有太大的意义了，他明白扳倒金处长这种事不可能靠自己的一己之力就能做到。能做的都已经做了，江洋安慰自己，我只是一个普通人，认命吧。

黑暗里传来的脚步声打断了他的思绪。

江洋顿时警惕起来，一个箭步蹲在码头的护栏后，掏出手枪，注视着脚步声的方向。负责安排自己离开事宜的地下党在半个小时前就离开了，偷渡船只随时会到，这个时候也是最容易出现变故的时候。虽然江洋心里做好了最坏的打算，但这时心跳依然不可抑制地加速起来。

远处的水面上有两盏导航灯，虽然距离很远，但在漆黑的夜色下足以照亮来人的身形。江洋有些意外地看着踉踉跄跄跑到码头的张若离，缓缓地从护栏后站起来。

几个小时前两人才分别，江洋怎么也没想到，会这么快再见到她——而且还是如此狼狈。

这场雨细若游丝，江洋在雨里待了好一会儿，觉得雾气蒙蒙让人有些烦乱。

可张若离却浑身湿透，耳边垂下几缕长发紧贴在脸颊上，不知在这场小雨中游荡了多久。

看到她失魂落魄的模样，江洋上前脱下外衣罩在她身上，“出什么事了？”

张若离见到江洋之后，似乎最后一丝力气也用完了，“哇”的一声大哭出来。

江洋第一次见她如此失态，心中涌起不祥的预感。事情的过程并不复杂，张若离边哭边说，很快把事情的来龙去脉讲了一遍。

张若离从家中逃出来后，第一反应就是去联系组织。但连续两个联络点都空无一人，她才想起来，这几天整个上海的地下组织都进入了静默期。而唯一能够直接联系的刘先生，电话也无人接听。

她唯一能来的地方，就只有码头了。

“刘先生肯定会很快得知这个变故。”江洋安慰她，“你们有没有另外的联系方式？”

“静默期的联系是单线的。我已经把信息放在联络地点了，但是现在还没有得到回应。街上到处都是巡警，我不敢再等下去了……”

没等她说完，江洋就知道这个办法行不通。说实话，她能直到此时还没有被警备司令部的人抓到，已经极为幸运了，更不要说再躲藏起来等到和组织恢复联系。以张若离现在的状态，不可能坚持到那时候。

江洋紧了紧张若离披着的外衣，暗暗叹了口气。

张若离现在的表现完全不像一个受过训练的情报人员，而是一个面对意外手足无措，只能痛哭的普通少女。

江洋能理解这是为什么。

张若离的骄傲一半来自她任职于军统高层的父亲，一半来自因信念加入的地下党。可当父亲被捕，组织又联系不上，她才发现自己只是一名普通少女。想必张若离的痛哭中，有一部分也是意识到了这个残酷的事实吧。

我们都是弱者啊……江洋在心里默默地说着：只是我早看清了这个事实，而你现在才明白。

“江洋……”张若离抬起头，惶恐的眼中有微弱的希冀，“求求你救救我爸爸。”

江洋的心情从没有如此复杂过。张若离眼神中不加掩饰的哀求让他心里堵得慌，可是理智让他明白此时不能给她任何承诺。

“现在着急也没用。”江洋强行按捺下复杂的情绪，“你好好想一想，他为什么会被抓？”

这是问题的关键。是金天木提前做了准备反咬一口，还是金天木早有策划，抓捕张远湖原本就是计划中的一环？抑或幕后指使另有他人？

可惜张若离给不出明确的答案。不过她倒是和江洋一样，认定金处长是背后的主谋。

“救救我爸爸。”张若离不停地重复着这句话。

江洋轻拍着张若离的背，却不知道说什么好。

张若离似乎意识到了江洋为什么迟迟不说话，她推开江洋，往后退了一步，目光落在江洋脚旁的行李包上。

江洋打破沉默，“我们一起走吧。”

张若离摇了摇头。她深呼吸了几口，努力止住抽泣，露出一个难看的笑容，“船什么时候来？”

“……快了。”江洋垂着头，“跟我走吧。我们……输了。”

这句话像一记重锤。张若离身子晃了晃，似乎不敢相信江洋会说出这种话来。

她瞪大了眼睛，眉宇间凝出一股怒气。江洋心怀愧疚，做好了承受斥责的准备。可这股怒气转瞬消失无踪，张若离一把抱住江洋，撕心裂肺地再次大哭起来。

“求求你，救救我爸爸！

“我只有你了，不要不管我啊！”

江洋猝不及防，感受着怀里的姑娘因为哭泣而不停抽动的躯体，无比沮丧。

“救？怎么救？我们拿什么和他斗？你父亲都斗不过！”

他的声音越来越大，也越来越愤怒，这股怒气压抑许久，有对金天木的憎恶，更多的是对自己无力的痛恨，“你搞清楚，我们现在都是通缉犯！连自己的性命都保不住，我们怎么和他斗？这一局我们输了，没希望了。离开这里也许还有一点机会。”

“你也怕了？”张若离后退了一步，凄凉地笑笑，“那你走吧，快逃命去吧。”

“那你要我怎么样？粮仓不是我炸的，黄萍萍也不是我绑架的，冯诚也不是我杀的。这些事和我有什么关系？我只是一个小警察，很清楚自己是谁。在混混流氓面前我还算个人物，可是在这些大人物眼里我连条狗都不如！

“我是小人物，所以遇到飞来横祸也只能认了。是，你是救了我。可我也救过你对吧？你们要我做的我都做了。登报纸我配合了对吧？我还欠你们什么？

“张若离，我知道你对我很失望。”江洋越说越激动，“但我也是肉长的，被枪口指着也会害怕，被绳子勒上脖子也会尿裤子……我也对自己失望，可我真的不是英雄，就是一个普通人。做得到的事我会努力去做，但有些事情，是真的做不到啊！”

江洋似乎要把这些天胸中积攒的怨气全部发泄出来，吼叫一通之后，瞪红了眼睛看着张若离。

张若离开始还想要说什么，听到后面，脸色一片惨白，当江洋歇斯底里地一通吼完，她反而平静下来了。

“我知道了。对不起，打扰你了。”张若离深深鞠了一躬，转身就走。

看着她冷静的表情，江洋隐约有种不妙的感觉，“你去哪里？”

张若离没有回答，向黑暗中走去。

“你……”江洋刚刚情绪激动时无所顾忌，现在怒气宣泄后心里满是愧疚之情。张若离并没有要挟他去做什么，她来求助于他，仅仅是因为绝望之下对他的信任。

在她眼中，他应该是她能抓到的最后一根稻草了吧？

看着张若离慢慢走远的背影，江洋心中的思绪翻腾起来。

海面上忽然扫过一道亮光。

马达的轰鸣声由远及近，一艘不大的渔船出现在海面，隐约能看到船头有个人挥着一块红色的布。

船终于到了。

江洋提起行李，目光从渔船上转开，神色复杂地看向黑夜深处。

张若离的身影已经没入黑暗，不知她会去向何方。

第二十四章
Chapter 24

杭城警察局局长办公室。

宽敞的办公室里只有金天木一个人，正坐在办公桌后闭目养神。

墙上的日历是新的一页，日期上被重重地画了一个红圈。对杭城市的大小官员来说，今天是个很重要的日子：以宋副院长为首的大人物们要来杭城巡视。

相关接待事宜有杭城市警察局去办，金天木并不操心，此刻他把心神落在了另外的事情上，对他来说，这件事更为重要。

昨天晚上他已经下了命令，减轻了对张若离和江洋的搜捕力度。毕竟在巡视期间，这件事不适合大张旗鼓地去做。如果这两个人机灵点，趁着这两天的机会，也许能逃到海外去。金天木并不担心，现在大局已定，他们两个就算逃掉也无所谓了。

想到这里，金天木露出了一丝不屑的笑容。

江洋只是个无足轻重的小角色，掀不起什么风浪。张若离虽然身为军统，但靠的是父亲的荫庇，现在张远湖已经倒台，张若离这种娇生惯养的大小姐骤然流落江湖，想必比起江洋来还要不如。

叛国罪？金天木在心里冷笑。一个月前，分管情报的张远湖因为情报泄密事件就已经搞得很被动。他自己的屁股还没擦干净，就想管别人的闲事？张远湖的失算就在于，以为凭借粮仓案就能扳倒自己。他恐怕根本没有想到，仓库里根本就没有什么监守自盗的军火！他更加不会想到，这顶帽子会反过来扣在他的头上吧！

金天木睁开眼，看了眼手表，刚好八点整。他把所有的细节在脑子里又过了一遍，直到想不出有什么遗漏，才拿起了桌上的电话，“你来一下。”

很快，房间门被轻轻敲了两下，朱副官推门走了进来。

“宋副院长下午就要到杭城了，今天上街的暗哨你挨个都要嘱咐到，要他们小心办事，都收敛点，不要闹出事。”

“是！”朱副官举手敬礼后，却没立刻转身出去，低头说道，“对不起，处长，我保证不会再犯错误了。”

“栓子，”金天木和蔼地笑起来，“那件事已经过去了，别老放在心上。”

朱副官心里涌起一阵暖流，金处长特意叫自己的小名，是让他放宽心。可这样他反而更加感到自责，一天前要不是因为他判断错误，也不会让张若离和江洋从眼皮底下逃脱。

他咬牙说道：“我一定亲手捉住这两个逆贼！”

金天木摇摇头，“要分清主次。记住，今天杭城最重要的是稳定。你去吧。”

朱副官神情一怔，再次敬了个礼，转身离开。

看着关上的门，金天木脸上的和煦笑容逐渐消失。他盘算着，等把粮仓案彻底解决后，自己也该换一个副官了。

正在脑海中思索新副官的合适人选，敲门声再次响起，这次比之前急促了许多，匆匆几声后，来人直接推开了办公室的门。金天木转瞬恢复了和蔼的表情，看着去而复返的朱副官。

“处长……”朱副官脸色有些古怪。

“什么事？”金天木的眉头皱了起来，对他吞吞吐吐的样子很不满意。

“两分钟前，张若离出现在警局门口，要求见您。我已经让人把她给控制起来了。”

金天木脸上看不出任何表情，“一个人？”

“对，只有她一个人。我让兄弟们四面八方都看过了，如果江洋那小子在，准跑不了。”

“她提了什么要求？”

“就说要见您。”

张若离的自投罗网有些出人意料，金天木瞬间制定好了几个应对方案。从理论上来说，最干脆的是根本不见，直接把她交到上海。但出于谨慎，金天木还是决定看看她葫芦里到底卖的什么药。

很快拿定了主意，金天木笑了起来，“带她来吧。”

把张若离带进办公室后，朱副官后退两步靠墙站着，如临大敌地盯着她。虽然对她已经做了彻底的检查，也给她上了手铐，可之前的教训犹在眼前，如果在金处长面前再发生什么意外，他就彻底完蛋了。

和朱副官的如临大敌不同，金天木显得好整以暇，身体放松地靠在沙发上，饶有兴趣地打量着张若离。

张若离一贯以“冰山美人”形象闻名，此时却无比狼狈。她身上的衣服虽然已经干了，但是皱巴巴的，和往日整洁利落的样子大不相同。

最关键的是，她的眼中不再有自信。连朱副官都能够感觉到她浑身散发出一股走投无路的绝望。

见了金天木，张若离主动开口：“你要什么条件才能放过我爸？”

金天木收起笑容，叹了口气，没说话。

张若离又重复了一遍，这次口气更软了，“您开口吧，要什么条件？”

“你先别急，”金天木语气柔和，仿佛两人之间什么事都没有发生过，就像普通长辈那样安慰一个无助的小女孩，“远湖兄的事我也很着急，但是这种事不是说办就能办的啊。”

张若离咬住嘴唇，忽然跪了下来。朱副官站在旁边，面无表情地看着，心里却没有脸上那么平静。眼前这个面无血色跪在地上求人的，真的是那个冷傲清高的张若离？

他用眼角余光瞟了一眼金天木，不知为什么心里涌起一股寒意。张若离这个举动，表面上看起来是被通缉的嫌犯主动投网自首，可他知道，摧毁张若离意志的是金天木昨天的雷霆一击。朱副官并不清楚张远湖忽然倒台的内幕，但至少明白一件事：自己的老板实在很可怕。

“这是干什么，快起来，快起来。”金天木嘴上说着，却丝毫没有要扶她起来的意思，他调整了一下坐姿，“你先别急。上次情报泄露的事情还没搞清楚，又突然来了这么一件事，我也不知道远湖兄到底……如果是通共就麻烦了。”

张若离听到“通共”这个词时身子抖了一下，脸上流露出绝望的神色。

“若离，你是我看着长大的。这几天你有点犯糊涂，我不怪你。我知道你是被人带坏的。那个江洋，你跟他才认识几天……”

张若离似乎听明白了什么，犹豫片刻后抬起头，“我……举报一个共匪。”

“谁？”

“江洋！”

“没记错的话，他本来就在被通缉吧？”金天木并不感兴趣，“反正很快就能抓住他，到时候一审便知。”

“现在他人在上海，紫藤路的顺风旅馆。他下午会去码头，然后偷渡去马来西亚。”张若离毫不犹豫地交代完这些信息，“是不是抓了他就能放了我爸？”

金天木没回答，看了朱副官一眼。后者立刻走进里屋打电话去了。

金天木站起身，绕过办公桌把张若离扶了起来。屋里就剩两个人了，金天木的态度和蔼了一些，他打量了一番张若离，叹了口气，“你看你，怎么搞成这样？给金叔叔说说，到底是怎么回事，你怎么又回杭城了？”

“昨天家里出了事。爸爸说去汇报工作，结果被捕了。”张若离语气有些麻木，没有一点怨恨，只是陈述着事实，“我侥幸跑出去后躲了起来，想知道到底发生了什么。想了很久，最后得出结论，有能力、有动机这样做的只有金叔叔您了。

“爸爸情况不明，家里被抄，我才发现整个上海连一个可以投靠诉说的人都没有。无助之下，我只能找到了江洋，想找他帮忙。他和我的猜测一样，也认定是您做的。但接下来我们发生了很大的分歧，于是我决定赶回杭城来见您。”

金天木饶有兴趣地插话：“这么快就闹崩了？你们不是肝胆相照，性命相托吗？”

这是在嘲讽张若离冒着生命危险在杭城警察局救了江洋，隔了一天又出卖了他，更是提醒张若离，你所说的理由也太不靠谱了。

张若离摇摇头，“我当时很无助，求他帮我救爸爸。他却说让我跟他一起逃走，我拒绝了。其实我也明白，他没有义务答应我，况且我连爸爸到底出了什么事都不知道，他都是要跑路的人，哪有能力帮我？只是我慌不择路下把他当成救命稻草，稍微冷静下来后我就知道，的确是自己失态了。”

她眼中逐渐有光芒闪烁，带着一丝悔恨，“他很想劝我一起走，见我态度坚决，就告诉我，这件事他没办法，但他身后的组织也许可以帮我。”

“你的意思是，他亲口告诉你，他是共党？”金天木问道。

张若离重重点头，“那一瞬间我真的很后悔。我救他只是因为不想看见好人被冤枉，没想到他却是个逆党！我也忽然明白了金叔叔您为什么要对他下手，您是不是早就怀疑他了？如果当时告诉我其中的内情，我也，我……”

张若离说着说着眼泪掉了下来，顿了一下才抽泣着继续说道：“……我马上想到，如果爸爸被捕和金叔叔有关，那么把江洋抓住，也许能让您的怒气稍减。所以，稳住他后，我连夜赶回杭城来求您。”

“若离啊，你还是太幼稚了。”金天木用手指了指她，痛惜地说，“你放心，远湖兄和我是过命的交情。我可以保证他绝对安全，这件事肯定是误会，等事情一查清，我立刻让人放了他。”

张若离点点头，表情忐忑不安。

“不过，你之前做的事情着实有些出格。”

张若离紧张地站起身，“金叔叔，我……”

金天木呵呵一笑，“别紧张。这些事我不怪你，我只当它没发生过。你的性格我了解，但疾恶如仇、法场劫人这些事都是江湖话本里的桥段，能一股热血上头就蛮干吗？伪造长官手令，这种事的性质你想过吗？所以说你幼稚一点也没错。

“行了，这件事不提了。你之后有什么打算？愿意继续回到我身边也可以，想要调到其他地方也没问题。我给你说实在话，远湖这件事很棘手，即便我把他保下来，估计也要暂时退下来了。你啊，也该考虑一下今后的出路……”

他正念叨着，朱副官打完电话回来了。在金天木的示意之下，朱副官也不避讳，当着张若离的面汇报，“上海那边我们没有人手了……我通知的警备司令部。他们刚刚回电，在旅馆抓住一名青年男子，虽然他反抗激烈，拒不承认自己的身份，但从外貌描述看来……很像是江洋本人。”

金天木点点头，笑着对张若离说：“不错。”

张若离脸上闪过一丝痛苦的神情，“那……现在可以放了我爸爸吗？”

“你放心。我答应你的，就一定会办到。你现在最重要的是休息。这几天你折腾坏了吧？我让小朱送你去休息。”

“那……谢谢金叔叔。”张若离低声说道，忽然再一次跪下来，“求求您，我爸爸是被冤枉的，是我连累了他！所有事都是我做的，我罪该万死！”

“胡闹！远湖的事和你有什么关系？”金天木笑了起来，“何况就算他没事出来了，知道宝贝女儿被关起来了被枪毙了，这和杀了他有什么区别？”

张若离明显神色放松了下来，但不敢大声哭泣，抽泣着说道：“呜呜……谢谢金叔叔。其实我……我也怕死的……呜呜。”

金天木叹了口气，“知道怕就好。”他看着张若离手腕上的手铐，皱眉看向朱副官，“有必要这样吗？快点解了。”

朱副官一愣，心想您不会是才看到吧，赶紧上前把手铐给打开了。

金天木说：“你来杭城也没多久，人生地不熟的，你有什么想去的地方吗？我让栓子送你。”

朱副官和张若离同时愣了一下，金处长的意思这是要把张若离放了？听到这个突如其来的消息，张若离有些手足无措，结结巴巴地说：“不用麻烦朱大哥了……我……我想回上海……”顿了顿，偏着头小心地问道，“可以吗？”

“可以，怎么不可以？”金天木拍了拍她的肩膀，“我知道你惦记着你爸，这样也好，等他出来后第一时间就能见到你。不过一路上小心，现在你的身份有问题，被人发现了会很难办。我再问一句，真的不用我安排？”

“不用，真的不用。”张若离摆了摆手。她明显还处在极度意外之中，明明是好消息，脸上却没有什么喜色，像是怕金天木反悔，“金叔叔，不好意思给您添麻烦了，那我这就走了。”

“你自己多加小心。通缉令我这就撤掉。”金天木嘱咐道，“记得从后门走，现在毕竟你的通缉还没撤销。”

张若离离开之前，朝金天木深深鞠了一躬。

直到张若离的脚步声从门口远去，朱副官终于忍不住开口：“就这么让她走了？”

金天木呵呵一笑，“那你觉得要怎样？”

朱副官心里有无数疑问，却不知该从何问起。他忽然想起来一件事，“要不要我派人去上海确认被抓的那个人是不是江洋？这件事太匆忙，办得有些糙，我觉得疑点太多了。”

金天木冷笑了一声，饶有兴趣地看着朱副官，“你真以为那个是江洋？”

“您看出来了？”朱副官脑子有些转不过弯来。他本以为张若离痛快地交代出了江洋的下落，所以处长才决定放她一马。现在看来，处长压根就没有相信。

既然如此，为什么还要放张若离走呢？

朱副官满是疑惑，却不敢直接问，只能装作恍然大悟的样子，自言自语道：“看来张若离刚才说的话没几句是真的。”

“把一组和三组中平时和若离关系比较好的那几个人抽出来，叫剩下的人盯着她，两个组交替轮换，每十分钟报告一次。她做什么都不要管，只管报告。”金天木没有解释，直接下了命令。

“是！”

几分钟后，朱副官把一切都安排妥当。金天木坐在椅子里，一副若有所思的样子，缓缓说了一句：“有意思。”

朱副官看出处长的心情似乎很不错。他没有着急告辞，他知道这种时候，老板多半会主动找他有话说。

果然，金天木很快开口：“栓子啊，我问你，你相信刚才张若离说的那些话吗？”

朱副官摇摇头，“不太信。她不是这样的人。”

“那你觉得我信吗？”

这句话问得有点绕。朱副官想了想，还是明白了他的意思，“刚才我真以为您信了。现在看来，是我太想当然了，既然我都能觉得不对，您肯定早就看出来了。”

“这就对了。”金天木用食指轻轻点着桌面，“既然她要让我相信她是真的走投无路，找我求饶，那我就相信好了。”

朱副官马上接过话，“她既然没说实话，那必然有所图谋。若是我们直接把她抓住关起来，她还能干出什么来？”说到这儿他面露困惑，苦笑道，“她又不是那种亡命之徒，带着炸药和我们同归于尽。”

“说不定就是想要同归于尽。”金天木冷冷地说，“如果她的目的就是想让我们把她抓起来呢？”

“这也太……”朱副官这次是真的震惊了，他随即皱起眉头，认真思考起这种可能性来。

在他看来，整个事情的关键在于张远湖在一夜之间离奇倒台，至于背后的原因，他不敢去猜，只能肯定和金处长有关。不管这其中的博弈有多复杂，既然金处长已经对张远湖下手，那么把张若离抓起来应该是利大于弊才对。

“那要不要干脆……”朱副官做了个手掌轻切的动作，小心问道。

金天木笑得很轻松，“没有那么严重，不要擅自乱搞。”

“是。”朱副官利落地答应下来。

“既然不知道他们葫芦里卖的什么药，那就将计就计好了。”金天木目光闪动，“如果我没有猜错的话，很快就会有意外出现。”

朱副官这时也领会到了老板的意图，“也就是说，不管她是真的求饶，还是和江洋有什么企图，我们只需要盯住她，见招拆招，后发制人就行了。”

金天木笑了起来，“所以你要记住，在实力完全不对等的情况下，耍小聪明是没有用的。”

随着报告的电话一个个打进来，朱副官对金天木越发敬佩。盯梢的人陆续传回来的消息，证实了老板的猜测。张若离在离开警察局后，根本没有去火车站，而是叫了辆人力车，直奔闹市区的一个茶馆。

她在茶馆里只喝了五分钟的茶，随即穿过茶馆的后门，喊了人力车去了下一个地方。

这是军统反跟踪的标准手段，到目前为止还看不出她真正的目的地。幸好跟踪她的人都是专家，虽然辛苦，但盯得很牢。

“她已经察觉到有人跟着了。”金天木倒是不以为意，“但还是嫩了点啊。下面的人动作可以再快点，诱饵可以抛出了。”

金天木说的诱饵是军统跟踪的一个技巧，故意让被跟踪人发现行踪，然后有意让对方甩掉自己，却没料到身后还有其他隐藏的跟踪人。

朱副官立刻命人去执行，他知道金天木有些不耐烦了，要尽快让她露出马脚来。

但一个多小时过去后，跟踪的人依然没有发现任何可疑的动向，张若离也没有试图和任何人联系，似乎真的就在到处闲逛而已。

她到底想要干什么？朱副官发现金天木正皱眉思索，没有了之前信心满满的样子。本来他想要提议还是把张若离抓起来，话到嘴边又给吞了回去。质疑上司的决定，这是大忌。

“她去了福山路的临仙酒楼，一个人吃了饭。”

“之后去了铁像寺，上了一炷香后就离开。”

“沿府西河走了十分钟，没有与任何人接触。之后喊了人力车离开。”

朱副官不停地汇总跟踪的情报，在摊开的杭城地图上把张若离到过的每一个地方都标记出来。

看着地图上越来越多的标记，听着副官每隔几分钟的汇报，金天木的表情慢慢有了变化。

他隐约觉得，有什么地方好像被自己给忽略了。这种淡淡的不安感在他心里挥之不去。

第二十五章
Chapter 25

桌上的电话再次响了起来。

朱副官接起电话，话筒那头却不是手下的例行汇报。他神色凝重地听着，挂了电话后立刻对金天木说：“处长，有情况。”

“讲。”

朱副官硬着头皮说道：“《杭城日报》黄社长来电说……半个小时之前，杭城各大报社都陆续接到电话，有人告诉他们，今天上午十一点，在张伯谦家，会有关于逃犯江洋的重要消息。那个人宣称，到时会揭露黄萍萍绑架案、冯诚被杀案还有江洋潜逃案的全部真相。”

金天木脸色阴沉下来，他终于明白之前的不安感来自哪里了。

意外终于出现了，但这不是他掌控之中的“意外”，而是真正的意外！

江洋！金天木心里闪过这个名字。

看到金天木这副表情，朱副官知道这是发怒前的征兆，连忙继续汇报：“这个老黄还挺识相的，他得知消息后立刻让人去调查，发现所有的电话都是同一个男人打的。他很快找到线索，电话来自一个旅馆。

“他派人去了旅馆调查，那个男人已经离开了。但根据旅馆里的人描述，基本可以判断，这个男人很可能就是江洋。”

他说完后，才发现这句话他不久前才说过，简直就是在打脸。“可以确定，上海那边抓到的江洋应该是个假货。总之，不管这个人是不是江洋，我马上派人去旅馆周围展开搜捕网，排查周围所有的饭馆、旅店、人力车夫，保证半天内找到他的下落。”

金天木点点头，“可以。”想了想，补充道，“不要太张扬，不能惊动宋副院长的巡视。张若离那边也要继续盯着。”

江洋再度出现在杭城这个消息，并没有让金天木感到意外。从张若离主动现身的那一刻起，金天木就猜到，这背后多半有江洋的参与，只是他当时没有在意。

事情发展到现在，江洋对他来说已经没有威胁了。一个小跳蚤而已，只是运气好一些，并不值得花力气认真对付。

正是因为这样的心态，金天木现在才更加生气：我本来想顺手放过你，你还越发来劲，甚至主动挑衅？

是的，就是挑衅。从他的举动来看，他是想要复制之前冯诚搞的那一套把戏。

“哗众取宠！”金天木的右手狠狠地砸在桌子上。

不到半个小时，朱副官就查到了更多的情况。

那个打电话的人很快就在旅馆附近的茶馆里找到了，并不是江洋。那人就是一个街头混混，靠在杭城里小偷小摸为生。据他交代，一个男的给了他三十块钱，让他根据写好的内容打的这些电话。

“审讯出的结果应该没有问题。根据那混混的描述，以及我们带去的照片，这人无疑就是江洋。”

朱副官是马不停蹄地赶回办公室汇报的，说完才觉得有些问题，又解释道：“现在杭城能配合张若离搞事的，只可能是江洋了。”

他指着桌上那张杭城地图上的一个地方，用红笔在周围画了几个圈，“您看，这就是旅馆的位置。根据混混供述的见面时间，加上我们的推测，江洋现在最有可能藏身在这几个地方。我已经派了人，但这次来杭城，我们自己的人手不够。我建议下搜捕令，让杭城警察局配合我们搜捕。”

金天木想了一会儿说道："如果按你说的去做，你有把握多久能抓到人？"

"如果马上封锁车站和出城通道，明天凌晨之前肯定能把他抓到。"

"你有没有想过，他为什么要让人打这些电话？为什么又让你这么轻易查到线索？"

"您的意思……他是故意的？可为什么要这么做？调虎离山？"朱副官立刻又否决了这个猜想，"可他只有一个人，杭城到处都是我们的人，他再绕十个圈子，也不可能潜进警察局啊。"

金天木忽然问道："宋副院长的火车几点到？"

"中午十二点十分。"

"电话里说，给报社爆料的时间是几点。"

"上午十一点……难道给报社的电话是幌子，他的目的是宋副院长？"

金天木缓缓摇头，"既然拿不准，就不要轻易下判断，否则容易被人牵着鼻子走。你继续派人搜查，但不要搞得太张扬。杭城警察局也不能动，今天不宜大肆搜捕。你先去通知各个报社，告诉他们这是匪徒散布的谣言，让他们不要上当，否则造成百姓恐慌，这个责任他们背得住吗。"

朱副官面露难色，"这些报社……未必会听我们的。"

金天木显出不悦之色，他也知道朱副官说的是事实。虽然可以跟那些报社老板打招呼，但说不定会冒出几个不怕死的记者。这些记者成天闹着新闻自由，什么都敢登，现在国内的形势如火如荼，对新闻界处理不当恐怕会惹出乱子。

想了一会儿，金天木加了一条命令，"你多带些人，扮成记者，现在去张家。"

张伯谦一脸客气地招待着客厅里的记者们，心中早就骂翻了天。

早上接到电话时他还在睡觉，听说又有一个神秘人要在自己家发布重要消息，他的内心十分崩溃。一次不够，还要再来？这不是欺负人吗！

他挂了电话，立马把还在卧室里酣睡的黄萍萍叫醒。

黄萍萍被绑架这件事，杭城的大部分百姓并不清楚其中的内情，只知道张家小少爷和夫人情比金坚，最后逢凶化吉。至于绑匪为什么会被警察局的人给枪毙了，那就是另外一件事了。张伯谦这个一向被人看不起的纨绔子弟，莫名其妙成了众人口中的痴情种子，倒有些因祸得福了。

军统把黄萍萍送回张家时，在金处长的授意下，配合她撒了个谎。说她出去玩了，半路丢了车票，耽搁了一天才回家，冯诚的绑架不过是趁火打劫，黄萍萍完全不知情。

张伯谦本来对黄萍萍离家一天一夜的做法有些怀疑，但有了黄萍萍委屈的泪水和军统的背书，这点怀疑也就一晃而过了。两人的感情反而比之前更好了些。

黄萍萍在睡梦中被张伯谦叫醒，得知报社的事也是一脸茫然。两人猜测了半天也没有头绪。有了上次的教训，两人不敢大意，一面把这件事告诉了警察局的人，一面胆战心惊地通知了父亲。

果不其然，老爷子在电话里又是一通臭骂，不过挂电话前说会请警备司令部派人来。

张伯谦总算松了一口气，重兵把守下，至少人身不会有什么危险。反正也猜不到会出什么幺蛾子，张伯谦干脆把心一横，让用人老万把陆续上门的记者都请进来好茶好烟地伺候着。这回也算是有经验了，总之把人都让到客厅里，该怎么招待就怎么招待。

神秘人通知的是十一点，但还不到十点，记者大都已经赶到了，客厅里人满为患。和上次大家嘻嘻哈哈的轻松气氛不一样，这次的记者都有些拘谨，想必也都知道这种事既然涉及军统机密，就算真有猛料出来，想要发表也不是那么容易。

当一个十四五岁的小伙计出现在客厅里时，本就不算嘈杂的客厅里顿时安静了下来，目光都集中在这小孩身上。

张伯谦心说来了，上前和气地对小伙计说道：“你是送吃的来的？”

周围发出“嗤嗤”的笑声，显然想起了上一次的场景。

小伙计摇摇头，“有人给我五块钱，让我给你们带句话。说他在荣锦饭店，你们想要知道的事儿，得去那儿听。”

张伯谦愣了一下，“就这样？”

小伙计点点头，“就是这句话。我走了啊。”说完缩着肩膀打量着四周，这么多人等在这里，这阵仗让他有些怯场。

记者们在旁边听得清清楚楚，交头接耳几句，纷纷跟张伯谦告辞，急匆匆赶向荣锦饭店。

张伯谦松了口气，这件事看来和他没什么关系。对方把地点选在这里只是个遮掩，一时间，他反倒有些被人轻视的愤懑。

客厅里的记者都在往外走，张伯谦却注意到有个戴着帽子的男人将那小伙计拉住，脸色不善地说了句什么，那小伙计似乎被吓着了，脸色一垮，几乎要哭出来。张伯谦看不下去，走过去对那人说："这小孩就是送信的，你别吓着他。"

戴着帽子那人看了他一眼，"张公子，我要把他带回警察局问一下。"

张伯谦明白过来，抱了抱拳，"那您请便。"他打定主意，反正自己别被牵扯进去就行了。

朱副官越发感到不安。

他的人混迹在记者中间，从张伯谦家赶到了荣锦饭店，结果饭店的伙计说，让他们从饭店后门出去。饭店后门等着的一个小痞子告诉大家，爆料的地点又改在东郊的教堂。

接下来，众人又连续扑空了两次。记者们开始抱怨，这个打电话的人是不是在消遣大家？但牢骚发了，却没有一个人放弃，依然跟着电话的指示奔来奔去。

朱副官对此有些不解。他手下的人有意和记者们闲聊，得知了他们的想法：宋副院长来杭城视察的确是大新闻，咱们也不是不重视啊，你看报社不是都派人去火车站等着了吗？但对于老百姓来说，凶手主动爆料才是真正的大新闻，这可比领导视察好看多了。

朱副官十分头疼。眼看离宋副院长到杭城的时间越来越近，这么多记者满城跑来跑去可不是件好事。

怎么都是坏消息，朱副官盘算着，实在不行只能请示金处长，用强势手段把这些记者给压制住，只要能把巡视的这两天给撑过去，事后的反弹也顾不了那么多了。

就在这时，他得到了一个更加糟糕的消息。

"什么？张若离跟丢了？！"朱副官足足愣了十多秒钟，才气急败坏地对电话喊道，“他妈的，你们都是白痴吗？十来个人跟一个人都能跟丢？”

电话那头也憋着一口气，委屈地解释道：“她不是一个人。”

“一群人忽然一拥而上，说有炸弹，我们拦也拦不住。等人群散了，人就找不到了。”

“你们手里的枪是干什么用的？”

“都是老头老太太，我们也不敢开枪啊。”

“警备司令部的人来了，说是假炸弹。我们已经封锁了附近的几条街，正挨家挨户地搜查……”

朱副官懒得再骂手下，挂断了电话。这一定是有预谋的，他意识到，江洋是地头蛇，这样的事可能还会发生。

他第一反应就是后悔，后悔自己没有坚决地建议金处长把张若离给抓起来。现在欲擒故纵失败了，当然不会是金处长的判断错误，只能是自己执行不力！

现在说这些已经迟了。朱副官知道后悔没用，关键是这件事是否还能补救？他第二反应就是先把这个消息暂时瞒下来，最好能在金处长知道之前重新找到张若离。

可他立刻知道了这不现实。跟丢张若离是能力问题，但如果隐瞒不报，性质就不一样了。

朱副官把其中的关键想了一遍，叹了口气，整了整制服，走进了金处长的办公室。

“报告处长，张若离跟丢了。”朱副官硬着头皮汇报，后背已经被汗给打湿了。他没有试图做任何辩解，只是沉声说道：“属下办事不力，听候处罚。”

说完他重重地鞠躬谢罪，头低得和腰一样高。

金处长坐在那里，良久没有说话。

朱副官低着头，不知道他的表情，保持着姿势不敢动，腰都快断了。

“记者那边现在什么情况？”金天木像是没有听到他刚才汇报的内容，问了另一个问题。

“还和之前一样，对方在故布疑阵。我进来之前刚收到消息，指定的下一个地方是美林歌舞厅，记者们正往那边赶过去。”

“不能再让他带我们兜圈子了。”金天木站了起来，“宋副院长马上就要到了，你立刻带人去火车站迎接。一路要确保安全，出了任何差错——算了，你赶紧去吧。”

朱副官心里一凉，听出金天木话中再明显不过的失望。他下意识问道：“您不去吗？还有，记者那边——”

“那边的事你不用管了，美林歌舞厅就在宋副院长巡察的路上，江洋由我亲自来解决。记住我刚才说的，再出问题我饶不了你！”金天木冷着脸，拍了拍朱副官的肩膀，匆匆离开了办公室。

朱副官呆呆地站在原地，心里说不清是什么滋味。他明白从这一刻起，他已经完全失去了金处长的信任，他又是懊恼又是心慌，一时间有些手足无措。

江洋！朱副官在心里狠狠地念着这个名字，这一刻他无比痛恨这个让自己屡次狼狈出错的家伙。

金天木抛下朱副官，临时喊了两个人，上了车后说了个地址，就坐在后座闭目养神。司机见他少有地板着脸，路上一句话也没敢多说。

宋副院长莅临杭城，自己却没能去车站迎接，这当然是不合规矩的。只不过现在已经顾不上这些了。他发现自己还是小瞧了江洋，这让他心情十分不好，甚至懒得在手下面前隐藏情绪。

不过，金天木的怒气更多还是来自对朱副官的失望。对于整件事的掌控他还是胸有成竹的，因为他已经猜到江洋想要做什么了。

这件事发展到现在，和江洋其实没有太多关系了：他本有机会远逃，却主动折返回杭城，再联想到张若离的失踪，那么他的真正目的不言而喻：和张若离联手，救出张远湖。至于具体手段，无外乎制造舆论压力、向宋副院长一行人告状之类的。

金天木不能否认，江洋这个小角色屡屡不按常理出牌，的确让他数次感到意外。但他依然觉得这都是些小聪明，真正的聪明是能够看清楚大势，知道什么可以做，什么是做不到的。

以为拿着这些所谓的证据，就能救出张远湖？幼稚！

车停了下来，司机转过头小心地说道：“处长，到了。”

“处长？”歌舞厅门口守着的一个手下看见金天木亲自前来，愣了一下后立刻上前汇报，“记者们刚进去。送消息的人还没有来，大家都在里面等着。”

“把舞厅前后门都给封住了，所有人许进不许出。不能再让人传消息了。”

属下面露难色，“这么做，恐怕记者们会闹……”

其实大家不是没想过这样做，只是权衡之下认为不值得。毕竟江洋如果真有所谓的猛料，直接邮寄到各大报社就行了。现在虽然搞得如同闹剧一般，但对金处长并没产生什么实质性的威胁，如果手段强硬，反而会落下口实，说不定正中江洋的下怀。

金天木笑笑，“我的话你也不听了是吧？”

下属脸色一白，“我这就去办。再有可疑的人前来，立刻就地审问。”

金天木点点头，朝大门走去，“他们不是要大新闻吗，我来给他们！”

美林歌舞厅在杭城很出名，每天宾客如云。

但那都是晚上。白天这个时候，歌舞厅还有没营业。所以几个服务生面对忽然拥入的一大群记者手足无措，不知是应该赶人走还是小心应对。

记者们各自找好位子坐下，等着新一轮的消息。这一次，一等就是近两个小时，大家的心态也有所变化，开始还是交头接耳地聊着，逐渐开始聒噪起来。

就在这时，从舞厅大门走进来一个人，顿时所有人的目光都集中在他身上了。

“大家好，我是金天木。”来人走到舞厅中央，自报家门。

记者们激动起来，一上午光是无聊地跑来跑去，现在终于来了一个大人物，立刻都拥了过来。哪怕这事没有后续了，只要金天木说几句，这个新闻也就成了。

“金处长，您知道爆料人是谁吗？对他的爆料内容您能不能做一个猜测？”

“电话里对方说江洋是被冤枉的，这件事您是否能解释一下？”

“江洋是怎么从警察局里逃出去的，我们对此很好奇，能否简单介绍一下具体情况？”

金天木挥挥手打断了七嘴八舌的提问，“大家不要着急，这些回头我们会召开记者发布会一一解释。现在还不是回答这些问题的时候。”

记者们对这个太极式的回答相当不满意，开始起哄，继续问着各种各样的问题，一时间舞厅大堂里像菜市场一样纷乱。

“请听我说一句。”金天木提高了音量。等稍微安静了一些，他才神情严肃地说道：“最紧要的问题是，你们现在很危险！”

零星的议论声瞬间消失，场面一片安静，记者们面面相觑，显然都被这句话镇住了。

金天木说道：“我刚刚收到消息，二十分钟之前，我们在西湖边阻止了一起爆炸事件。详细的情况会随后公布，大家不用怀疑这件事的真实性。

“根据可靠情报，穷途末路的通缉犯江洋，通过不法手段获得了一批炸药。根据我们的分析，江洋计划以爆料为幌子，要在杭城制造一系列耸人听闻的爆炸事件！

“大家都知道，江洋是犯下耸人听闻的恶性案件的危险人物。为了在场各位的安全，我希望大家立刻接受我们的保护。

“各位都是新闻工作者，我也支持新闻言论自由。不过事态紧急，为了杭城的安全，我们会暂时封闭这里，进行全面的检查。请大家先有序地离开。”

金处长的话说完后，舞厅里再次喧闹起来。记者们有的胆小害怕，打起了退堂鼓，但更多的是心存质疑，怎么就突然变成爆炸案了？一时间大家交头接耳地商量起来。有些人上前想要询问更多的细节，被金天木的手下给拦住。而金天木本人也不打算再多说，走到一边坐下休息了。

最松了一口气的是那些装成记者的军统。处长短短一番话，釜底抽薪，让记者们犹豫不定，同时让封锁舞厅有了正当理由。他们配合地在人群中喊起来：“咱们先出去吧，安全第一。”

有人带头往外走，剩下的人也不再坚决，大部分人都往大门走去，舞厅里人头攒动。就在这时，角落里一个侍者喊了一句：“谁是金天木？”

一片混乱中，这句话没什么人听见，但他身边一个装作记者的军统却听得清清楚楚。他立刻凑近侍者，压低声音凶狠地道：“别乱喊！什么事？”

那个侍者刚想要说话，军统摆了摆手，低头把耳朵凑到了侍者的嘴边，“小点声。”

侍者被吓住了，小心翼翼地回答：“电话里有人说要找金天木。”说着一指放在柜台上的听筒。

军统一把抢过电话，“你找谁？”

传来一个男人的声音，很客气，“请问金天木先生在吗？这里是上海警备司令部，‘青梅’有急事要找金先生。”

军统愣了一下，他不知道“青梅”是什么意思，也不知道对方怎么知道金处长在这里。但听到对方自称警备司令部，不敢怠慢，说了声：“稍等。”赶忙跑到金处长身边，悄声耳语。

金天木听到汇报后愣了一下，他想起来，“青梅”是上海站站长王启年曾经用过的代号。可问题是，王启年已经死了！

金天木扫了一眼四周，舞厅里没有其他人注意到这个细节，那个侍应生依然一脸茫然地站在电话旁。王启年之死是金天木最隐蔽的秘密——亲信死于自己之手，这事不能让任何人知道。金天木立刻做出了应对，这个电话越少让人知道越好。他吩咐那手下：“你机灵点，把人都弄走。我接电话的时候不希望被人打扰。”

属下立刻朝人群做了个手势，那些装成记者的军统纷纷站出来，连哄带劝地把人们往外赶。这样略显粗暴的举动惹得一些记者不满起来，双方有了一些争执，场面越来越乱，反而没有人注意金天木已经悄然走到了舞厅的角落。

金天木拿起听筒，并没有放到耳边，而是先挥了挥手，轰走了那个侍应生，等周围没有人了，这才把话筒放在耳边，“江洋，你想做什么？”

“金处长，您好。”让金天木意外的是，话筒那头是个陌生的男人声音，并不是江洋，“很抱歉要用这种方式跟您联系。接下来我要说的话，最好不要让其他人听见。”

“我不像你见不得光。”金天木靠着墙壁，低着头喝道。虽然他语气十分不屑，还是下意识地抬头看了看四周。周围一切如常，记者们都没注意到自己，手下们也都很默契地没有往这里看。

“你在哪儿？你何必要垂死挣扎……”金天木说了一半，忽然意识到有哪里不对，把话筒拿开，若有所思地盯着看了两秒。

他发现不对的地方在哪里了。电话是放在面前柜台上的，但电话线的另一头却通向背后的墙壁。

金天木头皮一麻，一把挂掉电话。

但他的反应还是迟了一点，就在同一瞬间，他背后的墙壁忽然无声无息地滑开，一只手抓住他的衣领猛地一拽。猝不及防之下，金天木向后跌去，下一瞬间，那扇门重新关上。

江洋熟悉的声音在他身后响起，“金先生，好久不见啊。”

第二十六章
Chapter 26

金天木身子一僵，他没有想到这个舞厅居然有这样一个隐蔽的隔间。江洋之前的故弄玄虚都是在给这一刻做铺垫。

几乎是一瞬间，他想明白了一切，意识到自己无意中犯下了几个严重的错误。

这个没有被他放在眼里的小角色，毕竟是杭城的地头蛇，即便被去职通缉，依然有实力。这个局不可能是他一个人完成的。没想到这种情况下江洋还能找到帮助他冒险的人，这是错误的开始。

其次，是对目标的判断失误。金天木不是没有想过，江洋的目标有可能是自己，但在满城警戒的情况下，他还是放松了警惕，错误地认为江洋只是妄图利用舆论给自己制造压力。

脑中瞬间闪过无数念头，最终，金天木还是没有做任何挣扎的举动。

狭小的隔间里堆放了很多杂物，剩下的空间勉强放了两张板凳，江洋坐在靠窗的凳子上，指了指另一张凳子，“抱歉，只能请您在这种地方见面了。”

金天木坐下来，和江洋面对面。

江洋的模样有了很大改变。他身穿一件旧糟糟的长袍，袖口和前襟都磨破了，脖子上围着一条灰色围巾，还戴了一副半边镜片有裂纹的眼镜，看上去就像个落魄的教书先生，倒和他现在的处境有些微妙的契合。

金天木已经从最初的慌乱中冷静下来，恢复了往日的笑容，“行，你能做到这个程度，我很佩服你。”

“过奖。”江洋淡然地摸出一包哈德门，叼上一根，把烟盒递了过去。

金天木接过烟，从衣兜里拿出铜制打火机，拨开盖子准备点燃。

江洋轻轻伸脚，踢倒了凳子边一个玻璃瓶子，瓶子碎裂，里面的液体流了一地，浓烈的味道充满了隔间。

瓶子里装的是汽油。

金天木拿着打火机的手僵在了半空中。

“忘记提醒您了，小心火烛。”江洋嘴上这么说，却划着了火柴，点燃了烟卷。他故意晃动着燃烧的火柴，直到火苗快要烧到手指了，才轻轻吹灭。

江洋的动作让金天木心里一紧，随即松开眉头，恢复了笑容。他重新打燃火机，深深地吸了一口烟雾，毫不退缩地与江洋对视。

江洋笑起来，语带双关地说道：“原来金先生和我一样嗜烟如命。咱们也算同道中人。”

说着把身边遮盖杂物的破布扯下，露出了几个堆在一起的木箱：“毕竟现在是丧家之犬，搞不到 TNT，只能勉强弄了些普通炸药。”

金天木忽然有种荒谬绝伦的感觉，几分钟前他对记者们撒谎用的理由就是这个，没想到一语成谶，江洋居然能做得这么绝！

“老弟，我越来越欣赏你了。”金天木缓缓抽了一口烟，小心地把夹着烟卷的右手伸得很远，生怕火星溅到脚下的汽油中，“如果你我不是这个处境，我们也许能成为朋友。”

江洋笑笑，没说话。

其实这句话有七八分是金天木的真实想法。虽然立场敌对，但江洋狠辣决绝的手段他是真的欣赏。只是看到江洋表情古怪的笑容，才意识到现在说这话像在示弱求饶，让他没来由地有些恼怒。

这时，门外响起了几声不大的敲击声，有个紧张的声音问道：“处长？”

江洋像是没有听见一样，甚至都没看金天木，仰起头好整以暇地喷云吐雾。

金天木皱起了眉头，片刻后沉声喝道：“在外面等着。我在这里打电话，不要进来。”

门外立刻没了声音。

“电话机在外面吧。”江洋忽然说了一句。

金天木故意这么说就是想提醒手下，这里出了意外，没想到马上就被江洋戳穿。但江洋似乎毫不在意。

隔着一道薄薄的门，能依稀听到外面记者的喧闹声。两个人都没有说话，在浓重的汽油味中互相打量着。

诡异的气氛下，一根烟很快抽完了。

江洋随手把烟头扔在角落里，又点上一根。他丝毫没有要说话的意思，就这样抽着烟，微笑地看着金天木。

金天木的心情没有刚才那么镇定了。

“冯诚的事，我向你道歉。”金天木忽然开口，“张若离她父亲的事我没有办法，但我可以保证他的性命。你的名誉也可以恢复，但至少要三个月后，必须等事情淡下来再说。另外，你和张若离如果愿意去美国，我可以立即安排，钱不是问题。”

江洋只吐出了一个字：“哦。”

金天木也不着恼他的态度，继续道：“我能理解你，我年轻的时候也像你一样。可你看不明白形势。你是通缉犯，现在又自陷死地，是不可能活着出去的。

“我大可以答应你的所有条件，等出去后再收拾你。但我不想这么做。你的胆识让我尊重你。所以我愿意在能力范围内答应你的一切条件，并且保证你能安全离开。”

“哦。”江洋的回答还和之前一样简短。

他的漫不经心让金天木有了些怒气，久居上位的气势渐渐显露出来。金天木不自觉地提高了音量，“敢想敢做是优点，但不能鲁莽幼稚！你真以为你的计划天衣无缝吗？告诉你，现在张若离就在我手上。你真以为凭着一场混乱，就能让她在军统眼皮子底下逃掉吗？”

他放缓了语气，“你好好想想吧。我可以直接告诉你，刚才说的那几个条件是我的底线。”

江洋没有思考，直接给出了回答："哦。"

金天木再一次皱起眉头，看着江洋依旧淡然的脸，他忽然发现自己搞错了一个最重要的问题。

江洋到底想要什么？

直到几秒钟前，金天木都没有认真想过这个问题。在他看来，事情是明摆着的，江洋费尽心思设这个局，除了报复自己之外，无非就是因为张若离。所以他才摆出那些条件。

但为什么江洋没有一点要谈判的意思？

金天木之前侃侃而谈，是因为舞厅周围乃至整个城市都在他的控制中。江洋最合理的应对就是尽快谈好条件，然后安全离开。从这个角度来说，金天木并不是全面被动，甚至可以反过来威胁江洋。

可现在江洋的态度却让金天木想到了另一种可能性：他压根就没想过要离开。

这个念头冒出来的同时，金天木忽然有一种感觉，局面正在朝完全失控的方向滑去。若是江洋铁了心要搞出一个同归于尽的死局——

"你到底想要什么？"金天木终于忍不住问道，尽管知道这句话说出口，这场交锋的主动权就会回到江洋手中。

"你搞错了一些事情。"江洋伸了个懒腰，坐直了身子，"你不了解我。"

江洋脸上的笑容褪去，表情严肃起来，"我是个小人物，你不了解再正常不过。不过现在我觉得你很有必要了解一下。一个人想要报仇，至少应该让对方知道这仇恨因何而来。对吧，金处长？"

金天木是一个实用主义者，在他看来，任何事都可以商量妥协。虽然被江洋挟持的那一瞬间他很愤怒，但那种愤怒更多是对于自己决策失误的恼恨。自己下手在先，江洋还击在后，没什么好说的。既然我棋差一着被你将军，那么就来谈好了。

要恢复名誉？可以。

要下半辈子远走高飞衣食无忧？可以。

要救张若离父女？也可以。

这些都是可以谈的，金天木也有把握可以通过谈判来解决。

但江洋的话题开始往另一个他不希望的方向发展。

金天木盯着江洋，仔细回忆道：“我看过你的履历。你当过兵，后来因为处分，提早退役。然后才来杭城当了警察。”

“那么，你知道不知道，我的处分是怎么来的呢？”

江洋笑了笑。这次不再是刚才那种不带感情色彩的冷笑，笑容里充满讥诮，“我杀了五个日本俘虏。要不是有兄弟帮我顶着，我不会只是退役那么简单。不过我从来没有后悔。日本人杀了我全家，我放着小日本不杀，我还是人吗？你是不是在想，这些烂事和你有什么关系？”

江洋摇摇头，继续说道：“我本来也以为，日本人投降那天，这个仇终于得报了。”

江洋从怀里掏出一张叠着的白布，缓缓展开。

金天木眯起眼睛，看清布上写着四五个人名，正在狐疑之际，江洋忽然一反之前的镇定从容，将白布扔在金天木脸上，压抑着嗓音喊道：“我爹娘和其他三个亲戚，民国三十年四月，都死在福州的一场大火中。”

金天木猛然听到“民国三十年”和“福州”这两个词，整个人都在发蒙，心脏狂跳。他吞了吞口水，下意识想要辩解。

江洋根本不给他思考的时间，“我好不容易托关系找到一艘第二天凌晨的船，准备把他们送回西南。他们不过是在粮仓里过一夜，等来的却是这么个下场。”

“日本人轰炸粮仓？呵呵。”江洋脖子涨得通红，瞪大的眼睛中布满血丝，“报纸上这样写，我信了。国已破，家难免亡，我只能认了，那就在战场上找小日本报仇好了。”

金天木额头流出了冷汗。他耳朵嗡嗡作响，心里只有一个念头：我该说些什么？

“金天木，你走私军火也好，贪污军饷也好，和我都没有关系。这些事我没资格管，也懒得去管。”江洋眼中几乎要喷出火来，“但你知不知道，你炸掉仓库引发的火灾，死了多少人？

“那场火烧了码头周围的十一个仓库。光是我爹和我娘他们当晚躲藏的那个仓库，就死了五十个人！”

金天木只觉得一阵眩晕。

他怎么也没想到，江洋捉住自己居然是为了这个理由！换个立场他也许能够理解江洋的愤怒，可此时在自己的立场上，他只觉得这是个可笑的意外。

“不不，你听我解释！”金天木心中大乱，生怕江洋冲动之下什么都做得出来。

江洋的脸庞因为愤怒而有些扭曲，“你知道活生生被烧死的滋味吗？”

他抢过那张白布，点燃了火柴。

金天木慌了，这一刻，他真正感受到了死亡的恐惧。

年轻时的金天木也曾经历过无数次惊险危局，每每在生死边缘，他都会问自己，怕死吗？答案总是“不”。

毕竟，当时还年轻啊。

这么多年过去了，他早已身居高位，这种选择对于他来说已经变得陌生。他发现在生死面前，自己的选择已经有了变化。

短暂的茫然后，一个理由说服了他：就算要死，也不能这样莫名其妙地死掉。

“我们可以谈！你要什么我都可以答应你！”金天木低声吼道。虽然有股强烈的冲动想要抢下江洋手中燃烧着的火柴，但他用理智死死控制着身体，浑身僵硬一动都不敢动。在江洋处在失控边缘的情况下，他不敢冒险做任何刺激江洋的举动。

“这件事是我做的，我罪不可赦。”金天木没有任何辩解，快速说道，“我会把遇难的人都尽量找到，给他们的遗属赔偿。

“江先生的父母因我而死，我会去二老灵前磕头认罪。

“我能理解江先生至亲离世的悲痛，只要能够弥补万一，我都会全力去做。”

金天木一边极快地做着各种承诺，一边偷偷打量着江洋的表情。这时候最要紧的是让对方的情绪有一个发泄口，不能让他失去理智。为此金天木果断地抛出种种承诺。

江洋没有看他，目光盯着虚空中的某个点，似乎在走神，又像是在回忆。

金处长犹豫了一下，还是放弃了暴起制服他的想法。江洋终究没有做出下一步的动作，那根火柴在他手中熄灭了。

“江先生，我很抱歉给你带来的痛苦。但斯人已逝，想必他们也希望你今后能好好地活着。”金天木低头鞠了一躬。

江洋收回了视线，脸色因为过于激动还有些赤红，不过表情已经平缓了很多。他想了想，摇摇头道：“这些……还不够。”

“还有什么要求，你说。”金天木很干脆。既然在较量中已经服软，他不介意把头低得更低一些。

“我不是怕死，只是不能这样死。我还有更重要的事情要做，而不应该和这样的亡命之徒同归于尽。”金天木对自己说。

“你认罪。”

“是。我认罪。”

“好，把罪行写下来，接受你该有的惩罚。”

金天木没有说话。

江洋眼角依稀有些泪痕，可脸上已经不再有激动和愤怒，重新回到了之前的冷漠疏离。他从怀里掏出一沓纸和一支笔，递到金天木面前，“不愿意？”

金天木接过纸笔。接过笔纸的一瞬间，他明白了：既然纸笔早就准备好了，那么这份认罪书才是江洋真正的目的。

金天木用手指轻轻捻着那几张薄薄的信纸，“你一开始就没打算点火吧？”

“你可以赌一赌。”

金天木死死地盯着江洋，想看清楚他的眼神里藏着的，到底是视死如归的决心，还是玩弄猎物的得意。盯了一会儿，金天木突然想，就算看出来又有什么用呢？

“江先生，你真的很厉害。”金天木长叹了口气，把纸铺在腿上，弓着腰开始写认罪书。

金天木在纸上一笔一画地写字，脑海中反复回想两人交锋的整个过程。最后他不得不承认，江洋的确是个人才，从被拉入这个隔间的那一刻开始，江洋就完全主导了整个局面。

但是，这一局还没有结束。最后赢的人不可能是你。

“写得不错。言简意赅，不偏不倚，比讼师写的都好。”江洋接过那沓供状，仔细翻了翻，满意地笑了笑，“签个名吧，每页都签。”

金天木的脸色难看之极，但还是耐着性子，在每一页下方的空白处都签上了自己的名字。

重新递给江洋的时候，金天木忽然抬起头，“你刚刚说的那些，都是编的。”

他没有用疑问句，而是肯定的语气。

江洋笑了，“金处长，你也很厉害。”随即收敛起笑容，认真地说道，“你该庆幸那不是真的。否则我根本不会和你说这么多，早就一枪打死你了。”

“你做了这么多，有什么用呢？”

“我说过了，你应该得到应有的惩罚。”

“你真的相信所谓的公正？我以为你不会这么幼稚。”

“我高兴，行不行？”

金天木摇摇头，事已至此，他不想和江洋争论这个话题，“你准备怎么离开？”

“金处长，我也不得不说一句。”江洋微微叹了口气，“我也很佩服你。这么快就回过神来，要和我谈条件了。厉害。”

两个人都是聪明人，都清楚现在的局面。江洋拿到了对方亲手写的罪状，目的已经达到，自然不会再选择同归于尽。现在舞厅已经被金天木封锁，江洋是不可能杀了金天木再安然离开的。

正因为两人都心知肚明，所以在默契下达成了平衡。虽然依然是势不两立的敌对双方，气氛反而轻松起来。剩下的只是如何小心地完成这份默认的交易：金天木必须活下来，江洋必须安全离开。至于接下来会发生什么，那就看各自的手段了。

“时候不早，我也该走了。”江洋看了看表，“剩下的事就拜托金处长了。”

金天木从凳子上站起来，目光复杂地打量着江洋，忽然伸出右手，停在他的面前。

江洋想了想，伸出手，和他握了握。

两个人都很清楚，这不是朋友之间的告别，而是对值得认真对待的敌人的尊重。

金天木收回手时，已经恢复了上位者的威严，“不必再像娘们一样讨价还价了，我撤掉所有人，独自开车送你到城外。这样的让步就当是感谢你给我上了一课。”

“不过，”金天木理了理有些皱痕的衣襟，缓缓说道，“下一次你不会再有这样的运气了。”

江洋的眼神中充满讥诮，像是在反问，你还有下一次的机会吗？

但最后，他只是回答：“哦。”

金天木点点头，“走吧。”

“等一下。”

江洋低头思索了片刻，抬起头一字一句地说道：“我改变主意了。”

这次轮到金天木的眉头皱了起来。

第二十七章
Chapter 27

汤局长再一次扭头看向后方。主桌上宋副院长的位子依然空着，看样子在欢迎晚宴结束之前是不会回来了。

汤局长知道宋副院长最近很烦。宋副院长想要接管军统，下面早就传遍了，之前就强行接管了一部分情报工作。戴老板意外身亡，这是一个好机会，但问题是，想要这个位置的不止他一个人。据说高层会议上，有人拍着桌子当面嘲讽，说宋副院长的情报工作长期没有什么起色，连延安的一张报纸都没带出来，面对这样无法反驳的质疑，宋副院长心情当然不好。据说这次来杭城视察，是宋副院长在做最后的努力。

这些都是神仙打架，离汤局长太远了。但老汤为了这次视察连续几日没有睡个好觉了，他怕的是在自己地盘上出什么纰漏，殃及池鱼。没想到临到头了，还是接连出了几件大事，从绑架案到抗日英雄被杀，再到自己直属下级杀人逃亡，一件比一件夸张。

万幸的是绑架案虽然一波三折，最终总算是顺利解决了。

想到这里，汤局长忍不住再次转过头，偷瞄了一眼坐在主桌上的张益之。张家老爷子正和南京来的高官们有说有笑，可能是喝了不少酒，脸有些潮红，但气色不错，看上去心情挺好。

张老爷子在黄萍萍被绑架的当天就放出狠话，如果杭城警察局解决不了，他就要闹到南京去。汤局长相信这事他做得出来，以张老爷子和这些大佬的熟稔程度，如果真的在巡视团面前告这么一状，自己现在肯定不会坐在这晚宴上了。

不过看到主桌上的两个空位，汤局长的心还是提在半空。

空着的主位是今天晚宴的主角宋副院长，他在开宴后不到半个小时就匆匆离去了。这样级别的大佬中途退席也不是什么大事，可加上一整天都没有露面的金处长也不在，难免让汤局长心中惴惴不安。

光凭这件小事，汤局长还不会如此担忧，真正让他提心吊胆的是宋副院长对他说的那一句话。

宋副院长中午到达杭城后没有休息，直接去了市政府传达南京的指示，散会后例行和各个市政官员见面。当他和汤局长握手时，忽然问了一句："你们那儿有个叫江洋的？"

冯诚当街被刺杀后，整个案子就已经交到了金处长手中。之后江洋从警察局逃走，汤局长后怕之余还有些庆幸，幸亏责任不在警察局。至于昨天发生在上海的那起爆炸案，虽然已经轰动军警系统内部，但因为详情被严密封锁，汤局长并不清楚这件事和江洋的关系。

可宋副院长的这一问像一道惊雷，把汤局长惊出了一身冷汗。他心中警铃大作，立刻认定金天木这个笑面虎是准备把黑锅丢到自己身上了。

一时间，老汤汗如雨下，脸上肥肉抖动，不知如何回答才能滴水不漏。只听宋副院长随意吩咐了一句："等下把这个人的资料送过来。"

汤局长还没回过神来，宋副院长已经把手抽出来，转身和下一个人寒暄了。

汤局长不敢怠慢，回去后立刻叫人把江洋的资料整理好交给宋副院长的秘书，之后没有再得到任何命令。整个下午，宋副院长都在按照行程出席各种活动，似乎把这件事给忘记了。可越是这样，老汤越是忐忑不安。他想不通为什么宋副院长这样的大人物会关注江洋，只是隐约猜到应该发生了什么大事，但以他的能力，打探了一下午也没有得到什么有用的消息。

晚宴上的汤局长神色黯然，猛灌下一杯烈酒。对于江洋，他的心情很复杂，事情刚发生的时候还有些愧疚，他又不傻，能看出冯诚被杀那件事疑点太多。

可是良心换不来平安，保住自己才是最重要的。更何况这混账跑就跑了，偏偏还要回来继续搞风搞雨，早上给报社的那几通电话简直又把杭城给搅翻了天！

烈酒下肚后，汤局长感受着胸腹间火辣辣的滋味，嘴巴却开始发苦。

因为他明白过来，宋副院长要查一个人的资料，还需要特意问自己要？这明明就是在对他的毫无作为表示极度不满啊！

眼看着晚宴进入尾声，宋副院长和金天木的座位依然空着。老汤暗自下了决心，平安是福，这个局长还是尽早请辞吧。至于江洋，还是赶紧死了好。

在汤局长被烈酒折磨的同时，江洋正站在一栋别墅的露台上看着眼前的西湖。

远处灯火迷离，夜色下依稀可见湖面水波粼粼。看得见远处繁华，耳旁却毫无喧闹之声，风吹过树林的哗哗叶响声听起来格外清闲。

“西湖附近别业不少，这栋隐庐的位置却当属最佳。吕少将还是看在宋副院长的面子上才肯出借。”金天木的声音在江洋身后响起，“今晚月色不佳，否则还能看到鱼跃三峰的美景。”

金天木走到江洋身边，和他并行而立，看着湖面，就像和好友谈心赏景一般面色轻松，一点儿也看不出两人不久之前经历过几乎同归于尽的生死博弈。

江洋懒洋洋地倚着栏杆，用手轻拍着栏杆，“我在杭城这么久，也不知道原来还有这么个好地方，还有这样的好景致。不过我是个粗人，欣赏不来。你们看见鱼跳出水面觉得赏心悦目，我只会想着这鱼好不好吃。”

“这个我倒是可以告诉你。”金天木拿着两杯红酒走过来，把其中一杯放在江洋身旁的栏杆上，“这湖里的鱼土腥味太重，不好吃。”

“西湖不是禁渔禁钓吗？”江洋斜着眼问。

金天木端起酒杯喝了一口，眯起眼睛，“那是对普通人。”

江洋看着金天木，忽然笑了起来，“是不是做大官的，脸皮都必须很厚才行？”

“少来这套，你没有这个资格。”金天木对他的嘲讽不以为意，“你当这个处长，没少收钱吧？你自己清楚。”

金天木慢条斯理地喝了一口酒，“街上到处都是流氓混混，该怎么办？把他们都抓起来？抓了旧的来新的，还不如牢牢控制住他们。你很聪明，做了后面那种选择，因为你认为这样的效果更好。事实也是如此，杭城的治安不错，你这样的年纪能做到如此，勉强值得夸赞。”

金天木指着远处的湖面，“但老百姓不会这样认为，他们不知道是因为你，那些灰色的世界有了规则，那些人收敛了许多。在他们眼中，你就是个和流氓勾结，贪赃枉法的王八蛋。”

“你高看我了，我就是喜欢钱。”江洋打断他，“绕那么大个圈子，到底想说什么？”

金天木坦然说道：“规则都是给没用的人制定的。有用的人要把事情做成，难免会违反规则。这是再简单不过的利益权衡而已。”

江洋笑着摇头，“你们当官的说话不都讲究个心领神会、点到即止吗？你这么直白地讲出来，是不是不太好？不过你给我上这一课，是白花心思了，我脸皮不够厚，当不了大官。我只知道，从湖里捞几条鱼吃没什么，但如果把整座湖都填起来，就太过分了——其实这些话你是想说给自己听的，对吧？你在赌。赌你的功劳比错误大，赌你的长官也会这样想。但你还是心虚，所以需要说这些废话来给自己信心。”

金天木的表情变得有些奇怪。江洋觉得他一直戴着一张微笑做成的面具，但此时金天木脸上标志性的微笑消失了。他沉吟半天才缓缓说道：“如果远处有人看到这里，会认为是好友在喝酒赏景。当然这是错觉，不过我有些喜欢这种感觉。毕竟这个世界蠢货很多，不是和每个人聊天都会有意思。”

顿了顿，金天木用商量的口气说道：“我缺一个好副官。考虑一下？”

“就像王启年一样，做你的狗？等你不需要的时候再被宰掉？”

金天木微微叹气，和煦的笑容重新出现在脸上。他点点头，“想要不被宰，那就证明自己有用。”

他满是信心的样子让江洋觉得有些恶心，“你大概觉得自己也是一条有用的狗。但你的主人也许不会一直这样想。”

这一轮交锋说不上胜负。金天木委婉地表明了自己的依仗，暗示江洋如果到此为止，自己可以做出让步。但江洋毫不迟疑地拒绝了他的示好。也许唯一可以算得上结果的，就是两人都从这番对话中再次明确了对方和自己是两种人。

江洋拿起身旁的酒杯，微微荡漾的红色酒液在昏暗的光线下像血迹一般可憎。他出神地看着，心里却在想着另外一件事。

这次他的计划可谓胆大包天，风险也奇大，所以从一开始他就做了最坏的打算，比如金天木在面临威胁时有可能选择和自己同归于尽。

毫无疑问，在舞厅的那场凶险交锋中，江洋大获全胜。直到金天木彻底认栽，交出罪状的那一刻，事情都完全按照计划里最好的结果进行，现在金天木的罪状就在他的怀里。

在原本的计划中，江洋拿到证据后要做的就是安全离开，然后用稳妥的方式利用这份口供把金天木彻底埋葬。

可江洋始终有一种不安的感觉。在准备离开舞厅的一瞬间，他意识到金天木的态度实在太反常了。

他太镇定了！江洋能感觉到，这种镇定绝不是绝望的失败者应该有的。

忽然间涌起的这个念头给江洋带来了强烈的危机感，让他临时改变了计划：和金天木一起去见宋副院长。

这是简单粗鲁的威胁，也是孤注一掷的豪赌，堂堂正正的试探。直觉告诉他，绝对不能给金天木任何扭转局面的时间和机会。

金天木毫不犹豫地答应了——这意味着他同意江洋当面向上司举报自己。

金天木的自信究竟来自哪里？

江洋想不出来，烦躁地将杯中酒一口饮尽。

冰镇过的红酒温度刚刚好，本来烦躁的心绪重新变得清明起来。江洋想明白了一个道理：自己并不是因为稳操胜券才做这件事的，想不通就不去想好了。

“这酒太淡，还是威士忌够味道。”江洋随手将杯子放到一边。

“年轻人嘛，难免喜欢烈一些的。”金天木淡然一笑。

“宋副院长什么时候来？”

金天木手掌一摊，“我怎么知道？”

见江洋脸色不好，他又说道：“要当面见院长是你提出来的，给院长的信也是你写的，我派人送信也是在你面前。从舞厅出来后你和我就一直形影不离，如果院长不愿意来，我有什么办法？”

江洋知道他说的都是实话。毕竟要亲自面见宋副院长是自己临时的决定。原本的计划是公布这份自罪书来给金天木的上级施压，但金天木的镇定让他意识到原先的计划有个巨大的漏洞：在官场的规则下，这种压力并不会直接施在金天木身上。如果金天木有足够的时间辩解，那么这件事的性质就变成了一个通缉犯对整个军统的挑衅。

江洋不想与宋副院长这样的高官为敌，也不想站在军统这个庞然大物的对立面。他只想救出张远湖，让金天木受到应有的惩罚。所以他必须亲自见到高官，让这件事得到解决。

这个险必须要冒，但代价就是事情不再受自己控制，比如宋副院长很可能不会出现。

想到这里，江洋的心情变得更差，脸上却丝毫没有显露出不耐烦，“院长又是忙着巡察，又是忙着和美国人谈判，没空来管这些小事也很正常。只是明天他要是通过其他渠道知道了这件事，不知道会不会有些遗憾？”

金天木笑了起来，“你威胁错了人。我早说了，院长来不来不是我能决定的。”

江洋沉默了一会儿，忽然说：“有个问题一直想问你。”他走到桌旁，给自己重新倒了一杯酒，依然是一口而尽，“我很好奇，你为什么不杀我？”

金天木想了想，“没有好机会。”

“进这栋别墅时，我们身上的武器就被门口的警卫给下了。你只要喊一声，我就会被抓起来。你开酒的时候我也故意背过身去，给你机会下毒。这些机会都不够好吗？”

“哈哈哈……”金天木笑得很开心，“你以为我这样的身份，会随身带着一包毒药吗？”

金天木摇了摇头，“在舞厅里看见你的时候，我就知道已经失去了杀掉你的最好时机。之前我犯的最大的错误就是小看了你。这样的错误我不会再犯第二次。

“我知道你有后手，具体是什么我也许可以想到，但还是决定不去猜。”金天木放下手中还剩一半的酒，“你清楚我现在是不会杀你的。你就算死了，想必也有办法把这件事搞得沸沸扬扬。不过还好，你不是那种一冲动就想拿命换公道的蠢货，既然你把事情做到这一步是有所求，那我们还可以谈，谈不拢再杀你也不迟。”

江洋点点头，“有道理。不过看来我们是谈不拢了。你可以提前想想怎么干掉我。”

金天木在他的一再撩拨之下，脸色有些难看起来，正准备说话，楼下忽然响起汽车的喇叭声。别业大门缓缓开启，一辆黑色汽车开了进来。

两人不约而同收起了笑容，目光再次碰撞时，之前轻松的气氛荡然无存。

这个时候前来这栋别业的，只可能是一个人。

宋副院长终于还是来了。

宋副院长的警卫都等在楼下，他独自一个人来到别业的二楼。

江洋之前只在报纸上见过他，模糊的相片里，大人物的样子都差不多。在江洋的印象里，在一排高官中，宋副院长总是站在边缘位置，长相也很普通，让人很容易忽略。

见到真人之后依然是这样的感觉。宋副院长个头瘦小，五十出头的年纪，头发已经花白了大半，比起相片显得老气许多，重重的眼袋有些发青，眼中布满血丝。

“见过院长。”江洋立正敬礼。

宋副院长看了他一眼，“你就是江洋？”

“正是。”

宋副院长在沙发上坐下，“说吧。给你两分钟时间。”桌上放着两杯冷茶，宋副院长也不管是不是残茶，随手抓起一杯喝了一口。

直接、讲究效率、军人作风，这是江洋对他的第一印象。相比之下，举止沉稳、老练圆滑的金天木给人的第一感觉更像是领导。不过此时金天木在院长身边立正待命，一点也没有军统华东负责人的气势。

“前杭城警察局侦缉处处长江洋，举报金天木卖国通敌、滥杀无辜、杀人灭口，罪行证据确凿。”江洋说完从怀里掏出口供，上前两步恭敬地放在宋副院长面前桌上。

宋副院长拿起厚厚的那沓口供，翻了翻面上的两张，随手扔在桌上，语速非常快地说了几句话：“我是放下其他事赶过来的。所以现在我需要一个解释。为什么没有杀掉他？”

这三句话都是对金天木说的。只有说到最后一句话时，他没有任何感情色彩地用眼角瞟了江洋一眼。

金天木苦笑起来，“我不敢。”

“还有你不敢的？”宋副院长拍拍面前那沓纸，语气里依然没有什么感情色彩，“说说吧，杀了一个通缉犯会有什么后果。”

金天木指了指桌子，“整个杭城所有的报社应该都会收到一封信，内容和这上面写的差不多。报社倒是不足为患，这种新闻他们是不敢发的。只是接下来还会发生什么，只有问他了。”

宋副院长终于转头看向江洋，第一次正眼看着他。

江洋面无表情地说道：“国家大事我不太懂，不过也知道日寇虽然投降，局势却依然莫测。听说宋院长最近和美国人的谈判一直陷入僵局，如果我不能活着出去，会有人把信送到美国大使馆。”

“你知道这样做的后果吗？”

“卑职只是想为国尽忠，没想过什么后果。”

“你不怕死？”

“怕。”江洋回答得很干脆，看向金天木，“但是我更想他死。”

金天木好整以暇，面对江洋的挑衅神情没有丝毫变化。

“你们这是私仇？”宋副院长问。

江洋摇头。虽然金天木的确曾想要置自己于死地，可江洋不认为这是纯粹的私仇。

“那就是为了公义了？怎么，觉得拿这个理由来威胁我是理所当然的？”

“不敢。”

“不敢？呵。”宋副院长脸上没有半点笑意，“你们到了我这里都说不敢，可做的事倒是胆子大得很。又是大街上杀人，又是搞爆炸，你有什么不敢的？”

江洋有些急了，“那些事不是我做的，都是金天木冤枉我的！不光如此，还有福州的那起大火也是……”

宋副院长挥手打断，“这些陈年旧事早已盖棺定论。”见江洋脸红耳赤，又补充了一句，“不要想着搞什么水落石出。”

简单的一句话直接把江洋想要说的全部噎在胸口。江洋只觉得心中一阵苦涩，随之而来的是一股无名怒火。虽然已经猜到宋副院长的立场，但没想到他连看都没看这份自己拼命才拿到的证据，就直接下了结论。

“您刚刚问我是不是为了公义，我不知道，但我知道不公平。”江洋豁出去了，大声说道，“几年前的福州大火死了上百人，昨天上海的爆炸死了三十多人。至少他们一定觉得不公平！”

宋副院长微微皱眉，用手使劲按着太阳穴，等江洋嘶吼着说完，才淡淡说道：“说完了？”

“这还不够吗？”江洋的心沉了下去。宋副院长根本没有问这些证据的真假，说明他并不怀疑事情的真实性。

为什么会这样？江洋觉得有些眩晕，他不理解为何到了这种地步，宋副院长还能如此镇定。

一旁的金天木忽然开口，淡淡地说出了答案：“这些人已经死了。”

江洋呆住了。

他发现自己的计划也许在一开始就是错误的，想用这种方式要回公平实在太幼稚了。是啊，死人是没办法计较什么公平不公平的。他终于明白过来，在这些人的眼中，人命只是利益的一个砝码而已，还是一个不怎么重要的砝码。

看看微笑着的金天木，又看看脸色平静的宋副院长，江洋心如死灰。

他觉得很疲倦，于是低下了头说道：“我没什么要说的了。”

“我之前的提议，你再考虑一下。”金天木说道，“想必你是不愿做我的副官了。不过宋先生在这儿，你也可以提其他的要求。”

宋副院长点了头：“能把老金逼到这种程度，不简单。党国对于优秀人才是敞开怀抱的。江洋，我可以给你这个机会。”

江洋深吸了一口气。他一直认为金天木想要用来说服自己的那套理论狗屁不通，白痴才会相信这套没有人性、没有公平、只有冷酷利弊的规则。但此时他发现自己才是那个白痴，因为一切都和金天木说的一样。

“枪毙我吧。”江洋咬着牙地吐出这几个字。他明白对方是在权衡利弊之后给出这个机会，根本原因还是顾忌杀掉自己之后，那封会寄到美国大使馆的信。这是江洋最终的后手，也是剩下的唯一砝码，只是最终能够发挥什么作用，江洋已经没有多少信心了。

宋副院长思考片刻，说道：“金天木不适合再负责东南区，调到总务比较合适。”

“是。”金天木的语气听不出悲喜。

江洋明白，这就是在开条件了。宋副院长的表态很清楚，金天木被贬职就是他的出价。

“张若离和这件事无关。”江洋不加犹豫，提出了自己的条件。

“谁？”

金天木立刻俯下身轻声解释了一句：“远湖的女儿。”

“哦，”宋副院长点点头，“她啊，的确不适合干这一行。既然她想要出国留学，那就随她去吧。”他的意思很清楚，张若离可以不追究，但必须离开。

那么，接下来就该说到自己了。

江洋想了好一会儿，最终还是叹了口气，“江洋罪大恶极，不过走投无路之下在爆炸案中一并丧生，也算是罪有应得吧？”虽然很不情愿，但他还是放弃了要洗清自己罪名的念头。因为要这样做，就必须全部翻案。既然宋副院长给出的条件只是金天木调离贬职，就说明他想把这些事压下来，不想再多生波折。

其实能够谈到这一步，江洋已经竭尽所能，只想要赶紧结束然后远离这一切，隐姓埋名重新开始接下来的人生。江洋的意思是，案子如果这样定论，意味着不会再有人追查江洋这个人，他勉强可以接受这样的结果。

“还有什么事？”宋副院长打着哈欠，没有掩饰满脸的倦意，“那就这样吧。”

江洋心情复杂地看着宋副院长。他是以性命做赌注，才获得这样的机会，而宋副院长只是打着哈欠就随意决定了下来。在实力极其不对等之下能博出这样的结果，已经很不错了。

但他并不满意。

“最后还有一件小事。张远湖犯了什么事？能不能解甲归田？”江洋有些紧张地盯着宋副院长。如果不是答应张若离救出她父亲，事情根本不会搞得如此凶险。可如果没有达到这个目的，对于江洋看来，整个计划最终还是失败的。

宋副院长脸色变得很奇怪，他没有想到江洋最后会提出这样一个要求。

短暂的沉默后，宋副院长忽然笑了。这个笑容让江洋有种感觉，那就是宋副院长之前都是用冷漠理性的思维来处理事务，直到此刻内心才真正有了波动。

“这件事我不能答应你。”宋副院长的笑容转瞬即逝。

“那我没什么好说的了。”江洋立刻回答，“请院长下令枪毙我吧。”

宋副院长看了一眼江洋，忽然提高声音说了一句：“上来吧。”

楼下立刻有了动静，上楼的脚步声传来。

就在江洋心里打鼓，心想是不是警卫要上来枪毙自己的时候，宋副院长说了一句莫名其妙的话：“张远湖落到现在这样的地步，都是因为你。”

话音刚落，一个中年人出现在楼梯尽头。

中年人径直走向江洋，打量了他两眼，“你就是江洋？”

江洋点了点头，也打量起这个脸庞方正的中年人。这人穿着便服，却有股不怒自威的气势，应该是军人出身。江洋本以为他是宋副院长的手下，可他上楼后根本没有看宋副院长和金天木一眼，这让江洋有些费解，脑中搜索着其他高官的名字，却一无所得。

这时宋副院长站起身向楼下走去，对中年人说了一句：“你和他聊聊。”

宋副院长和金天木很快离开，去了楼下。江洋注意到，金天木虽然没有说话，但看向那个中年人的眼神有些不对，对他的出现也感到意外。

只剩下两个人时，那个中年人忽然露出满意的笑容，对江洋说道：“你，不错。”

江洋脑中灵光一闪，指着他吃惊地说道：“难道你是……”

中年人似乎知道他想说什么，点了点头，“我是张远湖。”

第二十八章
Chapter 28

这是江洋第一次见到张远湖，要不是对方和张若离的眉眼有九分相似，身上那种英武之气也如出一辙，恐怕江洋的第一反应就是对方是个冒牌货。即便现在排除了这个可能，江洋依然感到很不舒服。

没有手铐束缚，没有看守跟随，甚至脸上没有任何愤怒表情的张远湖就这样莫名其妙地出现，如果换成张若离只会觉得开心，因为他们是父女。但江洋和张远湖是陌生人，他的心里只有警惕和戒备。

江洋对于张远湖并没有多少了解，只知道他是张若离的父亲，还是个军统的高官。说起来有些荒谬，虽然他冒了如此大的风险是为了救张远湖，但直到现在，他和张若离都不知道张远湖忽然被捕的具体原因是什么。

在江洋心里，张远湖被捕是某种政治斗争的结果，金天木屡次杀人灭口是人神共愤的作恶，这两件事并没有什么直接的因果关系。他答应救出张远湖，归根到底是为了张若离，不忍拒绝她的哀求而已。

可宋副院长的那句话让江洋意识到，事情可能比自己想的复杂多了。

宋副院长带着金天木主动离开，是有意留给两个人交谈的机会。

江洋足足看了张远湖一分钟，心里有无数疑问，却不知道该从何问起。

“若离现在在哪儿？她还好吧？”最终还是张远湖打破了沉默。

江洋想了想，有意跳过了第一个问题，只是简单答道：“她现在很安全。”

张远湖的出现又是一个意外，现在江洋对一切意外都会本能地警惕。在解开疑惑之前，他决定尽量少说话。

“既然你说她很安全，那我就放心了。谢谢你。”张远湖诚恳地道了谢，“刚才宋先生的话你不用放在心上。我的事和你没什么关系。”

江洋眼睛眯了起来。宋副院长特意说的那句话肯定有什么特别含义，哪怕两人私下交谈，张远湖也不愿提及，这其中肯定有什么隐情。

“张若离很担心您。”江洋想了想，还是决定要问清楚，“您也许能猜出来，我这样做，很大一部分原因是为了救您出去。若离相信您是被陷害的，因为她坚信自己父亲的人品。但我和您不熟，没有那么相信您。所以我觉得我有必要知道到底发生了什么。我不希望再被人当傻瓜一样骗来骗去。”

张远湖苦笑道：“你觉得我也在骗你？”

“您现在看起来并不像阶下囚，如果不能解释清楚，我会觉得自己冒着危险来救您好像是个笑话。”

从被卷入这件事的那一刻起，江洋就有种感觉，前方是一团由无数疑惑组成的巨大迷雾。有些疑惑已经得到了答案，但随着新的疑惑不断出现，这团迷雾越来越大。无论他的反击有多决绝，依然没能接触到那团迷雾中最关键的真相。

张远湖的脸色渐渐变得严肃起来，他没有回答江洋的问题，而是问道：“那几个案子，你希望怎么处理凶手？”

江洋没有丝毫犹豫，“血债血偿。”

“但你还是接受了宋副院长的条件，金天木只是降职处理。”

这句话引起了江洋的不甘。他喉头吞咽了几下，最终说道：“我尽力了，只能做到这样。我也怕死，也有顾忌。”

张远湖点点头表示理解，又换了个话题，“你觉得宋副院长是个什么样的人？”

这次江洋想了好一会儿才回答：“很可怕的一个人。在他眼中似乎没有感情，只有利益。”

“那么，你凭什么觉得，能够威胁这样的人？”

“因为……”江洋忽然顿住，有些奇怪地看了张远湖一眼，他发现直到此刻，他还不知道张远湖是什么立场。

“因为你觉得抓到了对方的软肋，所以不得不和你达成交易？”张远湖有些惋惜地摇摇头，“你也许不明白，对于宋先生这种人来说，保证自己不被要挟是最重要的。一旦这种事情发生后，首先要做的就是弥补漏洞，消除所有隐患，不惜为此做好最坏的打算。”

江洋倒吸了口冷气，他有些明白张远湖的意思了。问题的关键不在于自己是不是会信守承诺，让这件事彻底过去，而在于宋副院长这种人是不可能允许主动发难的权力掌握在别人的手里。

“那他为什么还要答应我？”

“很简单，因为你还有用处。”张远湖轻轻叹了口气，“但我可以告诉你，其实宋先生已经做了决定，无论你怎么做，他都会主动把这几起案子曝光，并交出凶手。”

江洋彻底糊涂了，“你的意思是他在骗我？可他没有理由这么做啊！如果照你所说，他直接答应我把金天木交出来不就行了吗？”

“你搞错了一件事。金天木不是凶手。”

“放屁！”江洋忍不住脱口而出，他非常愤怒。由于张若离的原因，他对张远湖很敬重。正因为这样，听见张远湖居然也替金天木开脱，一股怒气从脚底直蹿头顶。

面对失态的江洋，张远湖只淡淡地说了一句话：“凶手现在是我。”

只是这六个字，就让处于暴走边缘的江洋瞬间冷静下来。

作为警察，江洋认为自己还算是称职的。他是一个没有背景的小人物，短短几年间，能从普通探员一直做到侦缉处处长，靠的就是不停破案。在这个过程中，江洋审讯过很多人，能够分辨出哪些是试图抵赖的罪犯，哪些人是被无辜冤枉的。除了这两种人，还有一种人，他们不是罪犯，却坦然地承认所有的罪行，坦然地接受法律的制裁。因为他们的价值，就是替人顶罪。比如杭城的那些帮会之间火并，如果闹得太大，事后都会丢出几个小弟当作替罪羊给警察局以交代。

对这种事他并没有什么过多的感慨，愿打愿挨而已。

可此时看到张远湖眼中浓浓的自嘲，江洋还是极度震惊。他现在才恍然大悟宋副院长那句话的真正含义，无论如何他也不会想到，张远湖被捕的真正原因，是因为要来当这个替罪羊！

“我知道你不是凶手！”江洋恼火地低吼道，“为什么要这么做？”

“为了国家。”

“扯淡！”江洋看了一眼楼梯的方向，压低了声音，“我总算明白为什么见到你后，就一直有种奇怪的感觉了。你明明知道我救了你女儿，还要来救你，却表现得置身事外，原来你也是他们一伙的！说吧，院长故意给我们单独交谈的机会，到底想干什么？”

“宋先生看来对你真的感兴趣。如果你变成他的手下，就是自己人，也就不用担心你再想着告密了。”

“他凭什么觉得我一定会答应？”这种被人死死拿捏的感觉让江洋很不爽。但他知道现在还有更重要的事，挥挥手略过这个问题，“为什么要让你来给我说这些？”

“因为我愿意为党国尽忠。另外，这些话由我来说，你会更容易相信一些。”

江洋无法接受这个解释，“看在张若离的分上，我应该叫你一声伯父。我很佩服你的胸襟和担当。但不是什么东西都能随便担在身上的，这是什么罪？这是汉奸啊！一旦栽在身上就是万劫不复，你让若离怎么办？”

“你说的是。”张远湖的声音第一次变得没那么坚定，“若离的母亲去得早，以后就拜托你照顾她了。”

“我不是这个意思！我不明白你为什么非要替金天木顶罪？闹大了又怎么样？死也比当汉奸好啊！”

张远湖直直地看着江洋，“我告诉过你，金天木不是凶手。现在凶手是我。”

江洋眉头紧锁，他掌握的所有证据，都指向金天木。张远湖为什么反复强调金天木不是凶手？江洋有种感觉，在那团迷雾深处，有什么东西在焦躁不安地跳动，抓住它也许就能彻底看清真相。

强迫自己冷静下来，江洋自言自语地梳理起整件事：

上海办事处的爆炸案是金天木做的，这没有任何疑问。

冯诚是金天木下令杀死的，这也是确定无疑的。

这两件事的目的都是灭口。而且都指向了民国三十年福州的那场大火。

唯一有动机这样做的人，就是金天木。他的副官王启年在死前，告诉我大火案证据，都是在金天木的授意下，由王启年亲手伪造的。

江洋挠了挠脑袋，这是他和刘先生早就一起分析过的线索，现在看来依然没有漏洞。

不对，肯定有哪里不对！江洋求救地看着张远湖，可张远湖紧闭双唇不发一言，似乎是在说，给他的提示只能到这里了。

江洋看着面色平静的张远湖，忽然脑中灵光一闪，一个大胆的猜测出现在脑海中：既然张远湖是被迫顶罪，难道金天木也……

随着对这个念头深入地推测下去，江洋的眼前逐渐出现另外一个截然不同的真相。

他猛然发现，所有的迷雾都消散了，真相就在眼前。

可是江洋没有一丝兴奋，只觉得一股寒气从背脊直冲头顶，整个人都僵住了。

“猜到了？”张远湖对目瞪口呆的江洋说道。

“我原本以为金天木是因为偷卖军火物资给日本人，所以才会在福州仓库纵火，毁灭证据。”江洋有些失魂落魄，“其实我早就该发现不对了，毕竟宋副院长再护短，也不应该会容忍手下做出这种事。但当时我很愤怒，忽略了这一点。”

“福州的那场大火，起因并不是什么贪污物资。真正目的只有一个，就是那两个美国观察员。”江洋舔了舔发干的嘴唇，颤声问道，“你早就知道真相？”

张远湖苦笑，“我也是昨天才知道的。”

两个人都沉默了。江洋终于明白为什么哪怕没有其他人在场，张远湖也只能给自己暗示，却不直接说出真相。因为这种事只能放在心里，根本无法说出口。

凶手的确不是金天木，因为他根本没有资格。这场可怕的谋杀是针对那两个美国人的，大火下数百人的死伤都是掩饰，目的是要嫁祸给日本人。

这是一场带有政治目的的谋杀。

难怪金天木宁愿用如此激进的手段杀掉所有下属灭口，也不愿意有一丝泄密的可能；

难怪宋副院长面对举报的反应如此奇怪；

难怪张远湖明明和这件事无关，却只能硬着头皮充当替罪羊。

所有的疑问都有了解释，江洋心中却像冰山骤融之后，迎来滔天巨浪翻涌，只有大口喘气才能勉强应付冷彻骨髓的恐惧。他以为自己手中的证据是一把足够威胁到对方的刀子，没想到刀尖扎向了一颗巨大的炸弹。以如今的国内局势，他甚至不敢想，如果这颗炸弹彻底爆炸，会造成怎样可怕的后果。

江洋已经不想知道主使者到底是谁，尽管他很清楚，连宋副院长都可能没资格做出这样重大的决定，剩下的几个候选者无一不处在权力的顶峰。

“真不知道告诉我这些，到底是在帮我还是在害我。”江洋幽幽地说道。张远湖当然有资格知道真相，因为需要他心甘情愿替大佬们背下这口黑锅。但如果知道江洋也猜到了真相，想必宋副院长一定会毫不犹豫地灭口。

张远湖认真地说道：“如果知道的太少，那么做出的决定很可能是错的。你现在很危险。”

江洋深以为然地点点头，自己在这上面已经吃过太多亏了。再离奇的事情一旦揭晓答案，很快不再有什么稀奇之处，他还有一些疑问干脆一并问出来：“做这件事的目的，是为了让美国尽快参战吧？”

张远湖说道：“当时的局势太紧迫了，已经快吃不消了。”

江洋痛苦地叹了口气。那一年的年底，美国人最终还是对日宣战了，只是不知这件事在其中到底起到了多大的作用。

“如果把这件事宣扬出去会怎么样？”江洋试探地问。

张远湖冷冷地看了他一眼，“我告诉你这些，不是想看你找死。”

见到江洋的痛苦表情，张远湖无奈地补充道：“不可能有证据的。”

江洋明白他说的是对的，但还是有些不甘，“为什么是你当这个替罪羊？为什么不是金天木？事情都是他做的！”

“一个月前，出了个情报泄露的大事故。”张远湖神态疲惫地解释道，“你可能感觉到一些风声，只是不晓得具体情况。宋院长和美国人接触时的一些重要文件被泄露给地下党了。这件事搞得宋先生很被动。我是分管情报的，这个责任本来就应该我负。”

张远湖叹了口气，“如果仅仅是平常的工作失误，还能勉强应付。又赶上戴局长殉国，宋院长对这个位置志在必得，正是关键时候，出了这样的事，我是注定要被牺牲的。

“所以，不管我知不知情，这都不重要。重要的是，我才是最好的人选。”

江洋恼火地说道：“你应该很清楚，一旦顶替罪名，你就会万劫不复。所以我不明白你为什么会接受，我可不相信你们这样的大官会愚忠至死。”

张远湖目光中流露出欣赏的意味，说道：“只有这样才能证明我对党国的忠诚。”

这是套话，江洋却从中听出了一些其他的意味，“即便没有这件事，他们也会对你动手？为什么？”

张远湖面露疲惫，拿起茶几下的一盒香烟，“来一根？”

江洋接过香烟，看着烟盒上硕大的“英雄”商标，觉得有些讽刺。

张远湖看着燃烧的烟头，“你知道为什么宋先生很欣赏你吗？”

“欣赏？我现在只觉得自己像个傻瓜，我出现在这里简直就是个笑话。”

“无知者无畏。”张远湖抬起头看着他，“恰恰因为如此，宋先生才确定你和延安没有关系。”

江洋猛吸了两口烟，吐出的烟雾遮住了眼睛，这才感觉好了一些。张远湖忽然提到的这个词让他有些不安，生硬地笑了笑，“本来就没有关系。”

“延安这两年对军统的渗透越来越厉害。我既然负责情报，理应对此负责，没什么可推脱的。”张远湖身子往后靠在沙发上，仰着头。江洋看不清他此时的表情，但能从语气听出一些颓唐，忍不住问道：“他们怀疑你通共？”

“都知道是借口罢了。戴局长现在不在了，军事委员会马上要改组了，下面暗流涌动。”

江洋听明白了，张远湖的倒台归根到底还是因为政治倾轧，可他还是觉得不合理，“失势了无非是靠边站。如果你没有把柄在他们手里，也不会对你下这样的死手吧？”

“有确实的证据证明，很大一部分机密信息，是从我这里泄露出去的。”

“真是你干的？”江洋奇怪地问道。

张远湖重新恢复了挺直的坐姿，摇了摇头。

“那是你身边有了内鬼，找出来就行……”江洋说着，忽然意识到什么，愣住了。

“若离对你印象不错。”张远湖淡淡地说道，“你对她是什么想法？”

“……”江洋心情很复杂，没想到张远湖将话锋转到这里，一时间不知该怎么回答。

“她妈死得早，我从小就娇惯她，所以养成了现在这样的性子。”张远湖手中的香烟早已熄灭，在手指无意识的揉搓下，剩下半支烟的烟草碎屑纷纷从指间滑落，“她从上海回来后，把发生的事都告诉了我。那是我第一次听到她提起你，你知道我当时心里在想什么吗？”

张远湖目光复杂地看了看江洋，重重叹了一口气，“闺女大了，留不住了。”

“我……”江洋张了张嘴下意识想辩解，最后还是承诺道，“她是个很好的姑娘。如果我能活下来，一定会好好照顾她。”

“若离本性不坏，可能因为从小就要强独立，所以性格有些偏激。”张远湖又叹了口气，“我知道她对有些事情的看法有些激进，可没想到她会走得那么远。”

“我不知道泄密事件里有没有她，我也不想知道。”江洋在心里点点头。正是这个泄密事件把张远湖的半只脚送进了棺材里。张远湖还是永远不知道这件事是否和张若离有关更好。

直到此刻，江洋才明白张远湖特地来见自己的真正意图。他已经认输了，说的这些话有交代后事的意味。

可江洋还是要问：“已经是定局了？”

“没有意外的话，就是这样了。”

“我就是意外。”江洋看着张远湖的眼睛。

如果没有江洋，张若离现在无疑会落到军统手里。但至少现在她还是安全的。

江洋想知道，假如不用担心张若离，张远湖是否有机会摆脱困境。

张远湖思考片刻，问道：“你想做什么？”

江洋低声道：“该死的是金天木，不是你。”

张远湖摇头，“宋先生认为他现在比我有用。”

江洋目光闪动，“所以问题就在于，只要你比金天木更有价值就可以了。”

这句话让张远湖十分不安，他从沙发里坐起来，“你到底想做什么？不要乱来！你答应过我要照顾好若离的！”

江洋深深吸了一口气，“咱们都是聪明人，没必要再骗自己了。这件事无论如何结束，我都死定了。”

张远湖有些慌乱地解释：“宋先生很欣赏你，只要你能保证……”

“够了！”江洋打断他，“你现在还说这种话是在侮辱我！这些鬼话只能用来骗别人。我还愿意和你继续说下去，是看在你至少有一半是真话。你的确是个好父亲，为了张若离不惜牺牲自己，这很伟大。但你还想拉着我一起牺牲，这就不伟大了。”

张远湖脸色变得铁青，却没有反驳。

“你愿意接受身败名裂，以这种憋屈的方式死掉，换来若离平安无事。但这还不够，因为还有我这个意外存在。所以你答应了宋副院长，亲自出来见我，就是为了稳住我。如果我真的傻到相信你们，沉默地看着你死掉，等你背完锅，我也没有任何价值，那时候他们随便就可以弄死我。”

“你明明知道，我是来救你的！”江洋越说越气，声音中是压抑不住的愤怒，“我此刻本来应该在船上，远离这摊狗屎般恶心的事。结果你就这样对我？”

张远湖脸色转为一片惨白，低下了头，“我很感激你，真的。你这样做我无以为报。如果换一个处境，我可以给你任何回报。但现在我真的没有办法了，对不起。”

“没有人愿意死，我相信你也是一样。”经过了刚才的发泄，江洋的语气重新正常起来，“我们还有机会。也许我们都不会死。”

张远湖猛地抬头。他以为江洋说这句话是绝望下的疯狂，却只在江洋脸上看到绝对的冷静。

“宋副院长是个可怕的人，但他也有弱点。”江洋说道，“如果想要破开这个死局，接下来你要听我的。”

张远湖死死地看着江洋，江洋毫不示弱地和他对视。

片刻之后，张远湖终于有所动摇，缓缓地点了点头。

江洋嘴角浮起极其细微的怪异笑容，把桌上的冷茶推了过去，“照顾女儿这种事情，还是亲爹去做比较合适。”

第二十九章
Chapter 29

观巷是一条不起眼的小巷，虽然离闹市区不远，但居住其中的都是贫民，房屋大都破烂不堪，少有外人前来。久而久之，这里成了附近三教九流的聚集之地。

现在是下午五点刚过，正是老百姓开火做饭的时候。巷子深处一间院子附近，有两三个闲汉无所事事地蹲坐在墙角，远远看去像是正悠闲地抽着烟，但他们的眼睛却警惕地盯着巷子两头，只要有任何异动，他们都会第一时间通知院子里的人。

巷子里除了那几个放风的，没有其他人经过。年久失修的院墙已经垮塌了一小半，院子正中种着棵一人粗的老槐树，树干被蛀了一个大洞，树下稀稀拉拉地长着一片杂草。

这座从外表看近乎荒废的屋子里，此时烟雾缭绕，屋里唯一的家什是一张方桌。十几个人正围在桌子前，全神贯注地注视着碗里转动着的骰子。

骰子停下来的一瞬间，一阵喧闹猛地响起，有人开心大笑，有人骂骂咧咧。赢家收起钞票后，屋里再次安静下来，等待着骰子再一次转动。

在这间民居的隔壁，张若离听着墙那边一阵又一阵的吵闹声，心乱如麻。这个地方是王超带她来的，只说了一句安全绝对没有问题，就匆匆离去。

张若离生平第一次离地痞流氓这么近，赌场在她的概念里就是祸害好人的地方。硬着头皮在屋子里待下来，一开始听着隔壁不时传来的污言秽语叫骂声，她不免提心吊胆，想着万一被巡逻的街警发现，殃及自己的可能。

胡思乱想中，她想到了自己和江洋第一次冲突的场景。那时候她丢了包，只能请江洋出面。在对偷包贼的处理上，两人产生了很大的分歧。她忽然有些理解江洋的做法了。也许他是对的，很多事情都要按照规则来办，但世间没有一个统一的规则可以处理所有的事。至少对于处理市井街头这些灰色地带的事情，江洋远比自己懂得该怎么处理。

想到江洋，她再次不安起来。此时的焦躁不再是为自己，而是对江洋的担忧。

他知道该怎么和三教九流打交道，可他现在要面对的，是另一个完全不同的世界。江洋真的能够力挽狂澜吗？

张若离蜷缩在墙角，双手抱着膝盖怔怔发呆。她忽然有些后悔把江洋拉进这趟黑腥浓臭的浑水中来了。

昨天她去码头找江洋实在是走投无路之举，理性上也能理解江洋已经和这件事没什么关系，推脱完全是正常的反应。但当江洋真的拒绝了她，转过身的那一瞬，她还是忍不住流下了眼泪。

就在她彻底绝望之时，刚刚对她怒吼过的江洋却追了上来，当着她的面撕掉了手中的船票。

那一刻，张若离觉得自己又活了过来。

整个计划都是在连夜赶回杭城的路上，江洋谋划的。他很直接地告诉张若离，让她去警局见金天木只是为了给接下来的行动做掩护，风险很大。张若离没有丝毫犹豫就答应了下来了。很奇怪，和江洋在一起，她什么都不害怕了。

金天木的应对却出乎她的意料。张若离和他互飙演技后，离开了警察局，按照二号方案，带着盯梢的军统特务在杭城绕着圈子。

计划中的意外发生，一片混乱中，王超出现把她从特务眼皮子底下带走时，张若离并没有松口气，反而有些失落。她有些痛恨自己的没用，在最关键的时候没能帮上什么忙。虽然这种情况也在事先的考虑之中，但江洋那边的行动也会因此发生相应的变故吧？

想到这里，张若离惴惴不安地看了看表。

距离两人分头行动已经过去了大半天。按照江洋的嘱咐，她现在应该在藏身之处躲起来，直到这件事结束。

江洋没有说这件事怎样才算结束，只是说："如果六个小时之内我还没有找你，立刻一个人从杭城逃走。你和刘先生不是有个紧急的联系方式吗？这时候你应该可以重新联系上他，第一时间回到解放区。"

现在时间已经过了。

想到这里，张若离咬紧嘴唇，又想哭了。

江洋给她留下了可以全身而退的后路。但这样离开，又有什么意义呢？

张若离喃喃自语，像是对半天之前的江洋说："你千万不要出事啊。我已经没有退路了。"

夜色逐渐降临。张若离从烦乱的思绪中惊醒，才发现外面天色已经全黑，巷子里隐约传来几声妇人教训小孩子的骂声，隔壁赌场不知何时已经安静了下来。

她扶着墙壁站起来，闻到别家飘出来的饭菜味道，才想起大半天没有吃东西了。不过是土豆白菜的气味，却让她涌起强烈的饥饿感。

张若离向门口走了两步就站住了，犹豫了片刻后重新回到墙角坐下。她知道这个时候不能冒险出去。这几天发生的事情太多，她回想起来总有一种强烈的自责。

也许正是因为自己缺乏经验，处理不当，才导致冯诚最后被杀。

也许是因为自己身份暴露，才导致整个上海地下组织进入静默期。

同样，也许是自己的地下党身份，才会让父亲忽然遭遇牢狱之灾。

而江洋更是一步步被自己拖入这个旋涡……

也许这些只是自己的猜测，但张若离固执地认为这些都是因为自己。她从小就是一个很骄傲的人，此刻却无比痛恨自己。所以她宁愿躲在屋子里挨饿，也不能再出什么问题，给别人带来麻烦。

巷子里越来越安静，远处偶尔的一两声狗吠声都清晰可闻。她心中的恐慌越来越重。

已经九点过了。张若离默默擦干了不知何时流满脸庞的泪水，决定听从江洋临走前的吩咐。如果等到十二点，还没有任何消息，她就离开这里。

就在这时，院门被轻轻地敲了两下。

停了一秒，敲门声又连续响了两下，接着又是两下。

张若离心跳得很快，这是王超临走时交代的暗号。她扑到门口，打开院门。

今天不是十五，但弦月的光芒还算清亮。月光下，王超站在门口。

不知王超去干了些什么，满脸疲惫之色，见她开了门后也一言不发。

张若离一把抓住王超，激动地问："江洋怎么样了？他现在在哪里？"

王超没有回答，另一个声音响了起来，"张小姐放心，江处长现在很好。"

两个男人从墙后走了出来。张若离的心被猛地攥紧，这两个人的动作她很熟悉，是军统的资深通讯员。

张若离用询问的眼神看向王超。

王超缓缓地摇了摇头，他的眼中也充满了不解，只是朝张若离摊开了手掌。掌心里是一颗普通的玻璃扣子，男式长袍上经常用的普通货。

这是分开时江洋穿的那件衣服上的扣子，想必江洋已经落入对方手中。

张若离对王超笑了一下，心中没有一点怨恨。很奇怪，之前她一个人待在没有灯的屋子里怕得要死，当最糟糕的结果揭晓后，那些恐惧反而消失了。

她主动伸出双手，等着被铐起来。

军统的人却没有动。

刚刚说话的那个人客气地说道："车就在巷子口。江处长他们都在等你。"说完做了一个请的姿势，当先往外走去。

张若离不解地看着王超，这才发现他的嘴角有些青肿的痕迹，似乎是被揍过。王超朝她挥了挥手，让她跟上军统快走，之后则坐在门槛上，低头点了根烟，不再看她。

另外那个男人朝张若离笑笑，"张小姐，请。"也不去管王超，似乎他的任务就是带他们找到张若离而已。

张若离不知道发生了什么。无论门口出现的是王超还是军警特务，都没有超出她的猜想。可是眼下古怪的场面让她觉得别扭，怎么也猜不透背后的缘由。

她注意到了一点，对方提到江洋的时候，称呼是“江处长”。这不像对待通缉犯的态度。张若离本来心若死灰，此时看到了一线希望，心脏再次狂跳起来。

也许，江洋真的能够创造奇迹？张若离按捺住心中的好奇、期待和担忧，向外走去。

一辆黑色的轿车静静地停在巷口的阴影里。当看清车子旁站着的那个人后，张若离猛地停下脚步。金天木招牌式的和煦笑容此刻在她眼中像恶魔一般可怕。

她的脑中一片空白，心里反复回荡着一个念头：金天木既然没事，那么江洋就凶多吉少了……

这个可怕的念头还没来得及将她彻底击溃，车门打开，车里下来一个人。

张若离目瞪口呆，看着一脸轻松微笑的江洋。

直到车子开出去好一会儿，坐在车子后座的张若离才猛地反应过来，一把抓住坐在旁边的江洋，双手紧紧捏着他的胳膊，像是怕他消失。

江洋轻轻拍了拍张若离的手，说道：“马上就结束了，再忍忍。”

这时，张若离感觉江洋的手指在她的左手掌心轻轻挠了挠。她有些意外江洋会在这种时候做出这么轻浮的举动，下意识地想把手抽回来，却发现江洋紧紧地抓住她的手，指头再次轻轻划过她的掌心。

张若离明白过来，他是在用这种隐蔽的方式和自己交流。当下脸一红，专心地辨认江洋在自己掌心写下的字句。

江洋的动作很小，一笔一画写得很清楚：“我要找刘先生”。

张若离下意识看向前方。坐在驾驶位上的金天木专心地开着车，偶尔向后视镜瞟一下，并没有发现后座上亲昵地靠在一起的两人之间，有什么异常。

她没想到江洋会提出这个要求，咬着嘴唇在江洋手心写了两个字：“不行”。马上觉得这样有些生硬，又写了两个字解释：“纪律”。

江洋脸上没有什么变化，但张若离能感觉到他有一瞬间的错愕。想到江洋做的一切都是为了自己，心里顿时生出歉意，于是主动在江洋手心里写道：“现在去哪”。

“见你爸”，江洋立刻做出回答。

这个回答让张若离有些意外，昨天父亲在上海被捕，今天如果出现在杭城，那么只有一种可能。张若离有些激动地写道："成功了吗"。

"没有"，江洋的回答很干脆。他继续写道："只有一晚，联系不上刘，大家都会死"。

江洋已经尽可能言简意赅，这句话还是足足写了一分钟。"死"字的最后一笔写得有些重，指甲使劲划过张若离的皮肤，让她的眉头不禁皱了一下。掌心的刺痛没有什么，但她能感受到江洋强烈的焦虑。

"为什么"，张若离心跳得很快，有些犹豫。

"解放日报，撤稿"。

张若离明白江洋的意思：之前江洋和刘先生约定，把江洋亲手所写的事情经过在《解放日报》上刊登，换来的是他安全离开上海。这个交易很公平，但在最后江洋却没有选择离开——正是因为自己的请求让他改变了主意，重新踏入这趟浑水。

现在江洋要求撤掉《解放日报》上的稿子，想必是宋副院长提出的条件之一。

"我去联系"，平心而论，张若离觉得江洋的要求并不过分，所以她写下这行字后，有些为难，自己的坚持是应该的，但在这种情况下似乎有些过分了。

江洋转头看了她一眼，手上没有停，"没机会，有监视"。

张若离鬓角滑落下一滴汗水，她大概明白了江洋的计划，似乎他和对方达成了某种协议，以那篇揭露事件内幕的稿件不会出现，作为自救的凭仗。一边是泄露组织机密的巨大风险，一边是自己父女加上江洋三人的性命，张若离发现自己面临着艰难的选择，手指动了又动，始终没能写下去。

过了好一会儿，江洋又写了三个字："快到了"。

张若离回过神来，发现车子不知何时开到了西湖边上，正缓缓开进一栋别墅。

心乱如麻之中，汽车拐了一个弯，在别墅门口停了下来。在汽车大灯熄灭之前，张若离一眼看到门口的父亲，毫不掩饰脸上的担忧，朝小车快速走来。他身旁站着两个全副武装的卫兵，目光锐利地盯着张远湖的一举一动。

这一刻，她终于做出了决定，迅速在江洋手心写下一行字。

江洋微不可察地点了点下巴，示意已经记下来。张若离脸色有些发白，她没有立刻松开江洋的手，在他手心里写了最后四个字：“我相信你”。

江洋没有说什么，只是伸出双臂，使劲地抱了抱张若离。

“好好睡一觉。”江洋说完这句话，打开车门走了下去。金天木随后下车，他没有和张远湖打招呼，直到走到几十步开外，身形隐藏在房屋阴影下，才神色复杂地回过头。

独自待在车里的张若离一动不动。她觉得很疲惫，连开车门的力气都没有。心里有无数情绪堵在一起，却感觉空荡荡的。她不知道自己刚刚的决定是对是错，事情发展到现在，一切远远超出了她的能力范围，让她有种强烈的委屈，不知不觉眼泪静静地流了一脸。张远湖打开车门，一只手落在她的头上，轻轻地摸了摸她的头发。

张若离扑到张远湖怀里时，才发现自己因为害怕在浑身发抖。张远湖拂去张若离脸上的泪水，牵着她的手走进了别墅。

一直监视着张远湖的两个卫兵守在了门口，却没有进去。当别墅大门关上的一瞬间，张远湖脸上的笑容消失了。

他使劲抱了抱张若离，神情却变得冷峻，“什么都不要问。从现在开始，你给我闭嘴。自己回房间。”

张若离脸上的泪痕还未干，愕然抬头。从记事起，父亲从来没有用这样不耐烦的态度和她说过话。

张远湖叹了口气，“因为你妈去得早，我心疼你，结果养成你这个骄横性子。过去你还小，无论做出如何任性的事，我都可以替你负责。你现在长大了，事情却越做越出格。你难道就不明白，你爸不是神仙！不是你捅的所有娄子，我都能给你摆平的！”

张若离整个人顿时僵住，下意识地后退了两步，她预感自己最害怕的事情终于发生了。在还没有准备好面对之前，父亲似乎已经知道了她做的那些事……

“算了，去睡吧。”张远湖挥了挥手，指了指旁边的一间客房。他显得很疲惫，说话的声调也有些虚弱，“知道你现在有很多疑惑，不告诉你是为了你好。如果今天晚上能平安过去，以后再慢慢告诉你。”

张若离心神恍惚，转身朝客房走去。张远湖又叫住了她：“还有，”他想了半天，最终没头没脑地说了一句，“不要再做对不起国家的事。”

不等张若离回答，张远湖叹了一口气，走进了另外一间客房，重重地关上了门。

张若离才止住不久的眼泪再一次流下，她麻木地走进房间，倒在床上。

她从没有像这一刻一样，对自己如此厌恶。相依为命的父亲、患难之交的江洋、精神信仰的组织，这是张若离现在生命中最在意的几样，可是，现在因为自己，他们都处在了生死困境之中。

张若离抱紧被子，无法抑制地浑身发抖。她觉得所有的错误都因自己而起，强烈的自责让她几乎难以呼吸。

辗转反侧之间，她想起江洋最后对她说的那句话。

“好好睡一觉。”江洋说这句话时似乎是笑着说的。

“明天真的会好起来吗？”张若离惴惴不安地想着，看向窗外。

夜空中的半轮明月被云层遮挡着，暗淡的月光从窗口照进，只在地上留下一团模糊的光晕。

张若离知道，对于自己来说，这将会是一个无眠的夜晚。

但她不知道的是，这个晚上还有许多人也注定无法安睡。

第三十章 Chapter 30

金天木很清楚，张远湖注定要被牺牲掉。

他和张远湖一直不对付，可是想到和自己职务相仿的昔日对手最终是这样的结局，金天木难免有所触动。张远湖是出名的老实人，忠心耿耿了一辈子，落下这么一个下场，还不知道自己将来怎么收场呢！

他心里多少有点不是滋味，所以下车后刻意避开了张远湖。当那对父女拥抱在一起时，他甚至还有一点同情。

不过也就是这种程度而已。

金天木只用了几分钟就调整好了心态。

同情、愧疚……这些都没有任何意义，成败才能决定一切。胜者永远是正确的，败者只能接受命运的安排。

也许很多年以后，金天木再想起张远湖时，可以大度地给予更多的同情和歉意，但现在，他还有更重要的事要做。

“院长，事情办好了。”金天木把从王超那里拿到的信封恭敬地放在桌上。

宋副院长正在低头审阅文件，简单地嗯了一声，伸手拿过了信封旁边的茶杯喝了一大口。一杯茶里有半杯都是茶叶，本应该碧绿的茶汤呈现出难看的黄褐色，这样的喝法完全喝不出极品龙井的滋味，只能用来勉强解乏。看来宋副院长今天又准备熬夜。

“人接到了吧？”宋副院长没有抬头，边翻看文件边说。

“是。现在和张远湖关在一起。”金天木简练地回答，“还有一件事要向您汇报。江洋把东西交给了他的一个部下，为了安全起见，我建议把人抓起来……”

宋副院长抬起头，目光从文件上挪开，像是在发呆，又像是在认真考虑金天木的建议。几秒钟后，他拿起了那封信。

不过他只是略微扫了两眼，看到封口完好无损后，点了点头，没有要拆开的意思，直接划了根火柴，点着了扔在烟灰缸里，低头继续看起了文件。

这样的态度已经足够明确了。如果是往常，金天木就会知趣地告退了。

但是今天不行。

金天木有种模糊的感觉，事情似乎正在脱离自己的掌控。他必须找到危机的来源。

张若离的出现倒没有让金天木觉得太诧异，无论她被抓到还是继续躲起来，对大局都没什么影响。既然接到的命令是“接”而不是“抓”她回来，想必是张远湖提出的要求。宋副院长能答应这个要求也不奇怪，他付出这么大的代价，这点小恩小惠还是应该给的。

整件事合情合理，但过程有问题。

宋副院长给金天木的命令只有一句话，护送江洋去接个人。当然，“护送”这个词在金天木的理解里，是监视押送的委婉说法。

当他看到等在巷口的王超时，立刻明白了此行的目的。江洋威胁要送往美国大使馆的那些资料，很可能就放在这个人身上。果然，下车后，王超就老老实实地掏出了一个厚厚的信封交给江洋。金天木接过信封，查看过密封无误的封口后，不由得松了一口气。江洋主动把最能制造麻烦的底牌交了出来，说明他已经服软，这趟任务只不过是把这个隐患给彻底消除而已。

如果不是宋副院长嘱咐过要把人带回去，金天木觉得最安全的做法就是把王超立刻做掉。虽然不能杀人，不过在他的示意之下，随行的两个军统联络员还是给了王超一阵暴揍。他是故意要给江洋难堪，但江洋只说了一句话就制止了他们的殴打。

“把他打死了，宋副院长要的人你负责找吗？”

金天木记得很清楚，江洋说这句话的时候脸上是浓浓的嘲讽之色。

等联络员把张若离从巷子里带出来后，金天木才明白要带回去的人是谁，并懊恼地发现自己再一次做出了错误的判断。这个错误虽然并不严重，却让他觉得非常腻歪——尽管他已经非常重视江洋，甚至把他放在了对手的位置上，可还是无法阻止江洋不断地制造出各种意外！

不过这不是最重要的。

金天木赫然发现，表面上自己是在监视江洋，却因为事先根本不了解具体内容，在不知不觉间被隔离在任务之外。这种感觉他太熟悉了，每当他对手下的人不再信任时，就会用这种方式将他们从身边逐渐剥离出去。

最近是关键时期，军统局长的竞争已经到了白热化阶段。他早就果断做出选择，坚决站在了宋副院长这边。本来以为已经站得很牢了，此时他心中隐隐生出了极大的不安。

这是一个很不妙的信号，虽然比较微弱。

金天木告诉自己，必须要了解更多的信息，或者换句话说，了解宋副院长的真正想法。

“院长，”金天木斟酌了一下，“监视江洋的人手全部撤回来了，是否不太妥当？”

“你的意思，还是让你的人来？”宋副院长的声音不咸不淡。

江洋被安排在隔壁的一栋小楼里，在宋副院长的命令下，负责看守的全都换成了中统特务。金天木对此有些疑惑，但并不敢有什么不满，听到宋副院长这样说，立刻立正敬礼，“是属下办事不力，给长官惹麻烦了。”

“知道就好。”宋副院长不客气地说，“这件事之所以没转交给毛局长处理，就是因为干系太大。你们和中统之间有什么事我不管，但在这件事解决之前，我不允许内部矛盾导致任何意外。”

金天木只能点头答应。

“江洋的表现有没有问题？”宋副院长忽然问。

这是一个递小话的好机会，金天木却没有贸然开口。之前的敲打让他有些拿不准宋副院长的真正态度，回想接张若离的整个过程，的确没有什么可疑的地方。他低头想了一会儿，才勉强说道：“没有异常的地方。但我有些担心，既然他能留一封信，也许还有第二封。还是有必要继续审问，彻底搞清楚才好。”

宋副院长揉了揉眼睛，再度抬起头，“你之前说，想让他做你的副官？”

金天木心里一凛，听出了这句话里不耐烦的意思。

宋副院长伸手拨弄了一下烟灰缸里的余火，看着那封信烧剩下的边角也变成灰烬，“虽然以后你们不会在一起共事，但闹得太僵也不好看。”

金天木知道这个话题只能就此打住。

他硬着头皮赖在宋副院长面前，是想搞清楚宋副院长态度的微妙变化的原因是什么。但此时听宋副院长话里的意思，难道是真的准备重用江洋？这样一想，金天木觉得更难受了，本来飘忽的不安骤然变成了实实在在的危机感。

“明天的记者会，”金天木生硬地提了另外一个话头，“要不要提前通知美国人？”

这其实本来是之前定下的方案，牺牲一个军统高官，主动抛出调查结果，把一系列案子统统定死为张远湖的个人行为，掩盖福州大火案的政治背景。金天木没话找话地提起这个，是本能地担心意外发生，想要现在就把这件事钉死。只要把通告先发出去，张远湖就不可能有翻身的机会了。

“这件事已经有安排了。就按原定计划来。明天再说。”宋副院长再次端起了茶杯，这次没有喝水，而是表示谈话就此结束。

金天木面色不改，“您也早点休息。”

走出房间，轻轻把门带上后，金天木的脸色瞬间变得铁青。

刚才的试探，让他确信一定有什么地方出了问题，必须要做些什么了。

汤局长接到金天木的电话时，正处在极度煎熬中。

虽然已经下决心尽快让出警察局局长位置，但现在他连熬过这两天的信心都不是很足。时近半夜，他还待在办公室里，这不是因为事情多，而是希望自己的勤勉能落在上级的眼中，多少增加些同情分。

所以当话筒里传来金天木的声音时，汤局长的手都有些发抖。也难怪他惶恐之极，军统高层半夜亲自打来电话，远比一纸调令甚至逮捕令的后果更严重。

“有几件事要你立刻去做。有问题吗？”

“啊……没有没有！”汤局长回过神来，发现对方不是找自己麻烦的，忙不迭地答应。

“给我一份警察局里所有人的名单，立刻。”

“是，是。”汤局长擦了把额头的冷汗，拿过笔把金天木的交代认真地记下来。

“我还要杭城里所有叫得上名号的帮会的详细资料。”

“……好！”汤局长不敢多问，立刻写下来。一时半会儿要把整个杭城的帮会梳理一遍，这事并不简单。不过说难也不难，只要有江洋……

汤局长甩甩头，赶紧把这个名字从脑海中甩掉，对着话筒恭敬地说：“都记下来了，还有什么吩咐？”

“另外整理一份……”金天木停顿片刻，语速很快地说道，“杭城商会里排名前二十的人物、驻军部队中尉到少校、副局长以上副市长以下的所有人的名单。”

汤局长咽了咽口水，虽然不知道金天木要干什么，但直觉这份名单一旦列出来，肯定会得罪许多人。只是他现在来不及考虑这个，“您多久要？”

“一个小时。”

汤局长不敢贸然答应，“时间有点紧……”

“不需要完整名单。在两个前提之下进行大概筛选就行。”

“怎么筛选？”汤局长紧张起来。

“第一，有枪，或者可能有枪的人。”

汤局长头皮有些发麻，本能地把这件事和宋副院长巡视联系起来。既然提到枪，那就涉及安保。金处长这个时间专程打电话特意吩咐，自己却什么都不知道……汤局长暗自叫苦，如果出了什么纰漏，就真的没活路了。

“还有一个要求是什么？”

“和江洋过从甚密，交往频繁。”

“啊？！”汤局长失口叫出了声。他猛然想起来，江洋还在通缉中。这个事实让刚刚擦过的冷汗又加倍冒了出来，“处长放心，我们正在全力搜捕……”

“我等会儿会派人来取名单。”金天木没有告诉他现在不可能找到江洋，“另外，你先挑出那些最有可能出问题的人，先控制起来。”

“怎么控制？”汤局长已经方寸大乱。

“随便你。”金天木留下最后一句就挂了电话，“天亮之前不要出任何问题。”

汤局长放下电话，面色阴晴不定。思考了两分钟后，他就权衡好了利弊，咬着牙在纸上写下了十几个人名，然后喊来了手下。

“两件事。

“侦缉处的人全部集合待命，明天早上之前不准离开警察局。

“名单上的人，都抓起来，派督察处和保安队去做。这些人明天上午十点之前都给我关好。”

在下属面前，汤局长恢复了平时说一不二的威势，见对方瞠目结舌地站着不动，厉声喝道：“快去！”

下属看着名单上那些自己根本得罪不起的人名，怀疑汤局长是发了失心疯，才会下这样的乱命，整张面孔由于为难而变得扭曲，“张家二公子？刘家少爷？还有邓局长……局长，您得给我个理由啊，否则不明不白把这些人抓回来，我们扛不住啊！”

“宋副院长在这里，谁敢闹？”汤局长故意说得很含糊，果然起了效果，下属恍然大悟地哦了一声，逐渐镇定下来。

“快去，多带点人。副官室和机巡队也去。”想了想还是嘱咐了一句，“人带回来就行，不要把事情搞大。”

“是！”下属敬了个礼，反过来安慰道，“您说的对，有宋副院长在杭城，谁敢拒捕不成？”

“记住，”汤局长一字一句说道，“这件事和宋副院长没有任何关系！”

下属露出一副“我明白了”的神情，拿着那张名单快步走了出去，顺手关上了办公室的门。

汤局长一屁股坐回椅子上，他简直不敢去想刚才下的命令会在杭城掀起多大的波澜。唯一能够自我安慰的，就是“反正老子不打算干了”这个想法了。

“栓子，接下来要辛苦你了。”

挂掉打给汤局长的电话，金天木冲站在一旁的朱副官点了点头。

“我现在就去警察局拿名单。”朱副官马上说道。刚刚那通电话的内容他在旁边听得很清楚。

“这事先不急。”金天木摆摆手，“先坐下。”

朱副官欠着屁股坐下，身子挺得笔直，有些诚惶诚恐。副官这个职务很微妙，虽然看起来职权不高，却是长官最信任的人，私下里这样毕恭毕敬反而显得生分。

金天木看出了他的心思，笑了笑，“谁都免不了出错。接下来的事情办好就行了。”

简单一句话让朱副官激动不已。这几天因为办事不力，已经接连几次让人从他眼皮底下跑掉了。金处长现在说的话，就是要再给他一次机会了。

“冯诚那件事，要解决干净。”金天木说道。

朱副官立刻明白金处长的意思。这件事是他一手操办的，冯诚的死栽到了江洋的头上，真正的凶手是那个假冒黄萍萍的女人，是他安排的。军统里有许多人专门干这些见不得人的事。如果按照计划江洋作为凶手被枪毙，这也不算什么破绽。可既然江洋如今还活蹦乱跳的，假扮黄萍萍的女特务就成了麻烦。

这种事也不是第一次发生，毕竟不可能每次任务都能成功。惯常的处理方式，就是把失手的特务送到其他地方，隐姓埋名一段时间，等风头过了再说。

但金天木显然不是这个意思。

朱副官对杀自己人倒没有什么心理负担，点头答道：“天亮之前我会处理好。”

金天木嗯了一声，盯着面前的茶杯看了会儿，忽然说道：“再找一些药来，毒药，无色无味，可以在二十四小时里毒死人的那种。”

“是。”朱副官还是立刻应道，心里却有些忐忑起来。作为副官，上官越是把私密的事情交给你做，就越代表对你的信任。但凡事也有一个限度，不是什么事情都知晓得越多越好。军统处长什么情况下需要随身携带毒药？朱副官不敢问，连想都不敢深想。

金天木继续道：“派人看着江洋。”

这回朱副官没有立刻回应。金天木知道他在怕什么，解释道：“我知道现在看守他的是中统的人。在外围布防就行，和中统的人保持距离，不要有任何冲突。人不用派多了，他应该不会傻到半夜逃走，这只是有备无患的安排。”

这倒在朱副官意料之中了。一个小警察，却能把堂堂军统处长逼到这样窘迫的境况，再怎么重视都不为过。

“把七号别墅监视起来，电话也要监听。”金天木轻描淡写地加了一句。

“什么？！”本来朱副官已经做好打算，不管金处长的命令是什么，自己绝不多话，好好执行就是了。但这个命令还是让他忍不住喊出声来。

金天木目光锐利地扫了朱副官一眼，语气平静，“你没听错。能不能执行？”

朱副官迅速回过神来，心脏跳得很快。宋副院长今天就下榻在七号别墅，监视同僚的事情军统没有少做，但私下监视宋副院长这种级别的大人物就犯大忌讳了，这可是要出人命的。他知道现在应该干脆地回答“能”，可这个字怎么也说不出来，只能眼巴巴地看着金处长，试图得到更具体的指示。

可是金处长没有更多的解释，只是说了一句：“长沙和贵阳那边都缺一个分站长。无论你今天执行不执行，一个月后，这个站长都是你的。”

在外地做一个手握实权的站长，虽然没有现在这么威风，但比起在金处长身边需要随时绷紧神经，无疑会轻松许多。升官是好事，只是现在听到这个消息，朱副官却高兴不起来。

“谢谢处长提拔。一定完成任务！”话已经到这份上了，朱副官只能做出惊喜忠诚的表情。

“去吧。”金天木挥挥手，“随时汇报，如果出现意外，你全权处置。”

朱副官回到自己的房间后，目光落在书桌上的电话机上。

他思考的时间格外漫长。

在脑海中反复思考权衡利弊后，他终于拿定了主意，拿起听筒开始拨号。

军统改组的事情很快就要尘埃落定，看来自己需要换个山头了。

第三十一章
Chapter 31

天色微亮的时候，金天木见到了回来复命的朱副官。

“马钱子里提炼出来的。”朱副官将包裹严密的小纸包小心翼翼地放在桌上，“一个小时左右见效果。还不能做到无色无味，苦味有些重，适合放在浓茶里。”

朱副官说完后，意识到自己似乎又犯了一个错误，最后一句话有些画蛇添足了。宋副院长喜欢喝浓茶不是什么秘密，自己这么说显得有些自作聪明了。

还好金天木没有注意到这个细节。他用两根指头拈起这个小小的纸包，打量了片刻，玩味地笑笑，随手丢在了桌上。

“这是杭城警察局昨夜行动的具体报告。”朱副官递过几页纸。

金天木翻看着报告，有些意外。能力平平的汤局长能在杭城警察局局长这个麻烦的位置上待这么多年，靠的全是墙头摇摆和稀泥的功夫。但汤局长这次却做得非常坚决，没有给自己留一丝后路。尤其是张家，还是他亲自带人去的，无视张老爷子的劈头大骂，愣是把张伯谦的三哥给带回了警察局。其他人也是一个不漏，二十几个官商子弟和江湖老大几乎把警察局给塞满了。他头一次这么强势，反而让人惊疑不定，整个过程出奇地顺利，预料中的激烈反抗也没有发生。

事情办得漂亮，只是在报告的结尾，汤局长还是露出怯意，暗示金处长能出面帮他说说好话。这意思，就是想把自己彻底绑在金天木这条船上了——投名状我交了，老大你总要罩着我吧？

金天木现在没有心思理会这些无关紧要的事。他放下报告，用询问的眼神看着朱副官。

朱副官又从随身携带的公文包里拿出了一份抚恤金申请书，“我处联络员田琴，女，近日在执行秘密任务中不幸殉职。文件签字后就可以入档了。”

“这是为国捐躯，好好照顾她的家人。”金天木在文件下方签了字，又补充道，“抚恤金可以再高些，按一级标准来。”

朱副官把签好字的文件收了起来，汇报最后一件事，“七号别墅守卫太严，没有任何收获。”

“嗯。”金天木面色不改，这是意料之中的，他也没有怎么失望。

“接下来做什么？”

“等。”金天木转头看向窗外，夜色已经褪去，曙光渐现，鸟鸣虫叫渐渐响起。

金天木舒展了一下身体，向后靠在椅背上，闭上了眼睛，“我眯一会儿。等宋副院长召我再叫醒我。”

“是。”朱副官敬了个礼，轻手轻脚地退出了办公室。

虽然一夜没睡，金天木还是没有真的睡着。宋副院长的电话来得比预计中晚了一点，电话里的语气很正常，什么都没有提，只让他尽快去隐庐，有具体事务询问。

进了房间，金天木发现张远湖也在，正在给宋副院长的茶杯里添水。张远湖的目光从他身上一滑而过，给自己的杯中也添了点热水，没有理会金天木，随手将开水瓶放在了一旁。

金天木规规矩矩地在一旁坐下，心里暗叫不妙。对他来说，今天最重要的事，是公开宣布张远湖罪证，给这件事一个定论。但看张远湖的神情，明显已经和宋副院长说了好一会儿话，茶都添了不止一次。他现在才被叫来，是个不妙的信号。

从昨夜到现在，金天木一直反复推测，始终没想到出现变故的可能。他越是想不出，就越是莫名地焦躁，此时见到反常的情况，心里一阵慌乱。

“昨夜里杭城的动静搞得不小啊。”宋副院长抿了口热茶，“打到我这里的电话就没断过。”

金天木对这个问题早有准备，身子坐得笔直，恭敬地汇报道：“汤局长的确有些小题大做了，虽然也是为了安全着想，还是做得太毛糙了。我早上得知这件事后已经打过招呼，这些人中午之前全部放回去。”

“这个老汤，一下得罪这么多人，以后还怎么做事？我看杭城他是待不下去了。”宋副院长说道。

金天木没有接话，目不斜视地看着前方。他听出了宋副院长的态度。宋副院长随口免掉了汤局长的职位，却暂时不谈接下来的处置，就是在敲打自己，表明对这件事并不满意。

不过汤局长肯定不是今天的主题，金天木知道宋副院长找自己来是有别的事。

果然，宋副院长不再提昨夜的事，指指墙边的收音机，对金天木说：“打开调到 231.2。”

金天木依言打开收音机，里面发出了滋啦滋啦的杂音。

宋副院长看了看表，“还有五分钟。再等等。”

金天木坐回椅子上。他不清楚宋副院长要做什么，只知道这不在之前的计划中，不禁满腹狐疑地看向张远湖。张远湖却干脆闭上了眼睛，嘴角露出若有似无的淡淡笑意，让金天木觉得格外刺眼。

收音机里的杂音忽然小了，随着一阵音乐声，一个沉稳的女声以不徐不疾的语速播报：“这里是延安新华广播电台，现在开始播报……”

金天木眼角跳了一下。监听延安的广播是他们日常工作的一部分，但一般是在专门的办公室里进行。在办公室外面，对方电台常用的频段会被彻底屏蔽掉，比如延安新华广播电台的节目，在国统区通常是收不到的。但如果对方启用临时频段就很难预防，只能随查随封，一般这种广播只用在临时联络潜伏人员上。

金天木一耳朵就听出来，从收音机里传来的声音，正是用来联络潜伏人员的暗语。

宋副院长和张远湖是怎么知道广播时间和频段的?

看着那俩人聚精会神地听着收音，金天木知道事情绝对没有这么简单。他有些坐立不安，忍不住站起来，“是我的失职，我这就让人去屏蔽信号。”临时也就能想到这么个借口了。

“多了解一下那边的消息也好。”宋副院长摆手示意金天木坐下，“况且情报工作一直是远湖在搞，出了问题找他问罪，不用你来背锅。”

宋副院长的话似有深意，特别是最后一句话，让金天木脸色难看得要命。他默默地重新坐下，耳朵里听着电台播放的新闻，眼睛却不受控制地瞟向宋副院长面前的那个茶杯，捏了捏袖子里藏着的小纸包。昨天让朱副官找毒药来，只是他心念一动，但金天木现在意识到，说不定很快真的要用上了。

收音机里传来的内容主要是最近的简报和形势动态，即便金天木打起了十二分精神，也没有听到什么特别的内容。这种临时广播内容并不长，播放了十来分钟的新闻简述后，进入了尾声。

“这次播报就到这里。”广播中的女声念完结尾词却没有立刻结束，而是继续念道，“8-4-3-4-6-2-1-7……”

只见宋副院长和张远湖都眯着眼认真听着，金天木瞬间意识到了这才是今天的关键，他迅速摒弃杂念，用心默记。

数字并不多，播音员反复念了三次后，没有再说一个字，就此切断了通信。收音机滋啦滋啦的杂音再度大了起来，在沉默的房间里显得特别刺耳。

宋副院长和张远湖直到广播结束都一动不动。金天木拿出纸笔，迅速把记住的数字写下来，然后走过去把收音机关掉。

“远湖，你先出去。”宋副院长说道。

张远湖站起来，开门走了出去。

“你看看这个。”宋副院长指了指自己面前。

金天木走过去，从桌上拿起一张纸。

那上面也是一组数字，和他刚刚记下来的完全一样。

在广播的时候，宋副院长和张远湖并没有动笔写字。也就是说，宋副院长早就知道了广播里的内容!

“……准备好了吗？”

“什么准备？”金天木回过神来，茫然地问道。他发现宋副院长的两个贴身侍卫不知道什么时候站在他的身侧，距离近得不正常。

宋副院长的表情没有任何改变，“计划有个临时调整，你准备好了，就签个名吧。”

看着宋副院长摆在桌上的厚厚两沓资料，金天木再也不能强行镇定下去了。因为左侧那一沓是金天木亲自做的结案总结，下面的口供都由张远湖签名画押过。

而右边那沓资料，金天木更是熟悉不过，因为放在上面的那份自罪书，就是他不久之前在江洋面前亲手写下的。

“院长！”金天木大汗淋漓，叫出这两个字后，看到宋副院长冷漠的眼神，后面的话全都被噎在嘴里。

侍卫面无表情地牢牢地抓住了金天木，宋副院长拿起左边那沓张远湖的口供，点燃后扔在了身下的纸篓里。

看着宋副院长的举动，金天木放弃了分辩求饶的举动，冰冷的绝望从心底升起。他眼睁睁看着纸篓里的火光熄灭，艰难地抬起头，“要我配合可以。但我要知道为什么。”

“因为远湖有用。”宋副院长的语气没有任何感情，只是简单地陈述事实，“他派去延安的棋子成功了。我需要用这颗棋。”

金天木从震骇中冷静下来，思路也逐渐清晰起来，大致猜出了经过：

张远湖是做情报工作的，这些年撒出去了许多“钉子”，这些钉子最终能成功，并爬到关键位置上的百中无一。但没想到在这最关键的时候，居然有一个成功潜伏的钉子从延安发回了信息！

他知道宋副院长没有骗他，在这种叵测的局势下，有这样一个能够从延安公开发回信息的卧底，对于军统的重要性实在难以估量。如果刚才电台里传递出来的信息和张远湖事先保证的不一样，想必宋副院长烧掉的就会是自己的那一份口供。

“这里面肯定有问题，那个信号是假的！”金天木没有放弃，他不相信事情会这么巧，张远湖一定是用某种手段欺骗了宋副院长，只要能找出他的破绽，自己就还有机会。

"口供都是你写的，也好，省了熟悉词的过程。"宋副院长像是没有听见他的话。

金天木的绝望又深了一层。他匆忙间想到的质疑，宋副院长又怎么可能想不到？看来这个信息本身是没有问题了，刚才只是最后的确认。

"我这几年在上海的工作还是有贡献的啊……"金天木哀求起来。

"我记得，上海站刚刚被炸掉了？"宋副院长瞟了他一眼，"你的工作做得怎么样，我也不好评价。不过我倒是听说，地下党在上海搞得有声有色啊。"

金天木慌忙说："我这就回去整顿风气，严查……"

"行了，老金。"宋副院长不耐烦地打断他，"你的态度有问题。给你最后一个机会，这些事本来就都是你干的，好好配合承认下来，这件事就到此为止。"

"我……"金天木还想争辩，双手被侍卫向后一拉，剧痛之下说不出话来。

"还不死心是吧。"宋副院长敲了敲桌子，从门外又进来一个人。

当金天木看清来人是朱副官的时候，明白自己彻底完蛋了。

朱副官还是像以往一样面色恭敬，朝金天木害羞地点了点头，然后走到他身前，从金天木的袖子里把那个装着毒药的小纸包搜了出来，双手放在宋副院长面前。

宋副院长看着那包毒药，难得地冷笑了一声，"新闻发布会下午召开。我也不多说了。你自己把握吧。"

说完，宋副院长挥挥手。两个守卫把金天木押了出去。金天木心中一片茫然。事情发生得太快了，从头到尾主动权根本就没有在自己手中过。之前小心做下的各种准备，现在看来简直就是笑话。

金天木抬起头，看到了等在门外的张远湖。

就在四目相对的一瞬间，金天木忽然平静下来，露出笑容，朝张远湖点了点头。

张远湖纹丝不动地站在原地，没有多看金天木一眼，两人就此错身而过，没有说一句话。尽管金天木心情极为复杂，但胜败已分，实在也没有什么好说的了。

走出办公楼时，金天木看到了站在院子里的汤局长。此时已经临近中午，阳光炙热，汤局长却老老实实地站在门外，任凭汗水满头流淌也没有擦一下。虽然最大的罪责是金天木承担下来，但杭城治安糟糕、管理混乱的罪名，老汤是怎么也躲不过了。他也不知道会受到怎样的处罚，只能在这里等候宋副院长的发落。

看到低着头被押送出来的金天木，汤局长大为震惊，明白一定是发生了极大的变故。想到昨晚金天木命令他做的那些事，汤局长的嘴唇都害怕得颤抖起来。他连忙把目光挪开，专心盯着脚下，仿佛金天木是个不能多看一眼的瘟神。

金天木的目光从汤局长身上扫过，停在院门口，眼睛微微眯了起来。

门口进来了四个人，准确地说，是三个特务，押送着一个中年人。

两拨人相对而过，金天木多看了两眼那个铐着手铐、长相普通的中年人，在记忆里搜寻了一番，发现没什么印象。看来宋副院长从决定让金天木承担罪行的那一刻起，就开始有条不紊地清扫了。想必今天之后的一段时间里，还会有很多人被抓捕。

满腹心思的金天木被带上一辆小车。直到车子开出了一会儿，他才想起了什么，眉头皱了起来。

“我要见宋先生。”金天木对坐在身旁的守卫说。

车里没人回答，司机沉默地开着车，守卫目不斜视。即便上车后给金天木上了手铐，一左一右的两个人还是牢牢地抓着他的手臂。

“张远湖有问题。不，是江洋有问题！快带我去见宋先生！”金天木激动起来。他一直觉得张远湖手里的钉子出现的时机太凑巧了，却想不通是怎么做到的，毕竟能让宋副院长相信，靠的不是一般的手段。

随着越来越多的细节浮现，他的猜测也越来越具体。金天木脱口而出，“江洋通共！张远湖手下的那个卧底有问题……”

虽然这个猜测还有很多无法解释的地方，但金天木现在需要的只是一个有力的理由，只要宋副院长能再给他一个机会，他就可以把江洋的把戏拆穿。

他的话还没有说完，胸口就受到守卫肘部的重重一击，金天木痛苦地发出“嘶嘶”的吸气声。

开车的特务猛地一打方向盘，车子离开大路，开上了一条小道。

“你们听我说，宋先生有危险，我要向他汇报重要情况……”

又是一肘击，金天木只能闭上嘴。

沉默中，小车一路开出了城，向郊区外驶去。半个小时后，在一片荒草丛生的偏僻之处停了下来。

司机转过头，对金天木笑笑，“宋先生给过你机会。”

意识到了自己的结局，金天木反而平静下来，问道：“你是保安处的？杀了我，新闻发布会怎么办？临时找顶缸的怕是不容易吧，难道把张远湖再抓起来？”

司机摇摇头，“宋副院长交代得很清楚，如果你还有想翻案的心思，就说明在新闻发布会上可能会出问题。等你畏罪自杀后，其他人也能把事情交代清楚。”

金天木脸色变得惨白，脑海中浮现出朱副官那张恭敬有加的脸。之前金天木已经决定要换掉他，因此面对朱副官的主动背叛只是感觉到愤怒，没想其他的。此刻他才忽然意识到，正是这个看起来无关轻重的小角色，此时让自己存在的价值大大降低了。

金天木感到了从未有过的恐惧，声嘶力竭地大喊：“我接受之前的安排！”

知道自己注定的结局后，他反而不怕死了，只是害怕死得毫无价值。他情愿接受公开审判，就像当初张远湖接受的那样，至少在知情人眼中那样算是为国尽忠。如果就这样不明不白地死掉，就是反抗未遂被强制执行，这样的死只如同草芥鸿毛。

可金天木再没有说话的机会了。身旁的特务把他狠狠按在草地上，他的整张脸陷入泥土中。

司机掏出手枪，顶在金天木太阳穴上，利落地扣动了扳机。

第三十二章
Chapter 32

算下来已经一整天没有合眼了，张若离感觉到身体十分疲惫，却没有一点睡意。

父女重逢本来是件开心的事，但父亲表现出的异常冷淡，加上别墅外看守严密的卫兵，让她知道自己和父亲依然处在危机之中。所以她强忍住满腹疑惑，等到天亮的时候走出房间想找父亲谈谈，却发现父亲早已离开了别墅，也没有给她留下任何交代。

大厅里多了两个卫兵，背向大门刚好挡住了出去的路。张若离立刻打消了离开别墅的念头，一句话都没说，转身回到了自己的房间。

打开窗户，一阵带着凉意的微风拂过。五月清晨的风有一种湿润的香气，张若离忍不住深吸了两口，昏涨的脑袋顿时清醒了许多。

此时的西湖湖面薄雾渐消，远处山峰若隐若现，青山碧湖，当得起“风景如画”这四个字。张若离早听说西湖风景秀绝天下，可来杭城后每天待在档案室里，压根儿没有游玩的心思。没想到第一次近处赏西湖，竟然是在这种仿若软禁的情况下。

想到档案室，自然会想到更多的事。脑中走马灯般闪过许多场景，最后定格下来的是江洋叼着烟的侧影。

张若离愣了一下，才想起来那是去嘉兴接黄萍萍时，抬头看见江洋在列车车厢一端抽烟的画面，并没有什么特殊的含义。可为什么思绪烦乱的时候，跳出来的会是这个场景呢?

人的记忆就像书签一样，顺着这个画面，张若离回忆起更多事情来。江洋去车尾抽烟之前，他曾说过两句话。

“你不适合干这行。”

“我也不适合。因为总是需要面对艰难的选择。”

这两句话让张若离印象深刻。现在她才发现，也许正是从那时起，自己对江洋的态度有了一些改变。

思绪被敲门声打断。进来的并不是张远湖，让张若离有些失望。一个不苟言笑的卫兵将早饭端进来，放在桌上后立刻转身出去了。早饭很简单，一碗白粥，一小笼包子。张若离只喝了一小口粥，就开始怀念宋妈的手艺。也不知道宋妈现在怎么样了，张若离对家里状况的了解止于只身离去的那一刻。不光宋妈，还有冒着风险帮她逃出来的浩池哥他们，希望他们在这场突如其来的风波中都能平安无事，毕竟父亲看起来似乎没有想象中那么糟糕……

想到这里，张若离怔怔地发起呆来。让人担忧的事情太多，所以直到此时她才意识到，父亲似乎在故意瞒着什么。之前他只是觉得父亲在保护自己，可现在回过神来，越想越觉得不太对劲：父亲肯定知道她非常担心，既然两人有机会见面，那么应该先告诉自己原委。即便事情复杂，也应该告诉自己应该注意点什么。而不是像现在这样，一句交代都没有，就把她扔在这里。

一种可能是，情况十分危险，张远湖不想让她担心。张若离之前也是这样想的。

但还有一种可能：张远湖不相信她。

张若离咬着嘴唇，想到父亲昨天晚上说那些话时的神情，心下黯然。她欺瞒父亲偷取情报的这些事，要是父亲知道了，恐怕除了愤怒，还会有深深的失望吧。

张若离再也没有胃口，把勺子扔到碗里。她把身体缩在椅子里，双手抱着头，想用这种姿势抵御心里的痛苦。

“也许我真的不适合做这些吧？”她轻轻地自语。

加入地下党对于张若离来说并不是艰难的选择，她从心底认为这是正确的，也从一开始就有牺牲的觉悟。

但她从来没想过要牺牲别人。

直到此时，她才理解了“艰难的选择”这句话的真正含义。

真正难的不是做选择，而是承担选择的后果。

正是对冯诚意外身死的极度愧疚，让她决定承担自己犯错的后果，那就是不惜一切也要救出被冤枉的江洋。

回忆从这里开始，变得轻松了一些。

张若离承认自己一开始挺讨厌江洋的，酗酒、油滑，明明是警察，却比混混的痞气都重。她的本意只是不忍看见再有像冯诚那样无辜的人死去，却没想到江洋不断地带给她意外。直到在码头，江洋答应了自己的请求，张若离才有了依靠的感觉。

她摸了摸微微发烫的脸，叹了口气。到现在江洋仍没有消息，也不知道事情发展到哪一步了，有没有联系上刘先生。

想到这里，稍好一点的心情再度沉重起来。昨天晚上，她实在没有办法，才说出了组织的联系方式。这严重违反了组织纪律。刘先生是上海区的负责人，要不是因为情况特殊，她本来是没有资格拿到联系方式的。如果早点知道父亲已经发现了她的身份，她一定不会冒这个险。

这个念头一起就很难下去。张若离一会儿担心江洋出意外，一会儿担心组织暴露，却只能接受被困在这里的现实。虽然窗户开着，但西湖美景和凉风也无法让她平静下来。

中午时分，再次响起了敲门声。

“我不饿。”张若离不耐烦地对门外喊。

门还是被推开了。这次进来的守卫并没有端来午餐，而是敬了个礼，手朝门口一指，“张小姐，请。”

张若离按捺下患得患失的情绪，尽量脸色平静地点了点头，向门外走去。看来一切已经尘埃落定，马上就能知道这十几个小时里到底发生什么事了。无论结果是好是坏，经过这一夜的煎熬，张若离已经做好了接受的准备。

张若离跟着守卫上了车，很快来到了杭城市政府大楼，在一间办公室外停下。办公室门上的“院长办公室”铭牌锃光瓦亮，显然才换上去不久。

忐忑不安的等待没有持续多久，大门从里面被拉开。张若离抬头看去，正看到朱副官一脸严肃，夹着一个公文包快步走出来。

张若离不由得心里一紧。她不知宋副院长为什么要召见自己，但在外面等了这么久，却看到金天木的心腹从里面出来，想必不是什么好事。

朱副官抬头看到面前的张若离后有短暂的错愕，严肃的表情一秒变成了恭敬的微笑，善意地点点头，这才匆匆离去。

张若离对他的反应有些不解，朱副官点头的幅度夸张了些，倒更像是鞠躬道歉，笑得也过分热情，不像是简单的打招呼。

门没有关上，在守卫的示意下，张若离带着疑惑走了进去，一眼就看到了穿着笔挺的军统制服的张远湖。

张若离愣了一下，随即反应过来这意味着什么，情不自禁地露出了笑容。

父亲重新穿上军统制服，肩上的军衔还多了一颗星，代表父亲已经恢复了地位。之前的被捕和陷害，都已经是过去的事情了。在那场她不知道详情的搏斗中，张远湖最终获得胜利。

有胜利者，自然就有失败者。张若离心有所感，这才注意到屋里还有两个人。宋副院长坐在办公椅后，没有什么表情。江洋站在不起眼的墙边角落，饶有兴趣地看着面前书架上的书籍，似乎没有注意到张若离的到来。办公室很大，是一间开间，张若离的目光快速扫了一圈，没有看到金天木。

像是知道她在想什么，张远湖开口道：“金天木见罪行败露，无颜面对院长，选择自裁谢罪。下午朱副官会在发布会上做完整的说明。”

张若离点点头，笑容消失了。听到金天木的下场，她的心情实在复杂。一夜之间结局完全逆转，这简单的一句话里不知略过了多少凶险。

结局已定，张若离更想知道到底发生了什么，她下意识地看向江洋。江洋依然站在书架前，抽出一本书认真地翻看着，目光完全没有看向张若离。

感觉到江洋在刻意躲避自己，张若离见到父亲安然无恙的好心情消淡了许多。

“张若离。”宋副院长开口了，“金天木是你的直接领导？”

“是。”张若离打起精神。

“这里有一些材料，你看一下，有没有什么意见。”宋副院长抬了抬下巴，看向桌上的一沓文件。

张若离上前拿过翻看起来，里面都是金天木罪行的记录，重点是福州大火案，冯诚被杀案和上海办事处爆炸案也在其中。简单来说就是金天木私下倒卖军资牟利，并趁日军入侵时放火焚毁仓库，暗杀同伙，销毁证据。数年之中，金天木一直在小心地抹去当年这件事相关的线索，直到冯诚出现，金天木发现冯诚的举动有可能导致这件事再度被掀起，于是杀人灭口，甚至将自己直属办事处的所有人炸死，嫁祸江洋。

这些内容张若离并不陌生，之前在上海时，她和江洋还有刘先生就做出了类似的猜测。虽然细节有所出入，但大体一样。

张若离很快翻到了最后一页，看到了朱副官的签名。

“我没有什么问题。”张若离指着签名栏“朱子栓”三个字后面的空白处问道，“是在这里签名吗？”

张若离大概猜到了宋副院长特意让她看这份记录的用意，金天木既然已经死了，作为他的属下必须要签字认可，来证明内容的真实性。只是在这份文档上留下签名并不是什么好事，想必之后还会有无穷无尽的严格审查和追责。

“不用。”说话的是张远湖，他另外拿过一张纸递给张若离，“你把这个签了。”

张若离接过，一眼就看到上面的“辞职信”三个大字。

“虽然这些事都是金天木暗中做下的，但你作为他的下属，丝毫没有察觉，严重失职。”张远湖语气硬邦邦的，“我早说过，女孩子不适合做这行。你不是总念叨着要出国读书吗？已经都安排好了。”

张若离一声不吭地在辞职信上签下了名字。虽然心有不甘，但这不是一个争辩的好时候。这个签字很有讲究，没有落在金天木的罪行书上，而是落在辞职信上，意味着张若离可以彻底从这件事里脱离出来。父亲这么着急把她撇清，或许就和发现她地下党的身份有关。

张若离感到愧疚的同时还有些忐忑，这份辞职信的交易味道太浓了。

见张若离老老实实地在辞职信上签好名字，张远湖明显松了一口气，说道：“就不用回上海了，下午的轮船到香港。你可以先在香港待一段时间，是去欧洲还是美国，都行，想好了再说。”说着向旁边招手，“江洋，你送若离去码头。”

“是。”江洋有些不情愿地把手中的书放回书架，向门口走去，眼神还是躲着张若离。

“年轻人多读读书也好。若离，祝你一路顺风。”宋副院长也对张若离说道，顿了顿又说了句，“你有个好父亲，要多听他的话。前途是大事，好好想想总是没错的。”

张若离面色僵硬，勉强挤出了个笑容，回答道：“谢谢院长关心。”

宋副院长的话明显有所指。虽然不知到底是什么时候被发现的，但既然父亲都觉察到自己地下党的身份，宋副院长知道也就不足为奇了。她强颜欢笑，心中却蒙上了一层阴影。父亲如此着急把自己送出国，肯定是在宋副院长压力之下的无奈之举。

她能够理解父亲的做法。刚刚看过的那份报告中，有一句话让她印象深刻，提到的是假冒黄萍萍杀害冯诚陷害江洋的那个女特工。张若离对那个女人非常憎恨，但看到“事后被金天木灭口”这几个字后，只感到一阵凉意。她意识到，整份叙述平淡的报告中，不知隐藏了多少鲜血淋漓的场景，即便她死有余辜，可她的结局落在报告上只有这样几个字，让张若离再一次体会到了斗争的残酷。

朝父亲深深鞠了一躬后，张若离跟在江洋身后默默地走出了房间。即便没有做好准备，她也必须面对突如其来的变故了。被迫远离父亲的不安来不及多想，眼下最重要的传递情报的工作只能中止，必须尽快找机会把现在的情况告诉组织。

正盘算着，江洋忽然停下脚步，张若离差点撞在他身上。

“对不起。”江洋表情很奇怪，头偏向一边，说的话更奇怪，“我只能做到这样了。”

张若离心里一跳，但还是没有多想，安慰道：“让我出国是爸爸做的决定，是我给他惹的麻烦。我应该谢谢你。谢谢你把爸爸给救出来了。”

“不用。”江洋表情严肃地低声说道，眼神极为认真。他一把拉起她的手往前走去。

虽然走廊里没有人，张若离还是涨红了脸，试着动了两下，没能抽出手来，便任由江洋紧紧握住。她的脑中一片混乱，一句话都说不出。

江洋加快了步伐，在经过一个开着门的房间时，他忽然停了一下，朝里面看了一眼。

张若离顺着江洋的视线也朝屋里看去。只是这一眼看到的画面，让她浑身的血液瞬间冻结，整个人都僵硬了起来。

江洋似乎预料到了她的反应，在张若离准备大叫的瞬间，一掌敲在了她的后颈。张若离来不及发出任何声音，就昏了过去。江洋伸手搂过张若离变软瘫倒的身体，神色复杂地看向屋里的那个人。

刘先生，地下党上海情报组织的大头目，此刻正满脸鲜血地坐在正对面的墙边。刑讯看起来已经停了好一会儿了，从门口看过去，没有其他人在。

两人的视线短暂相交了片刻，刘先生大口喘着气，朝江洋笑了笑。江洋的眼神有一瞬间几乎喷射出火焰，但下一刻火焰消失了，变成一片冰封。他知道这是最后一眼见刘先生了，他嘴唇微动，最后只是重重地点了点头。这个动作像是某种承诺，刘先生似乎很满意，笑得更开心了。

江洋面无表情地转过身，将昏过去的张若离背在背上，就此离开。

也许是背了一个人的缘故，他的脚步声听起来格外沉重。

第三十三章
Chapter 33

张若离做了一个梦。

傍晚的草坪上，一对男女背对着她，面向夕阳的方向，亲昵地低声交谈着什么。男人似乎听到了什么开心的事，侧过身子，笑着在女人的额头上轻轻地亲了一口。

暖黄的阳光洒在青绿的草坪上，眼前的画面温馨安详，张若离却激动起来。她看到男人的侧脸，认出那是年轻的张远湖。旋即她意识到，父亲身边的那个女人，就是自己出生后没多久就去世了的母亲。

强烈的渴望让张若离不由自主地向他们走去，可很快就发现无法接近。她着急地小跑起来，却始终无法缩短和他们的距离。

阳光很快暗淡下来，张若离看着女人的背影，焦急地喊道："妈妈！"

似乎有一道无形的屏障隔在她们之间。张若离喊得筋疲力尽，无助地停下脚步，那个女人始终没有回头。

张若离失望地把目光挪向旁边的张远湖，求助道："爸爸……"

这一声叫喊好像被听见了，张远湖回过头朝她看过来。梦中的张远湖很年轻，容貌和十多年后没有太大的改变，但眉宇之间的英气更浓。他看着张若离的方向，脸上露出了厌恶的神情。他没有回应张若离的呼喊，拉着身旁的女人说了句什么，两人快步离去。

张若离绝望地看着他们离开，难过地低下头。这时身后有人说道："需要帮忙吗？"

张若离猛然回头，发现不知何时金天木已笑吟吟地站在她身后。他的笑容依然和蔼，手中却拿着一盒炸弹，计时器上的数字正在倒数。

本能的恐惧让张若离转身想要逃离，可刚跑了几步，她脚下一软跌倒在地，努力了几下都没能爬起来。

这时，一只手伸到她面前，一把将她拉了起来。

张若离站起来后立刻向后看去，拿着炸弹的金天木已经不见了。她松了一口气，想要感谢拉自己起来的人，回过头看见了江洋的脸。

"对不起。"江洋诚恳地说道。

看着江洋，张若离先是愣了一下，然后一股怒气冲上脑门。她下意识地伸手摸向腰间，拔出手枪指着江洋的脑袋。正准备开枪的时候，发现眼前的人变成了冯诚，他的额头上有一个秀气的小洞，满脸都是鲜血，惊慌地边向后退边喊道："你杀我一次还不够吗？"

愤怒瞬间变成了强烈的愧疚，手枪从张若离的手中滑落到地上。她觉得脑中一片混乱，双手捂住了脸，蹲在地上哭了起来。

"组织交给你的任务完成了吗？"刘先生的声音在耳边响起。

张若离把手放下，刚准备回答，不苟言笑的刘先生忽然睁大了眼睛，向前扑倒在地上。他背后的衣服被鲜血浸染，血迹正在缓缓扩大。而刚刚消失的江洋悄无声息地出现在刘先生刚才站立的地方，手里拿着一把沾着鲜血的匕首，一脸无辜地对张若离说："真的对不起啊。"

张若离一言不发，想从地上捡起刚才丢掉的手枪，可在草地上摸了半天却怎么也找不到，绝望之下她再也受不了这种折磨，歇斯底里地大叫起来："啊——！"

随着这声大叫，眼前的一切终于消失了。

"你没事吧？"

张若离愣了十多秒才意识到自己已经醒了过来，抬头看向说话的人。

江洋神情复杂，眼中流露出担忧的神色。当张若离抬头后，却避开了她的眼神。

诡异梦境带来的冲击还没消退，张若离看到面前的江洋，记起了自己昏过去前发生的事。愤怒和鄙夷化作熊熊燃烧的火焰，让她大脑一片空白，随手抓起身边的东西就扔了过去。

张若离愤怒之下的准头差得很远，尽管江洋一动不动，丝毫没有闪避，茶杯还是从他身侧飞过，在墙壁上摔得粉碎。有一块碎片溅回来，在江洋的脸颊上割了一条细小的口子，过了片刻缓缓渗出了几颗血珠。

“先吃点东西吧。”江洋没有管脸上的伤口，弯下腰慢慢捡起地上的茶杯碎片。

张若离渐渐从恍惚中清醒过来，打量起眼前的环境。她回想起她是在市政府大楼里，刚从宋副院长办公室出来不久，被江洋打昏过去的。现在她正和衣坐在一张小床上，屋子不大，陈设简陋，像是廉价小旅店的房间。窗户被窗帘遮住，从缝隙透进来的阳光有些刺眼，似乎是正午刚过去没多久。窗户外面隐隐传来工人搬货的吆喝声，空气中还有着淡淡的海水的腥味。看来江洋果然遵从了父亲的吩咐，把自己送到了码头旁。

想明白了前因后果，张若离立刻起身从床上跳了下来。她活动了一下身体，除了脖颈还有些疼之外，没有感觉到其他不适。她一言不发，挥手将床边的小桌掀翻，上面没有动过的几盘饭菜溅洒得到处都是，有一小半落在了正弯腰收拾茶杯碎片的江洋身上。

江洋停下手中的动作，缓缓站起来，菜汤肉汁有不少洒在了他的头和背上，样子十分狼狈。

“你无耻！”张若离胸口剧烈起伏，想到满脸鲜血的刘先生，心里感到一阵刺疼。

江洋的表情没有任何变化，眼神黯淡下来，低声说道：“对不起。”

“你只会说这句话吗？”张若离听到“对不起”三个字就生气，但看到江洋露出不解的神情，这才发现自己一时间把梦境和现实弄混了。回想起梦中的遭遇，她更加恼火，上前一步，一巴掌打向江洋。

啪！这一耳光重重地打在脸上靠近耳根处，江洋的半边脸转瞬就红了。

这一下是张若离在极度愤怒中出的手，出手后整个手掌都疼得有些发麻。她收回手，抿着嘴死死看着江洋。

江洋的左边腮帮子已经肿了，嘴角也破了。他用袖子擦了擦嘴边的血丝，平静地说道：“现在可以听我解释了吗？”

“没什么可解释的。”张若离抢在江洋之前快速说道，“我不会原谅你的。”

之前张若离心里就有许多疑惑：为什么江洋有把握在绝境之中破局而出？父亲忽然被捕本来就出人意料，再次见到父亲时，他的态度为何一反常态，什么都没有说？短短一夜后为什么形势逆转过来了，胜券在握的金天木反而身败名裂？

看到被捕的刘先生的那一刻，这些疑问其实就有了答案。

“你从我这儿骗走联系方式的时候，就已经决定出卖刘先生了吧？”张若离声音颤抖，“这就是你说的办法？真是厉害极了！”

江洋转动了一下脖子，想要摇头，但最终动作却变成了点头，“对不起，我没有别的办法。”

“对不起？”张若离胸膛急促起伏，“你明明知道这是背叛，是出卖！你知道自己在做什么吗？”

“我知道。”江洋抬头直视张若离，眼神依然黯淡，却不再有愧疚的神色，平静地说道，“我只是想要救你，和你父亲。”

“……”

张若离说不出话来。她忽然发现一个简单得不能再简单的事实：江洋本来就没有做错任何事。

张若离虽然有些单纯，但不笨。既然刚才她已经想通了很多疑惑，那么只需要往前再进一步，就能想得更明白了。江洋是因为自己才蹚入这摊浑水的。本来他已经去了码头，完全可以就此脱身，但在张若离的哭求下，他还是选择了帮助张若离，尽管他知道这样做会有巨大的风险。

所以，站在江洋的立场上，只要能救出张若离和张远湖，就是信守承诺，无可指摘。

当愤怒积蓄在胸中时，张若离恨不得杀掉江洋。当大部分怒气随着那记耳光发泄出去后，她就没有那样理直气壮了。直到听到江洋说的这句话，张若离才意识到，自己的狂怒，也许是因为对真相的恐惧，对责任的畏惧。

“你不该这样的……不该这样做的。”张若离本来犹如刺猬一样的气势瞬间消失，腰背也塌了下来，不停念着这两句话。

“对不起。我真的没有办法了。”江洋重复了一遍道歉，轻声解释道，“当时我只是想豁出命赌一下，计划的前半部分都很成功，逼金天木见面，并让他写下了认罪书。”

说到这里江洋担忧地看了看张若离。她目光有些涣散，默不作声地死死咬着嘴唇，没有打断他。

于是江洋继续讲了下去：“但计划还是出了意外。我本来以为这些证据已经足够，但见到宋副院长后，才发现福州大火案的真相比想象中更严重，涉及政治因素，金天木只是善后的具体执行者。

“等见到你父亲后，我知道了更多内情，发现原先的计划完全建立在错误的判断之上。所谓的威胁在宋副院长面前只是一个笑话，而他原本准备消弭这件事影响的方案，就是今天拿你父亲顶罪。这也是他在举报金天木以后反而被捕的真正原因。而他因为你的原因，只能接受。”

听到江洋提到了父亲，张若离终于有了反应，抬起了头。虽然江洋只是一句带过，但她很清楚“因为你的原因”这几个字背后代表着什么。

“和你父亲商量之后，我提出了……一个新的计划。”江洋停顿了一下，像是在回忆什么，旋即摇了摇头，“本来我只是想借助一下刘先生的能量，让他帮着做几件事，暂时解除近在咫尺的威胁。但有人告诉我，这样做还不够。

“我想了很久，最后不得不同意他的说法。这种时候必须快刀斩乱麻，直接将死对方，不能给金天木任何翻盘的机会，否则……”

张若离忽然开口问道：“那个提出建议的人，是我父亲吗？”

江洋看了她一眼，没有回答这个问题。张若离也不再追问，只是眼神再度恍惚了起来。

“昨夜里发生了很多事情。后来我才知道金天木已经准备狗急跳墙了，如果再拖上一两天，也许形势还会大变。”

“还好，金天木死了。”江洋自嘲地笑了笑，牵动了嘴角的伤，带着苦意的笑容一闪而逝。

张若离点点头，重复道：“金天木死了。”然后她笑了起来，看着江洋说道，“但我父亲活下来了。”

“谢谢你啊。”语气轻佻，并没有感激，更像是在嘲讽。

江洋只能叹了口气，再次说道：“对不起。”

张若离看了江洋好一会儿，目光才从他脸上挪到一边。她微微摇头，“我感谢你，是因为你替我做了选择。

“我加入组织的那一刻，就有了牺牲的觉悟。当然，你一定会觉得我这样很幼稚，但我真的就是这样想的，现在也没有变过。”

江洋静静地听她说着。

“刘先生对我说过一句话，有时候斗争比想象中还要残酷。”张若离低声说道，“我以前不明白这句话，为了信仰，我可以放弃千金大小姐的生活，也可以不怕死，还有什么更残酷的呢？

“事实证明，我的确太幼稚了。有很多事，的确比死还要可怕。

“我从来没有想过背叛组织。但我也从没有想过父亲会因为我死去。我没有办法在其中做出选择。

“所以，谢谢你骗了我，没有把选择的责任交给我。”张若离说完，朝江洋深深鞠了一躬。

江洋看着她的动作，忽然想到一件不相关的事情。张若离在审讯室差点开枪误杀冯诚，事后也是这样鞠躬道歉。他心里有些感慨，张若离行事还是带有一丝稚气和任性，要知道，很多事情并不是道个歉、鞠个躬就能解决的。

不过江洋没有说出心里所想，反而安慰她：“这不是你的错……”

“不用再安慰我了。其实我很清楚，的确都是我的错。”张若离看起来已经完全冷静下来，打断江洋说道，“你说过，我不适合做这一行。我同意你的评价，也反思过，却不知道问题究竟出在哪里。

“现在我明白了。我最大的错误就是一直在逃避。

“我以前传递出去过许多情报，逐渐觉得自己很厉害了。现在想来真是可笑，情报工作者最基本的素质，是要能对形势有一个准确的预判。你和我父亲都知道了我的身份，可在这种情况下，我居然还没有危机感，觉得你们不会出卖我，压根儿没考虑到其他的危险。这就是在逃避。

“之前对你发火，是觉得被出卖了。可仔细想想，其实是我没有坚持原则，泄露了联系方式。

“就算你没有这样做，如果父亲出面，以死相逼，我又该如何做呢？”

张若离叹了口气，“我现在也不知道。但这些问题我早就应该想到，而不是躲着不愿意去想。”

江洋想要劝慰，却无从开口，只好陪着叹了口气。

“所以我不会再逃避了。”张若离继续说道，“既然是我犯的错，就要弥补。”

“你想怎么做？”江洋忧虑地看着她，已经猜到她要做什么了。

“我要把刘先生救出来。”张若离看着江洋解释道，“我是认真考虑过的，刘先生是整个华东情报网的重要一环，他的被捕会给组织带来巨大的风险。”

张若离很怕江洋拒绝，不等他回答，又立刻说道：“我知道这很难。如果办不到，那么……”

她沉默了好一会儿，面色肃穆起来，直到眼中死志浮现，才坚定地说出了后半句：“……那么我会亲手杀死他，避免重要情报的泄露。”

江洋摇了摇头。

“我不会再麻烦你，你什么都不用做。这件事我会自己去做。”

“不是这个原因。”江洋再次摇头，表情极其复杂。

“那是为什么？”

江洋忽然上前一步，伸出手抓住张若离的双肩，身子前倾，脸几乎要贴到张若离面前。他一字一句地说道：“刘先生已经死了。”

瞳孔猛然收缩了一下，张若离整个人呆滞住了。

“他昨天被捕后，连夜被押送到杭城来。宋副院长亲自审讯后，确认了他的身份。之后宋副院长下令降低了对他的戒备，但我们离开之后，他咬舌自尽了。

所有人都很意外……你怎么了？”

江洋最后一句话说出口时，感觉张若离像脱力一样瘫了下去，连忙扶住她。张若离没有抗拒地伏在他的怀里。这个看起来很亲昵的动作，却因为这个消息而显得格外凄凉。

张若离没有哭，也没有激动，反而环臂搂住了江洋的腰，维持着这个动作一动不动。江洋明白接二连三的坏消息让她处在了崩溃的边缘，只能轻轻地拍着她的背，无声地抚慰着。

“江洋。”过了很久张若离才开口，因为脸埋在江洋的胸前，声音听起来有些闷。

“嗯？”

“有件事我想问你。”

“你说。”

“我真的很没用，是吗？”

江洋没想到她会问这个，想要回答却不知怎么鼻子一酸，深呼吸了几口，也不管张若离看不看得到，使劲摇了摇头，“不是，不是的。”

“可我太笨了，犯了好多好多错，害死了好多人……”

“不是你的错……”江洋轻声答道，听到张若离的话，他的眼泪再也忍不住，无声无息地流在脸上。

“真的吗？”

“真的。”

“谢谢你，江洋。”张若离似乎是轻轻笑了一下，忽然推了他一下，整个人向后飘去。

江洋猝不及防之下后退了两步站稳，发现张若离手中拿着一把手枪，是刚才一瞬间从他腰间摸走的。

“别这样！”江洋不敢上前，因为张若离已经把枪举了起来，枪口对着她自己的太阳穴。而她此时脸上也是泪痕遍布，无声无息地痛哭了。

张若离朝江洋露出一个笑容，毫不犹豫地扣动了扳机。

啪！

一声脆响。这是扳机到底后，撞针发出的金属撞击声。

只是这一声之后，没有其他的声音响起。

张若离连续扣动扳机。可除了一连串的“啪啪”声响，没有子弹射击的声音。她茫然地把枪移在面前，卸下弹夹，发现里面空空如也，一颗子弹也没有。

“哐当！”

张若离将没有子弹的手枪扔在地上，微皱眉头盯着它看了一会儿，才说道：“你提前把子弹卸掉了？”

“我只是怕你做傻事。”江洋轻声说道。他现在比之前还要紧张，不知张若离接下来会是什么反应。

张若离深深地看了江洋一会儿，走到旁边的椅子上坐下，开始思考起来。

“我不会再自杀了。”过了好一会儿，张若离才打破沉默，“其实这样依然是在逃避。”

江洋点头表示赞同，从张若离的神态他看得出来，她应该是真的想通了什么，之前笼罩在身上的那股死意，现在真正地消散了。于是这才走过去，把地上的空枪捡了起来。

“不过我不会出国的。”张若离干脆地说道，“以后我也不想再见到你。”

见江洋想说什么，张若离补充道：“我之前说的，都是心里话。但现在这句同样也是真的。”

短短几句话，江洋却有种感觉，此刻的张若离和以往所有时候都不一样了。虽然不明白刚才在她身上发生了什么变化。但唯一清晰的是，她不是在赌气任性，而是真的想清楚了要做什么。

“有一件事还需要你最后帮我。”张若离脸上还带着泪痕，话语中却已经没有了过多的情绪起伏，既不像吩咐也不像请求，而是简单的陈述，“我父亲应该是让你送我到上海，直到我坐上出国的游轮。但我不想这样被他安排。你可以如实汇报，也可以帮我隐瞒，还可以选择现在就阻止我，或者把我绑到上海然后丢到船上。”

“怎么做都随便你。”张若离说着站了起来，“我现在准备走了。”

“等等。”张若离走过他身边时，江洋说道。

张若离停下来，静静地转身面对江洋。她既没有习惯性地眉头轻挑，也没有问为什么。看着她不卑不亢的平静模样，江洋心情复杂，有酸涩也有安慰。前者是因为他能感觉到，张若离和自己之间出现了一道深不见底的鸿沟；后者则是他感觉到张若离从这一刻起再也不是那个爱哭任性的小女孩，相信她有了保证自身安全的能力和决心。

短短感慨过后，江洋从身上掏出两个信封。

“左边这个信封，是你父亲给你的。杭城去上海的船再过一个小时就会出发，这里面有一张明天上海到香港的船票，还有一张三天后去法国的游轮票。”

张若离的目光落在江洋右手拿着的信封上。

“这张机票也是三天之后。是香港去昆明的。我想也许你会用得上，所以提前帮你准备了。”

张若离淡淡笑道：“想不到你这么了解我，我挺高兴的。”

江洋拿着那个信封，没有立刻递过去，问道：“你父亲知道你的决定会很难过的，你以后准备永远躲着他吗？”

他事先已经猜到张若离会拒绝父亲的安排，而且多半会去红区，所以才提前帮她准备了机票。但他现在忍不住这样问，是因为在他心里，还有一丝隐隐的期待，对两人未来再度相遇的期望。

张若离伸手，主动从他手上拿过装着票的两个信封。她没有回答江洋的问题，指着江洋制服上的肩章，“少校？”

气氛顿时尴尬起来，江洋本来只是杭城警察局的警察，隶属于警察系统，现在身上穿的却是军统的制服，无疑是这件事带来的好处。而即便江洋解释了事情的来龙去脉，但也承认了是他亲自诱捕刘先生，那么这个少校军衔可以说是用刘先生的命换来的。

不过张若离并没有要给江洋难堪的意思，她点点头，“想必父亲也升官了。回头帮我祝贺他官运亨通吧。”

看着张若离礼貌中带着生疏的笑容，江洋心下一片黯然，知道两人间再没有什么好说的了。

第三十四章
Chapter 34

汤局长感觉到一阵阵的眩晕，紧张之下又一次拿起手帕擦拭额头的汗水，这才发现厚厚的棉质手帕已经被汗湿透了，捏在手里湿答答的感觉很不舒服。他烦躁地将手帕扔在地上。

会议台上，朱副官正义正词严地讲述金天木犯下的罪状细节，但汤局长已经没有心思仔细听下去了。五分钟前，从朱副官念到“金天木见罪行即将暴露，狗急跳墙之下试图在杭城暗杀政府高官”开始，汤局长的冷汗就一直没有停过。

昨晚汤局长在金天木的授意下其实就做了一件事：把可能和江洋有交情的人都抓起来关了一夜。

汤局长当时也意识到这个命令可能会带来麻烦，那些人里面，没有一个是他得罪得起的。只是杭城连续发生的事情已经让他灰头土脸，想着反正这位置已经摇摇欲坠，干脆抱紧金处长的大腿，事后面对各方的激烈反弹也好有个靠山。

可他无论如何也想不到，一觉醒来，金天木就这么死了！

不光是死了，身上还背着一大堆听到就让人心寒的罪名，这就是永远不可能翻身了。如果真像朱副官说的，金天木昨晚意图行刺宋副院长，那自己岂不就是同谋帮凶？

对于汤局长来说，这才是最关键的。金天木是他想要抱稳的靠山，但还没来得及顺着往上爬，这座靠山就要先砸死自己了。想到这里，他头晕得更厉害了，觉得领口勒得自己喘不过气，颤抖的手扯了几下才把扣子拽开。

“金天木死有余辜……”

台上的朱副官沉痛地念着，汤局长六神无主，脑子里只有一个念头来回打着转：我该怎么办？

如果说之前发生的过错算是能力不足，汤局长也认了。可现在却被牵扯到谋害上级甚至叛国这种罪名，如果治下罪来，那就不是死活的问题，是要枪毙几次的问题。

汤局长额角的冷汗一颗颗地滴落。他悄悄环顾四周，在场的高官肯定都是万分震惊，但没有一个人表现出来，大家都是面无表情，连交头接耳的都没有。目光快速环绕了一圈，最后落在主席台下的一排座位上。

那是一排带着照相机的记者。除了两个中国人外，其他的记者都是外国人。会议刚开始的时候，宋副院长简单公布了对金天木调查的通报结论，那些记者很是兴奋，一阵哗然后一会儿照相一会儿奋笔疾书。当朱副官上台开始讲述具体细节时，那些外国记者开始交头接耳，用英文讨论起来。对话中频繁说着“Fuzhou”两个字，似乎对那场福州大火很感兴趣，以至于讨论的声音越来越大，在一片沉寂的观众席的衬托下，显得很不礼貌。

汤局长渐渐回过味来，这个不伦不类的会议更像是个新闻发布会，邀请的这些记者才是重点，似乎就是要通过他们把消息传递出去。至于为什么，汤局长没有兴趣，他现在只担心下一刻会不会有军统特务当场逮捕他。

正胡思乱想着，身边响起了一片桌椅的挪动声。汤局长回过神，才发现周遭的人都站了起来，主席台上已经空无一人。既没有主持人宣布结束，也没有大佬上台做总结，这个临时会议就这样突兀地结束了。

除了那几个外国记者还没走，其他人都安静地向会场外走去。所有人脸色如常，像是刚结束了一个普通例会。但汤局长知道，过不了多久，会议上宣布的爆炸性新闻很快会传遍全国。军统内部自从戴老板死后，形势一直扑朔迷离，金天木身为军统四大金刚之一，他的忽然垮台，会让戴老板继任者的人选更加难以预测。

汤局长越想越觉得嘴巴发苦，胃都开始有些抽疼。金天木现在罪名已经定了，他到底干没干那些事已经不重要了，重要的是汤局长想了这么久，却根本想不出有什么办法能把自己从这趟浑水里给摘出来。

怕什么来什么。刚走出会场，一个男人挡在了汤局长面前。

“汤局长，请跟我来一下。”

虽然对方穿着便服，但神态动作一看便知是军统特务。汤局长心中颓然，也懒得问是要干什么，心如死灰地点了点头。

那个男人带着汤局长直接来到宋副院长办公室的门外，做了个“请”的手势。

该来的总是要来，汤局长深吸了一口气，推门而入。

虽然已经做了心理准备，但打开门后，汤局长还是愣了一下，一时间没有想明白江洋为什么会出现在这里。

江洋穿着一身崭新的军统制服，朝汤局长微微点头，算是打过招呼。看着江洋肩章上锃亮的两颗星，汤局长只觉得晕乎乎的。明明昨天还是杀人越狱的通缉犯，今天就变成了堂堂军统少校，汤局长猜不透中间到底发生了什么，只是本能地感觉到浑身发冷。想起这几天自己对江洋的所作所为，汤局长只觉得见到江洋比见鬼还要可怕。

“坐。”宋副院长只说了一个字，慌得汤局长赶紧转向宋副院长，诚惶诚恐地敬了个礼，腰背挺直地坐在了旁边的沙发上，等候发落。

“杭城最近连续发生多起恶性事件，我很不满意。”

虽然宋副院长级别很高，但并没有直接管辖杭城官员的权力。按照正常的制度，在这里挨骂的应该是杭城市长才对。汤局长当然不会觉得对方越级批评有什么不对，反而更加心惊胆战，叹息自己的运气实在太差，看来要被当作重点开刀了。

鬓角又有汗水流下，汤局长只能举起衣袖擦擦，不敢有任何辩解，“是是，都是卑职无能。”

“不过责任也不能全算在你身上。”宋副院长话锋一转，“总体来说，杭城这两年的治安情况还算不错。”

汤局长有些发蒙。他最害怕也最说不清楚的，就是昨天夜里满城抓人的举动，但宋副院长却压根儿没提，开场第一句话敲打了他后，第二句就缓和下来。混迹官场这么多年，汤局长哪能听不出来宋副院长这是在高举轻放，让他发蒙的是他不理解宋副院长为什么会这么做，一时间不知该怎么接话。

就在这时，汤局长瞟见了一旁站着的江洋，脑中灵光一闪，“卑职愧不敢当。杭城的治安平时都仰赖着江处长，我其实就是甩手掌柜。”

宋副院长未置可否，江洋倒是笑了笑，“您太谦虚了。”

汤局长心中顿时透亮，虽然他不知道昨夜发生的变故内情，但见到江洋在宋副院长面前随意开口插话，看来自己那句话是说对了。

果然，宋副院长的脸色也缓和下来，“老汤啊，你这个手下我要借到军统来用用。先给你打声招呼。”

调个人走这种小事一纸通知就行，宋副院长根本用不着特意说。汤局长很清楚这一点，于是故意把眉头皱成一团，做出不舍的表情，两秒后才变得释然，“这是好事啊，这小子在警察局里还真担心被埋没了，到您那儿一定是蛟龙入海大展宏图，肯定能为党国多多立功。”

宋副院长对他的浮夸表演不是很感兴趣，“现在说正事吧。”

汤局长顿时神色一肃，站了起来。

“黄副市长年纪大了，身体也不太好，昨天递了辞呈。”宋副院长看着汤局长，“有人推荐你，现在来问问你的想法。”

汤局长嘴巴微张，毫不掩饰他的惊讶。他的衣兜里现在就揣着一份辞职信，是昨天晚上写好的。可怎么也没想到，现在宋副院长的意思，自己反而要升官了？

汤局长沉吟起来，没有立刻回话。他毕竟是官场老油条了，这样的好消息并没有让他欣喜若狂，反而踌躇起来。以他的经验，从天而降的好事，往往背后有陷阱。

几乎是片刻之间，他就反应过来，事情的关键肯定在江洋身上。宋副院长这样的大人物，来杭城之前根本不可能知道有自己这一号人物。要不是江洋，谁会在他老人家面前提到自己的名字？可之前汤局长对江洋做过什么，他自己心里清清楚楚，现在江洋这样对他，这是为什么？谁知道这个副市长的职位，是不是他为了报复挖的一个大坑？

片刻的失神后，汤局长脸上熟练地换上激动的神色，诚恳地道："愿为长官分忧。"

尽管心里不踏实，汤局长还是得立刻表态。他没有那么多时间慢慢想，只能走一步看一步，即便江洋挖的大坑下是尖刀利刃，也得先踏出这一步。

宋副院长挥挥手，"回头市里会下通知。江洋，你送老汤出去吧。"

出了办公室刚拐了个弯，汤局长就站住了，"小江，之前的事是我对不起你……"

"这是什么话，怎么能怪您呢？"江洋打断他的话，"您当时也没办法嘛。过去那些年，我都是靠您提携，现在因祸得福，怎么可能会恨您？"

"唉，我心里有愧啊。"汤局长叹了口气，这句话说的倒是真心话。江洋没有落井下石已经让他心存感激了，更别提江洋顺手帮忙让他上了一个台阶。如果易地而处，他可不会有这样的心胸。

"说了和您没关系。说起来，咱们都是受害者。"

"是，是。"见他这么说，汤局长也不好再提这个，"大难不死必有后福。您能在宋副院长跟前做事，以后前途无量啊。"

"以后还要汤局长，哦不，汤市长多帮忙。"

汤局长听到这句客套话心里一动，江洋似乎话里有话，于是端正姿势，"有什么吩咐，您尽管说。"

"宋先生的意思，是让我先接手一部分华东地区的工作。"江洋不徐不疾地说着，一边伸手摸摸脸，眼神有些游离。说完这句停了片刻，像是走神，也像是在组织着语言。汤局长这才注意到他用手揉过的脸部有些淡淡红色的瘀痕，嘴角处也隐约有些伤痕，显然是最近才受的伤，眼神赶紧挪开，装作没看到。

过了片刻，江洋把手放下，继续说道："你也知道，军统的水深，现在又是群龙无首的局面。虽然宋副院长看得起我，愿意给我机会，但我毕竟是外人，没有根基做什么事都困难。我接下来一段时间会待在上海，但杭城这边肯定还有许多事需要有人帮忙。"

汤局长松了一口气，因为他搞清了江洋不计前嫌、主动示好的原因。军统里妖魔鬼怪那么多，江洋进去就是白板一个，他不找他们这些老人帮衬，又能找谁呢?

“江处，您放心。”汤局长又看了一眼江洋肩上的星星，特意改了称呼。从宋副院长的态度不难看出，江洋接下来的职位至少是八大处里的副处长，在职务上高过自己指日可待。

“以后您的事，就是我的事。”汤局长似乎觉得这样还不够，又加了一句，“杭城就是您的地盘。”

江洋看着汤局长，笑意渐渐褪去，“以后就拜托了。希望友谊能够长存。”

汤局长知道之前的所作所为还是让江洋心中有了芥蒂，立刻毫不犹豫地说道：“既然您调走了，侦缉处的位置也不好一直空着，回去我就让王超先顶着。警察局里其他人都是废物，局长的位置甭管是谁接着，我一两年内就交给王超。”

江洋笑了笑，没再说什么，抬手看了眼表，“我还有些事，汤市长，回头再见。”

汤局长看着江洋快步离去的背影，心里感慨万分，有些羡慕他的机遇，但更多的却是畏惧。这个不久前还是自己手下的年轻人，展现出的另外一面让他有种既陌生又自惭的感觉。要说江洋一点都不恨自己，汤局长根本不信，但江洋能很快判断自身的处境，果断放下心中的怨恨，为未来谋划，这份判断力和决断力，是汤局长自愧不如的。

“这小子，以后应该会不得了。”汤局长默默想着，心情很快好了起来。一直压在心头的石头被搬开，还能借势再上一层楼，他枯萎麻木的野心一点点复苏了。

汤局长没有看到江洋转过身后脸上的厌恶表情，虽然他看到了也不会在意。

在脑子里过了一遍，确定刚才的对话没有问题后，江洋就把汤局长暂时抛到脑后。他没有回去向宋副院长回报，而是上了街，叫了一辆黄包车。

车子在西湖边的楼外楼停下。江洋付了车钱，直接上了二楼的一间包间，推开门，里面早已等着一个人，看见江洋进来，立刻起身走过来。

江洋一把抱住迎上来的王超，两人使劲晃了晃对方，这才松开手。

“你这顿打挨得不算太亏。”江洋看着脸上青肿未消的王超，沉声说道，“两年之内，换一个警察局局长的位置。”

王超饶有兴致地看着同样嘴角挂彩的江洋，“老大，那你脸上这个伤换来的是什么？”

江洋自嘲地笑笑，摸了摸脸颊，没有说话。

本是随口打趣，见江洋兴致不高，王超也不再提，抬手打开桌上的一瓶酒，起身走到江洋面前，边斟酒边说道：“一切总算都搞定了，今日我们兄弟俩好好喝一下。”

江洋看了看桌上摆着的丰盛宴席，却摇摇头，用手掌盖住斟满酒的酒杯，“先不忙。现在还有件事要你去做。”

第三十五章
Chapter 35

三天后。杭城半山，安贤陵园。

江洋远远在山下下了车。王超跟在他身边，一手打伞，一手抱着一束马蹄莲，朝半山的墓地区步行而去。

空中飘着细碎的雨丝，墓地空空荡荡的，在雨中显得格外寂寥。两人沿着石板铺成的小路不紧不慢地走着，身后的王超自言自语地念叨着："这个冯诚没在日本人手里丧命，却死在这里，运气当真不好。

"老大，你说金天木为什么要杀他？要不是因为这件事，金天木也不会死，真是报应。

"冯诚不会也是假名吧？葬礼上他的亲朋好友一个都没来。如果能活下来，应该也是前途无量吧。哎，也说不好，一会儿是汉奸，一会儿又是抗日英雄，这世道，谁说得清楚……"

江洋停下脚步，打断了王超，"你先在这里等我。"

前方不远处就是冯诚的墓地。此时那里站着一个人，在细微的小雨中，衣裳湿了大半，显然是站了很久。王超看清那人的模样后，点了点头，见雨不大，便收了伞，把手中的花递给江洋，自己转身走远，点了根烟蹲在路边抽了起来。

江洋慢慢走上前，把手里的鲜花摆在大理石墓碑下，站直身体后静静地看着墓碑上“抗日英雄冯诚”几个字。好一会儿才对着墓碑开口：“抗日英雄。喏，你的身份终于恢复了，也算是得偿所愿，对不对？

“刚刚我兄弟在讲，你运气不好，所以躺在这里。这样说起来，我的运气要比你好一点，不然现在就睡在你隔壁了。”

江洋嘴角微翘，笑了笑接着说道：“专门来告诉你一声，金天木也死了。不过要说清楚，虽然我佩服你做的事，但这样的结果确实在意料之外，我没想着特地为你报仇，所以托梦感谢什么的就不用了。”

“说起来我们其实不熟，也不知道你喜欢什么。”江洋从怀中拿出一瓶威士忌，打开瓶盖，抿了一口后瓶口朝下，将一整瓶酒缓缓倒在地上，“你不抽烟，如果酒也不喝，那就太没意思了。慢慢喝，以后想喝酒了就托梦给我。”

说完，江洋轻轻拍了拍墓碑，这才看向站在旁边的那人，打了个招呼，“在这里等很久了？”

张远湖虽然打着伞，但站得久了，双肩和衣服下摆都被飘雨浸湿了，看起来有些狼狈。他直直地盯着江洋，似乎想要看穿他在想什么，好一会儿才带着怒气问道：“这几天为什么躲着我？”

江洋掏出一盒烟，先递给张远湖，见对方没动，笑了笑给自己点上，没有马上回答。一根烟抽了一半，才说道：“我知道你找我是想要什么，但我不能帮你。”

张远湖顿时眉头皱起，沉声问道：“为什么？”

“我有个问题一直想问你。”江洋看着他，“宋副院长一开始为什么选你背黑锅？”

不等张远湖回答，江洋自言自语地往下说道：“很重要的一个原因，是因为你负责情报口。

“我想你和金天木一样，在戴老板死后，也选择站在了宋副院长这一边。他之前提前接手情报工作，却毫无作为。面对竞争对手对他能力的质疑，他必须要有个交代。”

张远湖点点头。

江洋狠狠抽了一口烟，吐出烟雾后才接着说：“所以现在的情况是，他无法拒绝我们拿出来的东西。哪怕知道这个卧底可能并不存在，刘先生死后，延安以后可能再也不会有信息传出来。但这个当口，手里掌握着一个延安的卧底就对他来说很重要。”

张远湖皱眉道：“按你说的，我们只是暂时有用。一旦局长的位置之争尘埃落定，他就不再需要我们。”

“不。”江洋摇摇头，“只要我们一直有用。”

“到底延安那边有没有这样一个卧底？”张远湖目光灼灼，盯着江洋问道。

“我不会告诉你。因为我信不过你。”江洋笑容敛去，将烟头丢在地上，看它在积水里瞬间熄灭，“直说吧。凭借和延安那边建立联系这个功劳，你才能在最后一刻和金天木对调命运。但刘先生是我审的，现在他自杀了，如果这个人真的存在，联系方式也只有我知道。你担心我拿这个要挟你，对吧？

“其实你我都明白，宋副院长不可能想不明白。哪有那么巧，你马上要挂了，刚好就出现了这么一个卧底？

“可从延安传来的消息偏偏又是真的，而我的履历清清楚楚，不可能是共党。再加上你之前因为情报泄露被调查，宋副院长只要稍稍想想，就明白只有一种可能。”

江洋自嘲地笑笑，“你的宝贝女儿是共匪，而我从她手上骗到了联系方式，然后做了这些事。”

张远湖一言不发，看不出喜怒。

江洋深呼一口气，“对于宋副院长来说，这些并不重要。他提拔重用我，是想看看我能用这根捡起来的线头做到什么地步。福州仓库那件事，总需要一个顶罪的，金天木和你对他来说没有太大区别，最后选择留你的原因也简单，因为金天木和我只能活一个。所以你应该明白，这件事以后你不会再被重用了。无论重组后宋副院长能不能执掌军统，你的结局应该都是被逐渐边缘化。”

张远湖的军衔是少将，远比江洋要高，但江洋这样闲聊一般地预测他的前景，张远湖虽然眉头皱得更紧，却轻轻点了点头，似乎认同了他的分析。

“你让我觉得很危险。我看不透你到底想要干什么。”张远湖从衣兜里拿出一包三五香烟，抽出一根放在嘴上，“不过看来你想得很清楚。那你有没有想过，你自己的结局会怎样？”

“当然是做条有用的狗喽，还能怎么样？再远的事情，谁知道？”江洋划燃火柴，伸手帮张远湖点了烟。

张远湖呼出一口烟雾，有些感慨，“我以为这件事后，我们能合作的。”

江洋打量着张远湖下巴周围纷乱的胡茬儿和有些发黑的眼袋，说道：“跟你混没前途，当然是抱着宋副院长的大腿比较安全。”

“你说的没错。”张远湖并不在意江洋的调侃，反而很认同，“如果就这么把联系方式交给我，他一定会对你很失望。”

江洋叹了口气，“所以你找我也不是为了这件事。”不等张远湖开口，他立刻接道，“我刚刚说了，我真的没办法帮你。”

听到这句话，张远湖脸色为之一变。

江洋的神情也变得苦涩起来，“这几天你找不到我，一半是因为我不愿意见你。剩下一半是因为我真的很忙，其中一件是宋副院长特地下令的。”

“我知道你想问我，若离现在在哪里，对吗？”江洋忽然转了话题，“你是分管情报的堂堂军统少将处长，真的没办法得到关于她的任何消息吗？你只是不敢去查，因为宋副院长不准你插手。他已经给过若离机会了。”

“我只想知道她是不是安全的！”张远湖低声道，语气已经有了哀求的味道。

“张若离昨天就到了香港。”江洋说道，“宋副院长给我的命令就是，派人盯着她。”

张远湖听出了这句话背后的含义，嘴唇微微发抖，“他明明准备放过若离的！而且她已经出国……”

“她没有上你给她准备的那艘去法国的船。”江洋打断了张远湖，“宋副院长说，他可以给一次机会，但不会给第二次。”

“你为什么不拦着她？”张远湖没有掩饰心中的焦躁，眼眶通红，一把抓住江洋的衣领，“我把她托付给你了！”

江洋任由张远湖抓着他晃来晃去，只是冷冷地看着他，直到张远湖脸上的凶戾渐渐褪去，主动松开了手，江洋才伸手摸着已经消肿的脸颊，说道：“路，是她自己选的。”

张远湖像是忽然之间老了十岁，神色颓然，缓缓问道：“你下的手？”

“在我来这里之前，接到了香港的电话。张若离去了启德机场，那边的人已经确定她的目的地是昆明。你应该知道这意味着什么——她还是选了自己想走的路。”

张远湖的身体轻微地颤抖起来。江洋不知道下一刻他会崩溃倒下，还是会在愤怒中做出什么冲动的事。所以他极快地又说了一句话，阻止了还没发生的一切，“可以告诉你一个好消息，她逃走了。”

这个消息太意外了，张远湖不由愣了一下。

“准备动手的特务被伏击，机场外发生枪战，监视张若离行踪的三个人只活下一个，重伤。张若离安全登机离开。宋副院长得知后大为震怒。”

江洋快速地解释，深深地看着张远湖，“现在他应该在等着你解释这件事。对你来说，这应该是个坏消息。”

张远湖低着头想了一会儿，说道：“谢谢你。”

“你可别害我啊。宋副院长说是让我负责监视，人都是他派的，我可没那么厉害。”

张远湖不再坚持，点点头，“不管怎么说，谢谢你告诉我这个消息。”

江洋朝他摆了摆手，“你还是先想想怎么解释吧，宋副院长估计快要发飙了。”

张远湖朝他笑了笑，本来颓丧的面容多了一股生气，干脆地转身走了。

江洋回过身，忽然没头没脑地对着冯诚的墓碑说了一句：“哥们儿，你那几年过得挺不容易的吧？”

说完这句话，他也转身离去。和张远湖离开的方向相反，江洋是朝着陵园的深处缓缓行去。

安贤陵园建在孤山上，越往山上走越是荒凉，达官贵人和名流人物大都葬在山腰的位置，靠近山顶的都是普通人家的墓地。江洋一直快走到山顶，才找到地方，在一座极其普通的墓碑前停下了脚步。

刘看山。

墓碑上只有简单的一个姓名，生卒年月都没有。

刘先生活着的时候，他脑中的信息对于军统来说极为重要，可死后就失去了价值。即便如此，江洋还是让王超想办法把他安葬在了这里，冒了不小的风险。

四周无人，江洋在墓前缓缓蹲了下来，想起了最后一次见到刘看山的样子。江洋清楚地记得，他笑得很开心。

“张若离不怕死，你也不怕死。”江洋怅然若失，喃喃自语道，“可你们却把最难的丢给我了……”

即使在王超面前，江洋也从未流露出这样疲惫无助的神态。他不顾地上的泥泞，一屁股坐下来，身子倚靠在墓碑上，脑中犹如放电影一般，回忆起三天前的场景。

江洋从张若离那里拿到刘先生的联系方式，是没有退路的最后一搏。他想让宋副院长改变主意，就必须有足够的砝码打动他。而愿意给出多少砝码，主动权完全在刘先生手里。

所以当电话接通，确定对面接听的就是刘先生本人后，江洋的第一句话就是：“我是在街上打的电话，不会被监听。听着，现在我们三条命都在你手上。”

刘先生语气沉稳，“你说。”

江洋没有选择欺骗，而是没有任何隐瞒地把事情迅速说了一遍，直截了当地提出了自己的要求：“我需要一个在延安的卧底，你制造出这样一个不存在的人并不难。还要一些足够分量的情报，来证明这个人的存在。最后，取消明天在报纸上刊登我的那封信。我的计划就是这样，你只用回答，愿不愿意出手？”

在江洋看来，这些要求并不过分。他仔细考虑过，刘先生那边付出的代价完全是可以承受的，当然，前提是他真的在乎张若离这个手下。

电话那头足足沉默了两分钟，刘先生的回答才传了过来：“不行。”

“为什么？”

“因为你的计划行不通。”

“那也必须搏一把，否则一点机会都没……”

“你先听我说……咳咳，咳咳。”刘先生的声音不急不缓，有种让人信赖的安全感，江洋虽然心中焦急，还是闭上了嘴。

“这个计划的方向是对的，但你想得太少，有一个很大的漏洞……咳咳，咳咳。”

又一阵猛烈的咳嗽后，刘先生接着说道：“摆脱危机的前提是宋副院长觉得你能带来更大的价值。但按照你的计划，并不能做到这一点。我可以安排从延安那边发出一些指定的信息给你，但这恰恰证明了你们私下早有联系。你准备如何解释这件事？张远湖之前安插的钉子？宋副院长不可能相信这样的理由。他很快就会发现，你们三人中必然有人是有问题的，这样张若离的地下党身份被坐实后，反而会让他推断出之前军统内部情报泄露的源头。”

江洋额头上冒出一层细汗，他明白刘先生说的都是对的，这本来就是死局。但他还是想要努力争取死中求活的一线机会，“这个疏漏我也考虑过，所以才需要你给我一些足够分量的情报。”

“江洋。”刘先生第一次直呼他的姓名，语气郑重。

“嗯？”江洋抓紧话筒，心跳加快。打电话之前他很有信心，但现在对方会给怎样的回答，他心中一点底也没有。

“你的理想是什么？”

江洋没想到刘先生会问这么个毫无关系的问题，错愕片刻后还是认真思考了一下，诚恳地回答道：“被金天木陷害的时候，我很想要报仇，这算不算理想？可知道了真相后，我只想活下去。”自嘲地补了一句，“我很怕死。”

“你要真怕死，就不会再回杭州帮若离了吧。”刘先生说道，“你只是怕死得没有意义。”

江洋从来没有想过理想、价值这些东西，也不明白张若离为信仰的义无反顾，此时却隐隐觉得刘先生说的似乎有道理，于是忍不住问道：“我总是会想起冯诚，不知道他的死是有意义，还是没有意义？”

“无论有没有意义，有些事总是需要有人去做的。”

江洋正在思索这句话的含义，电话那头的刘先生忽然说回正题，“我可以帮你把计划里的漏洞补上。”

“好。”江洋精神为之一振，“怎么做？”

“你让宋副院长现在来这个地址抓人。”刘先生迅速说了一个上海的地址。

“抓人？”江洋没想到对方如此果决，反倒犹豫起来。他之所以毫无隐瞒地告诉刘先生实情，提出需要情报的要求，是考虑到这样的损失对方是有可能接受的。

可刘先生这句话的意思，是交出某个军统感兴趣的重要人物来交换？这就是以命换命啊！

江洋不太理解刘先生的做法。

“戴笠死后，宋想要接手军统，但目前并不占优势。如果他在情报工作上有重大进展，会是很有力的砝码，所以他愿意给我们一个机会。”

江洋对刘先生前半段形势的描述没有异议，对后一句话有些不解，“我们？”

“军统内部的同志一直想要接近宋副院长，但效果不佳。”刘先生语气不变，轻描淡写地解开了江洋心中的疑惑。

江洋心情复杂地问道：“需要我做什么？”

刘先生直截了当地说道：“我希望你能加入我们。”

“如果我还是拒绝呢？”

“我相信你不会拒绝的。”

“呵。”江洋忍不住冷笑一声，“你们搞情报的都冷血，我怎么知道你不会把我卖掉？就像现在，你让我去抓的人，也是你的手下吧。”

“我们永远不会出卖同志。”刘先生淡淡说道，“你亲自来，有些事情必须当面交代给你。”

“你让我来抓你？”江洋明白了他的意思后倒吸一口气，理智上他很明白，正如刘先生所说，这样的砝码才能确保宋副院长改变主意。但他还是问道：“你确定有必要做出这样的选择？”

“我的决定不会变。还有，不管你的选择是什么，都要保证若离的安全。”

“我保证。”江洋做出承诺，忍不住问道，“你不怕我是假装答应你？这样不但你白白牺牲了，以后你们还有被出卖的可能。”

刘先生笑了起来，没有回答这个问题，“我去安排一下。延安的联系方式会交给你。以后的事，就靠你了。”

说完，刘先生干脆地挂了电话，话筒里只剩下嗡嗡的电流声。

“真的就这么相信我吗？”江洋缓缓放下电话，心情复杂地想着。

雨渐渐停了，当太阳终于从乌云背后露出时，在刘先生墓前一言不发坐了许久的江洋站起了身。他没有像和冯诚那样聊天，而是如同走累后随意坐下休息的路人，起身毫不留恋地朝山下走去。

尾声
Epilogue

三年后。

杭城大街上水泄不通，比春节时还热闹。人们兴奋地看着从城外缓缓开进城里的这支军队，议论纷纷。

国民党的驻军昨天就已全部撤离了，今天是杭城正式宣布解放的日子。

街道旁边拥挤的人群之中，忽然有人喊起来："我的钱包不见了！"

随着这声喊叫，失主四周起了一阵小小的骚动，不过在锣鼓喧闹之中并不起眼。

一个长相猥琐的中年汉子不动声色地挤开人群，远离了正吵闹着找钱包的失主，正准备遁入小巷，却被人一把扭住，猝不及防之下整个人被按倒在地。

"怎么回事？"一个声音听起来挺年轻的女人问道。

"报告，例行巡逻，抓到一个乘乱盗窃的扒手。"便衣一边汇报，一边把那个倒霉的小偷铐上，从地上揪了起来。

"交保卫科吧。"那个女人应该是个当官的，随口吩咐道。

小偷心中暗叫倒霉，本想趁今天好好捞一笔，没想到刚出手就砸了，听说共产党严禁偷盗，不知道得交多少钱才能保出来。

他愁眉苦脸地想着，抬头看到了一张有些熟悉的脸庞。

转眼之间，他想起来了，自己的确见过这个女人。

“您不是军统……的长官吗？”他下意识地问了一句。

面前的女人愣了一下，看着他的脸想了片刻，“我好像记起你了……”

她笑了起来，“三年前，你在这条街上，偷过我的包。”

这句话似乎让她想起了很多事，笑容转瞬即逝，就这样呆呆地发起愣来。